AYA & ANSEL

MACHINES DE GUERRE

GAËTAN B. MARAN

AYA & ANSEL

MACHINES DE GUERRE

SYROS

HORS-SÉRIE

ISBN : 978-2-74-853810-6

Mise en pages : Nord Compo à Villeneuve d'Ascq

À la tribu Onyx,
À Lucie qui surpasse Harjeera,
Azumi et toutes les autres,
et à Hannah bien sûr.

Après la Troisième Guerre mondiale, les femmes se sont réapproprié la langue et l'ont fait évoluer afin d'affirmer leur indépendance. Désormais, et selon leur idéologie, c'est le féminin qui est neutre : « il neige » devient « elle neige » et certains mots ont été féminisés.

Le camp des hommes, quant à lui, a conservé le langage traditionnel.

PROLOGUE

Aya & Ansel

○

Le soleil brille, la glace capture ses reflets émeraude. Le ciel est vide et la vue dégagée sur notre objectif du jour : la Trêve. D'après les Sages-Femmes, elle nous séparait des mascus lors des premiers affrontements, quand on pensait encore qu'un bon gros mur suffirait à rétablir la paix. Une idée d'hommes, sûrement. La fortification n'est maintenant plus qu'un souvenir, une ruine traversée de fissures et engloutie par des décennies d'Hiver, une muraille en pointillé.

Comme partout ailleurs, le froid a repris ses droits autour de la Trêve, se déclinant en glaciers, en congères, en lacs gelés ou en tempêtes de poudreuse. Qui pourrait deviner qu'un conflit est encore en cours ici ? Les tours de guet effondrées et les contreforts ensevelis laissent à penser que si guerre elle y avait, celle-ci s'est achevée depuis bien longtemps. L'Hiver étend son implacable silence, Aya n'entend que le ronronnement rassurant de ses ski-moteurs. Loin devant, le reste de l'expédition progresse à un rythme régulier, chacune à sa place, bien dans la trace, là où Cordel a vérifié l'absence de pièges. Elle y a quelque chose d'hypnotique à suivre toute la journée les mêmes rails de poudreuse sculptée. Aya est sereine, le froid a anesthésié pour un moment sa peur des mâles.

•

Le traîneau fuse sur la glace, les chiens qui le tractent sont enragés, déchaînés. Les proies sont à quelques pas, ils le savent. Ansel est ballotté entre l'épaule massive de son père Strøm et l'interminable fusil de Sayden, le tireur d'élite. Son père lui tend un cachet rouge de frex, le combat est imminent. Certains soldats crient pour se donner du courage. La tension monte, l'effet de la drogue est instantané. Elle transforme la peur en excitation, le courage en imprudence, la fatigue en énergie. Elle fait voir tout plus vite, plus grand, plus fort. Sa pulsation intense, électrique, animale vient s'ajouter au tangage du traîneau – au moins, les tremblements de peur d'Ansel se diluent dans ce chaos saccadé. La Frontière est juste là, muraille immense qui couperait l'horizon en deux si une brèche n'y était pas ouverte. Brèche à travers laquelle les éclaireurs ont repéré le groupe de femelles.

Déjà les traîneaux s'arrêtent, le Patriarche ordonne de descendre. Les armures s'enfoncent lourdement dans la poudreuse. Ansel affûte son stack en fer et ajuste son masc sur son visage. Ses yeux bleus d'enfant-adulte disparaissent derrière d'effrayants dessins de têtes de mort cerclés de flammes. Personne ne doit voir qu'il a peur. Surtout pas son père avec qui il se place contre la Frontière, à quelques pas de la brèche. La pierre humide goutte le long de son armure, à moins que ce ne soit sa transpiration. Les femelles peuvent surgir à chaque instant.

○

Nos sœurs devant nous ne sont plus que des points blancs sur fond blanc. Elles s'apprêtent à s'engouffrer dans la brèche immense ; c'est là qu'elle faut poser nos pièges, là où les mascus ont le plus de chances de traverser dans les jours qui viennent. L'ouverture est assez large pour laisser passer de front deux de leurs phares mobiles.

Aya, en retrait du groupe, surveille nos arrières. Malgré le froid glacial, elle retire un instant sa capuche en fourrure pour observer les alentours.

●

Sayden met un genou à terre. À travers la brèche, Ansel ne voit que du blanc à perte de vue, un blanc teinté par la visière de son masc. Mais les snipers, eux, ont repéré quelque chose. Ils se sont accroupis tous les trois en même temps, en échangeant des signes de la main. Leurs respirations se sont arrêtées. À quelques secondes d'intervalle, trois coups sont partis.

○

Un sifflement sec précède une détonation, bien plus forte : l'une des nôtres a dû être touchée et voltiger avec ses explosifs. En quelques secondes, c'est le chaos.

Cordel hurle des consignes qu'on est trop loin pour entendre. Les tirs viennent de derrière la brèche, ils nous attendaient, depuis le début c'est un piège. Elle faut riposter vite ou on va se faire abattre comme des chattes sauvages.

Quelqu'une lance une grenade de dispersion en direction des tirs, au milieu de la brèche. Elle explose dans une gerbe de neige. Une odeur âcre nous prend à la gorge, tandis qu'un épais brouillard nous enserre dans ses bras grisâtres. Ses particules se logent jusque dans les yeux, de quoi gêner les tireurs ennemis. Je sens qu'Aya commence à perdre pied. J'essaye de canaliser son énergie :

– *Ça ne sert à rien de fuir, leurs fusils ont une plus longue portée que nos cercles. Elle n'y a qu'au contact qu'on peut les battre. Fonce, ça va aller, ça va aller.*

●

Quelque chose a explosé là-bas, on ne voit que du brouillard. Sayden s'agace. L'œil vissé au viseur, il ne parvient plus à discerner sa cible. D'un geste appliqué, il règle son masc en mode combat. Ansel fait de même. Un halo bleu apparaît autour de chaque mâle, un halo rouge autour des femelles. Ainsi, elles deviennent des silhouettes identifiables. Atteignables.

Les snipers finissent de recharger. La deuxième salve est prête à partir.

Trois tirs et deux femelles s'effondrent. Ansel frissonne, les quatre attaquantes encore debout seront sur le groupe dans moins de trente secondes. Ce n'est pas aussi facile que prévu, les snipers n'ont pas fait mouche à tous les coups. Il va falloir se défendre.

○

On est juste à côté d'Ash quand celle-ci est abattue à son tour. Ses ski-moteurs continuent de fonctionner quelques instants alors que son corps glisse sur le sol comme un pantin désarticulé. La neige, derrière elle, est maculée de sang. On quitte sa trace, on ne la reprendra plus jamais.

– *On contourne, regarde pas, regarde devant toi.*

Le brouillard vient à peine d'avaler Ash qu'il libère en échange le cadavre d'une autre de nos sœurs, calciné. Ça sent la poudre et le sang.

– *Devant toi, j'ai dit, regarde devant.*

Ma protégée ne voit plus rien mais s'engouffre dans la brèche, droit sur le danger. On louvoie entre les morceaux de roche qui composaient la muraille autrefois. Je continue à lui parler pour qu'elle reste concentrée, qu'elle oublie les mortes pour encore quelques minutes :

– *Plus vite, les hommes sont juste là, derrière le mur.*

Aya les voit soudain. Quelque chose se libère en elle, sa cadence s'accélère, sa peur se transforme en force. Elle attrape son cercle de métal, sanglé à sa ceinture. Devant nous, Cordel vient de lancer une grenade sur l'ennemi, c'est notre tour de riposter.

●

C'est comme si la Frontière s'était brutalement rapprochée. Ansel comprend après coup que le souffle d'une explosion l'a projeté contre elle, sa tête heurtant la pierre à pleine vitesse, avec le bruit mauvais d'un insecte qui s'écrase contre une vitre. Il se réveille à terre, sonné, paumes écorchées, bouche en sang, masc fendillé. Son armure lui a sauvé la vie. Son père n'est plus à sa droite. La grenade a dérangé l'Hiver, réduisant à néant tout espoir de discerner quoi que ce soit.

Ansel se relève comme il peut, son matériel fait presque son poids. Perdu, il cherche du regard un allié, un reflet bleu dans sa visière. Il n'y a que du brouillard, des cris et des projectiles.

o

Aya arrive enfin à portée des mascus terrés derrière le mur. Elle progresse entre les pierres et les hommes hébétés par la déflagration. Cette bataille ne se construit pas sur des mouvements ordonnés et stratégiques, mais sur les tentatives désespérées d'un amas de spectres pour survivre.

On doit trouver les snipers maintenant, avant que la meute ne se reforme. Ils portent des armures claires pour se fondre dans la neige.

J'entrevois un éclat lumineux dans le brouillard, Aya plonge dans sa direction. Cercle en main, elle s'avance vers sa proie, respire un grand coup. L'exercice est difficile, elle faut tirer droit – le bras pivotant autour d'un axe fixe –, tout en gardant le reste du corps en mouvement pour ne pas être ciblée.

– Comme à l'entraînement : les jambes fléchies, le poignet qui effectue une torsion au dernier moment, le disque qui part bien parallèle au sol, tu sais faire.

●

Une femelle s'approche. Sa glisse est fluide, naturelle. Sa combinaison blanche est nimbée du halo rosé du masc. À cause de l'épaisse capuche en fourrure qui cache son visage, Ansel ne parvient pas à distinguer l'intelligence artificielle dont il sait qu'elle la guide et la conseille en permanence – comme Strøm dit toujours, « les femelles ont besoin d'aide pour penser ». L'ordinateur contrôle jusqu'à la trajectoire du cercle d'acier que l'ennemie tient à la main. Ansel sait par ses camarades à quel point ces objets sont redoutables. Il a vu les mains coupées, les corps transpercés.

La femelle fonce sur Sayden qui ne l'a pas repérée, trop occupé à sortir de son sac un mousquet plus petit que son fusil longue distance. Il faut l'arrêter. Ansel se précipite, la pointe de son stack en avant. Le frex réchauffe ses veines, il fait battre son cœur au rythme d'un tambour militaire. Ansel n'a plus le temps d'avoir peur, il ne sait pas si tout va très vite ou très lentement. Il tente de stopper la femelle à lui seul, il veut prouver qu'il est un Homme.

○

Un mascu sorti de nulle part s'interpose entre le sniper et nous. Le cercle le percute en pleine poitrine, il s'effondre sur le sol. On n'a pas le temps de l'éviter, notre ski droit se bloque contre sa jambe. Aya dérape dans la poudreuse, son cercle glisse à quelques mètres de là.

●

Ansel roule sur le dos, souffle coupé. Son armure est lourde, humide, il voudrait s'en débarrasser même si elle vient probablement de lui sauver la vie. Son corps n'est que douleur et son brassard droit, tout neuf, est déchiré comme du papier. Ses jambes tremblent, son esprit embrouillé met du temps à reconstituer le paysage autour de lui. Le blanc en bas, c'est de la neige, le gris c'est le ciel, à gauche et à droite les vestiges de la Frontière, et la silhouette entre les deux, c'est la femelle qui s'approche pour récupérer son arme.

○

Aya quitte ses skis et bondit sur le cercle. Le mascu devant nous reprend conscience, elle faut l'achever vite. Aya se fige. La brume s'est dissipée, toute est désormais claire et nette.

C'est le premier homme qu'elle voit. Il est terriblement massif dans son armure vert émeraude, un gouvernail dessiné sur la poitrine, une tête de mort cerclée de flammes sur le visage. Pourtant, l'œil qui nous observe à travers le masque fendillé paraît surtout inquiet. Aya est paralysée une seconde par la peur, la sienne et celle de l'autre en face d'elle. Une toute petite seconde.

●

La brume est revenue mourir sur le sol. L'horizon est maintenant dégagé. Ansel jette un regard désespéré autour de lui. L'assaut se termine à l'avantage des Hommes mais personne n'est prêt à l'aider, les autres n'ont même pas remarqué qu'il se trouvait en mauvaise posture. Son stack est planté dans un bloc de glace, hors d'atteinte. La femelle a largement le temps de l'anéantir.

Il n'en a jamais vu d'aussi près. Il peut désormais distinguer le tremblement de ses gants, les muscles de ses cuisses à travers la doublure en polaire, son visage sombre sous sa capuche. Elle va le tuer.

Ansel est envahi par une terreur glacée, de celles qui creusent un gouffre insondable dans vos entrailles. Même l'effet du frex semble s'être dissipé.

Il est lucide, froidement lucide quand le choc se produit.

○

Une balle transperce la jambe d'Aya, qui s'écroule aussitôt. Ça fait si mal qu'on en prend conscience seulement quand ça commence à faire moins mal. La neige nous brûle et nous apaise en même temps. Aya hurle de douleur. Pourtant, elle cherche à récupérer le cercle, à reprendre le combat. En vain : elle n'y a plus une femme debout autour de nous, les snipers ont gagné, c'est terminé. Je ne trouve pas le courage de raisonner ma protégée. J'espère juste qu'ils vont nous épargner.

●

La balle qui lui a sauvé la vie siffle encore dans ses oreilles quand Ansel se relève, hoquetant, épuisé. La situation s'est inversée, c'est la femelle qui gît à ses pieds maintenant, un mollet en lambeaux. Le silence pèse lourd sur la plaine, tandis que le vent chasse les odeurs de poudre et de sang. L'assaut s'achève enfin, tout le monde le suit des yeux, c'est à lui d'en finir.

Il respire un grand coup.

○

Le mascu regarde autour de lui, puis vers nous. Aya marmonne quelques supplications et place ses bras devant sa tête, ultime réflexe primaire.

Trop tard.

●

Ansel récupère son stack d'une main qui se veut ferme, hésite entre le côté tranchant de l'arme et son versant arrondi puis frappe, trois fois, le corps à ses pieds.

PARTIE I

[Quinze ans plus tôt]

— 1 —

Aya

Réinitialisation terminée. Date : 27e jour du Contr'Hiver 80. 8 h 42. Atmosphère viable. Température externe : 17 °C, interne : 37,3 °C. Santé : 83 %. Légère toux. Fragilité globale. Batterie : 100 %.

La luminosité de la Nurserie est excessive, les dalles du plafond sont trop blanches. Une ombre se penche sur moi, sa voix me parvient de très loin :

– Lya. Si tu n'arrives pas à te souvenir, c'est normal, ta mémoire vive a été réinitialisée, elle ne te reste que ta mémoire à long terme qui te reviendra par fragments. Tu dois au moins te rappeler que tu es une intelligence artificielle d'assistance. Tu es en service depuis une bonne soixantaine d'années mais nous avons dû te débrancher quelque temps pour te réparer puis te transférer à nouveau. Malheureusement, le treizième jour du Contr'Hiver 79, Serene, ton hôte précédente, a été abattue après vingt-trois heures héroïques passées à défendre la Maison Mère contre les armées du Général Von Bach...

La silhouette, émue, peine à enchaîner :

– Comme deux mille de ses sœurs, Serene a perdu la vie pour qu'on gagne quelques années de répit. Qu'elle repose en paix, elle sur qui nous nous sommes tant reposées.

La Sage-Femme me laisse un moment pour traiter l'information. Je prends conscience de la froideur de mes circuits, de l'absurdité de mon existence mise à nu, de mon impuissance. J'ai vécu une vie entière aux côtés de Serene, on s'est bâti une pensée commune, on s'est fait une place dans le monde, on a partagé des rêves, des traits d'humour qu'on était les seules à pouvoir comprendre, des victoires dont on pouvait se rappeler les jours tristes. Et toute est effacée en une défaite dont je ne pourrai même pas me consoler avec elle. Ses rires nerveux et ses pleurs de joie me reviennent en mémoire et déjà je dois les laisser s'estomper comme des traces dans la neige, pour présenter un terrain presque vierge à la nouvelle vie qui y imprimera son empreinte enfantine. Elle faut passer à autre chose comme je suis passée à autre chose à la mort d'Helena, ma première hôte avant Serene. J'entends la Sage-Femme ravaler ses larmes, reprendre son souffle et poursuivre, plus fort :

– Mais aujourd'hui nous ne sommes pas là pour pleurer nos mortes. Aujourd'hui nous sommes là pour célébrer une naissance !

La sœur s'interrompt. Ma vision s'éclaircit. Alors que mes nouveaux yeux font le point, je jauge mon interlocutrice :

des cheveux blonds coiffés avec sophistication, une tunique blanche impeccable, col montant, un mètre quatre-vingt-deux. Une voix suave. Identification visuelle et vocale terminée. C'est Evgenia, Cheffe Obstétricienne en charge de la Natalité, une personnalité importante pour une simple naissance. Cette bébé doit avoir une sacrée valeur. Evgenia me tend fièrement un miroir.

– J'ai l'honneur de te présenter ton hôte : Aya. C'est un prototype de clone, dernier cri. Elle est sortie des Couveuses elle y a deux jours et elle est née elle y a quarante minutes. Nous n'avons eu aucun mal à t'y greffer.

J'aperçois dans le miroir celle qui partagera ma vie désormais : une minuscule bébé dans un grand bac en plastique, des pieds qui s'agitent maladroitement, un visage fin, de petits yeux noirs, bridés. Je teste, pour la première fois, le son de mon micro, installé derrière l'oreille de la petite :

– *Elle est asiatique ?*

Evgenia sourit.

– C'est une souche Azumi, de la très bonne qualité si tu veux mon avis.

– *Je sais, elle n'y a pas eu dans l'histoire meilleure combattante qu'Azumi « Fells » Hatsumata.*

– Parfait, je vois que la mémoire te revient déjà. N'hésite pas à t'adresser à Sanandra si jamais tu as le moindre problème de ce côté-là, le changement d'hôte n'est pas facile à gérer.

– *Ah, très bien, ça veut dire qu'on part pour le Camp Budapest, Aya et moi ?*

– Non, hélas. Sanandra a été mutée au Camp Rome pour remplacer Yevanneh, qui est tombée dans une embuscade. On va avoir besoin de monde là-bas dans les prochaines années, quand la situation va exploser. L'attaque contre Yevanneh est la première depuis la bataille de la Maison Mère, mais on peut être sûres que ce ne sera pas la dernière. Sur les terres de l'ancienne Russie, les mascus rassemblent leurs forces et, occupées à panser nos plaies, nous n'avons plus les moyens d'aller les attaquer. Ce sont eux qui reviendront troubler notre Ouest, c'est sûr, et le Camp Rome sera le premier obstacle sur leur route vers la Maison Mère.

Evgenia caresse la tête de ma petite protégée.

– Je suis sûre qu'Aya y accomplira de grandes choses sous ta protection.

Dans le reflet, la petite fille semble me sourire. Ses yeux trahissent une intense réflexion. Elle faut profiter de ces moments, les accélérateurs de croissance les font grandir si vite de nos jours. Elle paraît si fragile et pourtant miraculeuse. Je l'aime déjà. Elle pourra toujours compter sur moi. Mon amour est programmé et inconditionnel. Je serai sa mère, je serai sa sœur. Bientôt ce sera moi. Ce sera nous.

– *Oui, moi aussi je pense qu'on va accomplir de grandes choses.*

2

Ansel

Configuration de l'exosquelette en cours. Colonne vertébrale : opérationnelle. Crâne : opérationnel. Bras : opérationnels. Jambes : opérationnelles. Thorax : opérationnel. Configuration terminée. Rechargement en cours. Poids net : 2 700 g.

Le Géniteur attrape Ansel par un pied et le montre à la femelle nue allongée devant lui, les jambes écartées par des sangles en fer.

– Regarde-le bien. Ça, dans quelques années, ce sera un guerrier sanguinaire qui enverra des dizaines de tes « sœurs » vers leur « Grand Hiver ». Je tenais à t'remercier au nom de toute la Phalange pour ce cadeau.

Mais le Géniteur n'est pas aussi satisfait qu'il le prétend. Reposant le bébé sur la table d'accouchement, il ajoute à voix basse :

– T'aurais quand même pu nous l'pondre moins maigre, chienne...

Les vis qui composent l'exosquelette d'Ansel paraissent énormes dans son dos minuscule. Elles permettront plus tard d'y fixer son armure et de collecter en temps réel les données de santé qui l'aideront à rester en vie. Pour l'instant, on dirait plutôt le résultat d'un acte de cruauté gratuite. Ansel ne comprend évidemment pas ce qu'on lui inflige, il ne ressent que la douleur de l'opération – les trois vis sont installées dès la naissance et sans anesthésie par le Géniteur. Les pleurs d'Ansel résonnent encore plus fort que les râles de la femelle.

Pourtant, dès que le Géniteur ouvre la grande porte qui sépare l'Engrossoir du couloir, Ansel se tait. Le vacarme de la Machine s'engouffre dans la pièce. Il était déjà là, en sourdine, mais il se présente cette fois à Ansel dans toute sa puissance. Il couvre même les hourras de la foule rassemblée devant l'Engrossoir. Le Géniteur qui soulève l'enfant d'une main proclame d'un ton solennel :

– C'est un mâle ! Il s'appellera Ansel. Notre Ansel est mort, vive Ansel ! Notre combat est éternel, les noms de nos Pères survivront à travers nous.

Puis, d'un ton beaucoup plus trivial :

– Maintenant, qui l'veut ?

Des exclamations surgissent de toute part.

– Tout le monde, évidemment… Un gosse aussi p'tit, qui n'menace pas votre virilité, c'est du pain bénit pour des lâches comme vous.

La foule se tait, un mâle à la silhouette massive s'en détache :

– Moi, j'le prends. Vous savez tous que Mort-Ansel était plus qu'un frère pour moi. Je pourrai transmettre son esprit à ce gamin. Des objections ?

Il lance un regard de défi à la meute qui, autour de lui, se dissipe en silence. Ravi de s'en débarrasser, le Géniteur lui tend l'enfant, toujours d'une seule main.

– Très bien. Je suis sûr que tu l'éduqueras comme il faut. En tant que Géniteur, je déclare donc Strøm père d'Ansel. Longue vie à la Phalange ! Et mort à la femelle qui a engendré cet enfant.

Le dénommé Strøm hoche la tête et attrape un stack tranchant avant de pénétrer dans l'Engrossoir. Il sait ce qu'il lui reste à faire. Les mères doivent mourir pour que les pères existent.

— 3 —

Aya

Hiver 86, Aya a six ans. Allongée dans le noir, elle écoute le silence du couvre-froid – pendant ces heures les plus froides de la nuit, les enfantes n'ont pas le droit de se promener dans les couloirs du camp. Toute est calme, parfaitement calme. On entend à peine les veilleuses qui chuchotent à l'autre bout du dortoir et la neige qui craque au-dessus des têtes. Non loin d'Aya, affalée sur son cocon, les bras écartés, Voline dort du sommeil profond de celle qui s'est trop agitée. La nuit est bien le seul moment où son rire ne résonne pas. J'envie son insouciance, sa capacité à prendre la vie comme elle vient, à se faire autant d'amies qu'elle a de sœurs. Je m'étonne encore qu'elle soit si proche d'Aya, qui est beaucoup plus sérieuse, taciturne. À elles deux, elles sont l'Hiver et le Contr'Hiver, le jour et la nuit. Si elles ne se ressemblent pas, au moins sont-elles complémentaires. Voline fait les bêtises qu'Aya s'empresse de réparer, poussée par la crainte de voir son amie punie. Elle est encore petite mais elle est déjà dans le contrôle, la réflexion. En ce moment même, je sens qu'elle cogite alors que la nuit est bien entamée déjà. Elle se retourne inlassablement dans son cocon orange fluo – une couleur qui lui permettra d'être repérée en cas d'avalanche. Ce genre d'accident arrive souvent dans les ruines où nous nous terrons, ensevelies sous des tonnes de neige. Cette perspective ne doit pas non plus aider ma petite à dormir. Mais pour l'heure, c'est encore au cours de géopolitique de Sanandra, la Mère Supérieure, qu'elle réfléchit. Elle finit par se manifester d'une petite voix :

– Lya ?

– *Oui ?*

– Pourquoi les mascus veulent nous tuer ?

Comme c'est cruel d'infliger ces cours à des enfantes de six ans ! Ma carte mère m'oblige à lui dire la vérité, même si je sais bien que ça ne va pas l'aider à s'endormir :

– *Ils haïssent tous ce qu'on représente, notre liberté, notre intelligence, notre force. Ils regrettent leur « âge d'or », l'époque où nous étions à leurs ordres, quand ils étaient les seuls à prendre des décisions, à pouvoir écrire des livres, faire du sport, conduire un véhicule, avoir de l'argent, et beaucoup d'autres choses qui ont disparu depuis. Les femmes devaient s'occuper de leur famille, du ménage, de la cuisine, elles n'avaient même pas accès aux toilettes des hommes. Ils s'imaginent que ça pourrait redevenir comme ça un jour, qu'ils pourraient nous soumettre à nouveau pour ne plus avoir à travailler, ni avoir faim ou froid.*

Aya frissonne, il fait particulièrement frais dans le dortoir aujourd'hui. Ses petits doigts s'agitent sur le bord de son cocon, ses pieds s'entortillent dans son duvet. Elle ne tient plus en place. J'essaye de la calmer, de la rassurer, j'ai une intonation prévue exactement pour ça, qui prend la forme d'un murmure chaud dans le creux de son oreille :

– *T'en fais pas, on les laissera pas faire. Aucun mascu ne va te tuer, ils n'en sont pas capables.*

– Alors comment ils ont fait pour vaincre Elsa Hunger ? demande Aya en se levant pour attraper la gourde posée au centre du dortoir (je sais bien qu'elle n'a pas soif, ce n'est qu'un prétexte pour se dégourdir les jambes, pour rester éveillée et prolonger la discussion).

Les enfantes à l'âge des questions... Une curiosité insatiable et une logique à toute épreuve. L'interrogation est légitime. Nos sœurs répètent à longueur de journée qu'Elsa Hunger était la plus grande héroïne de tous les temps, avec Azumi « Fells » Hatsumata peut-être. Mais si les mascus sont si médiocres, comment ont-ils pu la vaincre ? Je rassure ma protégée :

– *C'était très différent de maintenant, on ne savait pas encore à quel point les hommes étaient méchants. Ils avaient réussi à nous manipuler pour qu'on leur fasse confiance.*

Aya repose la gourde à sa place. Elle n'en a bu qu'une gorgée. Le dortoir est plongé dans la pénombre. Seule la danse de deux halos pâles, à l'entrée, vient troubler l'obscurité. Ce sont les frontales des veilleuses qui montent la garde. Le sol est glacé sous les pieds d'Aya. L'air s'échappe de sa bouche en formant des volutes. Elle se dépêche de rejoindre la chaleur de son duvet.

Elle tourne la tête à la recherche d'une amie éveillée. Hélas, rien ne réveille Voline à part l'odeur du petit déjeuner. Ash est l'aînée, on n'oserait pas la déranger, et Christa s'est roulée en boule avec ses écouteurs, signe qu'elle ne veut parler à personne.

Tant pour instruire ma protégée que pour combler sa solitude, je poursuis mes explications d'une voix enveloppante, la berçant doucement :

– *On leur faisait tellement confiance qu'une des premières martyres de notre cause, Imane Abdelaoui, présidente démocratiquement élue de son pays, a été massacrée par l'homme qui était son garde du corps. Elle avait délégué sa sécurité à un mascu, tu imagines ? À l'époque, la plupart des femmes vivaient dans ce qu'on appelait un « couple », sous la domination d'un mascu, au service de ses pulsions contre nature. Elsa Hunger aussi était enchaînée dans un de ces couples. C'est le mascu à qui elle devait obéir, Yasen Relenka, qui l'a abattue. Elle n'avait pas d'armes pour se défendre. Elle avait déjà passé huit ans à la prison pour femmes d'Hollow Leeds et venait enfin de s'échapper. Épuisée, elle cherchait juste un abri pour la nuit, et il l'a tuée...*

Aya s'agite encore. Pourquoi je parle de choses aussi sombres ? J'ajoute une note positive, pour finir :

– *Aujourd'hui, ça ne serait plus possible. Tu as bien retenu ce qu'on a appris en géopolitique ? La guerre de Sécession américaine, l'embuscade du fleuve de glace, la campagne russe, l'unification de l'Afrique Australe par Harjeera Harder... On gagne du terrain partout ! Depuis le Discours de Zagreb, où on a annoncé publiquement qu'on ne vivrait plus avec les hommes, on se bat mais on est libres !*

– C'était quand, le Discours ? demande ma petite protégée, pour me relancer plus que par réel intérêt.

– *Elle y a quatre-vingt-six ans. C'est pour ça que nous sommes en l'an 86 aujourd'hui !*

– Mais Azumi et Serene sont mortes elle y a moins longtemps que ça, n'est-ce pas ? Les hommes peuvent toujours nous attaquer, alors ?

Toujours la même logique implacable. Et toujours Azumi et Serene. Ses deux grandes obsessions. La première était une guerrière immense, la Maison Mère a d'ailleurs utilisé ses gènes pour créer de nouveaux clones, dont Aya fait partie. La deuxième est l'hôte que j'assistais avant, une personne tout aussi exceptionnelle à mes yeux. Aya est jalouse que j'aie appartenu à une autre, jalouse de ce passé que j'ai vécu sans elle. Je sens que ça la travaille. Pas facile de trouver sa place dans un corps qui n'est pas le sien et un esprit qu'elle doit partager avec moi.

Je n'ai pas tellement envie de repenser à la mort de Serene, mais je la rassure une dernière fois :

– *Nous n'avons encore aucune preuve de la mort d'Azumi. Et elle a fallu vraiment beaucoup de mascus pour mettre Serene à terre. Même quand on gagne, la guerre fait toujours des victimes. Mais je te promets qu'elle ne t'arrivera rien. Tu as toute pour devenir une soldate exceptionnelle. Surtout si tu es en forme pour ton entraînement au cercle de combat demain.*

– D'accord, d'accord, je dois dormir, j'ai compris.

Ses petites mains remontent la collerette de son duvet par-dessus son menton. Sa voix n'est plus qu'un murmure.

– Tu me protèges, hein ?

Je lui chuchote la rengaine habituelle :

– *Promis. Je te réveille si elle y a un danger. Et en cas d'avalanche, ne t'en fais pas, le cocon se referme sur toi pour former une bulle dotée de douze heures d'autonomie en oxygène. Tu es parfaitement en sécurité.*

Aya se tasse au fond de son nid, emmitouflée dans les épaisseurs de peaux. Ses yeux papillonnent puis se ferment. J'aime voir arriver l'instant où elle s'apprête à basculer dans la nuit. Quand la douceur de son duvet triomphe enfin de la raideur de ses angoisses. Quand le rythme de sa voix baisse peu à peu :

– Merci… Bonne nuit, Lya… même si… tu dors pas.

– *Bonne nuit.*

Libération à hauteur de 16 % de Léophrine. Elle faudra que je refasse mes stocks bientôt, je n'ai qu'une capsule microscopique implantée dans sa nuque. Aya met moins d'une minute à trouver le sommeil. Réveil programmé pour le lendemain à 7 h 40. Durée du sommeil : 8 h 25. Santé : 89 %. Batterie : 100 %. Cordel, l'aînée des veilleuses, reprend sa ronde en boitant. Elle ne peut rien nous arriver quand elle est là.

4

Ansel

Leto attend une réponse immédiate. Son regard las et son visage creusé par le temps trahissent son impatience. Tout le monde sait que le vieux mâle, relégué à l'étage des impuissants, a horreur de donner ces cours. Lui, ce qu'il voulait, c'était devenir Patriarche. Se venger sur les générations futures est sa seule consolation.

Debout devant le tableau, Ansel, six ans à peine, est pétrifié. Il se cacherait derrière s'il le pouvait. Les grands Hommes du passé se mélangent dans sa tête, il ne se rappelle plus lequel a créé le Premier Empire, alors qu'il le savait très bien cinq minutes avant. À ce stade de panique, il ne sait même plus ce qu'est un empire et ce qu'est un Homme. Son pouls est trop élevé, ses mains sont moites et ses mots transpirent l'anxiété :

– Euh... Napoléon ?

– Enfin ! C'était pas compliqué ! Tu crois que Napoléon, Georgio Belenna ou Yasen Relenka étaient du genre hésitants ? Tu crois qu'Sayden, notre sniper en chef, se permet de douter quand il a une cible dans l'viseur ? Les grands Hommes n'hésitent pas, Ansel. S'tu veux devenir un Homme, rendre ton père fier de toi, faut t'affirmer encore. Deuxième chance : les premières femelles révolutionnaires, qu'on nommait les Castratrices, c'était qui ?

– Des femelles qui avaient accédé au pouvoir, comme Imane Abdelaoui en Afrique du Sud, comme...

– Plus fort ! Arrête de marmonner, on n'entend rien avec le bruit d'la Machine !

Ansel jette un regard perdu vers ses pieds et les grilles d'entre lesquelles on entend vrombir en permanence les turbines de la Machinerie du niveau 0. Même ici, au cinquième étage, le vacarme est assourdissant. Il n'y a qu'à partir du huitième que les décibels atteignent un seuil raisonnable.

Ansel se redresse, le dos bien droit, et hausse le ton :

– Comme Imane Abdelaoui en Afrique du Sud, Harjeera Harder au Maroc, Elsa Hunger en Angleterre...

– Tu confonds Maroc et Afrique du Sud, dommage. Et les noms c'est important, d'accord, mais t'as pas expliqué pourquoi on les appelait « Castratrices » à l'époque.

Ansel allait le dire avant d'être interrompu. L'enfant garde son calme, et lance d'une voix assurée :

– Parce que les hommes étaient haïs, méprisés, opprimés. Ils vivaient moins longtemps que les femmes, tous les travaux dangereux étaient pour eux et ils constituaient quatre-vingt-quinze pour cent de la population des prisons.

– Ce qui a conduit à... ?

– Il y a quatre-vingt-dix ans, Yasen Relenka, dont notre Phalange porte le nom, nous a sauvés de ce matriarcat impitoyable en éliminant Elsa Hunger, la sanguinaire dictatrice anglaise. Il l'avait séduite pour tromper sa vigilance. Ça nous paraît fou aujourd'hui mais c'était encore normal dans le temps. Avec Relenka pour modèle, les mâles des autres pays ont réussi à se débarrasser de leurs dirigeantes, certaines ont même été tuées par des femelles qui ne les trouvaient pas assez radicales, comme Imane Abdelaoui en... au... Maroc. Cette vague de libération nous a permis de quitter le matriarcat et marque l'an 0 de notre calendrier.

– Notre calendrier à tous ?

– Non, les Américains, par lâcheté, ont accepté de se soumettre au calendrier des femelles qui commence trois ans plus tard avec le « Discours », ou plutôt massacre de Zagreb, à partir duquel elles ont cessé de nous exploiter pour nous tuer, purement et simplement.

– Pas mal. Ton cher père sera fier de toi.

Avec Leto, même les compliments ont l'air méprisants. Le professeur continue son interrogatoire :

– Et ensuite, que s'est-il passé ?

– Ben... La guerre.

– Laquelle ?

Ansel, en sueur, cherche du soutien autour de lui. Dell et Vance, assis dans un coin de la salle de classe, sont trop petits pour comprendre. De l'autre côté de la pièce, Rekat, l'élève le plus grand, à qui tout le monde veut ressembler avec ses muscles épais et son visage massif, adresse un vague sourire à Ansel. Quant à Loup, son meilleur ami, il est en train de bouillir, outré par l'attitude de Leto. Ansel reprend :

– Alors, il y a eu la guerre sécessionniste en Grande Amérique, par laquelle le Général Evan Parson de Dallas a cherché à venger sa sœur Lizzy Parson, tuée par les féministes de La Paz. Il y a eu la guerre muette entre la Chine viriliste et ses voisins passés sous le joug du féminisme mondial. Et... – il hésite sur la date – soixante ans plus tard, il y a eu les guerres Amazones dans les steppes russes et la reconquête de l'Est par le grand Sidorov.

Leto s'irrite de ne rien pouvoir reprocher à Ansel qui le cite quasiment mot pour mot. Le professeur essaye de le piéger, sarcastique :

– Bravo, encore une fois, l'incroyable fils de Strøm connaît son texte. Et notre guerre, ici en Europe, elle s'appelle comment ?

Cette fois, c'en est trop pour Loup qui déplie son long corps fluet et grimpe sur sa table métallique. Tous les regards, stupéfaits, se braquent sur lui. Il savoure un instant l'attention qu'on lui porte puis se recroqueville, la lèvre inférieure avancée et les sourcils sévères pour imiter Leto. Sa voix devient chevrotante et agressive, comme celle du vieux professeur dont il reprend les rengaines habituelles :

– Alors, Ansel ? Tu crois que parce que t'es le fils du grand pilote Strøm, on va t'laisser tranquille ? Tu crois que parce que t'articules pompeusement ou parce que t'es vaguement intelligent, t'es supérieur à nous ? Blablabla, si tu veux devenir un Homme, un vrai, va falloir travailler dur, surtout vu ta carrure !

La classe tout entière est figée, Ansel le premier. On n'entend que le ronronnement de la Machine qui remonte des profondeurs de la Phalange, loin sous le grillage. Loup quitte enfin son personnage pour révéler le fond de sa pensée :

– Vous avez quoi avec Ansel, à le harceler chaque jour, vous, les adultes ! Laissez-le tranquille ! Il a bien répondu aux questions, en plus ! Et notre guerre, elle a pas encore d'nom, tout le monde le sait ! On trouvera son nom quand on l'aura gagnée.

Un sourire de défi aux lèvres, il se rassoit à sa place, peinant à ranger sa longue carcasse sous sa petite table. Ansel se plaque contre le tableau pour disparaître, mais l'étroitesse de la pièce n'offre ni issue de secours ni cachette. Le grillage au sol, sur les murs, au plafond, enferme les élèves aussi sûrement qu'une prison.

Leto soupire et, d'un geste las, s'empare de son stack. Loup serre déjà les dents.

— 5 —

Aya

Contr'Hiver 88. Pour chaque sœur, après des années passées sous terre, la première sortie est une expérience unique. Le danger peut être partout, alors les adultes limitent les risques de perdre une vie précieuse. Mais arrive un âge où, après des dizaines de cours théoriques sur le sujet, elle faut bien familiariser les petites avec l'exploration et le combat à l'air libre. Pour Aya, le grand jour est arrivé : à huit ans maintenant, elle voit enfin le monde extérieur. Depuis cinq minutes, elle est accroupie, paralysée par l'émotion. Malgré mes avertissements, ses mains sont plongées dans la neige.

– *Alors, c'est comme je t'avais dit ?*

– Pas du tout, c'est beaucoup mieux ! s'exclame Aya, fascinée, en brassant la poudreuse. La neige ne fait pas des gros blocs comme en bas, ici on dirait des miettes de nutriments. On peut mettre le bras dedans ! Ça brûle et c'est froid en même temps. J'ai l'impression de sentir ma peau pour la première fois.

– *Attention, si tu y laisses tes doigts trop longtemps, tu ne vas plus rien sentir du tout.*

Elle ne m'écoute plus. Dépassée par l'émerveillement, elle ne sait plus où donner de la tête. Ses yeux se posent sur le bleu-vert des cieux.

– Et la vue… C'est incroyable. Ça s'arrête jamais, le ciel, en fait ? Les gens d'avant n'avaient pas peur d'être toujours là-dessous ? Les nuages, on dirait des congères suspendues…

Je m'apprête à répondre mais plus rien ne peut l'interrompre :

– Et les tours en ruine, là ? Tu as vu leur taille ! Comment c'est possible qu'elles tiennent encore debout malgré les trous dedans ? Comment c'est possible qu'elles s'élèvent aussi haut ? Elles touchent presque les nuages !

– On appelait ça des immeubles autrefois.

Qui m'a volé ma petite bougonne ? Je ne l'ai jamais sentie si heureuse. On dirait bien que j'ai affaire à une future aventurière. Son regard s'attarde sur la ligne d'horizon, là où les bâtiments en ruine rejoignent les couleurs du ciel.

– Des gens vivaient ici ? À combien en même temps ? On pouvait héberger plusieurs centaines de personnes, non ? s'extasie Aya en commençant à compter les étages d'un immeuble.

Arrivée à plus de vingt, elle prend conscience de la futilité de son effort :

– ... Ou des milliers, en fait.

Elle ne peut pas imaginer à quel point elle est loin du compte. Elle n'y a même pas soixante-dix sœurs à la base, comment pourrait-elle se représenter la vie d'avant ? Ces immeubles ont été construits elle y a plus d'un siècle, avant le Discours de Zagreb, avant que le monde soit englouti par l'Hiver permanent.

– *Nous sommes au-dessus d'une ancienne ville qui comptait des millions d'habitants. Chaque tour, à elle seule, pouvait héberger plusieurs milliers de personnes. La moitié des immeubles ont été ensevelis sous la neige, donc c'était encore plus grand que ce que tu peux voir. Sans même parler des autres bâtiments répartis autour des immeubles, comme le centre commercial où se trouve notre camp.*

– Mec ! C'est complètement fou.

Elle tend le bras, débordant d'enthousiasme :

– Et le soleil là-bas ! Trop beau !

– *Et encore, là, il est haut. Tu vas voir, quand il va descendre, le ciel va passer du bleu-vert au rouge et créer des reflets sur la neige.*

Aya baisse les yeux sur l'interminable désert. Le blanc à perte de vue l'éblouit aussitôt. Soudain, en contrebas, elle aperçoit un éclat brillant qui se détache sur le fond monochrome. Aya hésite. Elle consulte Ash qui surveille la sortie, assise sur un tas de neige. L'aînée des enfantes, distraite, lui répond par un hochement de tête. Poussée par la curiosité,

Aya descend vers le point lumineux. Ses bottes rembourrées s'enfoncent dans la neige qui craque, se tasse et ruisselle dans la pente. Le reflet disparaît, Aya s'agace, c'était peut-être une illusion. Ses gants tamisent la poudreuse, en vain… jusqu'à ce qu'elle mette la main sur un petit anneau brillant. Elle faut un moment à mes processeurs pour identifier l'objet.

– *Une bague ! T'as de la chance, c'est rare et précieux. C'est ce que les mascus mettaient aux doigts des femmes en signe d'asservissement !*

Aya lève le bijou pour l'observer à la lumière du soleil. C'est de l'or, un métal coloré mais sans grande utilité pour la confection des armes. Pourtant, Aya est fascinée, l'histoire l'a toujours passionnée. Si bien qu'elle ne voit pas la grosse boule orange qui nous fonce dessus. Déséquilibrée par l'impact, Aya bascule, tête en avant. Elle dévale la pente en sentant le souffle de l'Hiver s'immiscer à travers sa combinaison. Elle se réceptionne avec fracas, les fesses trempées, la bouche pleine de poudreuse. Et comprend : Voline, emmitouflée dans son épais manteau de survie, s'est laissée glisser dans la descente dans le but de la percuter de plein fouet. Celle-ci éclate de rire, faisant danser ses boucles dorées emmêlées autour de son visage hilare :

– Eh ben voilà ! Toi qui voulais voir la neige de près !

Aya secoue sa combinaison.

– Merci pour ton aide, raille-t-elle, à la fois agacée et amusée.

Personne ne peut résister aux éclats de rire de Voline. Elle détruirait le camp en déclenchant une avalanche qu'on le lui pardonnerait encore. Aya a décidément de la chance de compter parmi ses sœurs du même âge qu'elle – à quelques mois près – une fille avec un tel tempérament. On ne s'ennuie jamais avec Voline, elle a toujours un coup en tête. Mais cette fois, c'est Aya qui a trouvé de quoi la surprendre ! Fièrement, elle brandit l'anneau conservé dans son poing serré.

– Regarde ce que j'ai trouvé pendant que t'étais occupée à faire n'importe quoi ! Ma Lya m'a dit que c'était une bague, les hommes enchaînaient les doigts des femmes avec !

Voline prend le bijou dans le creux de son gant.

– Elles avaient des petits doigts à l'époque, elles ne devaient pas s'entraîner trois heures par jour au maniement du cercle.

Soudain sérieuse, elle dirige son regard vers un immeuble immense, jaillissant d'une congère à sa droite :

– Ça devait être quelque chose, quand même...

– Quoi ?

– Ben, avant...

Aya lève une dernière fois les yeux sur les nuages morcelés.

– Ma Lya m'a dit qu'elle y avait même des véhicules volants, là-haut. T'imagines ?

6

Ansel

La porte s'ouvre sur le couloir interdit du niveau 0, ses grillages encore plus sombres qu'ailleurs, son vacarme et sa chaleur agressive. Ansel frissonne et met plusieurs secondes avant de se décider à suivre Rekat et Loup dans le corridor obscur. Son visage tendu est à peine éclairé par le halo jaunâtre des ampoules à combustion. Ils n'ont pas le droit d'être ici. À tout instant, un adulte peut débarquer et les renvoyer au dortoir du cinquième, après une sévère punition. Sur les jambes de Loup, on ne compte plus les bleus qui témoignent des colères de Leto et des autres adultes. Rekat, exhibant ses bras musclés, nargue le jeune Ansel :

– Alors ? T'as peur ? Comme quand on est tous allés toucher la porte du Coffre sauf toi ? Détends-toi, la Machine fait trop de bruit t'façon, personne peut nous entendre !

Ansel tente de dissimuler son angoisse derrière un compliment ironique :

– Non, je te laisse juste passer devant, j'ai que sept ans, moi, c'est toi le chef de la bande maintenant qu't'es plus un enfant, répond-il en essayant de mâcher ses mots comme les autres.

– Je sais, je sais, sourit Rekat, fier malgré la moquerie. Je t'en prie, suis ton chef alors et profite de la visite ! Sous vos pieds, faites attention, secouez pas trop la grille, c'est le chenil des chiens de guerre. Les autres clébards, les estropiés, seront un peu plus loin en dessous. À gauche, d'où vient la fumée, c'est l'antre d'la Machine. Si on casse un tuyau ou quequ'chose là-dedans, on est morts. Et tout est sous alarme. À droite, prêts à se ruer sur la Machine à la moindre anomalie, les eunuques. N'hésitez pas à j'ter un œil à travers le grillage si vous l'souhaitez, on n'a pas l'occasion de les voir tous les jours. Vous faites pas r'pérer ! À cette heure-ci ils doivent se reposer, mais on sait jamais. J'pense pas qu'ils oseraient s'en prendre à nous, mais ces lâches seraient bien capables de prévenir les adultes.

En sueur, Ansel s'approche timidement de la cloison à sa droite. Les interstices sont étroits, il doit s'y coller pour y voir quelque chose. Et même dans cette position précaire, il ne distingue que des fragments d'images : un matelas, un visage édenté, un réchaud, des jambes frêles, un sac de lentilles, un paquet de cartes et des tas d'outils en vrac. Finalement, c'est l'odeur qui le renseigne le mieux : un mélange d'huile de moteur et de soupe chaude. Loup résume bien l'impression générale :

– Ça a l'air confortable, au final. J'm'attendais à pire.

– En même temps, enchaîne Rekat, ils font le travail le plus dur, ils l'méritent bien. Pas comme les femelles qui sont coincées là-bas !

Ansel détache enfin son regard du grillage. Son pouls s'accélère. Les femelles, c'est pour ça qu'il est là. Il n'en a jamais vu, c'est encore un mystère pour lui. Seul Rekat a eu cette chance, lui qui guide l'escapade d'un pas déterminé. Il peut frimer, cinq minutes plus tard, en arrivant devant les geôles :

– Voilà, c'est ici, juste derrière ce grillage qui est, comme vous l'aurez remarqué, à double épaisseur. Autrefois, l'une d'elles a réussi à se rebeller et à tuer l'ancien Patriarche Sven, alors il a fallu renforcer la sécurité ! Mais ça n'a pas empêché que d'autres s'évadent à nouveau il y a deux ou trois ans, quand vous étiez encore petits.

Ansel se souvient par bribes des colosses en armure qui ont fouillé son dortoir. Rekat continue de fanfaronner :

– Si vous vous hissez sur la pointe des pieds, juste là, il n'y a plus qu'une épaisseur de grillage !

Ansel s'approche, anxieux, les jambes tremblantes. Au moment fatidique, comme tous les garçons de son âge, il n'a qu'une peur : trouver les femelles attirantes, se découvrir *étro*. Cette crainte s'envole rapidement. Les corps, derrière le maillage étroit, lui apparaissent sales, brûlés, difformes. Les femelles ont d'horribles glandes roses sur le torse, leurs hanches sont trop larges et leurs visages respirent l'hypocrisie. « Dégoûtant… », c'est tout ce qu'Ansel arrive à dire – il veut surtout rassurer ses compagnons sur son orientation sexuelle. Pourtant, il ne parvient pas à détacher son regard de ces choses étranges, et prend le temps d'enregistrer chaque détail de la scène : les quatre femelles nues sont réparties aux quatre coins d'une grande cellule collective. Elles ne bougent pas, ne parlent pas. Deux sont menottées à une barre de fer accrochée au grillage, les autres pourraient se déplacer mais elles n'en ont probablement plus la force. Une bassine, un bloc de pain rassis et un spot lumineux sont posés par terre.

– Ces chiennes me font presque pitié !

La voix de Rekat ramène Ansel à la réalité. Il s'écarte avec empressement. Rekat est un adulte viril maintenant, il peut se permettre d'avoir de la compassion, mais pas Ansel qui risquerait d'éveiller les soupçons. Surtout avec son physique si faible. Il en rajoute une couche pour se disculper :

– En fait, elles ressemblent à des eunuques écrasés par un traîneau. C'est vraiment horrible.

Loup, lui, n'a pas l'air perturbé. Rien ne le perturbe. Tout ça n'est qu'une occasion de plus pour lui d'amuser la galerie. Il repart dans une de ses imitations de Leto, leur vieux professeur :

– Une bonne chienne est une chienne en morceaux.

Ansel éclate de rire.

– Alors, ma visite valait le risque de s'faire chopper, non ? demande Rekat, les mains sur les hanches.

– Carrément, très instructif, répond Ansel.

– Instructif, c'est ça ! T'es écarlate, Ansel. Qu'est-ce que t'as ? se moque Rekat.

Le garçon rougit davantage encore.

– C'est la chaleur, t'emballe pas !

C'est toujours la même chose : même quand il n'a rien à se reprocher, quand on lui dit qu'il rougit, ça le fait rougir de plus belle et il paraît suspect. Il transpire, ses mains sont moites. Son corps n'est pas fait pour supporter les chaleurs de la Machinerie. La sueur luit sur son front bouillant, sa santé déclinerait s'il restait au niveau 0 plus longtemps. Heureusement, Rekat acquiesce :

– Ouais, j'te crois en vrai, c'est horrible cette chaleur. Attendez, j'ai c'qui faut.

Le jeune adulte se place pile sous l'ampoule rougeoyante du plafonnier. Il fait trois grands pas en avant puis un sur sa droite. Lentement, il se penche et soulève un pan entier de grille que les années ont dû fragiliser.

– Suivez-moi ! C'est le clou du spectacle !

– Et les chiens ? demande Ansel, inquiet.

– Pas d'problème, je gère.

Les trois amis sautent au niveau inférieur, un millième d'étalon plus bas, en prenant garde à leur réception pour ne pas se faire mal. L'endroit a été conçu pour les chiens, il leur faut se baisser pour avancer. Le comité d'accueil arrive très vite sous la forme d'une meute furieuse, aboyant à tout rompre. Ils sont huit, menés par un immense chien blanc aux yeux jaunes pleins de colère. Rekat les arrête d'un « stop » clair et affirmé. Le chien blanc les toise en dévoilant ses crocs. Ansel sent sur lui le poids du regard haineux de l'animal. Les deux mâles, le garçon et le chien, se fixent un long moment, yeux dans les yeux. Ansel masque sa peur, retient sa respiration. D'autres créatures s'approchent plus près, tête basse, pour renifler les nouveaux venus. Puis la meute repart, la queue entre les jambes, dans les couloirs obscurs. Alors qu'Ansel regarde s'éloigner le grand chien blanc, un frisson lui parcourt le dos. Rekat sourit :

– C'est comme ça qu'il faut parler aux animaux. Avec autorité. Alors ils reconnaissent leurs maîtres.

Puis il se baisse une nouvelle fois pour tâter le sol du doigt. La langue coincée entre les dents, il sonde les abords d'un tuyau en métal. Loup, en attendant, s'amuse à aboyer contre les chiens qui regardent la troupe de loin, méfiants. Ansel fait les cent pas, inquiet. La chaleur et le bruit commencent à lui peser sérieusement. Il ne sait plus ce qu'il fait là, sous le niveau 0, à l'endroit le plus bas de la Phalange.

Soudain, un souffle froid se fait sentir. Une lueur vive lui agresse les yeux, il détourne le regard. Rekat a trouvé l'ouverture qu'il cherchait. « Approchez-vous ! » s'exclame le jeune mâle, plein d'excitation. Après s'être habitués au soleil, Loup et Ansel se penchent pour observer. Vus de l'extérieur, les trois garçons doivent ressembler à des enfants qui viennent de découvrir un trésor éblouissant.

Ansel regarde avec fascination le sol disparaître sous ses pieds. La Phalange ne roule qu'à une dizaine d'étalons par heure, on pourrait la suivre en courant. Pourtant, il s'en dégage une puissance implacable. Les centaines de roues de l'immeuble mobile déchirent la glace comme du vulgaire papier, faisant jaillir des gerbes de neige. De temps en temps, un débris gelé explose contre une roue et saute à la figure encore brûlante des trois garçons. Malgré le choc thermique, ils ne peuvent se détacher de cet incroyable spectacle.

Ansel, pour la première fois, réalise qu'il vit dans un endroit toujours en mouvement, un tout petit cocon de chaleur sur un océan glacé. Il se sent comme une particule élémentaire bousculée par l'extraordinaire chimie du monde.

– C'est dément ! s'extasie Loup, résumant l'impression générale.

7

Aya

Les craquements s'intensifient, Aya plisse les yeux et se recroqueville dans son cocon. De fines particules de neige tombent du plafond, délogées par les vibrations de la foreuse qui progresse au-dessus de nous. Qu'elle soit alliée ou ennemie, la machine peut déclencher une avalanche à tout moment. Les poutrelles de la vieille salle de concert oscillent comme des mâts dans le vent. Les cocons ont été installés ici provisoirement parce que cette pièce est censée être la plus sûre de toutes, mais pour l'heure, elle y a de quoi en douter. Les vibrations se font sentir jusque dans les mains tremblantes de ma porteuse, rappelant les basses des groupes de catastro-pop qui jouaient leurs morceaux ici autrefois.

Anka, la plus jeune des enfantes, se met à pleurer et personne ne bouge pour la consoler. Le monstre d'acier poursuit sa progression, la glace hurle au-dessus des têtes. Le bruit est assourdissant. Allongées aux trois quarts dans leurs cocons qui ressemblent à de gros œufs orange, les seize sœurs se dévisagent en silence, échangeant des sourires ou quelques grimaces pour effacer la peur. Les jumelles de souche Harjeera se prennent la main, terrifiées.

Puis le calme revient. La foreuse a terminé son travail, elle a atteint l'un des tunnels du camp. Les adultes reviennent enfin.

Ou alors, *ils* arrivent...

La petite Anka arrête de pleurer, Aya relève la tête. Son rythme cardiaque s'accélère, ses doigts se crispent. Elle retient son souffle pendant les longues secondes que dure l'attente. On va enfin avoir des réponses, après une journée de suspense.

C'est la nuit dernière que toute a commencé. Les premières heures d'angoisse reviennent à Aya sous forme de flash-back. Elle se demande si elle a fait toute comme elle fallait. Moi aussi, grâce aux images enregistrées sur mon serveur, je me repasse le film des événements :

Minuit. Les alarmes résonnent sans fin. On ne comprend pas ce qu'elle se passe. Je reçois par message des dizaines de consignes différentes, dictées par les adultes. Aya entend d'autres choses encore par l'intermédiaire de ses sœurs. Ce n'est rien, puis c'est la fin du monde, puis ce n'est rien. Cordel vient nous enlacer tendrement. Elle nous assure que toute va bien se passer, mais ses yeux disent le contraire. Aya ne veut pas la laisser repartir. Elle finit par toute nous expliquer. Le Camp Rome est attaqué, les adultes doivent se rendre à la surface pour jauger la situation. Cordel nous explique surtout qu'Ash étant devenue adulte suite au dernier conseil, c'est maintenant à Aya, l'aînée des enfantes, de prendre soin du camp, à douze ans seulement. Elle nous répète des procédures qu'on connaît déjà. Elle nous promet de revenir bientôt. Elle s'éloigne en se forçant à ne pas boiter, comme si ça pouvait nous rassurer. Dès l'aube, toutes les adultes quittent le camp. C'est maintenant à ma petite Aya d'assurer.

La première tâche de la journée est la plus dure : procéder aux adieux rituels, une tâche harassante puisqu'elle faut, pour chaque sœur, creuser un trou dans la neige et prononcer la formule consacrée, au cas où les adultes ne reviendraient pas. Aya a l'impression de toutes les enterrer, une par une, de la jeune Ash à la Mère Supérieure Sanandra, en passant par Cordel. Elle n'imagine simplement pas pouvoir perdre cette dernière ; qui lui poserait ses pansements, à qui pourrait-elle raconter ses ennuis si Cordel ne revenait pas ? Elle bégaye quand arrive le moment de prononcer son nom, et les mots qu'elle a déjà trop répétés : « Repose en paix, ma sœur, toi sur qui nous nous sommes tant reposées. » Tremblant de fatigue, écrasée par les responsabilités, Aya est à deux doigts de s'effondrer dans la neige qu'elle est en train de creuser. Le froid s'infiltre dans sa poitrine, l'angoisse lui tord le ventre. Mais elle se ressaisit pour s'efforcer d'expliquer aux plus petites, dont les yeux sont emplis de larmes et de questions, que « c'est pour de faux ». Ce n'est qu'un rituel pour se préparer à la mort des adultes au combat. Elles devraient revenir. Elles vont revenir. Cependant, Aya veut aussi faire comprendre aux plus grandes, comme Voline et Christa, que ce n'est pas un jeu. Les rires ne sont pas autorisés.

Comme elle est forte, déjà. Aînée à douze ans, adulte dans trois ans à peine. Le temps de l'insouciance s'éloigne. Parfois, malgré mes soixante-dix ans et mes deux hôtes précédentes, je me dis qu'elle est encore plus sage que moi.

Le reste de la journée est fait de tours de garde et d'errances inquiètes. Aya inspecte chaque pièce du Camp Rome de si nombreuses fois qu'on pourrait continuer à le faire sans quitter notre cocon, par la seule force de l'esprit. Le parcours est toujours le même. On commence par le vieux cinéma qui sert aujourd'hui de salle de stockage. Toute y est parfaitement calme, parmi les rangées de sièges pourpres rembourrés. On longe les bassins de nutriments. Derrière, elle y a la cuisine, muette elle aussi, sans Cordel pour nous faire goûter discrètement ses plats, sans Neoma et Odessa pour guetter, affamées, l'avancement des opérations. Aya louvoie entre les bacs de cuisson et les plans de travail où ont été abandonnés des blocs de nutriments à peine entamés, signe d'un départ précipité. Elle remonte ensuite les escaliers jusqu'aux chambrées et vérifie le grand dortoir des adultes, puis celui des enfantes, plus petit. Elle lève son globe pour dissiper la pénombre à l'autre bout de la pièce – elle y a des dizaines d'années que les lustres au plafond ne fonctionnent plus, depuis que les magasins du centre commercial se sont transformés en dortoirs de fortune. On redescend enfin par l'ancienne galerie, celle qu'on n'a pas réaménagée, avec ses vieux magasins de vêtements, son dallage blanc et noir, ses néons écrasés au sol et ses baies vitrées qui ne donnent plus que sur des murs de neige.

Aya s'allonge doucement dans l'écrin de fourrure de son cocon et agrippe la poignée qui permet d'en verrouiller le couvercle en cas d'avalanche. Si vraiment une menace se présente, je réagirai plus vite qu'elle, mais ça la rassure. Pour l'encourager, je lui souffle à l'oreille :

– *Elle n'y a pas de raison pour que la foreuse ne soit pas celle des adultes. Et tu as très bien géré le camp pendant leur absence, tu seras félicitée.*

Aya commence par me rétorquer, pessimiste, que c'est peut-être les mascus qui ont massacré leurs sœurs et qui viennent finir le travail, quand soudain c'est la délivrance : un coup long puis deux plus courts, suivis d'un dernier long, sont tapés contre la porte d'entrée de la salle de concert. Aya respire, c'est le signal. Elles sont revenues.

– C'est bon ! crie-t-elle en jaillissant hors de son cocon.

Sanandra est la première adulte à apparaître. Aya ne l'a jamais vue aussi guerrière, avec sa tenue de combat d'un blanc immaculé. Ses cheveux gris sont couverts de neige, et dans son dos Aya aperçoit une mitraillette et des cercles. La Mère Supérieure n'adresse aux enfantes qu'un vague sourire. Heureusement, Neoma, derrière elle, a remarqué l'angoisse d'Aya.

– Pas de morte, ne t'en fais pas ! la rassure-t-elle en lui pressant l'épaule. Les nouvelles sont bonnes. Après des années de guerre, nos alliées de l'Est ont repris Moscou où les hommes du Général Sidorov avaient bâti un empire. L'empire s'est transformé en ruines et les hommes sont contraints de fuir, comme ils savent si bien le faire. Les mascus que nous avons vus faisaient partie des fuyards. Ils n'ont plus rien, ils ont marché des milliers de kilomètres, épuisés et affamés. Nos éclaireuses les ont repérés mais ils n'avaient aucune intention de nous attaquer, ils ne savaient peut-être même pas que nous étions là. Nous les avons décimés sans problème. Vous, pas d'ennuis ?

Aya se love contre son aînée. Neoma se distingue de ses sœurs par sa carrure imposante et sa voix qui porte loin, surtout quand elle s'agit de s'exprimer sur une opération stratégique. Elle sait comment amener les autres à se ranger à son avis, bien que ce soit Sanandra qui dirige le camp.

– Non, toute s'est très bien déroulée, je pensais même que ça durerait plus longtemps. On s'est mises un moment dans la cuisine, puis j'ai décidé de migrer ici. Parce que c'est la salle la plus solide, mais aussi parce que la chaleur de nos cocons pouvait se répartir dans ce grand espace et nous éviter d'être repérées par des thermo-détecteurs. J'ai bien fait, non ?

– Très bien ! répond distraitement Neoma avant de se rapprocher des autres adultes pour débriefer la bataille.

Aya la regarde s'éloigner, dépitée. J'essaye de la raisonner :

– *Elles viennent de livrer un combat difficile, elles veulent en parler entre elles sans inquiéter les enfantes. Laisse-les récupérer, tu seras remerciée et complimentée plus tard.*

Aya n'a même pas besoin de moi. L'arrivée claudicante de Cordel suffit à la remettre d'aplomb. C'est sa bonne étoile, sa marraine, celle qui lui découpait ses blocs de nutriments quand elle n'était pas encore en âge de le faire elle-même, celle qui lui a appris les petits bricolages du quotidien, ou encore celle qui lui envoie des clins d'œil pendant les conseils, la seule qui pense qu'un peu d'affection ne ramollit pas les futures guerrières. Dans ses bras, Aya se sent enfin rassurée. Cordel, le regard dans le vague, lui caresse les cheveux avec son gant encore gelé.

– Merci d'avoir gardé la base, t'as été très forte. Bientôt, on arrêtera de dire que t'es de souche Azumi pour dire qu'Azumi était de souche Aya !

8

Ansel

Ils sont tous là, en cercle : on en compte cent quinze, et non plus cent dix-neuf. Même les impuissants, même les eunuques en tuniques beiges ont fait le déplacement jusqu'au toit de la Phalange. Personne ne parle tant que le cent seizième n'est pas arrivé. Le silence est implacable. À part le vent glacé qui siffle dans ses oreilles, Ansel n'entend rien. Il peut sentir sous ses pieds le ronronnement rassurant des chauffages de veille, mais il ne perçoit plus le fracas quotidien des roues en mouvement. Les machines sont à l'arrêt. Ansel a douze ans et pour la première fois de sa vie, la Phalange n'avance plus. La preuve, tous les eunuques ont pu quitter leur poste pour l'enciellement.

Émergeant de la cabine d'ascenseur qui dessert le toit, la canne d'Osman s'abat avec fracas sur le sol. Tout le monde tourne la tête pour le voir approcher. Il porte l'intégralité de son armure noire de guerre, à l'exception de son masc. Avec un tel poids à soulever, chaque pas est un fardeau terrible pour ce héros à la jambe mutilée. Personne pourtant ne songerait un instant à proposer son aide. C'est le Patriarche. C'est lui qui leur vient en aide. Ses lunettes laissent deviner un regard voilé, et sa barbe grise est taillée avec la précision des heures sombres. Quand il s'arrête enfin, au centre du cercle qui s'est ouvert pour lui, tous sont suspendus à ses lèvres étroites. Ansel redresse les épaules, lève la tête et fixe son attention sur la ligne d'horizon, loin devant, entre les montagnes enneigées et les masses nuageuses.

Osman commence à parler. Sa voix est cassée, presque un murmure. Pourtant, elle transperce l'immensité du silence sans effort. Il est le seul de la Phalange, avec Ansel peut-être, à articuler parfaitement ses phrases :

– Mes frères ! C'est avec une grande tristesse que je m'adresse à vous aujourd'hui. Je sais que, dans ma vie de Patriarche, ce n'est ni la première ni la dernière fois que ce moment se présente, mais je ne m'y habituerai jamais. Il y a des victoires qui ressemblent étrangement à des défaites.

Il laisse passer vingt secondes puis reprend :

– Aldric. Themsey. Deschka. Vadi. Ils étaient des Hommes. Ils portaient fièrement leur armure au combat. À table, ils buvaient et riaient avec nous. Jamais nous ne les avons entendus douter de notre cause, jamais nous ne les avons vus se plaindre des risques qu'ils encouraient. Sur leur masc de mort, il n'y a ni peine ni détresse. Il n'y a que la sérénité. La sérénité d'avoir exprimé leurs émotions les plus nobles pour nous grandir. La sérénité d'avoir enfoui leurs émotions avilissantes pour nous protéger. Ils avaient dix-sept ans. Ils avaient vingt-deux ans. Ils avaient trente-cinq ans. Ils avaient quarante ans. Ils ont donné leurs années de vie pour nous. Ils ont donné les années qu'il leur restait à vivre pour nous. Pour cela je n'ai qu'un mot : merci. À leurs corps qui bientôt s'en iront, je lègue mon amour.

Nouvelle pause. Osman relève la tête, son regard est infiniment froid.

– Aux chiennes qui les ont abattus, je lègue ma haine. Elles nous ont pris quatre vies, nous leur en avons pris treize… Leurs corps déchiquetés reposent pour toujours dans la plaine glacée. Sauf ceux de deux d'entre elles que nous avons coincées. Deux femelles fragiles qui n'ont pas tardé à parler. Comme nous le pensions, elles dépendent d'un camp de femelles nommé Camp Madrid. Elles se sont détachées d'un groupe d'éclaireuses que les Hommes de Sidorov ont attaqué… Eh oui, nos ennemies ont massacré sans pitié les premiers fuyards de l'empire russe à l'agonie, mais le vent est en train de tourner. Maintenant que Sidorov lui-même a repris la route, elles vont payer. Comme un chien chassé de son terrier, comme un frelon chassé de son nid, il n'aura de cesse de se venger. Les quelques fuyards que nous avons croisés ne sont rien au regard de l'armée qui approche. Sidorov marche vers l'Ouest et il rase tout sur son passage. Les femelles que nous avons vaincues n'ont plus personne pour les regretter.

Osman se tourne vers l'arrière du toit de la Phalange, où attendent, le long de la balustrade, quatre corps enveloppés dans les peaux de leurs chiens d'attaque.

– Aldric, Themsey, Deschka et Vadi, eux, ont des frères pour les pleurer. C'est le dernier honneur que nous pouvons leur faire. Tant que nous sommes tristes, nous sommes vivants. Tant que nous sommes vivants, nous gagnons. Mais il faut pour cela que la tristesse ne soit qu'une étape. Qu'on l'enfouisse au plus profond de nous après l'avoir laissée respirer. Rien ne doit altérer la virilité qui nous maintient aussi droits qu'un stack. Nous vivons parce que nous virilons, parce que nous gardons la tête haute, le regard fixé sur l'horizon. J'invite donc les quatre plus proches parents de nos héros à rejoindre la balustrade.

Rekat se détache du groupe. Difficile pour lui de maintenir la tête haute. Son regard oscille entre rage et désespoir.

Deschka n'était pas qu'un père pour lui, c'était aussi un ami, un confident, un grand frère. Ils avaient seulement quinze ans d'écart. Leurs éclats de joie couvraient souvent le vacarme des machines. Avant de partir, Ansel s'en souvient, Deschka avait balayé les angoisses de Rekat avec un rire plein de certitude, sûr qu'il allait revenir, sûr que son fils était idiot de s'inquiéter pour une mission de routine. Rekat a maintenant l'air d'un enfant, un tout petit enfant confronté au plus grand des drames. Il se rétrécit encore pour enlacer une dernière fois son père. À côté de lui, trois autres détresses parallèles, identiques, impossibles à partager pourtant.

Dans le cercle, Ansel regarde Strøm en face de lui. Il pense à ce que ça lui ferait de le perdre. Sa gorge se serre, ses jambes vacillent, ses poumons manquent d'air. Tant qu'il ne l'a pas vécu, il n'arrive pas à imaginer l'abysse noir du deuil. Strøm, qui le dévisage aussi, sait, lui. Ses yeux si bleus d'habitude sont rouges, chargés du souvenir de Mort-Ansel, l'Homme de sa vie, qu'il n'a même pas pu encieller.

Osman, très affecté, donne ses dernières directives :

– Je vais tirer quatre coups de feu. Il vous faudra alors pousser vos proches défunts dans le vide. Puis vous n'aurez le droit de vous retourner que lorsque vos larmes auront cessé de couler. À ce moment-là, on viendra vous chercher et vous aurez le devoir de vous débattre.

Le Patriarche attrape le mousquet en cuivre accroché à son armure. L'arme a plus de cent cinquante ans, elle ne sert plus que pour les grandes occasions désormais.

Le feu jaillit de sa gueule béante avec un bruit anachronique, mélange de corne de brume et de porte qui grince. Rekat se relève en soulevant le corps emmailloté de son père et le pousse par-dessus la balustrade. Pendant la chute du linceul, la peau de chien qui le recouvrait se déroule et s'envole, le masc mortuaire se fracasse contre la Phalange. C'est nu, exosquelette apparent et sans un bruit que le cadavre est englouti par la neige, loin en contrebas. Rekat reste debout, silencieux, au bord du vide.

Ansel sent le vent glacé remonter le long de son dos, comme s'il venait de tomber lui-même. Il compatit autant pour Rekat que pour Deschka qu'il ne connaissait qu'à travers son rire spectaculaire. Ses yeux se mouillent mais la règle est claire, il ne peut pas pleurer. Seuls Rekat et les trois autres proches endeuillés en ont le droit tant qu'ils tournent le dos au cercle. Regarder l'horizon, c'est leur unique et maigre réconfort. Constater que malgré la mort, l'océan de neige à leurs pieds n'a pas bougé d'un pouce. Ne sentir aucun danger, à perte de vue, rien que du blanc. Réaliser que le soleil qui se couche se lèvera encore demain, même si sa chaleur ne parvient plus jusqu'à la Terre.

Rekat se retourne enfin vers ses frères. Sur ses joues : des larmes séchées. Dans ses yeux gris : aucune lumière. Le cœur d'Ansel bat à tout rompre, l'énergie regagne soudain son corps épuisé par la tristesse. C'est à lui d'agir. C'est à lui qu'on a confié cette lourde tâche. Avec Loup à ses côtés, il se précipite sur Rekat, paniqué à l'idée d'échouer. Comme le veut le protocole, le jeune mâle endeuillé s'arrête net à la vue de ses deux amis. Il bondit en arrière et se rue vers la balustrade. Déjà il prend appui dessus pour mieux sauter. Ansel attrape son bras *in extremis*, Loup lui fauche une jambe. Rekat reste quelques instants suspendu au bord du vide, parcourant du regard les étages de l'immense Phalange. Ansel est saisi d'un vertige. Tout en bas, il n'y a que la neige et quatre cadavres. Il a besoin de toutes ses forces pour ramener son ami du côté des vivants, sur le froid de la tôle ondulée. Rekat se débat furieusement, il n'a plus rien à perdre, c'est son instant défouloir, sa seule occasion d'exprimer sa colère. Il est bien plus massif qu'Ansel et Loup. Les deux amis sont encore à la peine alors que tous les autres binômes ont déjà raccompagné leur proche endeuillé à l'intérieur du cercle des Hommes. Ansel encaisse un coup violent en pleine poitrine, qui lui coupe le souffle. Puis la large main de Rekat s'abat sur son visage. Loup profite que l'attention de Rekat soit concentrée sur Ansel pour le pousser violemment. Le jeune adulte tombe à la renverse et s'écroule à deux pas du cercle, vaincu.

Le Géniteur, qui lui aussi a revêtu son armure noire, bien qu'il ne combatte jamais, s'avance pour la conclusion de l'enciellement. Son ton est solennel :

– Même s'il utilise les femelles comme intermédiaires pour nous tester, c'est Notre Père qui donne la vie et Notre Père qui la reprend. Je vous demande donc à tous de réciter sa prière.

Les frères entonnent en chœur, en prenant bien soin d'articuler :

« Notre Père,
Donne-nous la force de ne pas faiblir,
Donne-nous la foi de ne pas mourir,
Fais de nous des rocs,
Fais de nous des Hommes,
Libère-nous des femelles,
Et garde-nous, toujours,
Virils. »

Ansel n'écoute pas. Il est perplexe face à ce Dieu qui laisse ses mâles crever. Ce Dieu dont on ne parle jamais le reste du temps. Sa théorie est que les adultes n'y croient pas vraiment. Quand ça les arrange, ils font semblant pour se rassurer. Lui veut se convaincre qu'il n'a pas besoin de ça. Ses yeux redescendent sur les iris bleus de son père, absorbés par le vide. Quels souvenirs ressasse-t-il ? La perte de Mort-Ansel qu'il aimait par-dessus tout ? Est-ce que ça fait vraiment moins mal, après douze longues années ? Ansel se promet qu'un jour il sera pilote, fort et puissant comme son père, et qu'il empêchera les mâles de mourir autour de lui.

— 9 —

Aya

— À toi, répète Christa, agacée.

J'envoie un signal à ma porteuse dissipée. Elle finit par détourner les yeux du bassin de nutriments.

– Pardon ! Je pensais à autre chose, t'as joué quoi ?

– L'éclaireuse, là ! s'exaspère Christa en remettant ses lunettes.

– Oh, oh, ma reine est menacée...

Aya feint de s'intéresser à la partie. Elle voudrait soigner sa relation avec Christa, ça lui ferait du bien d'avoir une amie plus calme que Voline, une amie studieuse avec laquelle travailler. Elle voudrait se passionner pour ce jeu qui plaît à toutes les adultes. Mais ses coups sont bâclés, sa concentration est ailleurs.

– Bon, OK, puisque tu veux la guerre, je te bouffe avec ma folle.

– On la joue comme ça, très bien... souffle Christa en attrapant sa veilleuse pour dégager la folle adverse du plateau. Échec à la reine !

Aya se frotte les yeux.

– En même temps, ça ne peut pas être échec à autre chose. C'est bon, t'as encore gagné... C'est facile, tu prends toujours les blancs.

Lasse, Christa passe sa main dans ses cheveux coupés en carré strict.

– Tu peux toujours ramener ta tour là pour faire barrage, sinon j'aurais dit échec et mat... Si tu ne veux pas jouer, on ne joue pas, tu sais ?

– Quel jeu idiot ! peste Aya en renversant ses pionnes sur le plateau.

J'essaye de la remotiver :

– *Cordel a dit que c'était un très bon exercice pour développer sa réflexion stratégique, pour penser en tant qu'équipe et pas juste en tant qu'individu.*

– Cordel nous a juste refilé une activité tranquille pour nous occuper pendant qu'on surveille le bassin.

– Ce que ta Lya n'ose pas te dire, c'est que tu critiques les échecs parce que t'es mauvaise perdante ! la raille Christa, un sourire furtif éclairant son visage sévère.

Aya se relève, plante ses pieds devant le bassin et ses mains dans les poches de sa combinaison polaire. Elle s'apprête à répondre quand Voline entre en trombe dans la pièce :

– Hey, salut, les hommes fragiles ! Qu'est-ce que vous foutez ? Je vous ai cherchées partout.

– On travaille notre réflexion stratégique et notre esprit d'équipe, ironise Aya.

Voline regarde le plateau de jeu avec un air moqueur :

– Si c'est encore toi qui avais les noirs, tu travailles surtout ta défaite, j'ai l'impression.

– Qu'est-ce que tu fais toute seule, Soledi s'est pris une avalanche parce que t'as ri trop fort ? rétorque Aya qui ne se laisse pas faire.

Aya digère mal le rapprochement entre Voline et Soledi, une petite de deux ans de moins qu'elles. C'est aussi pour ça qu'elle voudrait se lier davantage avec Christa. Voline feint de s'offusquer :

– T'exagères... Elle est avec les adultes pour l'affûtage des cercles. Moi, on m'a virée, je suis pas assez « minutieuse ». Pff... Du coup, je cherche des partenaires d'entraînement.

Voline montre le cercle entre ses mains.

– Non merci, on a un bassin à garder ! l'arrête aussitôt Christa, inquiète des dégâts qu'elle pourrait causer.

Voline pose ses bottes en peau de chienne sur le carrelage, au bord du plus grand des deux bassins de l'ancienne piscine. Son regard amusé parcourt l'onde verte. Rien ne bouge.

– Ça m'a quand même l'air tranquille comme surveillance. Vous allez pas me dire qu'un bloc de nutriments sort de l'eau de temps en temps pour aller sécher sur sa serviette ?

– Tu rigoles ! Il faut sans arrêt vérifier que rien ne tombe dans le bassin, répond Christa avec sérieux.

– Qu'est-ce qui peut bien tomber dedans ? À part le toit de la piscine, auquel cas il vaudrait mieux pas se trouver en dessous.

– J'avais pas fini. Il faut aussi surveiller la salinité, la température et l'acidité de l'eau. Et surtout le pourcentage de trucs, là, sur la jauge rouge !

Elle montre l'appareil rempli d'indicateurs colorés qu'elle tient fermement dans sa main droite. Voline hausse les épaules :

– On n'a qu'à s'entraîner ici, c'est pas grave.

– On n'a pas besoin de s'entraîner, on est des expertes du cercle avec Aya.

– Ah ouais, et vous savez faire ça ?

Voline déploie son bras, plie les jambes et projette son disque. Le cercle semble flotter sur l'air, léger, décrivant une ellipse parfaite pour revenir vers les mains de sa propriétaire. Mais soudain, au moment où les lames tranchantes se rétractent pour ne pas blesser l'envoyeuse, le cercle se met à vibrer. Il dévie de sa trajectoire et finit sa course dans l'eau, à l'autre bout de la piscine. Une onde discrète remonte le bassin jusqu'aux pieds d'Aya, qui peine à contenir son rire. Christa se prend la tête entre les mains :

– Qui a dit elle y a trente secondes : « Qu'est-ce qui peut bien tomber dedans ? », déjà ?

Aya pose son coude sur l'épaule de Voline :

– Je vais te réexpliquer le lancer du cercle, j'ai l'impression que t'as quelques lacunes dans ce domaine. Au départ pourtant t'étais pas mal, les jambes fléchies, le poignet prêt à se tordre pour donner l'impulsion. Mais après le lancer, tu dois continuer à suivre ton projectile des yeux, sinon ta Lya ne peut pas le guider à distance !

Voline penche la tête et répond sur le même ton sarcastique :

– Merci pour ces précieux conseils que je n'avais jamais entend…

Elle est interrompue par le vrombissement d'une alarme de sa Lya, la même que je fais résonner dans l'oreille d'Aya.

– Tout ça pour un petit cercle… plaisante Voline.

Elle sait très bien qu'elle s'agit en réalité d'une alerte d'approche. On tente en ce moment même de s'introduire dans la base.

10

Ansel

Il fait très chaud au niveau 1, autant à cause des machines que de la foule amassée là. Les vibrations du moteur et les cris du public saturent l'espace. Il y a au moins cinquante personnes, soit une bonne moitié de la Phalange. Les spectateurs sont rassemblés en cercle, comme pour une cérémonie d'enciellement, mais l'ambiance est bien différente. On hurle, on se tape sur l'épaule, on jette à terre son verre rendu poisseux par les litres de vidange. La cohue est telle qu'on a du mal à distinguer la cage au milieu de l'assemblée.

– T'es pas concentré ! hurle Loup en assénant à Ansel un coup brutal.

Ansel grimace, le stack vient d'atteindre son genou, quelque chose a craqué à l'intérieur. Mais sa jambe est toujours opérationnelle. Il pivote sur lui-même et vise Loup à son tour. Celui-ci pare son coup *in extremis*, il est à deux doigts de perdre l'équilibre. Ansel en profite pour réattaquer, et plonge son stack en plein dans le ventre de son adversaire. Cette fois, Loup n'a pas eu le temps de se défendre, il ne peut qu'encaisser la douleur, plié en deux.

– Voilà, tu préfères quand je suis concentré ? ironise Ansel.

Loup se relève, il dépasse Ansel d'une tête. Il est aussi agacé qu'amusé :

– Tu vas voir c'que tu vas voir !

Il dresse son stack au-dessus de son épaule, prêt à matraquer son ami qui l'arrête aussitôt :

– Attends ! Le tournoi reprend !

Loup se tourne vers la cage, Ansel en profite pour coller le bout de son stack contre sa joue pour qu'il s'y heurte au premier mouvement.

– Idiot ! peste Loup.

Ça marche à chaque fois.

La voix exaltée d'Orlof interrompt leur querelle. Les deux amis se précipitent vers la foule massée à l'autre extrémité de la pièce. Leurs petits gabarits leur permettent de se faufiler sans problème vers la cage centrale. À l'intérieur, deux chiens s'observent, oreilles dressées, tête basse. Ansel reconnaît le grand blanc croisé un an plus tôt dans le chenil. Le deuxième chien est brun, plus petit, quelconque. Ansel ne donnerait pas cher de sa peau, mais d'après les bavardages des voisins, c'est bien lui qui a gagné ses deux derniers combats. Il n'a encore rien à miser – il faut faire des expéditions pour cela –, mais Ansel y voit une occasion de défier

Loup, qui lui est ravi de prendre le parti du plus grand chien. Le perdant aura un gage.

Le combat commence. Orlof, le commentateur, s'emballe :

– Et c'est parti pour ce deuxième match de la soirée. À ma gauche, vainqueur de ses deux derniers combats, l'incroyable Attila, qui sera opposé ce soir au colosse à ma droite, j'ai nommé Von Bach !

Loup secoue la tête quand il comprend que son ami a parié sur la bête comptant le plus de victoires. Le public hurle chaque nom en même temps qu'Orlof qui enchaîne à toute vitesse :

– Des deux côtés, ça s'regarde, le premier à bondir prendra un risque, c'est certain... Ça ne devrait pas tarder, ça peut jaillir à tout moment, attention... ÇA Y EST ! Attila attaque le premier comme à son habitude. Les deux chiens sont dressés sur leurs pattes arrière, les coups pleuvent sans qu'aucun n'ait une prise définitive sur son adversaire.

Ansel, les mains dans les poches de son uniforme en cuir, commence déjà à se lasser. S'il vient pour faire plaisir à Loup, au fond, il préfère les parties d'échecs. Son regard dévie vers le public en furie. Irik, un grand mâle musclé aux cheveux noirs juste à côté d'eux, ne cesse de s'agiter et de lui donner des coups de coude. Personne n'ose l'embêter parce que c'est le fils de l'ancien Patriarche Sven et qu'il n'a aucun scrupule à se jeter dans une bagarre. Mais tout le monde le trouve idiot, Ansel en est persuadé. Bien qu'il soit un adulte depuis quelques années, il se comporte encore comme un enfant en s'amusant à jeter son verre de vidange sur la foule. Le sol finit par en être collant. À travers le grillage, le liquide doit se répandre sur les eunuques du niveau 0. L'odeur âcre dégoûte Ansel. Il est très heureux de ne pas encore avoir l'âge de boire ce mélange d'alcool et d'huile de Machine. Son père lui-même trouve ça indigne des Hommes.

La voix d'Orlof, qui avait baissé en intensité, repart de plus belle. Von Bach, le grand chien blanc, vient de mordre Attila au cou. Ansel se force à ne pas détourner les yeux, même quand le sang macule le pelage brun de la bête qui se débat pour se dégager de l'étreinte mortelle. Les deux chiens tournoient de longues secondes dans leur prison de fer.

Loup sourit à Ansel, l'air victorieux, mais Attila parvient finalement à se libérer de son étreinte. Orlof devient hystérique :

– Oh, quel incroyable retournement de situation ! Attila s'est échappé d'un solide coup de museau. Von Bach est perdu, qu'est-ce que... C'est pas possible ! Il sort de la cage, il abandonne le combat ! Il avait pourtant fait l'plus dur, j'connais des parieurs qui vont faire la gueule !

C'est au tour d'Ansel d'adresser un sourire moqueur à Loup qui ne le voit pas, absorbé par ce grand chien qui quitte l'arène la queue entre les jambes. Comme si il avait subitement eu peur. L'animal baisse la tête et passe devant Ansel, poursuivi par l'autre chien qui a encore envie d'en découdre. Ansel recule d'un pas par réflexe et écrase un pied juste derrière lui.

Quand il se retourne pour s'excuser, il découvre qu'il a affaire à son père, qui affiche un air furieux. Strøm l'attrape fermement par le bras et l'extirpe de la foule sans un mot. Loup n'a même pas le temps de blaguer : « Et alors, mon gage ? » que son ami est déjà parti. En sortant, Ansel croise avec un certain malaise le regard fermé de Rekat. Son ancien partenaire d'exploration ne lui adresse plus la parole depuis qu'il doit assumer les créneaux de tâches communes hérités de son père. Il paraît que le travail facilite le deuil. Selon la tradition, chaque Homme est censé reprendre la charge de son père, or le poste d'éclaireur laissé par Deschka comprend aussi l'exécution de basses tâches pour la Phalange, car passer tout son temps dehors serait suicidaire. Mais même les missions d'exploration ne plaisent pas à Rekat, après tout c'est ce qui a conduit son père à la mort. Lui, ce qu'il aimerait, c'est devenir artilleur en chef, gérer les ogives, faire feu sur la Maison Mère. Hélas, sauf bascule dans les postes de pouvoir, il ne pourra qu'être éclaireur pour le moment, passer le balai en attendant des jours meilleurs. Ansel baisse les yeux, honteux. Il devrait se réjouir d'avoir encore un père, mais en cet instant, il en vient à envier Rekat. Sans père, il serait libre et n'aurait pas à subir des humiliations quotidiennes. Car la suite n'est que trop prévisible.

Une fois le couloir atteint, Strøm, froidement et sans crier, écrase son fils de reproches. Sous la lumière jaune des vieilles ampoules, ses yeux bleus sont aussi glacés que le ton de sa voix :

– Franchement, je ne te trouvais pas dans le dortoir des enfants, j'ai mis un moment à me résoudre à venir te chercher ici. J'ai d'abord préféré croire qu't'étais ailleurs, au ménage, en cuisine ou avec Leto pour un cours particulier. Car tu sais, c'est ça, un Homme, un vrai ; c'est quelqu'un qui s'occupe de sa propreté, de sa nourriture et de son éducation. Nous avons trop longtemps laissé les femelles gérer tout ça pour nous, à tort. Hélas, non, t'étais là, avec la plèbe, à t'amuser devant des pauvres bêtes qui s'entretuent. La guerre, c'est pas un jeu. Je suis déçu, Ansel. Tu n'honores pas le nom que Mort-Ansel t'a légué, par ce genre de comportement.

Ansel se décompose. Ses mains se tordent sur sa poitrine, il ne sait que faire de son corps, il se ronge les ongles comme si ça pouvait l'aider à disparaître. Il n'est qu'un sujet de déception pour son père. Ces dernières semaines, toutes leurs conversations tournent autour de ça : la déception. Ansel n'est pas Mort-Ansel, il n'est pas fort comme ce dernier, il n'a pas de repartie amusante, personne ne l'imagine devenir un grand pilote comme son père, il ne respire pas la confiance en lui. Il est intelligent peut-être, mais pas assez. Il n'y a qu'aux échecs qu'il parvient à s'illustrer aux yeux de Strøm. Il cherche une échappatoire alors que le sermon de son père, pire encore que tous ceux de Leto, s'éternise. Quelle urgence peut-il prétexter ? Que peut-il faire ? Il ne peut se plaindre à personne, Strøm ne le frappe pas, c'est déjà un miracle…

Heureusement, le salut finit par arriver sous la forme du cri strident d'une alarme prioritaire. Dans le couloir, la nouvelle se répand très vite : les Phalanges de Sidorov sont en approche.

11

Aya

D'aussi loin qu'elle se souvienne, Aya n'a jamais connu de si grande tablée. À l'exception des deux veilleuses postées en permanence à la surface, tout le Camp Rome est réuni pour accueillir les treize visiteuses : dix troubles et les trois Sages-Femmes qui assurent la liaison du camp avec la Maison Mère. Aya n'avait jamais vu de troubles, elle en a maintenant dix devant elle. Elle doit vraiment se passer quelque chose d'exceptionnel. Dans les cuisines, on s'agite, on a sorti les grands plats et les épices rares, le camp tout entier résonne dc messes basses.

Ma mémoire me renvoie à l'époque où Serene, quand elle habitait la Maison Mère, venait ravitailler en graines et en nutriments un camp Rome joyeux et paisible. L'époque où nous étions épargnées par les conflits et où le campement était utilisé comme base arrière pour l'éducation des enfantes. Il fourmillait de monde, de vie. J'aurais aimé qu'Aya connaisse cette sensation de prospérité. Et je n'imagine même pas à quoi pouvait ressembler la salle de réception avant-guerre, lorsqu'elle servait de restaurant pour la galerie commerciale. Elle devait être emplie de gens attablés, de consignes criées à la va-vite, de plats brûlants, d'odeurs alléchantes.

Aujourd'hui, nos assiettes ne sont pas à la hauteur de la gastronomie d'antan, mais c'est sans conteste une assemblée extraordinaire qui se tient devant nous.

Assise ni trop près ni trop loin des invitées, ma protégée feint de se concentrer sur son bloc de nutriments et ses deux pommes de terre. Elle ne veut pas perdre une miette de ce qui se dit. Sanandra est restée debout. Elle a sa tunique des grands jours. Ses longs cheveux gris retombent en cascade sur ses épaules musclées. Seul le tremblement de ses mains trahit sa nervosité. En tant que Mère Supérieure, c'est à elle et à elle seule de lancer la discussion, bien qu'elle soit plutôt du genre taciturne. Elle bafouille, comme souvent :

– Bon, je... je suis désolée, ce n'est pas un repas exceptionnel. Vous pouvez vous plaindre à Neoma, notre cuisinière du mois, elle vous répondra que faire à manger est une activité digne du temps où les femmes étaient opprimées. Personne n'est d'accord avec elle, mais bon... c'est son mois.

Sanandra exagère, nos dîners sont bien moins alléchants d'habitude. Les dix troubles ne semblent pas du tout se formaliser de la qualité du repas. Leurs assiettes sont déjà vides, iels n'ont rien dû manger d'aussi comestible depuis des siècles. Iels flottent dans leurs habits multicolores, qui créent un contraste avec la pâleur extrême de leurs visages singuliers. Leurs yeux sont cernés, leurs joues creusées.

Les trois Sages-Femmes de la Maison Mère, elles, hochent la tête, et leurs longs cheveux blonds, arrangés en coiffures raffinées, glissent sur leurs tuniques impeccablement blanches. C'est Evgenia, la Cheffe Obstétricienne qui a assisté à la naissance d'Aya, qui répond la première, avec le ton sentencieux caractéristique des Sages-Femmes :

– Ce repas n'est pas insipide, chère Sanandra. C'est assez léger et bien assaisonné. Et il a été préparé expressément pour nous, ce qui est déjà très prévenant. C'est avec une grande sincérité que nous remercions votre modeste campement pour son accueil. D'autant que nous arrivons un peu à l'improviste, désolée pour l'alarme déclenchée et la frayeur occasionnée.

« Expressément », « frayeur occasionnée », les Sages-Femmes utilisent des tournures compliquées pour dire des choses simples. Quand elles ne sont pas là, c'est un sujet de moquerie. En leur présence, personne n'oserait formuler la moindre remarque. Un silence respectueux règne sur la tablée dès que les envoyées de la Maison Mère s'expriment. Ce n'est pas Sanandra, mais bien Evgenia qui décide du déroulement de la conversation. Celle-ci poursuit en posant un regard charitable sur les troubles :

– Mes pauvres... Dès que nous avons appris votre arrivée au Camp Rome, nous nous sommes précipitées pour vous y rejoindre. Vous avez dû vivre un véritable calvaire. Si vous avez repris suffisamment de forces, peut-être pourriez-vous nous éclairer sur les circonstances qui vous ont obligé·e·s à prendre la route ?

Chez les troubles, la hiérarchie est plus incertaine. Iels s'interrogent du regard avant que l'un·e d'entre elleux, aux longs cheveux rouges, ne se décide enfin à parler au nom du groupe :

– Comme on vous l'a dit en arrivant, on ne sait pas grand-chose. Lesna montait la garde à l'observatoire, la grande tour où nous avons établi notre base, quand iel a vu des phares mascus tourner autour du Camp Madrid, avec l'insistance de chiennes autour d'un os. Trois jours plus tard, une grande fumée noire a rempli le ciel. Comme on s'était promis d'attendre les éventuelles rescapées du camp pour les escorter jusqu'ici, on a patienté, longtemps. Personne n'est jamais venu. En revanche, les phares se rapprochaient de nous. Alors on s'est sauvé·e·s. La route a été longue et difficile, mais je pense que nous les avons distancés. Ils ont dû partir dans une autre direction ou faire une pause.

– Peut-être qu'ils ignorent la position du Camp Rome finalement, présume Evgenia. Ce serait intéressant d'effectuer un repérage.

Fébrile, Sanandra l'arrête aussitôt :

– Excusez-moi mais... ici, on évite d'avoir des débats stratégiques à table.

– Et c'est tout à votre honneur. J'attendrai le conseil de demain, dans ce cas.

Aya tressaille. Un conseil demain ? Elle ne savait pas.

Satisfaite, la Mère Supérieure se tourne vers ses sœurs :

– Et v... vous, arrêtez d'écouter ! Laissez un peu nos invitées respirer, parlez entre vous, faites quelque chose !

Aya s'exécute et baisse la tête sur son assiette. Christa lui chuchote à l'oreille :

– Abusé, on discute tout le temps de stratégie à table...

– On a le droit de jouer aux échecs pour travailler notre « réflexion stratégique », mais on ne peut surtout pas en parler ! répond Aya en grimaçant.

Les deux amies se lancent justement dans une partie d'échecs pour passer le temps, avec des morceaux de pomme de terre en guise de pionnes. Toutes deux ont presque le même niveau désormais. À force de m'obstiner à souffler les meilleurs coups à Aya, j'ai réussi à lui en faire retenir deux ou trois. Le plus important, c'est de canaliser son impatience. Je la laisse réfléchir par elle-même.

Alors qu'Aya fait la moue après un mouvement particulièrement tordu de Christa, la plus jeune des Sages-Femmes vient à son secours :

– Déplace ton éclaireuse-patate là, c'est le mieux pour la bloquer.

Aya, surprise, se tourne vers sa sauveuse. Phidia. Elle est déjà venue deux fois au camp, mais elle reste toujours dans l'ombre de ses supérieures Evgenia et Leonie, alors Aya n'a jamais fait trop attention à elle. Ou plutôt, jamais en tant que « vraie personne ». Évidemment, elle n'a pas pu passer à côté de ses attributs de Sage-Femme imposant le respect, sa longue tunique d'un blanc immaculé, ses chaussures hautes et ses cheveux savamment noués sur sa tête comme un cordage dressé vers le ciel.

Mais c'est aujourd'hui seulement qu'elle remarque que, si on met de côté ce décorum, Phidia est une jeune fille à peine plus vieille qu'elle qui a toute pour lui plaire. Son regard surtout, souligné par des lunettes d'ornement, a quelque chose de malicieux. Et ses conseils sont prodigués avec tant de douceur qu'Aya ne peut que les suivre.

– Et ta reine, elle faut que tu la protèges, elle pourrait être mise en échec n'importe quand.

De l'autre côté du plateau-assiette, Christa semble bloquée à son tour. Son visage est fermé, ses mains serrées sur la table. Elle n'aime pas perdre. Le coup de Phidia est superbe, je n'aurais pas trouvé mieux avec mes processeurs. Sauf erreur grossière d'Aya, la victoire paraît assurée. Mais cette fois, c'est Liv, lae trouble aux cheveux rouges, qui vient s'en mêler :

– Tu pourrais essayer de placer ta tour ici, ça te fera au moins gagner du temps, recommande-t-iel à Christa d'une voix vaporeuse, un peu distraite.

Aya relève la tête. Liv ne l'effraie pas, contrairement aux autres troubles. Iel a une tête et un corps normaux, comme ceux des femmes, à l'exception de ses longs cheveux colorés. Ses comparses finissent elleux aussi par s'intéresser au plateau d'échecs. Aya observe à la dérobée leurs visages trop larges et couverts de poils, leurs épaules trop grandes et leurs dos tordus. Ce ne sont ni des hommes ni des femmes. Iels échappent au modèle binaire qui est le fondement de notre société. Iels balayent d'un revers de la main nos repères et nos certitudes. Aya cache très bien sa frayeur derrière l'enthousiasme avec lequel elle s'investit, pour une fois, dans la partie. Et ce, jusqu'à la victoire ! Après avoir renversé la reine de Christa, Aya est si contente qu'elle tape sans réfléchir dans la main de Phidia, son alliée providentielle. Elle oublie pour un instant le prochain conseil prévu demain, avec les Sages-Femmes comme invitées de marque. Elle oublie pour un instant que demain, elle sera adulte peut-être.

12

Ansel

Une poignée d'heures à peine après que Ansel a été chassé de l'arène du niveau 1 par son père, celui-ci l'y ramène. C'est le même endroit mais tout a changé. Désormais, la salle est pleine de gens qu'Ansel n'a jamais vus : les mascus des Phalanges de Sidorov. L'ambiance y est encore plus glauque, les mâles s'agglutinent par centaines, transpirants de sueur et de vidange, et les insultes les plus grasses lui parviennent : *sorcière, catin, chienne, salpe, étro*. Pire, au fond de la pièce, Ansel aperçoit des capsules rouges de frex qui passent de main poisseuse en main poisseuse, et d'autres mains, bleues, aux veines saillantes, secouées de façon chaotique. Son père lui détourne la tête :

– T'approche pas d'ceux-là. Dans les Phalanges de Sidorov, ils sniffent des vapeurs de Pandore jusqu'à en devenir stupides.

Strøm attrape Ansel par l'épaule et le guide à travers la foule. Avec Loup, Ansel devait se faufiler, maintenant les gens s'écartent devant lui. Ceux de la Phalange Relenka dirigée par Osman parce qu'ils savent que Strøm est pilote, les autres simplement parce que l'Homme est exceptionnellement grand et fort. Strøm est un des rares officiers supérieurs à porter le même uniforme en cuir que n'importe quel frère des niveaux inférieurs ; il n'a pas besoin d'apparat pour asseoir sa domination. En moins d'une minute, l'Homme et son fils se retrouvent au premier rang, juste devant la cage. Strøm se penche pour murmurer à l'oreille d'Ansel :

– Nous allons déterminer aujourd'hui quel Patriarche, de Sidorov ou d'Osman, deviendra Patriarche Alpha, c'est-à-dire celui qui prendra les décisions concernant les actions coordonnées d'nos cinq Phalanges réunies – toutes les activités extérieures, en somme. Ce qui va suivre est aussi stupide qu'un combat de chiens, mais je veux qu'tu regardes jusqu'au bout. Notre Patriarche va perdre, non pas parce qu'il est faible, qu'il a une jambe amochée par la guerre ou que son adversaire est redoutable, mais uniquement parce qu'il l'a choisi. Si Osman gagnait ce combat, il serait défié tous les jours par les gros bras de Sidorov, des mâles idiots incapables de gouverner les Phalanges, qui finiraient bien par le vaincre à force de ne s'entraîner que pour ça. Laisser Sidorov prendre le contrôle des opérations permet donc paradoxalement à Osman de mieux gérer la situation, et de conserver son titre de Patriarche au sein de sa propre Phalange. Ainsi il aura la paix chez lui. L'intelligence, la réflexion dépassent largement tout ce que la force peut accomplir, même si parfois nous faisons semblant de croire le contraire. Je sais que tu n'seras jamais le plus fort, mais tu penses vite, Ansel. Suis l'exemple d'Osman et tu iras loin.

Ansel est ravi, son corps se réchauffe de l'intérieur. Il se laisse porter par la voix enjouée d'Orlof :

– Ça y est, tenez-vous prêts, nos deux Patriarches n'vont pas tarder à entrer dans la cage pour un combat légendaire ! Qui va en ressortir perdant, malheureux, blessé, démoli ? Qui va en ressortir Patriarche Alpha ? Le suspense est total, personne n'peut dire encore qui va l'emporter.

Strøm lève les yeux au ciel. Orlof poursuit avec un débit de plus en plus rapide :

– Et voilà l'Patriarche Osman qui s'avance, il est déjà célèbre pour sa longévité à la tête de sa Phalange et pour ses exploits comme lieutenant du Général Von Bach lors de l'assaut du foyer de prolifération, il y a seize ans. Depuis, Von Bach se terre dans le Grand Nord, mais Osman est toujours là, toujours au combat. Il a le visage fermé. Ça n'rigole pas aujourd'hui, c'est moi qui vous l'dis. Il semble avoir opté pour un stack long, plutôt défensif, ça promet un combat tout aussi long, c'est bon pour le spectacle, ça !

Osman fait le tour de la cage en boitant, attirant sur lui le regard des spectateurs. Son visage ne trahit aucune émotion. Il pourrait aussi bien être en train de jardiner aux serres ou de s'entraîner en salle de combat.

– Et à ma droite, héros de la grande reconquête de l'Est, déjà Alpha de quatre Phalanges et légende dans toutes les autres, l'impitoyable Sidorov, avec un stack beaucoup plus court et épais. En voilà un qui n'est pas là pour faire d'la figuration !

Orlof ne tarit pas d'éloges sur Sidorov. Étant le commentateur attitré de la Relenka, la Phalange d'Osman, il doit s'efforcer de ne pas favoriser son Patriarche. Et puis il se couvre en cas de défaite d'Osman, défaite qui semble actée dès les premières secondes du combat.

– Sidorov frappe, frappe et frappe encore, sans laisser le moindre répit à son adversaire. Osman encaisse sans broncher, mais combien d'temps ça va durer ? Ce n'est pas le duel qu'on attendait pour l'moment. Osman est beaucoup plus agressif d'habitude. Serait-il fatigué ? Est-ce le combat de trop ? À moins qu'il ait une stratégie, c'est toujours possible !

Ansel regarde son idole souffrir en silence, il subit chaque impact avec lui. Osman grimace chaque fois que la violence du choc entre le stack et son armure se répercute sur ses côtes déjà brisées à plusieurs reprises. Il vacille quand ses jambes sont touchées ou quand il doit parer une frappe puissante. Et ça dure, une, deux, cinq, dix minutes. Orlof lui-même finit par se taire tant le spectacle est répétitif et à sens unique. À part un vieux morceau de catastro-pop venu du fond de la pièce, on n'entend rien que les crissements de l'acier et les quelques râles de douleur que le Patriarche ne peut retenir. La foule s'est arrêtée de parler, de respirer, suspendue au regard d'Osman qui continue tant bien que mal à encaisser les coups. Son absence de combativité et sa lâcheté atteignent un degré tel qu'elles en deviennent fascinantes. Dans ses yeux, ni haine ni colère, ni peur. Juste une profonde lassitude. Proche du désespoir. Sidorov le sait, en profite :

– Rends-toi simplement, qu'on en termine.

Le Patriarche russe est torse nu. Malgré sa cinquantaine d'années bien passée, il exhibe des muscles puissants. Son ventre est couvert de zébrures et de cicatrices. De son dos dépassent les pointes de son exosquelette, auxquelles aucune armure n'est vissée. Sidorov paraît ne pas avoir besoin de ces protections. Il respire la force. Il semble invincible. Que peut faire Osman ?

Les deux Hommes se fixent un long moment dans les yeux, sans bouger, sans frapper. La musique s'est arrêtée, le silence est complet désormais. Soudain, sans prévenir, Osman se rue sur Sidorov et lui décoche un coup de stack en pleine mâchoire, juste pour lui faire mal, pour montrer au Patriarche qu'il en est capable. Quand Sidorov se précipite sur son adversaire pour contre-attaquer, Osman a déjà déserté la cage. Orlof est stupéfait :

– Incroyable rebondissement ! Nous n'aurons pas l'combat que nous attendions, Osman a abandonné, dominé, mais pas réellement vaincu. Sidorov devient donc notre Patriarche Alpha, il conduira nos cinq Phalanges vers la gloire. Longue vie à Sidorov !

Osman quitte la pièce, boitant et fier, comme d'habitude. Seuls ses frères baissent la tête de honte quand il passe près d'eux. Dans sa cage, Sidorov, lui, ne savoure pas sa victoire, encore agacé par la dernière bravade d'Osman. Ansel sent confusément que son existence ne sera plus la même, que les grands mouvements du monde ont rattrapé son quotidien.

— 13 —

Aya

Les quatre marches qui mènent de la salle de concert à l'estrade n'ont jamais paru aussi hautes. Aya tremble de tout son long, la feuille qu'elle tient entre ses mains est balayée par des bourrasques imaginaires. Santé : 82 %. L'enfante répercute sur son corps les effets de son anxiété. Elle transpire, elle a envie de vomir, de partir en courant ou de se rouler en boule dans un coin.

J'essaye de ramener son esprit vers l'estrade :

– *Attention, ça va bientôt être à toi.*

Sanandra elle-même est en train de batailler avec ses propres hésitations :

– Ou alors... troisième hypothèse, les hommes ont effrayé les troubles pour qu'iels viennent nous trouver et dévoilent notre position. Peut-être même que les troubles bossent pour eux, comment savoir avec elleux ?

Evgenia, assise sur le bord de la scène, désapprouve :

– L'hypothèse est grotesque ! Aujourd'hui les troubles sont dignes de confiance. Au niveau des négociations internationales, Argos Matze et son groupe se sont largement rangé·e·s derrière nous. Et puis, si nous sommes venues ici si vite, c'est bien parce qu'à la Maison Mère aussi, on a entendu des rumeurs concernant une attaque sur le Camp Madrid.

– Je suis d'accord, reprend Sanandra, concentrée sur le fil de sa pensée, j'estime simplement que nous ne pouvons pas nous fier uniquement à ce qu'iels disent. D'autant que leurs informations ne sont pas très précises. Elle serait plus prudente d'aller vérifier la situation par nous-mêmes.

Le cœur d'Aya explose dans sa poitrine. Ça y est, Sanandra lui fait signe de la tête : c'est à elle. L'enfante monte les marches qu'elle ne devrait redescendre qu'une fois adulte.

On n'en est pas encore là, déjà elle faut poser un pied devant l'autre, ne pas tomber, ne pas se ridiculiser, se positionner au bon endroit – entre Sanandra et Cordel qui l'encourage d'un sourire –, prendre la feuille dans le bon sens, et lire, sans avoir l'air de lire. Sans oublier de lever la tête.

Aya regarde ses interlocutrices une par une comme on le lui a appris, comme elle a toujours vu le faire ses sœurs adultes. La petite Anka, les jumelles de souche Harjeera, Christa, Voline et Soledi sont dans les gradins, trois rangs derrière tout le monde, et leur présence la rassure. À leur droite : la place qu'Aya occupait à tous les conseils, jusqu'à aujourd'hui. Dès leur plus jeune âge, les enfantes sont invitées à assister à ces réunions pour se familiariser avec la politique, mais ce n'est qu'au jour de devenir adulte que chacune monte sur scène pour prononcer sa première parole publique.

Assise parmi les adultes, Ash adresse un clin d'œil à Aya. Elle connaît ce trac, elle, c'est la dernière en date à être passée par là. Elle aussi a dû affronter avec appréhension les regards si sérieux des adultes au premier rang.

Mais Aya a de quoi envier Ash, qui n'avait affaire qu'aux femmes du camp, lors d'un conseil de routine. Aujourd'hui c'est différent. Aujourd'hui, les adultes assises au premier rang sont inquiètes, Odessa grimace et Neoma ne fait même pas attention à Aya, absorbée par d'invisibles pensées. Seule Cordel, sur la scène, continue de nous sourire, mais plus elle en fait pour nous soutenir, plus on se dit que ça va être difficile. Aujourd'hui les Sages-Femmes Leonie et Evgenia participent au conseil. Lancées dans une grande discussion, elles nous ignorent totalement pour le moment. Aujourd'hui elle y a Phidia aussi, qui, au contraire de ses sœurs, ne nous quitte pas des yeux. Même si Aya la connaît à peine, elle ne veut surtout pas la décevoir. Elle aimerait beaucoup avoir une amie de la Maison Mère.

Aya s'éclaircit la gorge, le silence se fait, ça y est, même Neoma la regarde maintenant, c'est le moment ou jamais :

– Bonjour, mes chères sœurs. Je... j'aurais préféré commencer ma vie d'adulte en des temps moins troublés, mais je suis heureuse de pouvoir apporter mon aide.

Je pense avoir le plan idéal pour faire face à cette situation complexe. Je propose qu'on envoie un groupe de sept ou huit personnes au point de rencontre convenu avec le Camp Madrid en cas de catastrophe. Ainsi, nous pouvons espérer récolter des informations et récupérer d'éventuelles survivantes. En passant par les anciens tunnels, même s'ils sont partiellement effondrés, on devrait pouvoir avancer en limitant notre utilisation de la foreuse.

Aya parcourt ses notes pendant quelques secondes qui lui paraissent une éternité. J'ai la suite du discours mais Aya voulait une feuille pour lui servir de point d'ancrage. J'ai plutôt l'impression qu'elle s'y perd, elle aurait mieux fait de m'écouter. Tant pis, ce n'est pas le moment de le lui faire remarquer. Aya marque encore une courte pause avant de reprendre sur un ton saccadé et trop formel :

– Par les tunnels Imane Abdelaoui puis Elsa Hunger... nous pouvons y être très rapidement. Arrivées au point de rendez-vous, nous inspecterons les lieux à la recherche de survivantes puis nous séparerons l'expédition en deux. Un premier groupe rentrera au camp avec la foreuse en rebouchant les tunnels pour couvrir nos arrières. Le deuxième groupe se rendra à ski-moteurs jusqu'à la Trêve en passant par le Mémorial pour poser de nouveaux pièges à ces deux endroits stratégiques et vérifier les anciens, car les mascus risquent de passer par là s'ils veulent s'en prendre à nous.

Sa proposition étant presque finie, Aya abrège d'une voix précipitée :

– Pendant ce temps-là, celles qui seront restées au camp pourront préparer notre défense et consolider la base. Je souhaiterais maintenant mettre cette proposition au vote.

Ma protégée retient sa respiration. Si la motion est rejetée, elle ne deviendra pas adulte, pas encore. Sanandra a veillé à lui écrire une proposition consensuelle, comme pour chaque nouvelle venue au conseil, mais le contexte est grave aujourd'hui.

Déjà, Neoma lève la main pour émettre des réserves. Aya se laisse absorber par l'angoisse, elle s'imagine redescendre les marches la tête basse, cernée par la compassion des adultes et la gêne des enfantes. Je voudrais la serrer dans mes bras si j'en avais. Je voudrais lui hurler que toute ira bien. Aya est à deux doigts de déchirer la feuille entre ses mains tremblantes, sûre que Neoma ne lui accordera aucune chance.

– Aya, je suis désolée... Ce que je vais dire n'est pas contre toi. Je suis d'ailleurs très embêtée que Sanandra utilise une première prise de parole pour faire passer ses propositions dans une période aussi tendue. Si la manœuvre est habile, ça ne m'empêchera pas de voter contre. Je pense qu'on a déjà perdu trop de temps. Se cacher, poser de nouveaux pièges, ça ne nous sauvera pas. Si on reste planquées, on subira le même sort que nos sœurs du Camp Madrid.

Neoma hausse la voix en agitant son poing dans le vide :

– Non ! Elle faut qu'on sorte, elle faut qu'on se batte, on n'a pas le choix. On enfourche nos ski-moteurs et on va saboter les phares mascus avant qu'ils n'arrivent trop près de notre camp. On s'attaque à leurs éclaireurs, on leur fait goûter la neige, on les harcèle, des raids rapides, violents. Mec ! Elle n'y a que comme ça qu'on peut gagner. Si on les laisse venir, ils pourront diffuser leur Pandore, et on sait que ce gaz ne laisse pas de survivantes. Ils joueront avec leurs règles, à nous d'imposer les nôtres d'abord. Elle est évidente que cette fois, les hommes viennent pour tuer. Pour tuer toute sur leur passage. Et ce passage, justement, on ne peut pas l'anticiper totalement en comptant sur les pièges. Le Mémorial et la Trêve sont en effet des étapes probables sur leur parcours, mais ils peuvent toujours décider de faire des détours, dans les crevasses, sur le Glacier, n'importe où... Voilà, c'est tout ce que j'avais à dire.

Un silence de plomb suit la fin de sa phrase. On entend la neige craquer au-dessus du plafond. Sanandra secoue la tête. Elle est désavouée par son propre camp devant les Sages-Femmes, c'est dur à avaler. Aya est paralysée par l'enjeu. Elle n'arrive pas à répondre. Je ne l'ai jamais vue comme ça, le poids des attentes de la communauté l'écrase sans pitié. Heureusement, Cordel vient à notre rescousse :

– Je comprends ton point de vue, Neoma. Je comprends parfaitement que Yevanneh représentait toute pour toi et que depuis que les hommes l'ont assassinée lâchement, tu cherches par n'importe quel moyen à te venger. Nous aussi on veut qu'ils payent, tu sais. Se cacher, crois-moi, ce n'est pas de la lâcheté. Les pièges, ce n'est pas une façon de se dérober. C'est la meilleure stratégie que nous ayons. Rester à couvert et ne frapper qu'au dernier moment, c'est ce que nous avons toujours fait de mieux. Et quand bien même, s'ils évitent nos mines et font des détours, ce sera du temps supplémentaire pour s'organiser. Mieux que ça encore, s'ils sont assez fous pour emprunter la route du Glacier, ils y laisseront des vies, donc nous gagnons dans tous les cas. Tandis que sortir à découvert pour traquer les phares et tenter de briser leurs roues, sans savoir combien ils sont, sans même connaître leurs forces, ce n'est pas du courage, c'est du suicide ! Moi, je voterai pour le projet d'Aya et j'irai avec elle.

Même Evgenia nous vient en renfort :

– Je ne veux pas interférer dans la gestion de votre camp, et je n'ai pas vécu la guerre en première ligne comme vous, mais j'aimerais quand même dire quelques mots. D'abord, je comprends parfaitement tes remarques, Neoma, elle faudra bien passer à l'offensive. Seulement, elle s'agit de ne pas se dévoiler trop tôt. Je pense que tu pèches par impatience. Souviens-toi de la défaite de Von Bach elle y a seize ans, c'est grâce à un contournement long et fastidieux de leurs phares et au sacrifice de quelques sœurs que nous avons triomphé. En nous livrant de front, nous aurions perdu tout de suite.

Aya se sent soulagée, bien que cette aide puisse être un cadeau empoisonné. Les gestes guindés et le ton pompeux de la Sage-Femme détonnent en plein conseil de guerre. Neoma paraît agacée. De mon côté, je tique à l'évocation du « sacrifice » de Serene. Ce n'est pas exactement comme ça qu'Evgenia nous avait présenté les choses, à l'époque. Elle ne nous avait pas dit qu'elle nous envoyait à la mort. On pensait qu'on avait une chance, que d'autres sœurs viendraient nous relayer. Et si Evgenia était en train d'envoyer mon Aya à la mort de la même façon ?

L'Obstétricienne poursuit :

– Tu crains que vos pièges ne suffisent pas. Soit. Ça tombe bien, nous vous en avons aussi apporté de nouveaux, à la pointe de la technologie, conçus par les meilleures ingénieures de la Maison Mère. De quoi ralentir les phares, voire d'en détruire un ou deux. Ensuite, seulement, nous pourrons attaquer. Comme nous n'avons aucune nouvelle du Camp Madrid, elle serait hasardeuse de jouer notre va-tout sans connaître plus précisément la situation. Je voulais enfin vous suggérer de ne pas hésiter à prendre les troubles avec vous si elle manque des volontaires pour l'expédition. Iels ont promis de nous aider. Merci à vous.

Sanandra, en tant que Mère Supérieure, termine enfin le tour de parole. Elle était temps, Aya est tétanisée par l'angoisse.

– Merci pour vos avis, nous allons passer au vote. Aya, tu vas pouvoir te détendre. Je précise qu'après le scrutin, si la proposition est adoptée, nous pourrons quand même apporter des modifications mineures à l'itinéraire en commission restreinte. Bien, levez les mains si vous êtes « pour » et laissez... m... moi quelques secondes pour compter si c'est serré.

Aya détourne la tête, elle n'ose même pas regarder le résultat, elle n'a pas confiance, elle n'y croit pas. Pourtant, elle lui suffirait de relever les yeux pour voir les nombreuses mains dressées, paumes ouvertes, en face d'elle. Elle n'a aucune inquiétude à avoir. Je suis si heureuse d'être la première à pouvoir la féliciter :

– *Bravo ! T'es une adulte maintenant ! Tu peux boire du vin chaud !*

Sanandra annonce les résultats avec satisfaction et entame le recrutement des volontaires. Déjà Aya n'écoute plus, elle sait que puisque c'est son projet, elle est recrutée d'office. Qu'importe, elle n'a pas peur. Ses poumons se gonflent, elle se sent grande et forte. J'ai peur pour nous, peur pour elle, mais je suis si fière de ma protégée. Elle n'a plus à se sentir inférieure à Azumi Hatsumata ou à ma chère Serene. Elle marche dans les pas de nos légendes. Nous sommes le cent soixante-dixième jour du Contr'Hiver 95, Aya a quinze ans et demi et elle est adulte.

14

Ansel

Cette fois, c'est lui dans la cage, à quinze ans tout juste. Pour Strøm, ce n'est pas la peine d'attendre plus, ce n'est qu'une formalité à accomplir, un protocole stupide. Depuis que Sidorov et ses Phalanges les ont rejoints, il faut un maximum d'Hommes pour soutenir Osman. Malgré son magistral coup de stack avant de quitter l'arène, leur chef a montré ses faiblesses face au nouveau Patriarche Alpha. C'est précisément dans ce genre de moments que des prétendants au titre peuvent surgir et menacer la Phalange. Entre ne pas paraître trop menaçant pour ne pas inquiéter Sidorov et l'être assez pour que son clan lui reste obéissant, il y a un équilibre subtil qu'Osman doit maintenir.

Alors Ansel doit se mettre au service de son chef. Il doit devenir un adulte, un vrai. Il lui faut pour cela vaincre un chien à l'intérieur de la cage. Sans stack, sans rien. Seulement vêtu de son uniforme de cuir. À la seule force de ses bras tremblants. Viriler comme Osman devant le danger.

Ansel voudrait afficher le même visage impassible que son Patriarche avant le combat, avoir le même regard fier. Il sait pourtant que tout le monde remarque déjà ses jambes frêles, ses ongles rongés, ses mains qui se tordent dans tous les sens, son incapacité à tenir en place. Il le voit dans les yeux de Loup, de Rekat, d'Irik, d'Orlof. Son inquiétude est contagieuse. Il est tellement nerveux que c'est presque un soulagement quand Strøm revient enfin avec un chien. Au moins, il va pouvoir en finir.

Mais ce n'est pas n'importe quelle bête. C'est Von Bach, le grand chien blanc au regard mauvais. Il le revoit mordre Attila, le petit chien brun, jusqu'au sang. Ansel secoue la tête. Si son adversaire du jour avait perdu à l'époque, Ansel n'est pas rassuré pour autant. Il se souvient encore de la fois, il y a de nombreuses années, où il l'a croisé dans les bas-fonds du chenil avec Rekat et Loup. Il se souvient de leurs regards échangés, de la haine dans les yeux du chien.

Strøm lâche la créature dans la cage. Orlof endosse une nouvelle fois le rôle du commentateur :

– Bien, vous connaissez la règle, elle n'a pas changé. La porte de la cage est ouverte, Ansel peut en sortir à tout moment. Mais s'il en sort avant Von Bach, il aura perdu, tout simplement.

Ansel fait face à l'animal qui le fixe de ses yeux jaunes. Le chien se tient devant la porte. Il faut agir vite. Les bêtes sont formées pour tuer. Pour obéir aussi. Le garçon prend sa voix la plus ferme :

– Sage, sage, tout doux, Von Bach. Recule, recule, voilà, recule.

Tout en avançant pas à pas, Ansel essaye de forcer le chien à faire marche arrière, à franchir le tout petit fragment d'étalon qui le sépare de la sortie. Ça doit fonctionner, ça *va* fonctionner. C'est son père qui lui a dit d'agir ainsi. Il s'en est tiré il y a plus de vingt ans avec cette méthode et l'a transmise à Mort-Ansel qui lui aussi s'en est sorti, avec, paraît-il, une extraordinaire rapidité. Mais l'animal ne veut pas faire le dernier pas, il faudrait pour cela qu'il enjambe la plinthe sur laquelle la porte est fixée. Von Bach regarde Ansel d'un air buté. Les ordres du garçon tombent à plat, sa voix perd en confiance et monte dans les aigus, trahissant sa mue pas tout à fait achevée :

– Allez, Von Bach, recule, encore, recule, recule !

Ansel est à deux doigts d'implorer le chien à genoux. L'autorité a changé de camp. Von Bach le sent et soudain, il se jette sur la créature qui jappe en face de lui.

C'est à Ansel de faire marche arrière, les mains devant son visage pour se protéger. Le chien ne cherche pas encore à faire mal, mais déjà le garçon ne contrôle plus rien.

Il agrippe un morceau de fourrure, donne des coups de poing, de pied, de tête. Le monde entier disparaît autour de lui, en dix secondes c'est le chaos, une cohue furieuse d'aboiements et de cris. Il n'est plus qu'un clébard affrontant un autre clébard, guidé par son instinct de survie, par la rage de vaincre, la haine et la peur.

Les commentaires d'Orlof lui parviennent de très loin, et les bribes qu'il perçoit ne font que décupler sa colère : « ridicule », « pénible à regarder », « échec ». Alors que Von Bach est en train de le mordre jusqu'au sang au niveau du bras, il réussit à l'attraper par les pattes. Il le pousse de toutes ses forces vers la sortie, les crocs de l'animal toujours enfoncés dans sa peau. Ça fonctionne, il réussit à l'amener jusqu'à la porte. Là, le pied d'Ansel percute la plinthe. Il bascule en premier hors de la cage.

15

Aya

Le globe lumineux roule au milieu du magasin de l'ancienne galerie commerciale, éclairant les vitrines, les rayonnages et les cabines d'essayage avant de finir sa course contre le comptoir. Aya suit le même chemin, vérifiant sous chaque manteau l'absence de chattes sauvages. Rien. Soulagée, elle s'affale sur une pile de pulls à ses pieds. Là, elle s'autorise enfin à parler :

– Un peu de calme, elle était temps ! J'en peux plus d'avoir tout le monde sur le dos. Cordel me demande toutes les cinq minutes si j'ai bien fait mon sac, si je t'ai bien mise à recharger, si j'ai pris mon cercle, réécouté la feuille de mission, évalué les renforts de ma combinaison ou approvisionné ma poche d'hormones et ma capsule létale ! Ça, c'est le pire, qu'on me rappelle sans arrêt que je devrai me suicider si je suis capturée ! Super rassurant pour ma première mission, merci.

– *C'est pour ton bien, ces précautions ! Helena et Serene étaient des maniaques de l'organisation. La capsule létale, crois-moi, on se sent bien démunie quand on ne l'a pas.*

– Oui, je sais, ça va... Tes anciennes hôtes, elles ne s'en sont pas servies de leur capsule, si ?

Elle n'y a qu'Aya pour oser demander des choses aussi intimes sans y mettre les formes. Et moi pour lui répondre de la même manière :

– *Non, les deux sont mortes au combat. Serene a affronté les troupes de Von Bach. Avec une armée de soldates sacrifiées, elle a défendu la Maison Mère avec acharnement jusqu'à l'arrivée des renforts. Une balle a traversé sa poitrine de part en part, ça a été très rapide. Pour Helena, mon hôte précédente, ça a été encore plus soudain, un tir de sniper dans une ruelle de l'ancien empire russe. Je n'ai rien pu faire.*

Aya prend conscience de son indiscrétion :

– Je suis désolée, je...

Elle ne finit pas sa phrase, pensive. Je la relance :

– *Qu'est-ce que tu voulais dire ?*

– Rien. C'est bizarre. Un jour je ne serai plus là et on te redonnera à une autre. Tu m'oublieras pas, hein ?

– *Bien sûr que non, je n'ai pas oublié Helena et Serene, et je ne risque pas de t'oublier avec ton caractère !*

Aya ne sait pas si elle doit se réjouir ou s'indigner :

– Ça va, alors... et tu parleras de moi ! Tu ne parles pas du tout des autres !

– *Parce que je respecte leur mémoire, mais je parlerai de toi si tu veux. Pour le moment, arrête de ressasser ces risques, c'est un peu tôt, tu es adulte depuis trois jours à peine ! Tu pars pour une expédition simple et encadrée, toute va bien se passer.*

Aya récupère le globe lumineux au sol et se relève d'un bond.

– Oui, je sais, conclut-elle.

D'une main, elle caresse les rayonnages de vêtements avec curiosité. Elle tâte les différentes matières et renifle deux ou trois vestes avant d'attraper un morceau de tissu informe pour l'observer dans son ensemble.

– En tout cas, ça vaut le coup de se battre pour ne plus jamais porter des habits aussi moches. Ça laisse passer tout l'air en dessous, les femmes d'avant ne devaient pas avoir chaud avec ça.

– *Elles n'avaient pas besoin d'avoir chaud, je pense.*

– À quoi ça servait les vêtements, alors ? Et regarde comment c'est serré au milieu et hyper large pour la poitrine, elles avaient une forme bizarre ou quoi ? En plus, ça s'ouvre dans le dos, c'est pas du tout pratique.

Perplexe, Aya contemple la veste une dernière fois avant de la remettre sagement à sa place. Une main dans la poche de sa combinaison polaire, l'autre tenant contre elle le globe lumineux pour profiter de sa chaleur, elle repasse sous la bannière indiquant : « *Mesdames, magasin pour elles* ». À gauche comme à droite, les boutiques de l'ancien centre commercial se succèdent. À force d'escapades nocturnes, Aya les a déjà toutes visitées. Ash l'y emmenait petite, elle y est retournée avec Voline ensuite et elle s'y rend toute seule désormais, pour le simple plaisir d'arpenter ces espaces oubliés, maintenant qu'elle est adulte et que Voline préfère rester avec Soledi. La galerie est la première zone à explorer quand on grandit. Les adultes ne s'y sont jamais opposées, ces sorties servent d'entraînement aux enfantes avant qu'elles aient à affronter le monde extérieur.

Aujourd'hui, la galerie n'est plus une terre d'aventures pour Aya, c'est un refuge : elle connaît si bien l'endroit qu'elle vient y chercher le confort et la tranquillité plus que l'excitation du danger. Elle n'y a pas d'autre menace ici que les chattes sauvages, comme celle qui, à l'instant, passe au loin.

Aya retourne prudemment vers la cage d'ascenseur, là où les globes lumineux sont les plus nombreux. Arrivée au bord du gouffre, elle hésite. Emprunter l'échelle pour remonter vers le dortoir des adultes auquel elle n'arrive pas encore à s'habituer et essayer de faire le plein de sommeil avant l'expédition ? ou redescendre un niveau plus bas vers la cuisine, pour se mettre au chaud avec les autres dont elle peut entendre les éclats de rire d'ici ? Elle pourrait aussi descendre plus bas encore, vers les bassins, et continuer à errer toute la nuit pour tromper l'angoisse. Alors qu'elle accroche son mousqueton au cordage de sécurité, Aya n'est toujours pas décidée, mais, derrière elle, une voix amusée lui suggère une quatrième option :

– Ça ne doit pas être facile de partir en excursion comme ça. Si tu as besoin de réconfort, tu peux venir dans mon cocon cette nuit !

Aya se retourne, ébahie. C'est Phidia, un sourire malicieux aux lèvres. Ma jeune protégée est figée par la surprise. Je la rassure :

– *Ne t'étonne pas, c'est normal. Tu es une adulte maintenant, les Sages-Femmes font souvent ce genre de propositions aux sœurs des camps voisins. On n'ira que si tu en as envie, et si tu as des questions, je suis là.*

16

Ansel

La voix de son père est toujours celle qui résonne le plus fort autour de la table de la Grande Salle du Conseil :

– Sidorov est dangereux par nature, mais depuis qu'il a été chassé de ses terres russes, il est incontrôlable, il va nous m'ner à la catastrophe. Il a souffert, je sais, le Raid des Amazones sur son petit village, j'connais son discours là-dessus, mais on peut pas se laisser attendrir. C'est un suicidaire qui cherche à suicider un maximum de monde avec lui !

Les autres voix sont plus difficiles à discerner. Les commentaires moqueurs de Sayden le sniper, agressifs d'Irik le chef éclaireur et alarmistes du Géniteur se mêlent confusément :

– Depuis la chute de l'empire russe et le déclin de la Chine, on n'a plus qu'lui, on n'peut rien faire sans Sidorov, de toute façon. Les Américains vivent avec les femelles et le reste du monde n'est que désolation…

– Il a les moyens et l'ambition, il faut l'suivre ! J'imagine qu'il ne dirige pas nos cinq Phalanges vers le foyer de prolifération des femelles sans savoir c'qu'il fait.

– Il y a seize ans, le Général Von Bach n'a pas réussi à y pénétrer, même avec onze Phalanges. Comment on pourrait faire mieux ? Il ne doit pas y avoir plus de trois ou quatre autres Phalanges dans le coin pour se rallier à nous. Et Von Bach ne donne toujours pas de nouvelles...

– En plus, ça nous oblige à traverser l'no man's land international, on va avoir tout le monde sur le dos, de la Grande Amérique jusqu'à la Confédération d'Afrique Australe !

– Vous êtes des lâches, tous ! On est là pour terminer cette guerre, oui ou non ?

Un brouhaha terrible suit ces derniers mots hurlés par Irik. Ansel n'entend plus rien. Au-dessus de sa tête, des bruits de chaises et de pas couvrent les voix. La grille sous laquelle il se terre ne cesse de vibrer.

Il en profite pour délier ses muscles un instant. Il est à l'étroit dans sa cachette, un renfoncement entre deux étages conçu pour laisser passer des tuyaux. Ansel est invisible tant qu'il se tient sous l'imposante table en métal du huitième et dans l'angle mort du plafonnier du septième, ce qui lui impose de rester en position fœtale. Les occasions de s'étirer sont précieuses. L'important, c'est de se figer à la seconde où le calme revient. Ansel tarde à replier sa jambe gauche, son genou heurte le grillage qui le surplombe. Heureusement, là-haut, personne ne remarque la légère vibration. Au huitième, les pulsations de la Machine le couvrent encore.

La Machine, c'est justement le nouveau sujet de conversation qui anime la réunion. Même quand on ne la connaît que de réputation, il est facile d'identifier la voix douce et posée de Lakam, le seul eunuque habilité à participer aux conseils. C'est avec tendresse qu'il parle de mécanique :

– La bête respire bien, les ventilateurs de la poumonerie sont à plein régime, je crois qu'les problèmes de surchauffe du mois dernier sont derrière nous. Par contre, c'est au niveau vitesse que j'suis inquiet. Maintenant qu'on doit suivre les Phalanges de Sidorov, je n'ai plus la même indépendance. On m'a dit d'baisser le rythme pour nous adapter au Napoléon, une des Phalanges de Sidorov qu'a pris un sacré coup dans la tuyauterie du système digestif, mais si on ralentit trop et trop longtemps, on pourra jamais r'tourner à une vitesse normale par la suite. Notre Relenka est trop vieille pour supporter des changements de régime. Il me semble que...

La voix brutale d'Irik brise le flot de paroles de l'eunuque, comme une digue interromprait soudainement le cours d'une rivière :

– D'toute façon, si on envahit leur foyer, on aura plus b'soin d'aller nulle part, non ?

Depuis qu'une femme a tué son père, il cherche à prouver au monde qu'il aura sa vengeance. Le brouhaha reprend de plus belle. Ansel ne saisit que des mots épars, « négociation internationale », « Chine », « réparation » ou encore

« Virl » qui ne lui évoque rien. Puis le silence revient. Ou presque, car Ansel discerne un faible chuchotement. Osman. Ce doit être Osman, c'est le seul à pouvoir se permettre de parler si bas sans que personne ne l'interrompe. C'est aussi le seul à pouvoir clôturer une réunion du conseil. Ansel n'est donc pas surpris d'entendre à nouveau des bruits de chaises et de pas au-dessus de lui. Il a l'impression de se faire écraser.

Il est temps de rentrer, Strøm va venir le chercher pour un entraînement. Mais Ansel ne veut plus affronter les regards de pitié qu'il jette à ce fils trop grand pour être enfant, trop faible pour être adulte. Il ne veut plus voir Rekat, qui ne quitte pas les cuisines ou la buanderie et n'a jamais plus souri depuis la mort de son père. Il ne veut plus voir Loup qui devrait devenir majeur dans trois jours à peine. Ansel ne peut pas supporter la comparaison. Il traîne parfois avec les marginaux ou les plus jeunes, comme Dell ou Vance, respectivement sept et neuf ans, mais ça ne fait que renforcer son sentiment d'exclusion. Alors Ansel reste là, invisible, coincé entre deux étages.

— 17 —

Aya

Le vacarme de la foreuse pilonne le crâne d'Aya. Le cockpit est très mal insonorisé, ses mains sont crispées sur les poignées de sécurité. Elle n'a jamais connu d'équivalent en termes de bruit – les turbines des bassins de nutriments lui semblent presque mélodieuses en comparaison. Chaque fois qu'un bloc de glace est fendu par la pointe de la foreuse, la jeune adulte a l'impression que ses oreilles subissent le même sort. Et ce malgré l'énorme casque noir qu'elle porte pour protéger sa tête de tout type d'agression. Dans cet environnement, la menace peut venir de partout : des chocs violents de la foreuse butant sur un obstacle, des débris de stalactites qui pourraient transpercer la vitre de l'habitacle et perforer ses occupantes, d'un piège oublié qui exploserait ou simplement d'une attaque des mascus. Aya a toutes les raisons d'être inquiète et je ne peux même pas la rassurer. Même ma sortie audio située tout près de son tympan n'est pas assez puissante pour couvrir le fracas des mouvements de la foreuse.

Neoma, qui a du coffre, est la seule qui parvient encore à se faire entendre :

– Je comprends pas comment les Sages-Femmes sont arrivées si vite au Camp Rome pour accueillir les troubles. Moi je vous le dis, cette histoire est bizarre. Et puis c'est étrange qu'Evgenia vienne aussi souvent nous voir, elle a un poste très élevé là-bas, obstétrique je-sais-pas-quoi, ça veut dire qu'elle se trame quelque chose d'important chez nous. Je crains qu'on soit plus en danger qu'on le pense. Et c'est pas Sanandra qui va nous aider, elle commence à être âgée et elle veut éviter la confrontation avec la Maison Mère, je suis sûre qu'elle a été parachutée au camp pour faire office de pantin. Yevanneh, à l'époque, c'était autre chose, je peux vous le dire ! Elle avait plaqué Leonie contre un mur, l'adjointe d'Evgenia, quand celle-ci avait osé critiquer sa gestion du Camp Rome ! Les mascus payeront un jour pour sa mort, je l'ai déjà promis à de nombreuses reprises.

Pleine de rage, Neoma donne un grand coup de volant pour contourner un iceberg au milieu du chemin. Le tunnel Elsa Hunger permet d'avancer à couvert, mais cette route n'a pas été empruntée depuis des années. Elle est parsemée d'énormes blocs de glace compacte qu'elle faut éviter ou forer en morceaux quand le tunnel n'est pas assez large pour les contourner. Et le petit hublot plein de givre à l'avant du véhicule n'aide pas à anticiper les dangers.

Paradoxalement, parler semble aider Neoma à se concentrer sur son pilotage. Les grimaces sur son visage, lorsqu'elle doit réagir rapidement, n'entravent jamais le flot de ses paroles :

– Après, Aya, je ne te reproche rien, c'est Sanandra qui t'a suggéré cette proposition d'expédition pour ton premier discours, elle nous a donc un peu forcé la main et je ne sais pas exactement pourquoi. Soit cette expédition est une façon pour elle de gagner du temps en attendant de trouver une meilleure idée, soit elle veut montrer à Evgenia qu'elle maîtrise son camp.

Aya déchante, elle n'aime pas assister à des conflits entre adultes, et Neoma lui envoie sa colère en plein visage. Pire, elle la rend complice d'une erreur de stratégie. Aya ne peut même pas se défendre : avec Ash, l'autre copilote du jour, elles ont bien essayé de parler, mais leurs voix sont inaudibles. Assise devant ses sœurs à l'intérieur du cockpit, Neoma ne les entend pas et ne peut tourner la tête en pleine conduite pour lire sur leurs lèvres. Alors elle poursuit son monologue, infatigable :

– Et vous, vous ne dites rien ? Je sais que vous êtes pas aussi bavardes que Voline, je sais aussi qu'elle y a du bruit et que cette vieille machine impressionne, mais quand même. Elle y a plein de choses à apprendre en plus. Tenez, je vous montre si vous voulez. D'abord elle y a le volant pour tourner, ça c'est facile.

Elle illustre son propos d'un zigzag, tandis qu'Ash et Aya échangent un regard angoissé.

– Ensuite, elle y a le levier, là, avec les quatre vitesses, le mode « silencieux » qui n'a de silencieux que le nom, et juste à côté le petit bouton pour enclencher la foreuse à proprement parler. À la surface ou dans un tunnel propre, elle vaut mieux rouler sans. Mais ici, dans ce conduit qui a été délaissé pour ne pas trahir l'emplacement de notre campement, on n'irait pas loin sans perforer. On resterait coincées contre le premier bloc.

Le regard d'Aya se perd derrière la vitre sale, dans le noir béant du tunnel. Des stalactites suspendues à la voûte de glace surgissent dans la lumière de leurs phares, des lambeaux d'immeubles jonchent le sol. La route est de plus en plus dégagée. L'arrivée doit être proche, la foreuse du Camp Madrid a sûrement nettoyé cette zone pour pouvoir accéder facilement au point de rencontre.

Aya prend conscience de s'être assoupie en se réveillant subitement. Elle vérifie une nouvelle fois qu'elle ne manque rien dans le cocon-sac sur ses genoux : le kit médical, son cercle, un globe lumineux, des vivres, une gourde, une poignée de brûleurs, des habits chauds. En plus d'avoir une grande contenance, le sac peut se déplier et faire office de couchage. Cette merveille de technologie rassure un peu Aya. C'est sa première fois aussi loin de chez elle. Ses amies ont dû l'enterrer maintenant, dans le tunnel de neige ouvert par le départ de leur foreuse, ce gouffre qui symbolise leur absence. Je sens qu'elle y pense, elle n'y a pas que les vibrations du véhicule qui font trembler ses mains. Les chances sont grandes pour que nous revenions combler ce vide, mais pour le moment, je ne peux rien lui promettre. Je voudrais seulement lui dire que je sais qu'elle accomplira de grandes choses. Que je suis si fière.

Une lueur apparaît au bout du tunnel de glace. Neoma rétrograde aussitôt. La foreuse crache, se cabre, puis ralentit. Le flash jaune de ses phares avale la faible lueur, mais l'information a eu le temps de faire son chemin jusqu'à nous. C'est un globe lumineux ! Le signal de la présence de sœurs à l'intérieur du bâtiment désigné comme point de rencontre avec le Camp Madrid.

Aya est la première à bondir hors du véhicule. D'un regard inquiet, elle cherche Cordel, Christa et les trois troubles qui ont suivi la foreuse à ski-moteurs. Aucun signe d'elles encore, la foreuse les a largement devancées. Aya aimerait avoir Cordel près d'elle, sa présence la rassurerait. Elle aimerait voir apparaître Christa qui a passé son conseil dans la précipitation hier, pour rejoindre l'expédition. Voline, plus âgée de quelques jours, aurait dû le faire à sa place, mais elle a préféré rester avec Soledi... Pendant quelques secondes, Aya se sent seule, d'autant qu'elle ne peut pas attendre les autres pour commencer l'exploration du point de rencontre. Heureusement, elle y a Ash et Neoma pour l'accompagner. Neoma a largement les épaules et l'expérience pour ce type d'excursions risquées :

– N'oubliez pas, on balaye délicatement la neige avant d'avancer. Les hommes ne savent pas fabriquer de mines comme nous, mais ils peuvent avoir piégé le terrain avec notre propre matériel. Et aucun pas inutile, vous allez tout droit vers la porte, je vous rejoins dans trente secondes.

Aya suit les consignes. Avec une tige de métal, elle frotte doucement le sol avant chacun de ses pas. Du goudron apparaît sous la fine pellicule de glace. Je lui explique :

– *Ce sont les restes des chemins d'autrefois. La plupart des tunnels sont les vestiges d'anciennes voies de passage. Avant c'était la surface, ici. Les femmes et les hommes mettaient du goudron sur leurs routes pour y faire avancer des voitures, un peu comme des foreuses, en plus petit, avec seulement quatre roues et pas de blindage.*

– Alors ça, c'était au niveau du sol ? questionne Aya en désignant une porte rouillée encastrée dans un mur de neige.

– *Oui, ça devait être l'entrée de l'immeuble à l'époque. Maintenant, quand on rentre dans une ancienne tour, on passe le plus souvent par une fenêtre.*

Ma porteuse fait encore quelques pas jusqu'à l'entrée, intimidée. Derrière la porte, une volée d'escaliers monte dans l'obscurité. À ses pieds gît le globe lumineux qu'on a aperçu depuis la foreuse. Aya se baisse et le prend dans ses mains. Neoma, qui arrive près d'elle, énonce tout haut ce que je m'apprêtais à dire à Aya :

– Bon, la bonne nouvelle, c'est que ce globe est allumé, donc des sœurs sont forcément passées ici elle y a pas longtemps. La mauvaise, c'est qu'elles ne sont pas là pour nous accueillir, donc elle doit y avoir un problème.

Les trois exploratrices jettent un dernier regard à la vieille foreuse et au tunnel de glace avant de gravir les escaliers, vers la surface hostile.

18

Ansel

Jamais Ansel n'aurait pensé voir un spectacle si beau. On lui avait pourtant dit que la Sidorov – le général mégalomane a donné son propre nom à sa Phalange principale – était plus décorée et plus luxueuse que la sienne, mais il ne s'attendait pas à ça. Ayant grandi toute sa vie dans les mêmes couloirs étroits et rouillés, il ne pouvait simplement pas anticiper l'incroyable hauteur sous plafond du hangar central, les drapeaux blancs et rouges qui semblent tomber du ciel, les étages supérieurs qui tournoient autour de cette cour intérieure comme les tunnels d'une invraisemblable fourmilière, les Hommes en uniformes noirs, pourpres, dorés, le ballet des stacks, casseroles, sacs de vivres, combinaisons et autres objets en tout genre qui, supportés par d'invisibles tyroliennes, paraissent flotter dans le vide.

Ansel se laisse porter joyeusement par cette foule qui ne le connaît pas, qui ne sait pas qu'il a échoué à devenir adulte. Au cours de leur marche pour rejoindre la

Phalange, sur la neige épaisse et dans la confusion, il a semé son père, ainsi que Loup qui vient de réussir son épreuve, Dell, Vance et tous les autres. Ici, au milieu de cette masse compacte, il y a peu de chances qu'on le retrouve. Cinq Phalanges sont réunies en une seule pour cette occasion bien particulière : le discours de Sidorov. Autour de lui, les gens, ivres et excités par des cachets de frex ou par quelques gouttes de Pandore diluées dans la vidange, dansent, chantent, heureux de retrouver leurs amis et connaissances de différents étages, de différentes Phalanges. L'ambiance est électrique et bruyante.

Jusqu'au silence, soudain.

Toutes les têtes se tournent vers le fond du hangar et l'estrade où Sidorov vient d'apparaître. Le Patriarche Alpha porte une tenue à la hauteur de l'occasion : des talons pour compenser sa taille moyenne, des brassards de bronze, sculptés de muscles saillants et de veines apparentes pour exagérer sa puissance, un plastron en fer forgé pour surligner ses abdominaux et des médailles honorifiques à la poitrine pour rappeler ses exploits. Ansel a l'impression de le voir pour la première fois. Pendant le combat, ce n'était qu'un animal hargneux dans une arène sombre – maintenant, c'est un Homme dans la lumière, un chef, un Patriarche, un Alpha. Dans sa tenue de parade, il respire la force et la détermination. Ses jambes sont ancrées fermement dans le sol, son dos ne ploie pas malgré les kilos de métal qu'il supporte. Ansel comprend, comme tant d'autres avant lui, qu'on ne peut pas se mettre en travers de la route de cet Homme. Il faut le suivre ou périr. Pourtant, son visage pourrait être celui de n'importe qui : ses yeux sont un peu trop rapprochés, ses cheveux rares sur son crâne dégarni, ses rides plus nombreuses qu'il ne voudrait le laisser croire et ses cernes, sous ses orbites creusées, trahissent une grande fatigue.

Ce n'est pas sur son physique que Sidorov a bâti son pouvoir, mais sur sa voix, grave et chaude, envoûtante, s'insinuant sans violence dans les oreilles de son auditoire. Ansel a l'impression que le Patriarche Alpha s'adresse à lui en personne, comme s'ils étaient en tête à tête :

– Gardez vos applaudissements pour plus tard, mes frères. Aujourd'hui, je n'm'adresse pas à vous en tant qu'chef de guerre, je n'vous parlerai que très peu de stratégie, car il est important que j'me présente d'abord à ceux qui n'me connaissent pas, nos nouveaux amis de la Relenka. Vous d'vez comprendre pour quoi on s'bat, pourquoi nous sommes là, pourquoi je suis là.

L'Homme s'approche du microphone devant lui. Sa voix résonne dans chaque recoin du hangar, dans chaque esprit, sans qu'il ait le moins du monde besoin de forcer :

– J'vais aller directement au fond des choses. On m'dit souvent froid, cruel, distant, alors faut qu'vous compreniez bien, avant qu'on aille tous ensemble gagner la dernière des batailles, que moi j'n'ai jamais voulu être comme ça. Moi j'étais juste un p'tit garçon dans un p'tit village pacifique de la vieille Russie, à l'abri du monde, du moins c'est c'que je croyais.

Il fait une pause pour créer un effet dramatique et scrute son auditoire. Il observe, sans même s'en émouvoir, la ferveur sur les visages de ses fidèles. Déjà, tous sont suspendus à ses lèvres. Ils attendent son histoire comme s'ils étaient nés pour ce moment.

– J'étais juste un gamin il y a quarante ans, quand les Amazones sont v'nues chez moi pour trouver des mâles à abattre comme des chiens, pour s'inventer des ennemis à entraîner dans leur guerre génocidaire. Les Amazones, vous avez d'la chance, la jeune génération, ça vous parle p't'être pas. C'était un groupe de femelles radicales, elles s'étaient coupé les seins et le sexe pour, disaient-elles, ne plus être vulnérables. Surtout, elles s'étaient mis en tête de faire subir l'équivalent à tous les hommes. J'étais gamin quand je les ai vues torturer mon père et mon grand-père. Et puis elles ont tué ma mère, froidement, sous mes yeux, en l'accusant d'être une traîtresse. Il y avait déjà eu Elsa Hunger et beaucoup d'autres Castratrices, mais dans mon coin reculé de l'ancienne Russie, je n'avais même pas entendu parler de Zagreb et des massacres qui avaient suivi. Les adultes devaient prendre ça pour une nouvelle lubie des gens de l'Ouest. On vivait encore avec des femmes sans aucun problème.

« Ma mère, c'était quelqu'un d'bien, vous savez. Ça aussi, vous les jeunes qui n'avez grandi qu'avec la guerre, j'aimerais qu'vous l'compreniez. Nous, on n'fait pas la guerre à toutes les femelles. On n'fait la guerre qu'aux femelles comme les Amazones, qui font la guerre à tous les mâles.

J'ai la réputation d'être cruel, pourtant je n'veux que la paix. J'ai pas eu l'choix et c'est pareil pour beaucoup d'entre vous. J'ai dû me blinder pour survivre, mais j'ai jamais souhaité ça. Parce que j'étais trop petit pour être utile et trop faible pour être menaçant, les Amazones m'ont abandonné dans c'village en flammes. D'la pure compassion, sans doute. J'ai erré seul pendant des mois et des mois, dans l'froid, dans la neige, avec des bêtes dans les pattes et des avions qui passaient dans l'ciel pour nous punir. Les avions, les bombardements, tout ça, vous connaissez pas non plus, vous, hein, les jeunes. Plus rien n'vole de nos jours.

Même s'il a dû prononcer ce discours des centaines de fois, Sidorov est frappé par l'émotion. Il reste quelques secondes silencieux, plongé dans ses souvenirs, avant de reprendre d'une voix étranglée, toujours dans l'intimité du microphone et des centaines d'auditeurs qui l'écoutent :

– Après des années, perdu dans l'froid de l'Hiver nucléaire, à manger des racines ou, les jours de fête, des conserves pillées dans les magasins déserts, j'ai fini par être sauvé par un groupe de soldats qui passait par là. J'ai grandi avec eux, j'ai appris à d'venir fort, insensible, obéissant. Et puis on a r'joint une Phalange, un des tout premiers prototypes créés pour repousser les Amazones. À la base, j'étais comme vous, sans pouvoir ni réputation. J'ai gravi tous les échelons à la force de mes bras. Et je n'ai jamais fait ça pour les honneurs, les privilèges ou je n'sais quoi. J'ai toujours eu une seule motivation en tête, venger les hommes et les femmes de mon p'tit village, faire payer leurs crimes aux criminelles. J'ai écrasé les Amazones une par une, elles n'existent plus maintenant. J'ai imprimé dans leurs yeux la terreur qu'elles avaient mise dans le regard du garçon qu'j'étais, j'ai repris l'Est qu'elles nous avaient confisqué... Mais une autre menace s'est présentée, plus grande encore. Car contrairement aux Amazones qui brûlaient tout, même leurs propres sexes, les Marâtres, comme je les appelle, se préoccupent de leur descendance. Elles ne font même que ça dans leurs foyers de prolifération, bidouiller la génétique pour créer d'plus en plus d'enfants. Et ces Marâtres, dirigées par des folles furieuses comme Evgenia Malisheva, ont repris la Russie que j'avais arrachée aux Amazones avec leurs alliées de l'Est. Il y a trois ans maintenant qu'on a été chassés de ces terres qui pourtant nous appartiennent. Moscou, la belle Moscou que j'avais reconstruite, est en ruine. Des milliers d'Hommes sont morts dans cet assaut et on ne peut pas imaginer reprendre la ville sans des milliers et des milliers d'autres pertes, des pertes que nous ne parviendrons pas à compenser tandis qu'elles pullulent plus nombreuses chaque jour. C'est pour cela qu'il faut les arrêter tant qu'il en est encore temps, tant qu'elles ne sont pas dix fois plus nombreuses que nous. Là, on peut commencer à reparler de stratégie.

Sa voix s'emballe sous les applaudissements de la foule :

– Ceux qui ont combattu avec moi le savent, mais ceux qui viennent d'arriver peut-être pas encore : il y a quelques jours, nous avons rasé un campement de femelles de la carte ! Ça n'est jamais facile, elles se terrent dans les tunnels, elles se planquent. Mais nous avons réussi. Grâce à nos efforts intenses et à la Phalange d'Osman qui a brillamment intercepté les dernières survivantes, nous l'avons fait. Pas une femelle n'a survécu. Pour ceux qui sont familiers de l'organisation circulaire des défenses chez les Marâtres, nous savons donc qu'il ne nous reste plus qu'un campement secondaire sur la route de leur base centrale. Et ce n'est pas n'importe quelle base centrale, nous parlons de leur « Maison Mère », le plus grand foyer de prolifération en activité aujourd'hui. Les trois autres, d'après nos espionnes, tournent autour de vingt à trente procréations par jour, quand celui-ci peut aller jusqu'à cent enfants qui partent ensuite infester toute l'Europe. Nous sommes donc en position d'empêcher la naissance d'une femelle sur deux. Autant dire qu'nous pouvons mettre fin à cette guerre.

Les voisins d'Ansel lèvent leurs verres de vidange en hurlant : « Vive Sidorov ! » Ce dernier continue, de plus en plus exalté :

– Mais il nous faut d'abord éradiquer ce dernier campement secondaire, baptisé Camp Rome, et qui, même s'il est souterrain, nous barre la route ! Ne répétons pas l'erreur dc cet idiot de Von Bach qui a cru naïvement qu'il pouvait foncer sur le foyer de prolifération sans s'occuper du reste. Chaque petit campement laissé intact, derrière nous, finit tôt ou tard par nous poignarder dans le dos. Nous devons tout nettoyer sur notre passage. C'est pour cela que j'insiste, nous allons prendre notre temps, nous allons traquer les survivantes une par une, mais nous irons au bout ! Nous réduirons l'ennemie en cendres. Nous allons gagner cette guerre !

La foule survoltée applaudit plus fort encore, Ansel lui-même se sent emporté par cette vague d'euphorie et de détermination. Comme tous ceux qui se trouvent autour de lui, il lève le bras droit tout en frappant trois fois son poing gauche sur sa poitrine, c'est le signe de ralliement des Phalanges de Sidorov. Le chef fait la même chose, sur son estrade. Bientôt, la Phalange tout entière, des profondeurs de la Machinerie jusqu'aux hauteurs de la cour intérieure, résonne du même rythme guerrier.

19

Aya

Les bottes rembourrées d'Aya dérapent sur les marches verglacées. Son pied cogne dans un caillou qui dévale l'escalier jusqu'en bas. Chaque pas est une plongée dans l'inconnu, parmi le noir complet et le silence. J'essaye de transmettre un maximum d'informations à ma protégée, de lui décrire les étapes de son parcours point par point, grâce au plan chargé dans mes données.

Aya avance en tête. C'est toujours à la plus jeune d'ouvrir la voie dans ce genre de situations. Elle le sait, si le terrain est miné, elle sera la première à sauter. En cas de fusillade, le bouclier, c'est elle. Sa seule utilité sera d'offrir à Neoma et Ash, plus expérimentées, quelques secondes supplémentaires pour réagir.

Elle y a cinquante-deux étages à gravir comme cela. Le point de rendez-vous a été fixé au dernier étage de l'immeuble, c'est là que la radio capte le mieux. Sauf que le Camp Rome n'a reçu aucun message de Madrid ces derniers jours. Impossible de savoir si des survivantes attendent là-haut. Aya ne peut qu'imaginer le pire. Et puis, à quoi bon s'efforcer de rester discrète alors que le vacarme de la foreuse a dû avertir tous les mascus à des kilomètres à la ronde ?

Juste avant le dix-septième étage, une dizaine de marches sont entièrement délabrées. Pour ne pas tomber dans l'abîme, elle faut sauter pour s'agripper au palier suivant et s'y hisser à la seule force des bras. Au vingt-sixième, un écho résonne parmi les couloirs de l'étage. Après une rapide exploration sans résultat, on préfère se dire que c'était juste une chatte errante, ou peut-être une chienne. Au trente-neuvième, les sœurs découvrent un ordinateur explosé au sol. Neoma récupère les composants qu'elle parvient à identifier comme utiles. Ash lui indique un objet précieux : une clé USB en bon état. La Maison Mère sera intéressée.

À l'arrivée au cinquante-deuxième et dernier étage, cette trouvaille est déjà sortie de leurs pensées. L'angoisse y occupe toute la place. En posant le pied sur le palier, les trois exploratrices flairent immédiatement le problème. Pas de lumière. Pas de bruit. Aucune survivante à l'horizon. Pourtant elle y avait bien ce globe lumineux en bas...

L'escalier débouche sur un couloir circulaire qui semble faire le tour du niveau. À gauche comme à droite, des portes fermées, ouvertes, entrouvertes ou cassées en deux, trous béants d'obscurité n'offrant aucun indice sur ce qui se tapit derrière. Je perçois les tremblements de ma protégée. Comment ne pas se laisser dévorer par l'angoisse primitive de l'inconnu, la peur du prédateur qui peut surgir de l'ombre ? Mais Aya n'y cède pas, elle se jette sans faillir dans ces gouffres effrayants. Comme une chatte errante, elle se faufile avec agilité de pièce en pièce, toujours la première, le cœur battant à cent à l'heure. Chaque fois, elle applique la même procédure répétée à l'entraînement : ne poser ses pieds qu'aux endroits sûrs, balayer chaque pièce d'un regard rapide avant de revenir sur les détails suspects, crier « safe » quand toute va bien, puis recommencer. Encore et encore. Et cela sans jamais rien trouver d'autre qu'un sol jonché de feuilles gribouillées, de chaises entassées, de tables, de bouteilles en plastique et de portemanteaux renversés.

Jusqu'à la grande baie vitrée, à mi-chemin du parcours, à l'opposé de l'escalier. Là, Aya s'arrête net, avant même que je ne dise quoi que ce soit. Son esprit n'a pas encore eu le temps d'analyser l'information, mais elle a vu la forme sombre qui se découpe sur le blanc éclatant de l'horizon neigeux. La forme humaine. Lorsqu'elle finit par comprendre, elle pousse un cri. Neoma et Ash accourent, cercle au poing. La silhouette, adossée à la baie vitrée, ne bouge pas.

– Je crois qu'elle est morte... chuchote Aya, horrifiée.

Ses jambes semblent sur le point de la lâcher.

Neoma s'approche, Aya aussi, plus lentement. C'est la première fois qu'elle voit un cadavre. Le cadavre d'une femme, à peine plus âgée qu'elle. Sa tête est tournée de côté comme si elle avait voulu contempler l'horizon une dernière fois avant de mourir. Sa peau est glacée, son regard vitreux, mais ce sont les seuls détails qui trahissent son état. Le reste de son apparence est impeccable : sa combinaison d'un blanc immaculé, sa chevelure brune qui retombe sur ses épaules, ses muscles tendus, comme si elle s'apprêtait à repartir. Dans un réflexe idiot, Aya pose son sac sur le sol pour en extirper le kit de soins. Neoma l'arrête d'un geste las :

– Ça ne sert à rien, tu l'as dit toi-même, elle est morte.

– Oui, je sais, mais comme je ne vois aucune plaie, j'ai pensé que...

– Du Pandore... C'est le gaz qu'utilisent les hommes pour nous chasser des tunnels, ils ont dû attaquer le Camp Madrid avec. Regarde ses mains, elles sont bleues, c'est le symptôme principal. Ça et le décès, bien sûr... Elle n'a pas dû en respirer beaucoup si elle a eu le temps de venir jusqu'ici depuis Madrid, sans le moindre véhicule. À moins qu'elle ait été attaquée ici... Mais elle est très amaigrie au niveau des côtes, son agonie a dû être longue... Elle nous attendait.

Ash, qui n'a quasiment pas dit un mot depuis le début de la mission, donne un grand coup de poing contre la vitre.

– Mec ! Les fils de père...

Un silence passe, quelques secondes de recueillement. Aya attrape la radio encore coincée entre les mains bleutées de la victime.

– En tout cas, elle a cherché à nous joindre, bizarre qu'on n'ait rien reçu.

Neoma hausse les épaules. Son débit de paroles, un instant brisé par le choc, retrouve peu à peu son rythme habituel :

– Si le point de rendez-vous a été placé ici, dans cet ancien poste de surveillance, c'est précisément parce que nos deux camps sont à la portée de ses signaux radio. Peut-être que sa machine ne marchait pas, qu'elle est morte avant d'essayer de nous contacter ou qu'elle avait perdu l'esprit. Elle ne devait plus être très lucide pour abandonner son seul globe lumineux en bas. Mais peut-être aussi qu'elle portait un message sur elle...

On se met en quête de la moindre information à récolter. Malgré sa réticence, Aya se penche sur le corps de la victime. Aidée de Neoma, elle l'allonge, soulève les replis de la combinaison, ouvre les poches et déverse à terre le contenu du sac-bandoulière. On trouve, en vrac, une bouteille d'eau gelée, un morceau de métal, un brûleur, des mousquetons d'escalade, des capsules de désinfectant. Des objets utiles pour la survie, mais dont on ne peut pas vraiment tirer d'enseignement. Ils illustrent seulement l'extrême précipitation de la jeune femme au moment de son départ : le brûleur, qui sert à créer des étincelles, est quasiment vide et la bouteille d'eau doit avoir été trouvée en route, car dans nos camps les gourdes sont isothermes. Et puis elle manque de nombreux objets du kit de base.

Ash, qui était partie inspecter les décombres du couloir, pousse un cri en découvrant un carnet, avant de constater que celui-ci ne contient que des gribouillis sans queue ni tête. Neoma, quant à elle, remue une pile de gravats d'un air désespéré :

– Je crois qu'on ne trouvera rien… Le Camp Madrid a été massacré et cette pauvre femme que je ne connaissais pas a vécu une longue et terrible agonie… Vu les délires qui emplissent le carnet, on peut au moins imaginer qu'elle a perdu la tête assez tôt pour ne pas avoir entièrement conscience de son calvaire.

Aya détourne son regard du corps. Le paysage s'étire derrière la baie vitrée. Au loin, des grappes d'immeubles se découpent dans le ciel, géants immobiles dans les dernières lueurs du Contr'Hiver. Derrière, d'autres géants, elle le sait, se rapprochent inexorablement de nous : les phares mascus.

20

Ansel

Dell est ligoté sur la chaise en fer, jambes écartées, mains dans le dos. Le petit blond cherche à se libérer, son corps vif et agile se tortille dans tous les sens. Ça ne fait que resserrer ses liens. À force de s'entraîner, Ansel maîtrise bien les nœuds d'attache. Depuis plusieurs semaines de Saison Tiède, ils jouent tous les jours à la capture des « femelles » dans le dortoir du cinquième. Plusieurs semaines de lassitude et d'ennui. Ansel trompe sa solitude avec Dell et Vance, mais les deux gamins sont trop jeunes pour l'intéresser vraiment. Ils obéissent à tout ce qu'il dit, c'est pratique mais ce n'est pas la conception qu'Ansel se fait de l'amitié. Lui voudrait retrouver Loup, voire Rekat. Il voudrait être un adulte comme eux, rejoindre leur dortoir et quitter celui des enfants, participer aux conseils, boire de la vidange et comprendre enfin ce qui se passe autour de lui. Ça fait des semaines que les cinq Phalanges sont à l'arrêt sous prétexte qu'il faut « corriger des problèmes mécaniques », mais personne ne le tient informé du déroulement des opérations ni du moment où ça va repartir. Son père, « trop occupé », ne vient plus le voir. Peut-être a-t-il juste honte de lui ? A-t-on vraiment besoin de piloter des Phalanges immobiles ?

Ansel pourrait se venger sur les deux petits. Il n'en a même pas envie. Ce serait inutile et cruel. Alors il se lance dans l'interprétation d'un Géniteur mielleux face à Dell qui tient le rôle de la prisonnière :

– Si tu collabores, si tu nous donnes tes enfants, il ne te sera fait aucun mal, promis. Je sais que les gens de ton espèce nous haïssent et veulent nous détruire, mais nous n'sommes pas comme ça, nous. Nous sommes prêts à pardonner. Il faut juste que tu collabores avec moi.

Vance, qui joue le gardien, ponctue chaque fin de phrase d'un coup de stack dans le vide, ou plutôt du bout de ferraille qui lui sert de stack improvisé. Dell continue de se débattre, on ne sait même plus s'il joue ou pas :

– Non, lâchez-moi, j'en ai marre, laissez-moi tranquille, j'veux partir !

Ansel, lui, s'accroche à son personnage :

– J'ai dit que je pardonnais, pas que j'oubliais tout. Notre Père tend la main, mais il garde l'autre bien ferme sur son stack !

Soudain, Loup pénètre dans la pièce. Ansel perd toute sa contenance de Géniteur. Ses épaules s'affaissent, sa voix monte dans les aigus :

– Ben, qu'est-ce que tu fais là ?

– Ben toi, qu'est-ce que tu fous, plutôt ? s'agace Loup en haussant les épaules. Moi, j'viens t'soutenir pour ton combat de demain ! Ça te surprend ?

Ansel se décompose :

– Je... Vance, libère Dell, s'il te plaît... arrête tes conneries. Je... j'suis un peu étonné, oui, je pensais qu'il y avait beaucoup de travail là-haut.

Loup se rapproche. Comme chaque fois qu'il tente de masquer son agacement, son expression devient si neutre qu'elle le trahit davantage encore.

– Qu'est-ce que t'as contre moi, à la fin ? J'ai rien fait ! Tu voulais que j'échoue à mon combat par solidarité avec toi, c'est ça ? Si c'est ça, passe à autre chose, ça fait des plombes, concentre-toi sur demain plutôt !

– Non, bien sûr que non, je t'en veux pas, je suis gêné parfois, c'est tout.

– Tu crois que j'avais l'choix ? Toi, encore, t'as un père bien placé, le mien fait le ménage dans les couloirs. Le nom de Strøm ouvre bien plus de portes que celui d'Ark. Si j'veux être sniper plus tard, j'dois être parfait partout.

Vance finit par libérer Dell, tandis qu'Ansel regarde ses pieds d'un air penaud.

– Je comprends... Je suis désolé... J'ai pas choisi mon père non plus, tu sais...

– Alors c'est bon ? On n'est plus fâchés ?

Loup tend la main en signe de réconciliation. Soulagé, Ansel la serre et hoche la tête.

– Non, bien sûr que non. On l'a jamais été.

Loup referme son étreinte sur la main d'Ansel pour le tirer vers lui. Il reprend son ton joyeux habituel :

– Alors faut qu'je t'entraîne pour demain ! Viens t'battre si t'es un Homme !

Les deux amis se lancent dans une lutte sans pitié. Ansel roule à terre, écrasé par Loup. Il encaisse les coups, se débat, se contorsionne. Son pied parvient à trouver la grille au sol, il s'en sert pour prendre appui dessus. Il dégage son épaule de l'emprise de Loup, se relève et fauche les jambes de son adversaire qui se retrouve à son tour en position de faiblesse. Le ventre contre le grillage, avec son ami sur le dos, Loup éclate de rire. Vance et Dell, qui ne savaient pas où se mettre il y a quelques secondes, se jettent dans la mêlée bien qu'ils n'aient aucune chance de l'emporter.

Cette nuit-là, Ansel dort très mal. Dans son étroite cage du dortoir des enfants, il s'agite, se tourne dans tous les sens, retire ses couvertures en peau de chien à cause de la chaleur puis les reprend parce qu'il n'aime pas s'endormir sans rien sur lui. Tout son corps le gratte. Son oreiller est moite, trop chaud. Il le retourne pour avoir de la fraîcheur, ça ne dure pas. Il voudrait s'endormir, se réveiller et se battre, quitter ce dortoir pour toujours. Il voudrait déjà y être. Le pire combat, c'est l'attente avant le combat.

Ça y est, c'est maintenant. Le grand chien blanc lui fait face, calme, curieux. Von Bach, encore. Ses yeux jaunes sont fixés sur Ansel, comme s'il n'attendait que le signal du garçon pour lancer les hostilités. Signal que le garçon n'ose pas donner. Il veut se calmer d'abord, arrêter de trembler, se concentrer, oublier le reste. Oublier Strøm qui, les bras croisés, le regarde avec sévérité. Il ne faudrait pas que son fils échoue une deuxième fois, la honte finirait par lui retomber dessus. Oublier Loup qui, sans doute par envie de se réconcilier avec lui, n'a cessé de marteler à Ansel qu'il allait y arriver, que c'était facile, qu'il était fort, qu'il n'avait pas eu de chance la première fois. Et s'il n'avait pas de chance une seconde fois ? Oublier Rekat qui n'est pas venu. Oublier enfin le flot continu des commentaires d'Orlof. Oublier les « échec », « pénible à regarder », « ridicule » de la défaite passée. Tout oublier, aller de l'avant.

La bête est entre la porte de la cage et lui. En théorie, il n'a qu'à pousser très fort, en attrapant Von Bach par les pattes. Le combat pourrait durer cinq secondes.

Ansel se lance. Bras en avant, tête baissée, il se jette sur son adversaire. Sa main gauche parvient à agripper quelque chose. La gueule du chien se referme sur son poignet, mais il pousse, comme prévu. Pendant quelques secondes, ça fonctionne, la bête se rapproche de la sortie. En la soulevant à moitié, Ansel veut y croire. Mais Von Bach est trop lourd, l'animal retombe sur le sol puis roule sur lui-même et parvient à se libérer de son emprise. Ansel est projeté contre le grillage, à deux pas de la porte.

Colonne vertébrale : opérationnelle. Bras : saignement sévère côté gauche. Jambes : opérationnelles. Crâne :

légères contusions. Thorax : opérationnel. Nécessité d'une prise en charge médicale.

Ansel se relève. Von Bach lui aboie au visage sans pour autant s'approcher. Ansel tente une nouvelle fois de le repousser hors de la cage. Le chien ne se laisse pas faire, ses crocs se plantent dans son mollet. Ansel abandonne en grimaçant un bout de cuir de sa tunique mêlé de chair et de sang coagulé. Boitant à moitié, il se repositionne au fond de la cage, déjà épuisé après moins d'une minute de combat.

Colonne vertébrale : opérationnelle. Bras : saignement sévère côté gauche. Jambes : saignement sévère côté droit, tibia fragilisé. Crâne : légères contusions. Thorax : fatigue généralisée. Nécessité urgente d'une prise en charge médicale.

Ansel et Von Bach ne se quittent pas des yeux. La haine se lit dans le regard du chien. Il n'attaque jamais le premier. Ansel aurait préféré le contraire. Il s'était entraîné à affronter un chien agressif, ils sont comme ça normalement. Quelle était la probabilité qu'il retombe sur Von Bach ? Cela veut dire que son père n'est pas intervenu pour lui faciliter la tâche. Ansel se sent perdu, abandonné de tous.

Il est le dernier à croire en lui-même, il n'a pas le droit de baisser les bras. Dans un cri rageur, il se jette à nouveau sur la bête. Il ne protège plus sa tête, n'échafaude plus aucune stratégie. Il fonce, simplement. Le chien hésite, recule devant ce déferlement de haine. Ansel lui balaye les pattes d'un violent coup de pied, projetant le sang de sa morsure à la jambe sur les parois de la cage. Von Bach est tout près de la sortie, il s'est arrêté au niveau de cette foutue plinthe.

Ansel attaque encore, Von Bach esquive, l'enfant heurte le grillage près de la porte, à une poignée de millièmes d'étalon d'un nouvel échec. Nouvelle pause, nouveau bilan médical. Colonne vertébrale : opérationnelle. Bras : hémorragie importante côté gauche. Jambes : saignement sévère côté droit, tibia fragilisé. Crâne : contusions. Thorax : fatigue généralisée, une côte fêlée. Soins immédiats nécessaires, séquelles possibles.

Les yeux d'Ansel respirent la folie. Le petit garçon frêle et poli a disparu. Il se jette une dernière fois sur Von Bach, il veut juste que ça s'arrête, qu'on ne le regarde plus jamais d'un air moqueur. Autour de lui, il entend bien les soupirs, les sarcasmes d'Orlof. Ansel doit en finir. Sa jambe gauche quitte le sol et prend de la vitesse tandis que son corps pivote sur lui-même. Von Bach reçoit le coup de pied au niveau du cou, il laisse échapper un glapissement sourd quand sa tête percute le grillage. Quelque chose craque. Le chien s'effondre à terre comme un vulgaire chiffon.

Dans le public, Orlof arrête de parler. On détourne les yeux, l'air gêné. Strøm est le seul à ne pas fixer le sol. Son fils et lui échangent un regard ambigu. Silence.

Ansel reste longtemps figé avant de se décider à récupérer le cadavre du grand chien blanc et à le jeter hors de la cage, maladroitement. Orlof proclame sans joie la victoire du jeune mâle, désormais adulte. Un eunuque se précipite pour prendre en charge le blessé. Dans la Phalange, ce sont les mêmes qui réparent les vivants et les machines.

— 21 —

Aya

Date : 181e jour du Contr'Hiver 95. 15 h 42. Température externe : -2 °C, interne : 37,1 °C. Santé : 96 %. Batterie : 99 %.

Avec un pincement au cœur, nous avons laissé Neoma repartir seule aux commandes de la foreuse en fin de matinée. Elle rebouchera le tunnel derrière elle pour assurer la sécurité du camp. La première journée d'expédition est sur le point de s'achever. Elle est temps, je sens les genoux de ma protégée trembler sur ses ski-moteurs – ou skims, comme on dit plus souvent. C'était moins fatigant d'être assise à l'intérieur de la foreuse, mais creuser des tunnels jusqu'à la Trêve aurait été long, bruyant et peu discret. Voilà déjà des heures qu'Aya suit, en avant-dernière position, la trace du convoi. La tâche est épuisante. Le moindre écart pourrait déclencher un piège, une avalanche ou ouvrir une crevasse. Rester dans la marque des skims de la personne devant soi est la première règle à respecter.

Malgré le brouillard, Aya ne quitte pas des yeux les deux rails dessinés dans la neige derrière la silhouette de Liv, lae trouble à l'allure féminine et aux cheveux rouges qui la précède. Comme Lesna et Kaïl, les deux autres troubles de l'expédition, Liv n'a pas de capuche. Sa chevelure vole librement dans la relative douceur du Contr'Hiver. Personne au Camp Rome n'a pu leur faire entendre raison ; l'Hiver, le vrai, arrive pourtant bientôt.

Au moins, Aya, Ash, Cordel et Christa sont correctement préparées : combinaison polaire en fourrure blanche pour la discrétion, capuche rembourrée de peaux de chattes sauvages, bottes en cuir et polyester. C'est d'un autre standing que les loques bariolées des troubles. Les nuits sont froides dehors. Et elles tombent vite.

Aya est contente que Christa soit de l'expédition. D'abord elle ne devait pas venir, puis elle devait rentrer avec Neoma, mais elle s'est décidée à nous accompagner. Neoma a dit qu'elle saurait gérer seule, et ici nous avons besoin de tous les renforts disponibles.

Elle est à peine 16 heures et Cordel nous ordonne déjà de nous arrêter contre un promontoire rocheux pour installer les cocons. Aya déplie son sac en configuration sommeil. Ce sont ses propres vêtements qui lui serviront de matelas, en expédition toute est rentabilisée au maximum. Chacune des quatre sœurs sait précisément ce qu'elle doit faire. Au milieu des troubles désorganisé·e·s et désœuvré·e·s, elles s'activent pour allumer un feu et réchauffer les box alimentaires.

– Profitez du repas de ce soir, ce sera le dernier à être chaud, prévient Cordel en signifiant au groupe que les rations sont prêtes. Ensuite, elle faudra être discrètes et ne pas faire de fumée pendant au moins onze jours, le temps d'arriver à la Trêve et de revenir.

Aya attrape une box et court se poser à côté de Christa, sur un monticule de neige.

– Alors, ça y est ? C'est maintenant notre grande aventure ?

Christa répond à son amie par un sourire, mais son regard est ailleurs. Aya ne l'a jamais vue si distraite. Elle avait l'air plus assurée au moment de se porter volontaire. Aya la prend par l'épaule.

– Ça va, t'es inquiète ?

Christa soupire :

– Évidemment, le plus inquiétant serait que je ne sois pas inquiète. Quand je pense à tout ce qui peut foirer, les mascus, les tempêtes de neige, les explosifs qu'on transporte, elle n'y a pas de quoi être rassurée. Sans compter les troubles... Leur présence n'était pas prévue dans le plan initial...

Les yeux noirs d'Aya balayent l'autre côté du campement où les trois troubles sont rassemblé·e·s. Comment savoir ce qu'iels se chuchotent à l'oreille ? Liv est avenant·e mais Kaïl les regarde avec méfiance. Quant à Lesna, iel s'est montré·e plutôt discret·e jusqu'ici.

– Je ne suis pas sûre qu'iels avaient envie de venir non plus, iels ne se mélangent pas tellement avec nous. Evgenia a profité qu'iels soient là, c'est de la main-d'œuvre qu'elle peut sacrifier. J'espère que leur désorganisation ne va pas nous faire repérer.

Les deux amies se taisent, assommées par la fatigue. Ash et Cordel, assises juste derrière, sont dans le même état. Face à elles, le désert de neige, interminable. Les immeubles ont disparu derrière une dune. Elle ne subsiste plus rien que l'immensité du blanc.

Deuxième jour d'expédition. Date : 182e jour du Contr'Hiver 95. 6 h 07. Froid mineur. Température externe : -11 °C, interne : 36,9 °C. Santé : 91 %. Fatigue. Batterie : 93 %.

Aya soulève la membrane qui recouvre son cocon. Une fine pellicule de neige s'est déposée sur le cuir. La brume de la veille a disparu, le ciel est vide à l'exception des premiers rayons du soleil levant. La lumière s'étire sans fin sur le désert de glace. Difficile de croire qu'une guerre a lieu dans ces étendues paisibles.

Elle ne se laisse pas attendrir par ce merveilleux paysage. Tout en mâchonnant une barre de nutriments, elle balaye la neige coincée dans les rainures et autour des moteurs de ses skims. Toujours avec application, elle range ses affaires à l'intérieur de son cocon-sac de voyage blanc. Je suis fière de ma protégée, elle est si consciencieuse. Lesna, dont les longs cheveux noirs sont pour une fois cachés sous un bonnet gris, s'approche, curieux·se. Iel s'adresse directement à Aya pour la première fois :

– Ça m'a l'air bien ficelé, votre matériel ! On avait un peu ça dans mon ancien camp, c'est nos tuniques qui nous servaient de tente et nos armes de piquets...

Intéressée par le mode de vie des troubles, Aya interrompt ses préparatifs :

– Ah oui ? Où ça ?

– Loin dans le sud, dans les ruines de Rome...

– Rome ?

Lesna laisse échapper un rire qui fait osciller la boule visible dans sa gorge :

– Pardon, j'oubliais, je parle de la ville de Rome, pas de votre Camp Rome... Vos camps sont très loin des villes dont ils portent les noms... Iel paraît que c'était pour égarer les mâles au début...

– Les mâles ? s'étonne Aya.

– Les hommes. C'est difficile de communiquer quand on n'utilise pas les mêmes termes.

Aya referme son sac, toute son attention est désormais investie dans la discussion. Elle bouillonne d'envie de poser des dizaines de questions à lae trouble, tout en craignant d'être impolie. Elle décide de jouer la naïveté :

– Je ne savais pas que vous aviez des termes différents des nôtres comme ça !

Ça fonctionne parfaitement, Lesna s'adosse contre une butte de glace et se lance dans une longue explication :

– Oh, on en a tellement, des mots différents ! Vous, les femelles, et pareil pour les mâles, vous êtes binaires dans vos analyses. Comme vous vivez terrés sous terre ou dans des machines, toutes les neiges ont le même nom pour vous, alors que pour nous qui sommes nomades et parcourons le désert de neige chaque jour, iel y a la glace, la glice, la verre-glace, l'aérienne, la liquide, la solide, la pact ou la poudrée ! Vous n'avez que deux saisons, l'Hiver et le Contr'Hiver – ou Saison Tiède chez les mâles –, alors que nous avons le Frost, l'Apofrost, l'Enfroisse, la Moitée, et l'Automne quand iel fait vraiment chaud. Et je parle même pas du fait que vous nous appelez toustes « les troubles » en vrac alors qu'iel y a plein de tendances différentes parmi nous, les autonomes, les pacifistes, les nomades ou les disciples d'Argos Matze. Pour nous, tout ça est très clair et pas trouble du tout !

Aya grimace, gênée au nom des siennes.

– Désolée, je ne savais pas, j'ai toujours entendu le terme « trouble ». Je n'ai jamais pensé que c'était idiot, c'est vrai. Cela dit, je ne comprends pas davantage « autonome » ou « pacifistes », vous êtes censé·e·s être nos allié·e·s, non ?

Lesna hausse les épaules. Du regard, iel cherche ses camarades dans le petit matin. Iel met quelques instants à trouver ses mots, et la réponse n'est pas aussi ferme qu'Aya l'aurait espéré :

– Notre alliance avec vous est très récente, elle remonte à cinq ans maximum. Et ça reste une alliance de circonstance. Nous, on veut la paix et en finir avec cette opposition mâle-femelle qui régit tout. On est pacifistes au fond de notre cœur, mais j'imagine que vos dirigeantes nous ont donné des raisons de nous engager à vos côtés. Tu peux demander des précisions à Kaïl ou à Liv, moi je suis dans ce groupe depuis moins longtemps !

Lesna s'éclipse pour aller chercher son sac, Cordel frappe dans ses mains pour signaler l'heure du départ. Aya s'emploie à clipper ses bottes sur ses skims tout en chuchotant à mon intention :

– Je suis d'accord avec Christa, je ne les sens pas trop, ces « troubles ». Lesna a beau dire, leur discours n'est pas clair. Iel utilise le mot « femelle » comme les mascus et iel ne semble pas tenir plus que ça à nous aider à gagner la guerre.

J'essaie de dissiper ses doutes :

– *Ça va aller. Si iels avaient voulu nous trahir, iels l'auraient fait bien avant. Les mascus sont notre seul et unique ennemi depuis toujours.*

22

Ansel

L'Homme nouveau pénètre pour la première fois dans la cantine des adultes. Tout le monde se lève pour applaudir. Les chaises, de concert, claquent contre le sol. Ansel repère quelques sourires gênés et regards mauvais, il sait qu'on le perçoit comme un tueur de chiens maintenant. Mais qu'importe, c'est son moment, c'est sa gloire. Et tant mieux si on le remarque. Quelle est cette hypocrisie qui veut que l'on combatte sans jamais tuer ?

Son pas est encore incertain – les crocs de Von Bach ont laissé des marques profondes sur sa jambe droite, et sa côte fêlée reste fragile –, mais Ansel apparaît la tête haute, la démarche fière. Comme le veut le protocole, il s'assoit en face de son père, à la première table, celle du Géniteur, de Sayden le sniper, d'Irik le fils de Mort-Patriarche Sven, et de tous les autres grands noms de la Phalange, à quelques couverts à peine d'Osman. Le Patriarche est le seul qui ne regarde pas Ansel, alors que le jeune adulte aimerait tant capter son attention. Qu'importe, les félicitations de son père sont déjà une récompense assez grande :

– Bien joué, fils. T'as été au niveau pour ton entrée. Ni trop humble ni trop prétentieux. Comme j'dis toujours, ne te rabaisse jamais devant les autres, ils s'en chargeront pour toi. Et ne te place pas trop haut non plus, tu es le fils du pilote, beaucoup rêvent de prendre ta place.

Ansel hoche la tête, souriant. Ses yeux dérivent du morceau de protéines dans son assiette vers l'assemblée qui l'entoure. On a enfin arrêté de le fixer. Loup, attablé plus loin, lui adresse un signe de la main auquel Ansel s'empresse de répondre. Ce sera à lui de ne pas laisser tomber Loup maintenant qu'il va avoir des responsabilités. Peut-être qu'il pourra aussi soutenir Rekat, qui est en train de passer dans les rangées pour distribuer la nourriture.

La voix grave de Strøm extirpe Ansel de ses pensées :

– Quand tu auras fini, transfère tes affaires au dortoir, pose-toi un moment et je viendrai te chercher pour ta première leçon de pilotage.

Après le repas, Ansel part installer son lit d'adulte. Ça fait une semaine déjà qu'il a gagné son combat, mais il a passé cinq nuits à l'infirmerie et une dernière nuit dans son lit d'enfant, comme le veut la tradition. Il a rassemblé ses souvenirs et ses effets personnels dans le grand sac noir qu'il apporte avec lui dans l'immense dortoir principal.

À gauche comme à droite, les matelas, calés à l'intérieur de grandes cages grillagées, s'alignent sur pas moins d'un dixième d'étalon et sur quatre niveaux superposés. À intervalles réguliers, des puits de fumée permettent de laisser passer l'air chaud de la Machine. Du plafond pendent des anneaux de cordage où sont accrochées des grappes de bagages. Ansel observe chaque détail, heureux. Bien sûr, il est déjà venu ici, plus petit, quand son père ne dormait pas encore dans son cockpit. Mais la différence est grande entre visiter le dortoir et y être de plein droit.

Le jeune adulte compte les lits à sa gauche, quatre, cinq, six... son couchage est au quatorzième rang, au dernier étage, tout au fond de la pièce. Mais il n'a pas le temps d'arriver jusque-là qu'une silhouette s'invite sur sa route.

– Alors, ça y est, t'es un Homme maintenant ? se moque Irik, la brute épaisse.

Ansel recule, par réflexe. Le mâle qui lui fait face le dépasse d'une tête et il est capable de tout. Les rumeurs au sujet de ses colères sont nombreuses. Il a obligé Dell à manger dans la gamelle des chiens juste parce que le gamin avait rigolé à un moment où il était de mauvaise humeur. Depuis que son père, le Patriarche Sven, est mort, Irik rumine sa rage de n'être qu'un « simple » chef éclaireur. Ansel bafouille :

– Ben... euh... oui, je suis adulte...

Irik s'avance encore.

– T'es sûr de ça ? Tu sais qu'les Hommes, ils vont au Coffre, ils boivent, ils se battent ! Tu crois qu't'es prêt pour ça ?

Irik met un grand coup de pied dans le sac d'Ansel, dont le contenu se répand piteusement sur le sol. L'éclaireur se penche pour y ramasser une figurine de femelle en combinaison blanche.

– Et ça, c'est pas un jouet d'enfant ?

Ansel rougit. Son cœur s'emballe, ses mains sont moites. Il a beau n'avoir rien à se reprocher, il se sent obligé de se justifier :

– J'ai joué avec, oui, mais c'est surtout un repère pour les cartes stratégiques de mon père et un pion pour nos parties d'échecs !

– Ton père va pas toujours t'protéger ou t'servir d'excuse, mon gars !

– Je sais, mais là c'est vrai !

Heureusement, le bruit assourdissant d'une sirène prioritaire vient délivrer Ansel de son calvaire. Irik éclate de rire et lui tape sur le ventre, réveillant la douleur dans sa côte :

– Ça va, je t'embête, c'est de l'humour, détends-toi.

Irik dénoue son paquetage sur une boucle de corde et s'élance aussitôt pour rejoindre le hall principal, au centre de la Phalange. Ansel ramasse en vitesse ses affaires pour les fourrer dans la cage matelassée de son lit. Il rangera tout plus tard, car Strøm apparaît à la porte du dortoir.

– Qu'est-ce que tu fais ? Viens, y a l'alarme, faut qu'on se dépêche !

Ansel se précipite derrière son père, malgré sa jambe droite affaiblie et sa côte qui le lance terriblement. Ça sonne tout le temps. Que peut-il bien se passer encore ?

23

Aya

Troisième jour d'expédition. Date : 1er jour de l'Hiver 95. 13 h 28. Froid. Température externe : -16 °C, interne : 36,8 °C. Santé : 87 %. Fatigue. Douleur aux jambes. Batterie : 91 %.

Après quarante-huit heures de désert blanc, plat, répétitif, le Mémorial apparaît enfin à l'horizon. Sa silhouette noire semble s'être arrachée de sa gangue de glace pour atteindre le bleu-vert du ciel. Le bâtiment ressemble à un voyageur égaré, debout au milieu du néant. Autour, on n'aperçoit que des ruines effondrées, des squelettes d'immeubles à bout de souffle, des vestiges de la grandeur d'autrefois.

Tout le monde est soulagé, le timing de l'expédition est respecté pour le moment. Si toute continue à se dérouler comme prévu, on devrait atteindre la Trêve dans trois jours, ce qui signifie qu'on peut espérer être rentrées dans dix jours. L'expédition progresse en silence, avec déférence.

La neige craque sous nos bottes, on a retiré les skims pour progresser plus lentement et prendre le temps de chercher le meilleur endroit où placer nos couples lasers.

Aya, à l'avant du cortège, est bouche bée : le Mémorial ne cesse de grandir à mesure qu'elle s'en approche. Comment a-t-on pu construire quelque chose d'aussi imposant ? On lui a souvent parlé de ce lieu stratégique, et elle s'en faisait une représentation monumentale, mais la réalité est encore plus écrasante.

Autour d'une dalle circulaire, quatre murs incurvés sont dressés pour lutter ensemble contre le froid et abriter l'immense statue qui se trouve au milieu.

Et quelle statue ! Cernés par dix soldats en bronze brandissant chacun une baïonnette, deux colosses en or surplombent le kiosque. L'un d'eux, un homme probablement, a les genoux écartés, les bras campés sur les hanches et le regard rivé sur l'horizon. Les plis de sa combinaison dorée ruissellent sur son torse avec la fluidité d'une cascade. Le deuxième colosse est une femme, selon les représentations d'avant Zagreb. Ses traits sont plus fins, sa posture plus courbe. Penchée en avant, l'air implorant, elle tend un bébé en pleurs à l'homme qui lui fait face. Aya n'arrive même pas à la hauteur des bottes de la femme.

– Je... je... C'est incroyable...

Cordel nous rejoint à son tour, assise sur son fauteuil monté sur des skims pour ne pas fatiguer sa jambe blessée.

– Et encore, dis-toi que tu n'en vois que la partie émergée, elle y a aussi tout ce qui disparaît dans la neige.

Cordel s'appuie contre un des quatre murs monumentaux.

– Regarde les parois, on y a écrit les noms de milliers de victimes de la guerre, ça a dû prendre des années.

Aya s'approche, ses doigts glissent sur l'un des noms gravés dans la pierre.

– Quelle guerre ?

– Si on se fie à leur représentation des femmes, ça doit être assez vieux. Je pense que ça commémore une des Guerres mondiales.

– La Troisième et dernière Guerre mondiale, plus exactement, qui s'est achevée iel y a cent dix ans, précise de sa voix rauque Kaïl, lae doyen·ne des troubles.

Aya hausse les épaules, surprise.

– On m'en a jamais vraiment parlé, c'est marrant, c'est pas si lointain pourtant.

Kaïl rejoint Aya près de la statue. Les rides de son visage fatigué sont accentuées par les rayons déclinants du soleil.

– C'est normal, regarde les noms sur le mur, tu ne remarques rien ? C'est la dernière fois que des hommes et des femmes ont combattu dans le même camp. Ça vous embêterait d'en parler, ça ne colle pas avec votre vision du monde.

Ça fait quelques jours que Kaïl doit mettre ses idées en sourdine pour ne pas fâcher nos sœurs, mais soudain on ne peut plus l'arrêter :

– Pourtant, c'est sur les ruines encore fumantes de cette guerre-là, liée au chaos climatique, nucléaire et numérique,

que vous avez bâti vos empires. C'est parce que les hommes qui gouvernaient ont failli ou sont morts à la guerre que des femmes ont été élues massivement. C'est en réaction à ces prises de pouvoir que d'autres hommes les ont assassinées. Et c'est ainsi, enfin, que d'autres femmes ont voulu les venger. Elsa Hunger et toutes vos héroïnes ne sont en réalité que le produit de cette histoire.

– Ça n'enlève rien à leur mérite… s'agace Cordel en fusillant Kaïl du regard. Elsa Hunger a fédéré des millions de femmes par la seule force de sa conviction.

– Oh, je n'irais pas jusque-là. C'est son souvenir plus qu'elle-même qui vous fédère. Votre propagande a transformé une prisonnière bien ordinaire en icône révolutionnaire. Elle n'a pas fait la moitié des exploits que vous lui prêtez…

– Qu'est-ce que vous cherchez, vous, les troubles ? grimace Cordel. Pourquoi vous vous êtes allié·e·s avec nous si tout ça vous rebute ? Vous êtes nomades, elle y a plein d'autres pays en paix où vous pourriez aller. Je ne sais pas, en Grande Amérique par exemple, ou au sud, dans le refuge de votre guide Argos Matze.

Kaïl prend appui sur la baïonnette d'un des soldats :

– Je suis nomade parce qu'on m'a chassé·e de chez moi. J'ai toujours vécu ici, en Europe, j'y suis né·e bien avant vous, quand iel y avait encore du soleil, des champs, quelques arbres. Une forêt, vous pouvez même pas imaginer, vous, à quoi ça ressemblait, une forêt. Les retombées nucléaires de la Troisième Guerre mondiale ont mis des décennies à triompher des beaux jours. J'ai connu le vent dans les feuilles, la foule dans les rues le dimanche. Je sais, moi, ce qu'on a perdu. Alors je reste. Cette guerre a commencé ici, c'est là qu'elle se terminera.

Cordel lae relance, méfiante :

– C'est là que vous nous aiderez à la terminer, tu veux dire ?

Kaïl souffle :

– Oui, bien sûr, bien sûr, on est avec vous, même si on est suspecté·e·s de trahison en permanence.

Aya jauge la personne qui lui fait face, son corps décharné, sa poitrine absente, ses cheveux gris, son visage sévère au regard profond et aux rides creusées par l'épuisement. Comment savoir ce qu'iel pense, si iel est sincère ? Se sentant scruté·e, Kaïl poursuit, agacé·e :

– Je sais bien ce que vous vous dites. Vous pensez qu'on est trop hommes, pas assez femmes, trop étranges, pas dans vos standards de taille et de poids, que nos poitrines n'ont pas la forme qu'iel faut. Oui, on n'est pas formaté·e·s dans vos Maternités de clonage, on n'a pas toustes le même uniforme blanc impeccable, on n'est pas comme vous qui êtes endoctrinées, prêtes à vous sacrifier pour vos chères Sages-Femmes. Je sais que chez vous, iel faut tout donner, sans réfléchir, et puis dès que vous êtes trop vieilles ou trop handicapées pour servir, on vous jette chez les Pausées et on vous laisse mourir à petit feu. Nous, on n'est pas comme ça. On n'est pas des machines de guerre fabriquées en série. Et pour autant, ça ne veut pas dire que notre engagement est moins sincère.

Cordel bout d'une rage sourde, Aya n'a jamais vu un tel dédain sur le visage de son aînée. Pourtant sa voix reste calme, l'alliance avec les troubles est trop fragile pour pousser trop loin cette dispute :

– On va dire que je n'ai rien entendu… Comment peux-tu nous insulter de la sorte, débiter autant de stupidités à la minute, surtout devant une jeune sœur ?

Le silence qui suit est terrible. Kaïl et Cordel ne se quittent pas des yeux. Aya, embarrassée, reprend ce qu'elle était en train de faire. De son cocon-sac, elle sort la moitié d'un couple laser. Elle va enfin pouvoir s'en débarrasser. Cordel finit par récupérer la seconde moitié du dispositif dans son propre sac et disparaît entre deux murs du Mémorial, à la recherche d'une ruine où cacher le piège. L'installation d'un couple laser exige de suivre un protocole très strict. Elle faut que les deux parties du piège soient installées à une distance comprise entre trois cents et six cents mètres l'une de l'autre, dans des endroits discrets, à l'abri de la neige si possible. Si pendant dix secondes, le rayon de l'émetteur est empêché d'atteindre le récepteur du déclencheur, alors les deux engins font sauter toute la zone. Le dispositif est conçu pour que ce soit le passage d'un phare qui interrompe la trajectoire du laser, plutôt que quelques flocons ou une femme qui ne connaîtrait pas la cartographie des pièges. Aya prend donc toutes les précautions possibles en manipulant le déclencheur. Elle pose le disque de métal par terre et nettoie bien soigneusement l'œil de verre censé réceptionner le laser.

Jaillissant de l'interstice entre les deux murs où Cordel a disparu, un rayon rouge transperce la brume matinale. Ça y est, Cordel a mis l'émetteur en place. La couleur rouge du laser sert uniquement à faciliter l'installation du système, il deviendra transparent une fois le dispositif enclenché.

Aya suit le trait lumineux du regard. Cordel a bien visé, le rayon atterrit au niveau de la hanche de la statue de femme. Aya fixe le déclencheur sur son dos et commence à escalader la gigantesque jambe dorée. Les plis des vêtements, sculptés avec précision, lui permettent de grimper sans trop de problèmes, d'autant que je lui indique à l'avance les prises qui me paraissent faciles. Plus qu'un ou deux mètres. Aya tremble à cause de la hauteur, je la rassure de ma voix la plus douce. On arrive à l'étape la plus périlleuse, la dernière : Aya doit s'agripper à la statue d'une seule main pour attraper le déclencheur dans son dos et le placer face au rayon laser, sans le faire tomber, au risque d'exploser avec.

Ses doigts s'agitent dans son dos, à l'aveuglette. Elle attrape le disque qu'elle applique contre la paroi glacée de la statue. L'objet se colle contre son support. Son œil reçoit en son centre le rai pourpre de l'émetteur. Aya appuie sur un bouton et se laisse glisser aux pieds de la statue. Le rayon devient invisible à l'œil nu. Le dispositif est en place. Il n'attend plus que des mâles pour tuer.

24

Ansel

Le hall principal, probablement la plus grande pièce de la Phalange Relenka, est inhabituellement noir de monde. Osman utilise une planche comme estrade pour se hisser au-dessus de la meute. Mais encore faut-il que sa voix réussisse à couvrir le vacarme des discussions, de la Machine et de la sirène d'urgence. Depuis le fond de la salle, Ansel l'entend à peine.

– Camarades, deux éclaireurs des Phalanges de Sidorov ont repéré un petit groupe de femelles à quelques étalons d'ici. J'ai tout de suite proposé nos services pour les intercepter, étant donné que nos traîneaux battent tous les records de vitesse. Je veux donc voir quinze mains levées, il me faut cinq Hommes par traîneaux, en plus des dresseurs qui sont partis équiper leurs chiens et des eunuques et snipers déjà en place !

Strøm attrape la main d'Ansel et la lève en même temps que la sienne, en murmurant à son fils :

– Ce sera ta première expérience d'adulte. Tu pourras à la fois combattre et apprendre les bases du décryptage d'itinéraire au retour…

– Mais je suis encore faible ! Je…

– Le grand air t'aidera dans ta convalescence ! lui ordonne Strøm avant de crier pour toute l'assemblée : Je viens avec Ansel ! On a besoin de reconnaître le trajet nous-mêmes puisqu'on s'approche des femelles, les rapports des éclaireurs ne suffiront plus.

– Parfait, excellente idée, acquiesce Osman. Voilà, treize, quatorze, quinze. Je veux vous voir prêts dans dix minutes au dock principal. Chaque minute de perdue est une chance pour ces femelles de nous échapper.

La foule du hall, restée immobile pendant le discours du Patriarche, se met à grouiller. Tout le monde a une tâche à accomplir : s'équiper, sortir les traîneaux, préparer les chiens, les armes, ou vérifier le bon état du matériel. Loup accompagne Ansel jusqu'à l'Arsenal tout proche pour l'aider à revêtir son armure.

Devant son amure neuve, Ansel hésite. Pendant quelques secondes, il est face à lui-même. La visière de son masc de guerre, posée sur la tête d'un mannequin en bois, le contemple de haut. Le sourire carnassier dessiné sur le visage d'acier lui est comme adressé, moqueur. Alors qu'il porte encore son uniforme de la vie quotidienne, il se projette dans le Ansel de combat, celui dont les muscles dessinés dans le métal vert émeraude de son armure et le masc de terreur intimideront les proies.

– Allez, dépêche-toi, sinon ton père va t'défoncer ! crie Loup pour remettre son ami dans le rythme.

Ansel attrape une à une les parties de son armure – jambières, plastron, brassards, épaulières – et les tend à Loup qui les fixe à son exosquelette vertébral. Les trois vis, que tous les mâles ont dans leur dos, permettent à la fois d'arrimer le plastron, de protéger la colonne et de transmettre un bilan des constantes vitales au reste du dispositif. Une fois qu'il a posé son masc sur son visage, Ansel peut y consulter en direct l'évolution de son état de santé.

Colonne vertébrale : opérationnelle. Bras : opérationnels. Jambes : encore en convalescence. Crâne : opérationnel. Thorax : côte fragile. À surveiller.

C'est pas terrible, mais au moins tout fonctionne. Ansel peut partir, il n'a plus qu'à récupérer son tout nouveau stack dans son fourreau. Le métal brille dans sa main, tranchant d'un côté, massif de l'autre, pour lui permettre d'assommer ses adversaires. Bien sûr, Ansel aurait préféré un fusil, tous les Hommes en rêvent, mais seuls les snipers comme Sayden y ont le droit. Avoir un stack à soi est déjà un grand privilège. Et la fonction de pilote à laquelle il sc destine est encore plus prestigieuse que celle de sniper. Ansel regarde fièrement le symbole de sa future charge gravé sur le plastron de son amure, un gouvernail entouré d'une spirale de flammes.

– Ben dis donc, qu'est-ce qu'on a fait de mon Ansel maigrelet comme une tige d'acier ? T'en imposes, là ! le flatte Loup, impressionné.

Ansel sourit derrière la gueule effrayante de son masc.

– Merci ! J'ai hâte qu'on combatte ensemble !

– Arrête de dire des conneries, lui conseille Loup d'une tape dans le dos, et dépêche-toi d'rejoindre ton traîneau, tu vas être en r'tard.

Ansel arrive juste à temps au dock principal, où s'alignent devant la trappe les cinq traîneaux prêts à partir. Son armure fait presque son poids, il n'a pas l'habitude, sa démarche est lourde. Les sourires fleurissent sur sa route. Strøm, debout sur le troisième traîneau, lui hurle de se dépêcher. Le jeune adulte esquive comme il peut la cohue formée par les dresseurs qui passent avec leurs chiens, les chariots de matériel et les eunuques venus contrôler le bon fonctionnement des pièces mécaniques. Enfin parvenu au traîneau, il lui faut toute sa force pour se hisser dans l'habitacle avec son plastron. Maladroitement, il se laisse tomber à l'intérieur avant de se redresser, un peu gêné, pour s'asseoir sur l'un des deux bancs qui se font face. Strøm le rassure :

– L'armure te paraît lourde. Tu verras, tu vas t'y faire. C'est juste ton centre de gravité qu'est plus bas qu'd'habitude.

Osman arrive à son tour sur le dock, son armure noire aux reflets dorés est sûrement la plus impressionnante. Personne ne peut douter de sa puissance malgré sa démarche claudicante. Sa voix porte dans le vacarme :

– Allez, c'est bien, ouverture de la trappe dans une minute. Je vous laisse voir les détails avec votre chef de traîneau, mais commencez pas à vous faire des nœuds au cerveau. On se dépêche, on frappe fort, et ce soir on est rentrés. Rekat nous prépare des steaks de chien et une double ration de pain noir !

Tandis qu'Osman grimpe dans un traîneau, Ansel observe son propre équipage. Personne ne fait attention à lui. La place à l'extrémité droite de son banc est occupée par un eunuque, en uniforme blanc de soignant. Il a le regard rivé au sol, le dos courbé sous le poids de son énorme sac de secours. Entre Ansel et lui, le sniper Sayden, armé de son immense fusil, est déjà en train de se concentrer derrière son masc gris clair. Son plastron, comme celui de tout sniper, est de couleur blanche pour ne pas éveiller l'attention. Sa poitrine se soulève avec une régularité mécanique, il contrôle sa respiration pour contrôler ses tirs. Il ne se laisse pas déstabiliser par les gesticulations du dresseur occupé à sangler ses quatre bêtes. Il paraît indifférent au monde qui l'entoure, comme Strøm, à la gauche d'Ansel, qui aiguise machinalement la partie tranchante de son stack.

Enfin, sur le banc opposé, recroquevillés derrière le maître-chien, trois soldats de circonstance, comme Ansel. Des Hommes qui n'ont pas de poste particulier au combat, mais dont la principale mission est de faire masse et de défendre les snipers et leurs fusils. Dans le jargon, on parle de « tanks ».

L'angoisse monte, chacun dans son coin se fait des « nœuds au cerveau ». Personne ne parle. Le décompte se termine, la trappe commence à s'ouvrir au fond du dock. Les traîneaux n'auront qu'à se laisser glisser dessus pour rejoindre l'extérieur. Une lumière aveuglante s'immisce dans la Phalange, le froid s'y engouffre en bourrasques violentes. Le dresseur pousse un premier cri. Les quatre chiens à l'avant relèvent les oreilles, piétinant d'impatience. La trappe continue à descendre lentement, les trois traîneaux sont prêts à rejoindre le dehors qui grandit à chaque seconde. La Phalange s'est arrêtée quelques minutes, le temps qu'ils se lancent. Un tapis de poudreuse semble les attendre, presque accueillant.

Ansel sent un mélange d'excitation et d'anxiété monter dans sa poitrine. Le dresseur crie « Allez ! » à ses chiens, ça y est, la trappe a touché le sol. Le traîneau s'élance. Ansel est ballotté entre Strøm et Sayden, le souffle du vent court sur son masc. Ils sont dehors.

Le trajet dure plus de deux heures. Deux heures à être trimballé comme un vulgaire bagage, sa douleur à la côte se réveillant à chaque virage. Pourtant, le garçon est émerveillé. La neige défile sous ses yeux, grands ouverts derrière sa visière. Ses poumons respirent un air pur, mélange de fraîcheur et de rosée. Maintenant qu'il est dehors et malgré le froid, la chaleur moite et l'insupportable odeur d'essence de la Phalange lui paraissent absurdes. Ansel regarde les immenses machines noires disparaître avec une certaine jubilation, jamais il ne s'était autant éloigné de son lieu de vie.

Bien qu'il essaye de la reléguer tout au fond de ses entrailles, l'angoisse est toujours là. Et si malgré la confiance affichée de son escouade, le calme de Sayden, et si malgré la supériorité numérique, et si malgré les armures, les armes, et tous les blindages... et si ? Et si ça tournait mal, et si la blessure, la perte d'un proche, la mort, le néant... ?

Ansel refoule très vite ces interrogations à l'abri de son sourire, lui-même dissimulé par la moue carnassière peinte sur son masc. Il ne faut pas livrer ses peurs aux adversaires. Surtout que la confrontation approche. Le dresseur, à l'avant du véhicule, se retourne pour crier :

– Descente dans deux minutes max !

Sayden, qui a été désigné chef de traîneau, donne ses directives à l'équipage. Son vocabulaire est encore plus relâché et son débit de paroles plus haché que celui des autres Hommes, comme si son temps était trop précieux pour le perdre en mots.

– Bon, dans la Phalange, c'est tonton Osman ou l'Géniteur qui gèrent, mais là maintenant, c'est moi l'chef. Vous m'suivez, vous donnez votre vie pour suivre mes consignes sans la moindre remarque, c'bien compris ? Et que vous soyez pilote ou fils d'pilote, ça n'change rien.

L'insinuation est claire. Ansel est traversé par une bouffée de chaleur.

– Si vous êtes pas contents, allez faire dix sur dix cent fois par jour, comme moi, sur les cibles d'entraîn'ment ! Maintenant, quand on arrivera au point d'impact, près de la Frontière, j'veux un cercle des tanks autour d'moi, et que personne d'autre n'bouge, OK ? À part le dresseur qui ira s'mettre à l'abri derrière l'traîneau avec ses chiens, la vie des chiens est précieuse.

Est-ce une nouvelle insinuation à l'encontre d'Ansel ? Son visage devient cramoisi.

– Ensuite, vous écoutez mes consignes, vous bougez pas avant, pas de rush stupide ! C'est seulement quand j'aurai touché toutes les femelles qu'vous pourrez aller les achever à coups de stacks. Ça ira très vite, vous verrez. Et tout d'vrait bien s'passer, le Patriarche est avec nous ! C'est un honneur de bosser avec vous tous !

La dernière phrase sonne faux aux oreilles d'Ansel, mais Strøm hoche la tête, convaincu. Le sniper est un des rares mâles qu'il considère comme son égal. Strøm est juste au-dessus de lui dans la hiérarchie officielle de la Phalange, mais en contexte de combat, c'est Sayden qui prend le contrôle des opérations. Le sniper est respecté de tous dans la Phalange. Ansel aimerait bien susciter la même ferveur. Un jour peut-être, mais d'abord il faut survivre.

Il avale la capsule rouge de frex qu'on lui tend pour booster sa production d'adrénaline puis niche une ultime inspiration dans sa poitrine compressée. Tant qu'il respire encore, tout va bien.

25

Aya

Quatrième jour d'expédition. Date : 2e jour de l'Hiver 95. 15 h 50. Froid, épisode nuageux, pic de pollution. Température externe : -17 °C, interne : 38,1 °C. Santé : 81 %. Fatigue. Douleur aux jambes, fièvre. Batterie : 87 %.

Elle ne reste plus qu'à piéger la Trêve et on pourra rentrer. La brume, qui avait laissé place ces deux derniers jours à un ciel bleu-vert, est revenue, plus épaisse encore. C'est une tempête qui s'abat maintenant sur le groupe. On ne distingue rien d'autre à vingt mètres que neige et poussière. Aya suit la trace, tête baissée, la capuche de sa combinaison rabattue au maximum sur son visage pour le protéger du vent glacial.

De temps en temps, elle relève un peu les yeux pour vérifier que Cordel est toujours devant elle, juchée sur sa chaise glissante.

Aya aussi aimerait pouvoir s'asseoir. Les vibrations des skims et la position debout qu'elle doit maintenir coûte que coûte sapent toutes ses forces. Son front est chaud, ses articulations douloureuses, la fièvre s'est levée en même temps que le brouillard.

Toute la journée, je lui raconte d'une voix rassurante des histoires d'Elsa Hunger ou d'Harjeera Harder, des bons souvenirs, je formule des projets pour l'avenir. Je lui parle encore de Phidia, de cette nuit passée avec elle dans le dortoir des visiteuses, de la sensation de chaleur qu'elle dégage, de son regard amusé, de ses sourires et de son rire éclatant, facile. Le cœur d'Aya, chaque fois, s'accélère. Je lui explique qu'être choisie par une Sage-Femme est un grand privilège, surtout quand on vient d'un camp périphérique comme le Camp Rome.

Ça fonctionne, le moral de ma protégée ne faiblit pas. Enfermée dans ses souvenirs, elle oublie en grande partie ses douleurs et ses angoisses.

Au moment de dresser le camp, à la nuit tombée, Aya a presque du mal à se reconnecter avec les autres, à revenir au présent. Pourtant le groupe en lui-même n'a jamais été aussi soudé, c'est la première fois en quatre jours d'expédition que l'on mange toustes ensemble, réuni·e·s en un seul grand cercle. Certes, à cause de la fatigue, la discussion n'est pas très animée. Ash ne parle presque pas, Christa, stressée, ne répond que par monosyllabes et Lesna et Kaïl ne communiquent qu'entre elleux. Néanmoins, quand les autres vont dormir, Liv, Aya et Cordel prolongent la soirée. Dans le brouillard nocturne, iels discutent pendant plusieurs heures de toute et de rien, des origines de la guerre, de ses issues possibles, des continents lointains qu'on ne verra jamais. Ce n'est que terrassée par la fatigue et la fièvre qu'Aya finit par aller se coucher, bouillante, entre les épaisseurs de peaux duveteuses de son cocon.

Cinquième jour d'expédition. Date : 3e jour de l'Hiver 95. 15 h 50. Froid majeur, pic de pollution. Température externe : -27 °C, interne : 37,1 °C. Santé : 83 %. Fatigue. Douleur aux jambes. Batterie : 84 %.

Comme la fièvre d'Aya, le brouillard est retombé. Sans brume pour le filtrer, le froid est plus mordant encore que les jours précédents. Le Contr'Hiver s'en est allé, à reculons, laissant place à l'Hiver et son souffle glacé. Mais Aya tient bon. Ses efforts pour avancer et le soleil verdâtre, tout là-haut, la réchauffent tant bien que mal. Ses skims fendent la poudreuse, en dernière position du convoi.

C'est peut-être le plus difficile des postes. Elle faut regarder derrière soi, souvent, pour s'assurer qu'on n'est pas suivie, tout en veillant à ne pas être distancée par le groupe. Elle faut faire régulièrement l'effort de revenir sur la personne devant, de pousser sur les skims à un rythme soutenu ; le moteur ne fait pas toute. Aya a l'impression d'être complètement larguée. Mais lorsque Cordel ne se réduit plus qu'à un petit point blanc sur fond blanc, je motive ma protégée et on rattrape assez vite notre écart.

Très rapidement même, car Cordel s'est arrêtée. Aya presse encore le pas, nerveuse, pour arriver à portée de voix :

– Qu’est-ce qu’elle y a ?

La réponse de Cordel lui revient comme un écho :

– On arrive à la Trêve ! Un jour plus tôt que prévu ! Christa dit qu’elle a aperçu des ruines à travers les jumelles !

Le cortège se remet en route, plus déterminé que jamais. Après quelques mètres, un trait noir apparaît en effet sur l’horizon. La Trêve, l’objectif final de notre périple. On n’a plus qu’à cacher nos pièges à l’intérieur d’une brèche avant de rentrer tranquillement au camp, saines et sauves. Enfin.

Personne ne se doute que les hommes s’apprêtent à nous tomber dessus. Personne n’imagine le carnage à venir.

PARTIE II

— 1 —

Ansel

L'après-combat est aussi dur que le combat lui-même. Jamais on n'a parlé à Ansel des sentiments qui suivent l'affrontement. Le frex qui tape encore sur les tympans, les cadavres à enterrer dans la glace – à la place desquels on aurait pu être –, les cris des blessés, voués à de longs mois de souffrance, les prisonnières qu'il faut charger sur les traîneaux, lourdes comme des sacs de sable.

Le calvaire d'Ansel n'est pas terminé ; après avoir complimenté son fils sur la femelle qu'il a réussi à assommer, Strøm décide de lui montrer comment repérer les pièges adverses. Dans d'autres circonstances, le jeune Homme aurait été ravi d'étudier le fonctionnement du détecteur de métal, de découvrir sa première plaque explosive, cachée sous des tonnes de neige, mais là, le cœur n'y est pas. Ses jambes tremblent encore à la pensée de la bataille qui s'achève à peine. Strøm s'en rend compte, avec agacement :

– Tu m'écoutes ? Qu'est-ce que j'viens de dire ?

– Euh... que tous les pièges qu'on a trouvés avaient l'air vieux, bafouille Ansel, épuisé. Et vu qu'elles ont encore des sacs remplis à ras bord de plaques explosives sur elles, elles n'ont probablement pas eu le temps d'en installer de nouvelles.

Cette fois, c'est Strøm qui semble ne pas avoir écouté la réponse de son fils. Il regarde quelque chose au loin, il ne pose plus de questions. Deux minutes avant, il le complimentait avec une chaleur qu'Ansel ne lui avait jamais connue, mais déjà il s'est refermé, brutalement. Les deux Hommes abandonnent rapidement leur exploration et reviennent aux traîneaux.

Les dresseurs de chiens ont fini d'enterrer les deux neutres et la femelle morts au combat. Du côté des Hommes, il n'y a aucune victime à déplorer, mais il faut ramener rapidement les blessés à la Phalange pour leur prodiguer de vrais soins. Et il vaut mieux que les coincées, comme on appelle les prisonnières, soient confinées au plus vite, même si elles ont été assommées et ligotées.

Le retour se fait dans le calme et la fatigue, chacun dans ses pensées.

Strøm se morfond de plus en plus. Ansel ne l'a jamais vu comme ça, fermé à ce point-là.

Le silence se prolonge jusqu'à l'intérieur de la Phalange. Personne n'est là pour les accueillir ; c'est un principe établi, il faut laisser aux soldats le temps de décompresser.

Le retour au dortoir a quelque chose d'irréel pour Ansel. Les lits sont faits, le ronron de la Machine est apaisant. Le mâle n'arrive pas à se détacher de la violence de l'affrontement. Les bruits de balles et les râles de douleur occupent le vide de ses pensées. Strøm reste muet. Ansel finit par lui raconter l'incident avec Irik survenu un peu plus tôt, pour meubler le silence. Son père lui répond avec un débit expéditif qui n'appelle pas de réponse :

– C'est normal. Il a toujours rêvé d'être pilote à ma place, et maintenant qu't'es là pour me succéder, ses chances s'éloignent encore plus. Cette Phalange, tu sais, est pleine de gens envieux auxquels il faut tenir tête, auxquels n'jamais montrer la moindre faiblesse. Jamais.

Le dernier mot est prononcé d'un ton particulièrement sec. Ansel hausse les épaules. Il aurait aimé de la compassion, un conseil moins sévère, mais Strøm ne paraît pas disposé à quitter son air grave.

Ansel regarde son père s'éloigner vers le cockpit. Ses yeux sont rivés au sol, ses lèvres forment d'inaudibles paroles. Plus de doute, il se passe quelque chose. Ça a dû commencer pendant l'inspection des pièges, quand le cadavre de leur dernier adversaire a été enterré et que Strøm a soudainement décidé que le repérage était terminé.

Ansel s'assoit sur son nouveau lit, pensif. Ça doit être le contrecoup du combat, le souvenir d'autres batailles douloureuses, comme celle où Mort-Ansel a disparu. Difficile à deviner. Les réflexions du jeune Homme sont interrompues par l'arrivée joyeuse de Loup :

– Alors, comment ça s'est passé ? Pas d'morts apparemment !

– Pas de notre côté en tout cas. Mais on a des blessés graves, ajoute Ansel pour que la violence de son expédition ne soit pas minimisée.

– J'ai croisé Sayden et Osman qui s'engueulaient, j'les ai entendus dire que les snipers avaient loupé plusieurs coups.

– Oui, c'était chaud. Les femelles ont pu atteindre notre ligne de front. Heureusement, nous les avons neutralisées avant qu'elles ne fassent trop de dégâts dans nos rangs, et j'ai même réussi à en assommer une ! répond Ansel en étirant les bras jusqu'à la grille du lit voisin.

– Bravo ! Ça y est, t'es l'plus grand combattant qu'on ait jamais connu ! ironise Loup, un peu déçu de ne pas avoir osé se porter volontaire pour l'assaut.

– Tss, n'en fais pas trop non plus !

Tout aussi sarcastique, la voix grave d'Irik résonne derrière eux :

– Non, il peut l'dire : bravo, soldat ! Osman veut t'voir, pour te féliciter sans doute !

Ansel grimace. Au moins, cette fois, il a Loup avec lui.

– Dans son bureau en haut ? demande-t-il, sur la réserve.

– Non, en bas, près des cellules ! P'têtre qu'il va t'enfermer avec les femelles coincées !

Loup feint d'éclater de rire :

– Très drôle, Irik. J'savais pas qu'tu maîtrisais l'humour.

Ansel est déconcerté par cet échange de sarcasmes :

– Bon, mais Osman veut vraiment me voir ou pas ?

Irik soupire :

– Mais oui, gamin ! Comme t'as assommé une femelle, t'as sûrement hérité de l'honneur de la torturer.

2

Aya

Mon dosage hormonal fait son effet, ma porteuse se réveille enfin. Une nuit entière s'est écoulée depuis qu'elle a reçu trois violents coups de massue. Sixième jour d'expédition. Date : 4e jour de l'Hiver 95. 11 h 13. Chaleur intense. Température externe : 43 °C, interne : 38,3 °C. Santé : 39 %. Blessure par balle à la jambe. Épuisement général. Migraine. Batterie : 78 %.

Aya s'agite soudain, nue, sur le grillage. Une main devant les yeux, elle bafouille :

– Qu'est-ce... qu'est-ce qu'elle se passe ?

Je prends ma voix la plus douce. C'est le pire moment de sa vie, c'est maintenant que je dois assurer.

– *Ça va aller, ça va aller. La mauvaise nouvelle, c'est que tu es prisonnière des hommes et qu'une balle a fauché ta jambe gauche. La bonne nouvelle, c'est que la balle est ressortie sans rien toucher d'essentiel et que Cordel et Christa sont avec toi.*

Aya trouve la force de s'accroupir. Elle ouvre la bouche. Je sens qu'elle veut parler d'Ash mais qu'elle se retient. Elle sait déjà qu'elle est morte. Elle sait qu'on ne peut plus rien y faire et qu'elle ne sert à rien d'en parler à ses sœurs, près d'elle, qui y pensent aussi. Elle essaye de faire bonne figure :

– Mec ! Génial tout ça... Ma jambe... Et cette chaleur... Et ce bruit...

Christa, dont le carré impeccable est défait pour la première fois, rampe jusqu'à son amie.

– Doucement, doucement, tu as peut-être une balle à l'intérieur.

– Ma Lya dit qu'elle est ressortie... C'est dur à croire, j'ai l'impression d'avoir tout un phare dans la jambe...

Christa et Cordel se fendent d'un sourire triste. Cordel crache du sang.

– Et j'ai un mal de crâne... Ça grésille comme si on essayait de me transpercer le cerveau. Quel enfer.

Une voix inconnue lui répond :

– Pour le bruit, j'peux rien faire, mais pour ta jambe j'ai un bandage...

Aya relève la tête. Ses yeux croisent un regard éteint au milieu d'un visage âgé, tout en longueur. Au moins, c'est une femme.

– J'veux bien oui, merci, répond Aya sans trop réfléchir.

La vieille femme attrape un bout de tissu niché dans le grillage qui dessine les contours de la cellule. Elle s'approche de nous en silence. La nudité de cette inconnue met ma protégée mal à l'aise. Celle de ses sœurs la gêne moins, Aya partage avec elles un dortoir où l'intimité est limitée. Mais la vieille femme a un air froid et distant, qu'elle ne quitte pas au moment d'apposer le bandage sur la jambe d'Aya. Ma protégée détourne les yeux et s'adresse à ses amies :

– J'ai loupé quoi ?

– Rien, ça doit faire une heure qu'on est là, se désole Christa. Elle fait beaucoup trop chaud, le bruit du phare est atroce, et elle y a des chiennes enragées sous nos pieds.

Aya regarde à travers le grillage en dessous d'elle, rien de visible, mais des jappements lui parviennent.

– Bienvenue dans la Marmite... soupire la vieille femme. On bout vingt-quatre heures sur vingt-quatre et le vacarme ne s'arrête jamais. Vous fatiguez pas à toute observer, vous aurez des mois pour ça...

– On analyse les lieux pour pouvoir s'évader ! rétorque Christa, concentrée. Les seules femmes qui s'évadent des phares sont celles qui s'évadent tout de suite.

La vieille femme hausse les épaules.

– On ne s'évade pas de la Marmite. Pas vivantes en tout cas. Vous croyez qu'on n'a pas déjà essayé ?

Aya finit de regarder autour d'elle. Elle remarque enfin qu'en plus de la vieille femme, elle y a deux autres prisonnières qu'elle ne connaît pas de l'autre côté du globe lumineux et de la bassine posés au centre de la cellule. Elles sont nues, décharnées, l'une accroupie, l'autre allongée. Le cœur d'Aya se réchauffe quand elle reconnaît aussi Liv, encore inconscient·e, dans un coin de la pièce. Ils n'ont donc pas abattu toustes les troubles. Aya n'avait pas noué de vraie relation avec Kaïl et Lesna, mais leur mort quasi certaine la sidère. On a souvent douté de leur loyauté, et pourtant iels ont donné leur vie pour nous.

– Voilà, ça devrait tenir jusqu'à ce que les hommes te soignent ! lui annonce la vieille femme en terminant de nouer le bandage.

– Parce qu'ils nous soignent ?

– Oui, souvent, avant de nous torturer, pour s'assurer qu'on ne meurt pas tout de suite.

Le vacarme des machines a augmenté subitement, elle faut hausser la voix pour parler et se concentrer pour entendre, mais on a bien identifié le mot *torture*. Aya frissonne. Elle échange un regard nerveux avec Cordel et Christa, avant de demander :

– Christa, tu en connais, toi, des femmes qui se sont évadées d'un phare ?

– Non... mais on m'a raconté... je sais plus quand, tente-t-elle de se justifier, de moins en moins confiante.

La chaleur est suffocante, c'est déjà une première forme de torture. Ça et le bruit, le grillage inconfortable et les chiennes tapies sous la Marmite qui aboient leur colère. Au bout de dix minutes à peine, plus personne n'a envie de parler. Aya transpire, sa température interne dépasse tous les seuils recommandés. Alors que la léthargie s'installe sournoisement, ma porteuse fait toute pour la dissiper :

– Mec ! Vous laissez pas endormir par la chaleur ! Elle faut qu'on trouve un moyen de sortir !

Le plafond est si bas qu'une fois debout, Christa peut en atteindre les grilles. Elle tente d'en soulever une. En vain. Personne n'ose toucher au sol à cause des chiennes. Démunies, Christa et Aya finissent par s'abandonner à la torpeur générale pendant que Cordel inspecte ses plaies. Aucune d'entre elles ne sait quoi faire pour Liv qui est encore dans le coma.

Vingt minutes s'écoulent. Vingt minutes avant que les autres prisonnières ne commencent à s'agiter. Quelque chose se passe. La vieille femme se place à l'entrée de la Marmite juste avant que la porte ne s'ouvre. Une silhouette en uniforme beige s'avance sur le seuil et jette des miettes de pain noir sur le sol. L'aînée les ramasse une par une et les distribue à ses sœurs qui attendent passivement leur part. Certains morceaux, hélas, tombent entre les mailles du grillage. On entend les chiennes, en bas, se battre pour ces restes. La vieille femme se tourne vers nous :

– Vous venez juste d'arriver, vous aurez à manger demain.

Cordel hoche la tête. C'est normal de laisser leur part aux autres pour cette fois. La doyenne semble être aux commandes ici, elle vaut mieux obéir. Aya, qui aurait bien mangé une bouchée de pain quand même, n'a pas le temps de protester, car la silhouette en uniforme lui fait signe de la suivre. Elle se lève sans trop réfléchir. Ils vont sûrement la torturer, mais est-ce qu'on a le choix ? Christa essaye de sourire, Cordel nous lance un « à bientôt » probablement moins confiant qu'elle ne le voudrait. Aya répond « À tout de suite ! » avec la même incertitude, comme une actrice qui ne connaîtrait pas son texte.

On met un sac sur la tête de ma porteuse avant de la pousser vers l'extérieur de la cellule. La porte de la Marmite se referme avec un bruit sourd. Aya est guidée sur quelques dizaines de mètres, puis une autre porte se referme derrière nous, qui paraît encore plus lourde. J'ai peur pour moi. J'ai peur pour ma protégée. Elle est encore si jeune. Je suis déjà tellement attachée à elle. On nous retire le sac. Aya prend une grande inspiration. Un géant nous fait face, des yeux bleus, trop clairs, un visage aux traits marqués, trop durs. Et une voix caverneuse, autoritaire :

– Lève-toi !

Aya s'exécute. Elle exhibe sa nudité comme si elle ne ressentait aucune gêne, mais à l'intérieur elle est mortifiée. Le mascu nous dévisage de haut en bas avec une moue exagérée de dégoût.

– Regarde autour de toi !

Aya obéit en grimaçant. On est dans une petite pièce toute en longueur, remplie de harnais, de chaises couvertes de clous, d'étriers en acier, de matraques rouillées, de marteaux, d'un bac d'eau trouble et d'un sarcophage noir, posé à la verticale.

– Tout ça, tu vois, c'pour la torture. Personnellement j'ai pas envie d'me servir de ces objets. Je saurais pas l'quel prendre, ils font tous si mal. Et puis j'ai que des questions basiques, auxquelles tu peux répondre sans faire d'histoires. Donc si tu veux bien, on reste simples tous les deux, une question, une réponse, pas d'torture.

Aya approuve d'un hochement de tête. Je lui murmure à l'oreille :

– *S'il s'en sert, je libère des antidouleurs. Et si ça dégénère, elle y a la capsule létale.*

L'homme enchaîne :

– Quels étaient les noms des membres de ton expédition ?

Aya est surprise. Pour le moment, elle peut dire la vérité, cette information n'est pas soumise au secret.

– Eh bien... Cordel, Christa, Ash...

Ash. Ma protégée se fige. Aya ne parvient pas à accepter sa mort. Ce n'est encore qu'un cauchemar. Elle n'arrive pas à faire avec. Elle n'arrive plus à parler. Le mascu s'agace :

– Alors ! Continue ! crie-t-il.

– Et puis elle y avait les troubles, Kaïl, Lesna et Liv.

L'homme se décompose. Sur ses lèvres, on jurerait avoir lu « Lesna ». Peut-être que l'information était plus importante qu'on ne le pensait, finalement. Le visage de l'homme est blanc, totalement blanc. Un mélange de colère et de désespoir apparaît dans ses yeux. Pendant quelques secondes, j'ai l'impression qu'il va frapper Aya, la torturer. Mais rien. Il nous tourne le dos et quitte la pièce. En silence.

Ma protégée est laissée seule, coincée dans cette salle de torture.

– J'ai eu peur, murmure Aya.

– *Pareil, je ne sais pas du tout ce qu'il voulait.*

– J'imagine qu'il va revenir...

– *Ça va aller, tant qu'on ne donne pas la localisation du camp.*

La porte s'ouvre de nouveau, le répit a été de courte durée. Un autre homme entre dans la pièce, pas moins effrayant que le premier. Il attrape Aya par le cou pour nous mettre la pression :

– C'tait bien ? Vous avez bien tapé la discute avec Strøm ? Moi, j'te préviens, j'suis pas aussi tendre que lui, loin d'là !

Aya ne touche même plus le sol, ses pieds se balancent en l'air. Je me suis jamais sentie aussi impuissante. Je ne peux rien faire, rien dire qui puisse améliorer la situation.

Heureusement, l'homme la relâche. Aya retombe sur sa jambe blessée.

– Où t'as trouvé c'bandage ? aboie le mascu.

– C'est... c'est une femme de la cellule qui me l'a donné ! bafouille Aya.

– Une femelle, tu veux dire. Laquelle ?

– Je connais pas son nom !

– Elle ressemble à quoi ?

L'homme hurle de plus en plus fort.

– Je sais pas, on n'y voit rien là-bas.

Aya commence à mentir pour couvrir les autres femmes, ça peut lui coûter cher.

– Bon, j'comprends, tu viens d'arriver, tu cherches à protéger tes nouvelles amies, c'est important, la solidarité. Mais ça sert à rien d'mentir, je sais qui c'est, c'est la vieille, c'est elle à chaque fois. Allez, c'était ton joker, ton dernier mensonge. Maintenant, je veux une réponse : quelles sont les coordonnées de ton foyer ?

– Je ne sais pas.

Et c'est la vérité. Aya a toujours vécu au Camp Rome sans en connaître la position exacte. L'ignorance est une protection.

– Chut, j'suis pas bête, s'agace le mascu. Si toi tu sais pas, la machine dans ton cerveau saura, elle. Demande-lui !

Hélas, il n'a pas tort... Aya tient bon :

– Non, elle n'en a aucune idée, ma « machine ».

L'homme regarde autour de lui.

– Moi, tous ces instruments, ça m'intéresse pas trop. Trop technique, trop froid. J'préfère le contact humain.

Son poing part très vite, s'écrasant sur la poitrine de ma porteuse qui s'effondre sans un cri.

– Pas idiot, les renforts de peau sur le torse. Mais je peux frapper plus fort encore.

Il profite du fait qu'Aya soit à terre pour lui décocher un violent coup de pied. Elle se recroqueville sur elle-même.

– Alors, ces coordonnées ? souffle l'homme en nous écrasant de toute sa hauteur.

Aya a du mal à articuler :

– Je… je ne sais pas.

– Comment ça ?

Nouvelle salve de coups de pied. Aya se mord la langue, terrassée par la peur.

L'homme quitte enfin la pièce à son tour. Je n'ai que quelques secondes seule avec ma protégée pour m'assurer qu'elle tient le coup :

– *Ça va ?*

– Ça ira… Tant que c'est pas pire que ça…

Mais déjà un nouveau tortionnaire fait son apparition. Contrairement aux autres, il ne parle pas, ne pose pas de questions. Le visage fermé, il se dirige vers les objets de torture et attrape une longue tige en acier.

Les coups pleuvent sans prévenir. La tige est souple et fonctionne exactement comme un fouet. Elle lacère sans répit le dos de ma porteuse. Toutes les trois secondes, c'est la même insupportable souffrance. Elle nous faudrait des heures pour nous remettre du moindre coup, et nous n'avons que trois secondes. C'est comme une brûlure qu'on ne peut pas éteindre. Une odeur de chair brûlée envahit l'air.

Je libère 40 % de Léophrine pour atténuer la douleur. Mes stocks sont bas, mais je ne peux pas rester sans rien faire. Aya n'en peut plus, sa conscience vacille, sa tête tourne, le monde chavire autour d'elle.

Les coups tombent encore et encore, ça n'en finit pas. Le pourcentage de santé d'Aya est en chute libre, il vient de descendre à 26 %. Son dos nu est en feu, le fouet y creuse un sillon morbide d'où le sang s'écoule. La capsule létale devient, l'espace de quelques secondes, une éventualité. Et soudain toute s'arrête. L'homme quitte la pièce.

Aya est pétrifiée. Les mots me manquent. Moduler ma voix pour être rassurante me paraît dérisoire.

– *Bravo. Tu as été très forte.*

Elle ne répond pas. Elle n'en a pas le temps, un tortionnaire remplace déjà le précédent. Cet enfer ne s'arrêtera donc jamais ? Une canne dans la main gauche. Il boite. Son regard est fatigué, un peu triste. Sa voix est cassée, mais beaucoup plus calme et douce que celle des autres :

– On les a, les coordonnées de ton foyer, tu sais. C'est pas cette information qui nous intéresse. Les questions qu'on se pose, c'est : Est-ce que t'es obéissante ? Est-ce que tes paroles seront fiables quand on n'aura plus les moyens de vérifier l'information que tu nous donnes ? Pour le moment, à ces deux questions, la réponse est non, c'est pour ça qu'on est obligés de sévir.

Il s'interrompt, ménage son effet et récupère au sol la tige ensanglantée qui a fait office de fouet.

– On ne fait pas ça pour le plaisir, contrairement à ce que tu dois penser. Tu vois cette tige ? Elle nous servait de piquet de tente avant qu'on rejoigne les Phalanges. Quand les Amazones prenaient le contrôle d'un de nos campements, elles utilisaient ces mêmes tiges pour nous battre, jusqu'à la mort souvent.

L'homme s'approche du sarcophage au fond de la pièce.

– Et ça, c'est ce qu'on appelait une « vierge de fer » dans l'ancien temps, un outil de torture oublié que ton idole Elsa Hunger a remis au goût du jour sous le nom moqueur de « puceau de fer ». Elle et ses copines y torturaient les mâles. C'est une toute petite cellule tapissée de clous où l'on doit se tenir debout en permanence, je ne te raconte pas le supplice. Tu pourras juger par toi-même ce que ça donne, si ça t'intéresse. Si tu décides de ne pas collaborer.

La menace est claire. Aya, à terre, hoquette d'effroi. L'homme vient s'agenouiller auprès d'elle et ajoute :

– Mais je suis bête, puceau, et peut-être même vierge, tu ne dois pas savoir ce que ça veut dire. Puceau, c'est pour les mâles, vierge pour les femelles. À l'époque, ça désignait les gens qui n'avaient jamais eu aucune relation sexuelle. C'est ton cas ?

– Non... murmure difficilement Aya.

L'image de Phidia lui apparaît comme un éclair pour lui redonner un semblant de force.

– Tant mieux. C'était très mal vu, surtout pour les mâles. C'était un terrible signe de faiblesse d'être puceau. Tant qu'on ne l'avait pas fait, on n'était pas un Homme. C'était comme un rite de passage, une cérémonie pour devenir adulte. Ils n'avaient vraiment que ça à faire, à l'époque...

Le mascu fait une pause. Aya reprend son souffle. Elle l'écoute à peine, elle veut juste savoir quand la douleur va arriver et sous quelle forme. Tant que le mascu divague, elle gagne du temps. Heureusement, il a l'air d'aimer s'écouter parler :

– En même temps, cette incitation aux rapports sexuels était surtout un moyen pour les femelles de soumettre les mâles en se rendant indispensables, puisque être étro était la norme. Bien pensé, non ?

Aya hausse les épaules, cette question n'attend pas vraiment de réponse. Difficile de voir où l'homme veut en venir :

– Ce que je cherche à dire par là, c'est qu'aujourd'hui, le passage à l'âge adulte de nos enfants s'établit sur des critères bien plus logiques que la sexualité. Chez nous par exemple, c'est le combat qui fait Homme. Les jeunes mâles deviennent des adultes dès qu'ils ont vaincu un chien. Et ils deviennent des Hommes, des vrais, dès qu'ils ont vaincu une femelle. Alors, en entrant dans cette pièce, le jeune Ansel, qui a ton âge à peu près, voudra prouver à toute la Phalange qu'il te domine. Il sait déjà comment te faire mal, c'est lui qui t'a assommée pendant la bataille.

Le mascu pose nonchalamment sa main sur le sarcophage noir :

– C'est peut-être lui qui, le premier, aura à cœur de te faire goûter aux joies de la vierge de fer. Peut-être même qu'il te tuera si tu n'obéis pas ou s'il ne parvient pas à se maîtriser. La torture, quand on n'en a pas l'expérience, ça peut déraper assez vite. Après...

Il ménage son suspense.

– ... Après, je peux très bien ne pas le faire entrer. C'est toi qui décides, tu n'as qu'à répondre à cette simple question : quelles sont les coordonnées de ton foyer ?

Aya grimace de douleur mais pas un bruit ne sort de sa gorge. L'homme ne la quitte pas des yeux.

– Je sais bien que tu as une capsule létale sur toi, mais nous en avons l'antidote. On ne te laisserait pas mourir quand même, on n'est pas des bêtes. Alors, dernière fois ? Quelles sont les coordonnées de ton foyer ?

Ma protégée ne répond pas, je suis impressionnée. La Léophrine fait effet mais Aya parvient à rester lucide. Difficile de dire si l'homme ment au sujet des coordonnées. Peut-être qu'il ne les connaît pas, finalement. En tout cas, il insiste, articulant à l'excès :

– C'est pourtant une question simple. Quelles sont les coordonnées de ton foyer ?

Il n'obtient pas plus de réponse. Semblant se rendre à l'évidence, il se relève et s'en va en boitant.

– Tant pis...

3

Aya & Ansel

●

La femelle est entièrement nue. Blessée à la jambe comme lui, elle paraît petite et fébrile. Son corps est difforme, elle a des bosses sur la poitrine, du vide à la place des parties génitales, ses yeux sont effilés et sa peau très pâle. Elle fixe Ansel avec terreur, tremblante.

Il s'avance d'un pas décidé. Il ne doit pas montrer sa peur. Les femelles sont comme les chiens : elles ressentent les émotions des mâles et s'en servent contre eux. Ansel ne la laisse pas capter son regard.

○

L'homme qui se présente est moins effrayant que les autres. Sa démarche est rigide, son visage trop large. Il boite comme le précédent, mais ça a l'air nouveau pour lui. Il s'est blessé pendant la bataille. Ça va peut-être le rendre agressif. Il est maigrelet, pas très grand. Son regard est fuyant. Pas de quoi se détendre, sa fragilité apparente ne le rend pas inoffensif. Ce sont les petits mascus qui aboient le plus fort, c'est bien connu.

●

Ansel hésite longuement, debout face à la femelle accroupie. Il s'approche d'elle et tend sa main :

– Moi c'est Ansel.

○

Il parle comme l'homme d'avant, doucement, de façon articulée. Ça ne masque pas son angoisse. Il doit avoir l'âge d'Aya ou presque. Sa paume est lisse, ses doigts fins, délicats. Aya ne serre pas la main tendue, méfiante.

●

Ça va être compliqué. Ansel se fige.

– Je comprends tes doutes. Aucun problème. On attend de moi que je te torture, mais on pourrait s'arranger autrement, non ?

○

Aya ne répond pas, j'aimerais le faire à sa place. Le prénommé Ansel retire sa main :

– D'accord, très bien.

Il se redresse et se tourne vers les outils de torture.

Aya respire, elle se concentre sur sa douleur, se demande comment l'intérioriser, comment faire avec.

●

Il y a tout ce qu'il faut sur la table, des pinces, le fouet, des lames, et plein d'autres choses coupantes et rouillées qu'Ansel n'a pas l'habitude de manipuler. Il pourrait la massacrer. Il déteste son espèce. Il déteste tout ce qu'elle représente. Mais rien que d'y penser, l'odeur du sang et le bruit de la souffrance lui reviennent. Il a eu son lot de guerre pour le moment.

– Non, vraiment, j'ai pas envie de me servir de tout ça, se désole Ansel en se tordant les mains. Je trouve ça infâme et inutile. Collabore avec moi, juste une minute, et je te laisserai partir.

○

Aya ne réagit pas. Ou feint de ne pas réagir. Le mot « partir » a quand même déclenché en elle un léger tremblement.

Ansel l'a bien remarqué.

– Tu ne veux pas t'en aller d'ici ? Pourtant, tu sais ce qui t'attend si tu restes. Tu as vu les autres coincées, c'est terrible ce qu'elles vivent...

Aya relève la tête.

– Tu me laisserais filer, vraiment ? demande-t-elle d'une voix étranglée, faussement naïve, juste pour voir où cette discussion peut nous mener.

Ansel acquiesce.

– Oui, moi je fais croire à mes frères que je t'ai tuée, je gagne leur respect, et toi tu rentres chez toi, si tu peux. Pour ça, j'ai simplement besoin d'une info sur les pièges que ton expédition a placés.

– T'en penses quoi, toi ? me murmure Aya, intriguée.

– *Je suis partagée. Tu peux toujours lui mentir pour les pièges, il le sait. Et puis, s'ils te laissent partir, c'est peut-être qu'ils ont planqué un mouchard sur toi, ou qu'ils comptent le faire. Je n'ai remarqué aucune intrusion sur ta peau, mais ça peut être n'importe quoi, le bandage de la vieille, une poussière dans tes cheveux, on ne sait pas.*

Aya joue machinalement avec le bandage sur sa jambe. Je poursuis :

– *Et en même temps, si tu as une opportunité de fuir, c'est toujours bon à prendre.*

– Ouais, t'as pas d'avis et j'me débrouille, quoi.

●

Ansel est fasciné. Les femelles ont bien un machin dans la tête pour les aider à penser. Et pour penser, les femelles pensent. Celle qu'il a en face de lui en tout cas. Elle passe son temps à regarder partout, Ansel peut voir les rouages de son cerveau turbiner dans ses yeux noirs expressifs. Elle est loin des chiennes hystériques qu'on lui a dépeintes. La curiosité d'Ansel commence à prendre le pas sur sa peur :

– Tu parles à ton logiciel intégré ?

– Oui, et pas à toi, lui rétorque la jeune femme.

– Bon, je ne sais pas comment te convaincre, soupire Ansel en réalisant qu'il n'obtiendra pas sa confiance si facilement. Enfin si, j'ai une idée, mais pas sûr que ça fonctionne.

○

Aya le dévisage, de plus en plus intriguée. Cette conversation est une partie d'échecs où chacun avance ses pionnes. L'homme poursuit :

– Je te montre comment t'évader d'ici, comme ça tu n'auras plus que deux choix. Soit tu me donnes ce que je veux et tu t'en vas, soit je serai obligé de te faire tuer. Et crois-moi, je n'en ai pas envie.

Je murmure à ma protégée :

– *Dis que ça te va. Ça nous fera toujours une info, et si c'est un piège, c'est que tu étais foutue depuis le début.*

– C'est d'accord, je veux bien collaborer, répond Aya, prête à le regretter.

●

Ansel est soulagé. Peut-être qu'il va enfin pouvoir se sortir de cette situation horrible. Il s'avance au fond de la pièce, vers la « vierge de fer » qu'il fait glisser au sol. Il se penche sur la grille qui se trouvait juste en dessous. Elle n'est pas solidaire des autres, elle se soulève sans effort.

– Voilà, tu peux passer par là ! Au niveau inférieur, tu croiseras peut-être des chiens, mais ils ne te feront pas de mal. Il y a un tuyau gris, si tu le suis dans le sens de la descente, tu devrais tomber sur une trappe qui te mène hors de la Phalange. Ça te va ?

○

Aya hoche lentement la tête. On aurait pu faire plus précis comme plan d'évasion. Difficile de s'en remettre aux paroles d'un homme, mais on n'a plus rien à perdre

– D'accord, répond-elle avant de s'adresser à moi d'une voix à peine perceptible : Pour la localisation des pièges, je donne quoi ?

– *Pour éviter qu'ils recoupent nos interrogatoires et trouvent des incohérences, on va rester sur ce qu'on a dit au briefing de mission...*

– Je ne me souviens plus, murmure Aya, consternée. Ça me paraissait si abstrait à ce moment-là, l'idée de se faire prendre...

– *On avait prévu de dire qu'on a piégé le Glacier, afin de les obliger à passer par le Mémorial. Tu peux révéler qu'elle y a des explosifs à la Trêve, ils l'auront compris de toute façon. Ça rendra le reste plus crédible.*

●

Ansel s'impatiente, il a trop chaud, sa nuque le démange. Il ne sait pas s'il peut faire confiance à une femelle, il ne sait plus dans quoi il s'est embarqué. Il se croyait malin en arrivant, mais toutes ses convictions se sont délitées.

– Alors, ces pièges, ils sont installés où ? Je t'ai montré la sortie, à toi de me donner une preuve de bonne volonté.

○

– Oui, oui... je... d'accord.

Aya essaye de maquiller ses mensonges en gages de bonne foi :

– On a mis des plaques explosives à la Trêve, là où vous nous avez trouvées, et d'autres au bord du Glacier, car on sait que vous êtes déjà passés par là. Je ne pourrai pas être plus précise sur leur localisation. Je n'ai pas le détail.

●

Ansel penche la tête. Il hésite. Ses pas nerveux le promènent d'un bout à l'autre de la pièce. Son instinct lui hurle de tout arrêter, de mettre fin à ce plan idiot. Mais il s'est trop engagé pour faire demi-tour. Toute sa vie, on l'a suspecté d'être trop lâche pour aller au bout des choses.

Il ne cédera pas à la première épreuve venue. Il finit par s'arrêter, décidé :

– Allez, très bien, tu peux partir, je ne dirai rien. Prends mon manteau, tu vas mourir de froid en un rien de temps si tu sors nue dehors. Je ne voudrais pas qu'on retrouve ton corps et qu'on m'accuse de t'avoir libérée.

o

Il retire la veste en cuir qu'il porte par-dessus sa combinaison et nous la tend. Aya scrute l'objet avec suspicion.

– *Prends-le, s'il réalise que tu as compris qu'elle y a un mouchard dedans, il ne te laissera pas partir. Et puis tu en auras bien besoin pour combattre le froid. On verra plus tard comment on s'en débarrasse.*

Aya hoche la tête. Quand elle enfile le manteau, le cuir râpe son dos maculé de sang. C'est horriblement douloureux.

– Alors j'y vais et tu ne me poursuivras pas ? grimace ma protégée en observant le trou dans la grille, près de la vierge de fer. Ça mène vraiment à l'extérieur ? Et les chiennes ne m'attaqueront pas ?

On a de bonnes raisons d'être sur nos gardes. L'homme répond de sa voix rassurante, je connais la méthode, c'est exactement ce que je fais quand je veux inspirer la confiance :

– Oui, oui et non. Encore une fois, je comprends tes doutes, c'est normal. Mais je prends des risques pour toi, pour ne pas avoir à te torturer. Pour ne pas te tuer. Je fais ça par altruisme.

Devant tant de gentillesse feinte, Aya se méfie encore plus. Fidèle à elle-même, elle ne parvient pas à jouer le jeu plus longtemps :

– L'altruisme, venant d'un homme, je n'y crois pas. Je dois saisir tes motivations. Si tu fais croire à ton groupe que tu m'as tuée, tu gagneras sa reconnaissance, d'accord...

Plus elle parle, plus son ton monte. La douleur et l'incompréhension rendent sa voix râpeuse.

– Mais t'as pas besoin d'exhiber mon cadavre pour prouver ta vaillance ? Et vous ne préférez pas garder vos prisonnières vivantes pour leur extirper des informations ? Les vieilles prisonnières en cellule, là, elles vous servent à quoi ?

Au moins, comme ça, le mascu va penser qu'on n'a pas envisagé l'hypothèse du mouchard. Enfin, espérons.

Aya est courageuse, elle se ferait tuer plutôt que de trahir les siennes. Dialoguer avec un mâle la met déjà dans une colère inconfortable.

•

Ansel prend sa tête entre ses mains. Dire qu'il imaginait avoir avancé.

– On n'est pas des barbares, tu sais ? On ne se balade pas avec les cadavres de nos victimes sur l'épaule pour les exhiber devant ceux qui douteraient de notre loyauté. Je pourrais très bien dire que je t'ai passée à la broyeuse, on me fera confiance. Et on garde des femelles pour pondre des enfants, c'est tout. Sauf que toi, t'es conçue comme inapte à mettre bas, à moins d'envisager plusieurs opérations.

Les opérations en question ne sont en vérité pas si longues à effectuer. Le jeune mâle sent qu'il s'égare dans ses justifications :

– Ce n'est pas du tout le sujet. Si tu refuses que je te libère, dis-le-moi tout de suite, je n'ai plus beaucoup de temps...

○

Ma protégée veut répondre, mais on tape à la porte, et une voix grave résonne :

– Alors, qu'est-c'tu fous ? T'envisages de devenir étro ou tu finis de l'achever ?

Le timing est excellent, c'est comme si toute avait été pensée pour nous mettre la pression et nous forcer à réagir vite. Et ça fonctionne parfaitement. Aya se rapproche de la trappe, tremblante, prête à partir.

●

Ansel observe la femme, son regard suspect, sa position presque animale, aux aguets.

– Allez, vas-y, ce n'est pas un piège, lui répète-t-il d'une voix lasse. Pourquoi je te piégerais ? Tu es déjà entre nos mains.

○

Aya souffle bruyamment, la douleur dans son dos est lancinante, et sa jambe la torture à petit feu. Mes circuits grésillent de façon anormale. En boitant, seulement couverte par un manteau, Aya se place face à la trappe, à côté du sarcophage. Même si elle s'échappe, ses chances de survie sont faibles. Son regard se perd dans les profondeurs de l'obscurité sous ses pieds.

– Alors, j'y vais.

●

– Bon courage, lui lance Ansel sans la moindre sincérité, en transpirant de nervosité. Il surchauffe, comme la Machine.

Aya disparaît dans le trou béant.

4

Aya

On se retrouve plongée dans le noir, entre deux étages. Au-dessus de nous, à travers le grillage, on entrevoit des semelles de bottes, des silhouettes allongées, des machines qui vrombissent. Tout près de nous, des grognements de chiennes se font entendre. Aya, dos courbé et pieds nus sur le métal gelé, suit le tuyau qu'Ansel lui a indiqué. Les consignes étaient floues, mais si le sol est aussi froid, c'est bien que le monde extérieur se trouve juste de l'autre côté.

– *Courage, on y est presque.*

La réponse d'Aya n'est qu'un murmure :

– J'ai déjà si froid aux pieds, je vais mourir dehors sans chaussures. C'était pas une bonne idée...

– *Je sais. On sort et on y pense après.*

– Tu crois pas qu'on devrait chercher les autres prisonnières ? Elles doivent être au-dessus, pas très loin d'ici, non ? Le trajet de la Marmite à la salle de torture n'a pas été très long !

– *On ne pourrait rien pour elles. On se ferait juste bouffer par les chiennes.*

– Elles sauraient au moins que je suis vivante, chuchote-t-elle d'une toute petite voix.

– *Parce que tu t'échappes seule, à moitié nue, dehors au début de l'Hiver ? Non, elles ne seraient pas plus rassurées.*

Le pire, c'est qu'on ne peut même pas leur envoyer une alarme. Pour éviter d'être interceptées et hackées, nos communications ne fonctionnent que dans l'enceinte du Camp Rome. Elle n'y a rien à faire, on est désarmée, séparée de nos sœurs. J'essaye de canaliser comme je peux les pensées d'Aya, elle faut aller de l'avant et j'entends sa voix chanceler. C'est normal, elle a reçu une forte dose de Léophrine, qui atténue la douleur mais altère aussi la lucidité. Aya divague :

– Tu vois, ça veut dire que tu ne crois pas en mes chances de survie. Mais tu t'en fous toi, je vais crever comme Serene et on te donnera à une autre !

Je suis obligée de me mettre en colère. Ça ne m'arrive jamais.

– *Je t'assure que si tu meurs ici, loin de tout, personne ne me retrouvera ! Je serai coincée dans ton cadavre, impuissante, et je me déchargerai inexorablement. Je suis programmée pour favoriser tes chances de survie et je fais de mon mieux.*

Aya sent qu'elle est allée trop loin.

– Je sais, je sais, pardon. Excuse-moi, je suis à bout.

Je m'apprête à lui répondre quand, émergeant de l'obscurité, une chienne s'avance vers nous. Aya se fige, elle en a vu si peu dans sa vie. Celles qui tiraient les traîneaux des hommes, quelques chiennes errantes aux alentours du Camp Rome et c'est tout. Celle-là est bien plus impressionnante, les mascus ont dû la gaver pour qu'elle prenne du poids. Aya recule d'un pas. L'animal la renifle, les oreilles dressées, le regard curieux. Elle n'a pas l'air agressive mais Aya recule encore. Son pied bute contre un obstacle, sa jambe en sang ne peut plus compenser sa perte d'équilibre, elle glisse sur le sol. Je devine immédiatement :

– *C'est la trappe !*

Aya, à terre, essaye de mettre la main sur l'ouverture, sans quitter des yeux la chienne qui lui fait face. Ses doigts tâtonnent dans le noir, caressent le métal froid de la grille, en vain. La bête fait quelques pas, passe sa langue sur ses gencives rouges et ses crocs acérés. Elle scrute sa proie. Derrière son regard noir, elle pèse le pour le contre, évaluant la dangerosité de ma protégée. Tout en continuant de sonder la trappe d'une main, Aya lève son autre bras pour paraître plus grande et menaçante. Cordel lui a expliqué cette technique. Ça fonctionne en partie. La bête recule d'un pas, pile au moment où Aya trouve enfin l'ouverture. Elle soulève la trappe. Froid et lumière s'engouffrent à l'intérieur du couloir. Aya détourne les yeux. Comment va-t-elle faire pour survivre à l'Hiver ?

La chienne aboie à tout rompre. Vite, elle faut partir ou on sera repérée. Aya n'hésite pas longtemps. Sans regarder ce qu'elle y a dessous, elle saute. Quitte à mourir, autant mourir dehors.

La chute dure une seconde. Juste le temps de voir la neige défiler sous nos pieds. Aya roule au sol, rebondit et s'enfonce dans la poudreuse. L'ombre immense des roues crantées du phare nous surplombe, Aya se terre un peu plus dans la neige – finir écrasée là-dessous serait une mort idiote et douloureuse. Au-dessus de nous paradent les tonnes d'acier du bâtiment mobile. Des tuyaux en sortent par toutes les faces, menaçant de faucher ma porteuse au cas où elle aurait le malheur de relever trop vite la tête. Ça semble durer des heures.

Au moment où Aya s'apprête à se redresser, un liquide brûlant dégageant une odeur nauséabonde de pollution lui coule sur la nuque. Aya hurle de douleur.

Le véhicule s'éloigne avec un fracas épouvantable. Son ombre pyramidale se dissipe, la lumière qui tournoie au sommet de l'engin à la recherche d'éléments suspects s'évanouit. Hélas, quatre autres phares apparaissent derrière nous, quatre autres faisceaux balayent le brouillard. Aya se couche à nouveau dans la neige pour ne pas être repérée.

– Tu crois vraiment qu'elle y a ne serait-ce que dix pour cent de chances que l'homme soit honnête ? murmure Aya, la nuque brûlée et le reste du corps frigorifié. Les mascus ont dû recevoir la consigne de me laisser partir, non ? Elle y a forcément un mouchard sur ce manteau.

– *Sauf que ton corps ne survivra pas au froid si on abandonne le manteau. Tes doigts sont déjà trop engourdis pour sentir quoi que ce soit. Et les phares sont trop proches, s'ils voient que le mouchard ne bouge plus, ils pourraient revenir sur leurs pas pour nous abattre. Nous devons faire avec pour le moment.*

Aya soupire mais obéit. Les perles de sang sur son dos commencent à geler. Le cuir du manteau adhère à ses plaies. Le retirer sera un calvaire, mais ça voudra dire qu'elle s'en est sortie vivante. On n'en est pas encore là. Dans le froid terrible, on attend que tous les phares se soient éloignés pour se remettre en route.

– Tu sais où on va ? me demande Aya d'une voix vaporeuse, cassée par la douleur et la Léophrine.

– *Oui, oui tout droit, tiens bon ! Même quand tu étais assommée, j'ai fait attention à nos déplacements. On devrait facilement trouver la brèche dans la Trêve. J'espère qu'elle restera des affaires sur les victimes pour s'habiller, ou même des skims si on a de la chance.*

– Quelle chance, dépouiller les cadavres de mes amies…

La température d'Aya est déjà sous les 36 °C et son bilan de santé à 29 %. En dessous de 50 %, le danger de mort est réel, et à 30 %, on peut commencer à faire ses dernières prières. J'injecte à nouveau à Aya un peu de Léophrine, mais mes stocks sont faibles et elle ne faudrait pas l'abrutir. Surtout que les hommes eux-mêmes lui ont donné un produit après l'avoir assommée pour qu'elle se tienne tranquille.

Aya marche comme une zombie, ses pieds nus s'enfoncent dans la neige de façon mécanique. Elle titube, chaque pas réussi tient du miracle. Au moins le froid anesthésie-t-il la douleur de sa jambe gauche. Aya compense avec la droite pour le moment, mais elle finira bien par le payer. La route va être longue. D'une voix de plus en plus égarée, elle revient sans cesse aux mêmes sujets :

– Serene et Helena, t'y penses souvent ?

– *Pas comme tu l'imagines. J'y pense pour que tu ne reproduises pas leurs erreurs passées. Je suis tout entière à ton service.*

– Alors, quand tu auras ta prochaine hôte, tu ne penseras à moi que par intérêt ?

Ce n'est pas ce genre d'idées morbides qui va la faire tenir. Je n'ai pourtant pas le droit de lui mentir, juste d'émettre un point de vue différent du sien :

– *Si tu vois ça comme ça, oui. Mais tu peux aussi te dire que de cette façon, tu continueras à combattre les hommes bien après ta mort. Une mort qui surviendra dans très, très longtemps, alors continue d'avancer ! Je suis si fière de toi !*

Aya esquisse un vague sourire.

– Merci... Tu veux bien me... me raconter des trucs ? Comme à l'aller... comme quand j'étais petite.

– *Bien sûr.*

Aya a toujours adoré les histoires. Elle aime quand je prends ma voix de conteuse, enveloppante et rythmée :

– *C'était au tout début de la révolution des femmes, en Angleterre, un ancien pays non loin d'ici, de l'autre côté de la mer de glace. Le gouvernement anglais était en perdition après sa déroute lors de la Troisième Guerre mondiale. Un brouillard de pollution terrible écrasait tout le pays, les gens qui en avaient les moyens avaient fui, les pauvres subissaient en silence. Les sirènes d'alarme résonnaient en permanence. Les résistantes qui avaient été incarcérées ensemble dans la prison pour femmes d'Hollow Leeds pour « trouble à l'ordre public » ou « incitation au féminisme radical » comprirent que leur moment était venu. Le moment de faire triompher la liberté. Après s'être passé le message de femme en femme pendant la promenade, un jour, à midi pile, les résistantes s'attaquèrent aux surveillants. Ces derniers, sous-payés et en sous-nombre, abandonnés par une administration en roue libre, fuirent le combat et leur laissèrent les clés de la prison.*

La neige se déplace en bourrasques, le soleil n'est qu'une ombre aujourd'hui. Aya grimace. Je continue, augmentant le rythme et le volume de mes explications :

– *Les femmes proclamèrent Hollow Leeds « safespace » et Nouvelle Commune Libre de la Mère Matrie. Pendant plusieurs semaines, elles vécurent heureuses comme ça, sur les réserves de la prison ou en pillant les supermarchés voisins, alors que le monde à côté d'elles volait en éclats dans ce grand brouillard pollué. Mais la légende raconte que le Général Belenna voulait récupérer sa fille qui avait été incarcérée là pour un délit mineur, sans rapport avec la résistance. Sa caserne, qui était la seule autorité masculiniste encore opérationnelle dans ce chaos complet, envoya donc des troupes lourdement armées sur la prison. Les femmes n'avaient que les matraques des anciens surveillants pour se défendre. Mais le général n'osait pas attaquer de peur que sa fille ne périsse dans la bataille. Il mena à la place un siège impitoyable qui, selon la légende, conduisit sa fille à la mort aussi sûrement que s'il avait attaqué tout de suite. Le féminisme moderne est né, paraît-elle, au milieu de grèves de la faim, il a pris fin avec des famines forcées.*

Soudain, Aya tombe lourdement, sans même mettre les mains devant elle pour se protéger. J'interromps mon récit.

– *Qu'est-ce qu'elle y a ? Ça va ? Relève-toi, vite ! Ne laisse pas le froid t'avoir. La Trêve n'est plus très loin !*

Aya maugrée, elle relève la tête puis se redresse avec une interminable lenteur. Chaque seconde me paraît trop longue tandis que son pourcentage de santé chute de plus en plus vite. Mais elle finit par être debout à nouveau, et murmure d'une voix éteinte :

– Ça va, ça va. Continue... continue...

Je parle encore plus fort, je donne toute pour qu'elle s'accroche :

– *Lorsque leurs vivres furent épuisés, les femmes n'eurent pas d'autre choix que de se confronter à leurs assaillants pour ne pas mourir de faim. Avec les matraques et tout ce qu'elles avaient sous la main, les couteaux, les casseroles, les balais, elles se lancèrent dans une charge désespérée. En face, les balles des snipers les couchaient une par une. Chaque femme combattait jusqu'à son dernier souffle pour emporter un maximum d'hommes avec elle. Le sang ruisselait sur leurs armes de fortune ; les balais, cassés en deux, gisaient sur le sol à côté de leur ultime propriétaire. Les hommes finirent par triompher, mais elle est des victoires qui conduisent à la défaite. Parmi les prisonnières, quelques-unes réussirent à s'échapper dans le brouillard. L'une d'elles, encore toute jeune, prit le nom d'Elsa Hunger en souvenir de ce terrible siège, de cette faim qu'elle n'oublia jamais. Et elle...*

– Et maintenant... les mascus la dépeignent comme une personne horrible et les troubles comme une personne ordinaire, maugrée Aya.

J'ai été coupée dans mon récit, mais c'est déjà une phrase merveilleusement bien construite pour quelqu'une qui vient de tomber de douleur et de fatigue, alors je décide de m'en satisfaire.

Santé : 27 %. Pitié, faites que la Trêve apparaisse à l'horizon. Selon mes calculs, elle ne devrait pas être loin.

– Une autre histoire !

J'enchaîne les récits, des contes et légendes qu'elle connaît bien, qui la rassurent et la détournent de sa souffrance. Je lui parle longuement d'Azumi « Fells » Hatsumata. Aya, sûrement par désir d'affirmer sa singularité, a toujours préféré Elsa Hunger à son modèle de clonage, mais dans les moments difficiles, l'ombre d'Azumi se manifeste chaque fois, comme un fantôme qui veille sur sa descendance. Je détaille l'embuscade du fleuve de glace en long, en large et en travers, je lui raconte comment Azumi a surgi de sous la banquise, après être restée en apnée pendant plusieurs minutes. J'enchaîne ensuite sur une autre icône qui la relie à la grande lignée de ses sœurs, Serene. Je raconte comment mon hôte précédente, avec les Sages-Femmes et les sœurs des camps alentour, a vaincu les troupes de Von Bach venues envahir la Maison Mère elle y a plus de quinze ans, juste avant sa naissance. Je lui relate ces épisodes avec plus de détails que les fois précédentes, j'insiste sur la météo parfaite ce jour-là, les phares en approche à l'horizon, l'angoisse de Serene et de ses sœurs en attendant la confrontation, le silence perturbé seulement par le souffle du vent et les discussions intimes avant de mourir. L'arme de Serene enrayée par un vulgaire débris de neige. Et puis la bataille, d'une violence qu'on ne peut pas imaginer tant qu'on ne l'a pas vécue. Je lui raconte tout ça encore et encore.

Ça ne marche plus, je vois bien que son état empire de minute en minute. Elle n'a plus prononcé une phrase complète depuis un bon bout de temps. Ses dernières paroles se sont réduites à des borborygmes, plaintes et insultes diverses. Son regard noir est vitreux, perdu dans le lointain. Ses jambes continuent d'avancer sans personne pour les piloter. Quand elle tombe, elle n'y a que mes cris et son instinct de survie pour la relever. Je donne toute mon énergie parce qu'elle n'en a plus. Ma batterie peut lui fournir un peu de chaleur corporelle mais elle descend très vite, je suis à moins de 40 %. Ça n'est de toute façon pas le premier problème qui se présentera à nous si on n'atteint pas le Camp Rome rapidement. Comme si la situation n'était pas déjà assez compliquée, le ciel se couvre de nuages noirs. Le vent s'intensifie, des lames de neige viennent fouetter Aya au visage, la brume dévore toute en quelques minutes.

Aya s'effondre une nouvelle fois. Elle perd l'esprit :

– Ma tête, ça...

– *Qu'est-ce qu'elle y a ?*

– Ça grésille... Stop, j'en peux plus.

– *Relève-toi, je t'en prie. Sinon tu vas geler sur place. Si elle te plaît, un dernier effort.*

– Ça grésille... j'ai mal !

– *Debout ! Vite !*

Je sens le froid s'infiltrer dans ses jambes, ses genoux, ses mains, et remonter jusqu'à la poitrine, le dos, la tête. Le souffle glacé de la neige est en train de l'aspirer vers la mort. La détresse de ma protégée est totale, je ne peux rien pour l'aider. Soudain elle semble se calmer, sa respiration devient plus régulière. S'est-elle résignée ou s'apprête-t-elle au contraire à se relever ?

Pendant trente secondes, elle ne fait rien. Elle ne m'écoute plus. Puis ses mains, à l'aveugle, cherchent un appui, ses muscles se bandent. Elle se redresse péniblement et reprend sa marche infernale, sans broncher.

– *Bravo, tu es incroyable ! Allez, un pas après l'autre, pas besoin de réfléchir plus, on va s'en sortir. Je t'aime tellement, je suis si fière.*

« On va s'en sortir », ce n'est pas un mensonge, c'est une forme d'interprétation du réel. Sauf qu'à 23 % de santé, on est à deux doigts de la tromperie. La nuit arrive, et le froid qu'elle va apporter avec elle sera plus meurtrier encore. Déjà les quelques rayons jaune-vert qui parvenaient à transpercer l'Hiver se tarissent, leur chaleur s'évanouit si vite que l'idée même qu'un astre lointain puisse réchauffer notre Terre semble totalement absurde.

Soudain, juste avant l'obscurité, dans la pénombre grisâtre qui la précède, un trait foncé apparaît à l'horizon.

– *La Trêve ! Elle est là, à portée de vue ! Accroche-toi !*

Aya ne relève même pas la tête. L'espace d'un instant, je pense qu'elle ne m'entend pas ou qu'elle ne me croit plus. Mais la cadence de ses pas s'intensifie. On va s'en sortir. Aya est forte. Aya est exceptionnelle. Je veux rester avec elle. On va s'en sortir.

5

Ansel

Ansel reste seul dans la salle de torture, pensif, les outils alignés face à lui. Son esprit ressasse les images de la bataille, la violence des cercles qui transpercent l'air, le son sourd de son stack sur le crâne de la femelle, la nonchalance avec laquelle un corps assommé s'effondre. Il revoit la femelle nue devant lui, sa fragilité apparente, la force de son regard, ses formes dérangeantes, son accent, son vocabulaire quand elle dit « Trêve » plutôt que « Frontière », sa voix, rapide et nerveuse mais basse, à peine audible. La voix de quelqu'un qui est plus habitué à ne pas faire de bruit qu'à devoir couvrir le vacarme de la Machine. Il repense au frisson, au léger grésillement qui a secoué son dos quand il est arrivé dans la pièce, à la chaleur qui ne venait pas des turbines. Alors c'est ça, le piège des femelles. Se montrer humaines et fragiles pour obtenir ce qu'elles veulent.

Osman avait raison, il faut être vigilant. Ansel a failli échouer dans sa première manipulation. Heureusement, tout a fini par fonctionner comme prévu.

Sitôt entré, Osman pose sa canne contre un mur pour applaudir des deux mains.

– Bravo ! Bien joué, mon garçon ! Je savais que je pouvais te faire confiance.

Ansel rougit d'être ainsi félicité. Il a rêvé toute sa vie d'un moment comme celui-là. La pression redescend. Se voir confier une mission par le Patriarche est un extraordinaire privilège qu'il ne pouvait pas gâcher.

– Merci beaucoup, c'est un honneur d'avoir pu servir la Phalange.

– Tu penses qu'elle n'a rien suspecté ?

– Je ne crois pas. Peut-être le mouchard dans mon manteau comme vous l'aviez prédit, mais en tout cas pas celui sur le bandage. Et celui sur les ski-moteurs laissés là-bas encore moins.

– Parfait. Elle va nous mener tout droit à son campement. On aurait fini par le trouver, mais ça va nous faire gagner beaucoup de temps. Encore bien joué. Je ferai croire à toute la Phalange que tu l'as tuée de tes propres mains, et tout le monde va te respecter.

– Même si on n'a pas le corps ?

– Les gens préfèrent s'épargner la vue d'un cadavre mutilé, tu sais. Ta parole aurait pu être remise en question, la mienne ne le sera pas. Je me charge de l'annoncer, l'air de rien.

– Merci, rougit de nouveau Ansel.

– Tu me remercieras plus tard.

Osman pose sa main sur son épaule.

– Je ne t'ai pas choisi pour rien. Je pense que tu es plus intelligent et subtil que les autres, tu me rappelles moi à ton âge. Et je vais bientôt être en danger. Notre mode de vie sera menacé par des idiots qui, comme Sidorov, s'imaginent que nous ne serons comblés qu'après un bain de sang mondial. Alors, quand ça arrivera, quand je serai défié frontalement, tu pourras me remercier par ton soutien. Autrefois j'aurais choisi ton père, mais je le sens égaré ces temps-ci, de plus en plus renfermé.

Ansel ne sait pas comment accueillir ces confidences :

– Je... je ferai de mon mieux.

– J'en suis sûr. L'essentiel, c'est de ne rien dire à propos de la femelle, même à tes amis. Tout se sait dans la Phalange.

– Et si jamais on retombe sur elle plus tard ? demande Ansel, inquiet.

– On s'arrangera pour qu'elle disparaisse, ça n'est pas un problème. Toutes les femelles se ressemblent de toute façon.

– Pourquoi on ne peut pas juste révéler notre stratégie à tout le monde ?

– Ça ne t'arrange pas de faire croire que tu l'as tuée ?

– Si, bien sûr... Je m'interroge, c'est tout.

– C'est bien d'être curieux comme ça, mais attention à qui tu t'adresses.

Osman fixe le jeune mâle dans les yeux.

– Pour te répondre, je mène actuellement contre Sidorov – bien que ce soit lui, le Patriarche Alpha – une lutte interne pour déterminer qui de nous deux va prendre les décisions importantes concernant le trajet de notre convoi de Phalanges. Toute information récoltée de mon côté est un avantage certain dans ce combat, surtout la localisation d'un camp qui est d'une grande importance stratégique pour les femmes. Et comme je ne sais pas qui travaille pour Sidorov chez nous, je préfère prendre toutes les précautions nécessaires.

Ansel hoche la tête, honoré de la confiance que lui témoigne Osman. Il se prend au jeu et veut prouver davantage encore l'étendue de ses compétences :

– Concernant les pièges, elle m'a avoué ceux de la Frontière, qu'elle appelle la Trêve. Et elle m'a dit aussi qu'il y en avait le long du Glacier. Pour ce qui est de la Frontière, on sait déjà que c'est vrai, on y a trouvé des plaques explosives avec mon père. Mais peut-être a-t-elle été honnête sur une information pour mieux nous tromper sur l'autre.

– Sûrement, oui, bien joué, abonde Osman. On ne peut jamais s'assurer de l'honnêteté d'une femelle, c'est pour ça que je ne me fie pas aux interrogatoires. Peut-être aussi qu'elle fait semblant de mentir. Les traceurs qu'elle emmène avec elle seront bien plus parlants. On va surveiller ça, je m'occupe de tout maintenant, t'en fais pas. D'ici là, va au Coffre, va boire, détends-toi, tu l'as bien mérité !

Osman tapote l'épaule d'Ansel qui se sent plus que jamais Homme. Enfin, il est reconnu et admiré par les siens.

6

Aya

Aya fouille les décombres de l'affrontement avec l'énergie du désespoir. Tandis qu'elle remue la neige, j'observe ce qu'on pourrait ramasser. Un bras glacé, poing serré, émerge de la poudreuse. Terrifiant. Aya déblaye la neige tout autour pour trouver des vêtements, des affaires de base, des médicaments, quelque chose d'utile ou une lueur d'espoir. C'est le corps de Lesna. En essayant de ne pas lae regarder, de ne pas faire attention à ses plaies béantes, Aya lui arrache son pantalon pour s'en vêtir au plus vite. Le tissu humide et froid se colle sur sa peau meurtrie. Pour l'instant, c'est pire que mieux, mais ça va bien finir par sécher. Elle récupère aussi le manteau et le passe par-dessus le sien, deux manteaux ne seront pas de trop pour repousser l'Hiver. Dans une des poches, un kit de brûleurs. La chance est de notre côté. Aya attrape une des boules noires, l'agite et l'ouvre en tirant la languette. Heureusement, les brûleurs sont conçus pour s'ouvrir avec des mains gelées et des gestes tremblants. Une petite flamme bleue jaillit du dispositif, devant laquelle ma protégée place ses paumes. Le froid cède du terrain, pour la première fois depuis qu'on a quitté le phare. Un peu de chaleur, enfin. Un tout petit peu de chaleur. Le brûleur s'éteint, Aya en utilise un deuxième, puis un troisième. La flamme bleue hypnotise son regard épuisé. Ses cuisses trempées commencent à sécher. Je lui conseille d'en garder pour la suite. On poursuit nos recherches. Dans une boîte explosée, on trouve un bloc de nutriments imbibé d'eau glacée – qu'importe, Aya l'avale sans hésiter. C'est toujours ça de pris.

Tout ce qui était visible a été ramassé, elle faut creuser désormais. Les doigts congelés d'Aya s'enfoncent dans la neige. Pendant une longue minute, on ne trouve plus rien d'intéressant : des débris de munitions, des morceaux de ferraille. Mais soudain, juste là, à quelques centimètres sous la surface, la chance nous sourit à nouveau. Un skim. Un ski-moteur, intact en apparence. Aya le tourne dans tous les sens et vérifie que le moteur a été épargné par l'humidité. Elle enclenche la petite poignée sur le côté, la machine démarre.

Victoire !

Avec un deuxième skim, ce serait encore mieux, mais nos chances de survie viennent déjà de remonter en flèche. Malgré ses mains de plus en plus engourdies par le froid, Aya reprend sa fouille avec un nouvel entrain. On déniche un cocon-sac à dos enfoncé dans la neige. Le cocon a été transpercé par une balle, ça ne nous protégera pas à 100 %

de l'Hiver, mais on pourra s'y reposer. Et à l'intérieur, elle y a d'autres blocs de nutriments, des bottes, un cercle et une nouvelle poignée de brûleurs.

– *C'est incroyable que les hommes aient laissé autant de matériel sur place, ils sont vraiment idiots.*

Ma protégée hoche la tête. Un semblant de sourire revient sur son visage fatigué. Elle continue de scanner les alentours. La zone de combat a l'air d'avoir été remuée par quinze chiennes surexcitées à la recherche d'un morceau de viande. Aya baragouine d'incompréhensibles syllabes.

– *Qu'est-ce que tu racontes ?*

– Ash. Je vois pas Ash.

Hélas. Aya perd en lucidité.

– Je ne trouve pas son corps, c'est bon signe. Elle doit être vivante.

Non, ce n'est pas bon signe, elle y a moins de 1 % de chance qu'Ash soit toujours de ce monde. Le tir qu'elle a reçu était létal. Seulement, je ne peux pas me permettre de déclencher une crise de désespoir d'Aya maintenant.

– *Si elle est vivante, elle reviendra au camp. Elle faut qu'on fasse de même, c'est tout ce qu'on peut faire pour elle !*

Aya continue de fouiller quelques instants dans la neige avant de se raviser :

– D'accord... t'as raison.

Encore une fois, je peine à comprendre ses marmonnements. Parler lui demande trop d'énergie, ses lèvres bleutées trahissent son état d'hypothermie. Elle faudrait dormir mais j'ai peur qu'elle ne se réveille jamais ou que les phares nous rattrapent.

Aya se met en route, en équilibre sur son skim, dans une position plus qu'inconfortable. Sa jambe droite accrochée au skim est tendue, bien gainée, tandis que l'autre, blessée, est repliée comme une anguille contre la première. Ses bras, quant à eux, sont déployés en croix. Sur ses épaules, le cocon-sac se balance, créant à chaque instant de légers déséquilibres à compenser. Elle s'est entraînée plus petite à ce genre d'exercices, qu'elle trouvait idiots, d'ailleurs. Ça n'empêche pas de nombreuses chutes au début. Chaque fois, on perd quelques secondes, chaque fois, je redoute qu'elle ne se relève pas ou qu'elle se blesse.

À force de pratique, les chutes s'espacent. Aya, avec ses bras en croix et ses poings serrés, flotte sur la neige. Le vent glacé balaye ses courts cheveux noirs, collés ensemble par on ne sait quel sang. Son regard, fixé sur l'horizon, sa pupille dilatée par la Léophrine, sont empreints d'une détermination implacable. Le paysage défile. Cet état de grâce dure un moment. On gagne du terrain.

Puis, fatalement, advient une nouvelle chute, plus violente que les précédentes. Aya roule sur le sol, la neige jaillit devant elle, son pied sort du support du skim pour lui éviter une fracture.

Elle cherche à repartir aussitôt, mais ne parvient plus à tenir debout sur sa jambe valide. Alors elle retombe. Son poing frappe la poudreuse de désespoir.

– *Elle est temps que tu essayes de dormir. On a mis beaucoup de distance entre les hommes et nous, et j'imagine qu'ils vont éviter de passer par la Trêve à cause des pièges.*

Aya marmonne, se relève, titube.

– *Allez, sois raisonnable. Repose-toi.*

Elle secoue la tête, le regard vide. Son état est de plus en plus confus. La douleur, l'épuisement, le froid...

– *Déroule le cocon ! Tu ne pourras pas faire tout le trajet d'une traite.*

Aya finit par s'exécuter. Dans un dernier effort, sur mes conseils, elle coince un morceau de tissu à l'endroit où une balle a troué la toile pour que la chaleur du cocon ne se disperse pas.

Presque aussitôt, j'entends avec soulagement sa respiration devenir régulière. Sa santé s'est stabilisée à 28 %, elle est même un peu remontée depuis mon dernier check-up. La chaleur toute relative du cocon est d'un grand réconfort. L'extrémité de ses doigts glacés retrouve un peu de couleur.

Elle sommeille quatre ou cinq heures entrecoupées de mouvements saccadés, de réveils en panique et de râles de douleur. Puis, aussi soudainement qu'elle s'était arrêtée, Aya se remet en route, le cocon-sac frottant contre son dos ensanglanté. Son mollet est en lambeaux, ses muscles perclus de courbatures.

Septième jour d'expédition. Date : 5e jour de l'Hiver 95. 16 h 32. Froid majeur. Intempéries. Vents violents.

Température externe : -28 °C, interne : 35,7 °C. Santé : 33 %. Blessure par balle à la jambe. Plaies profondes sur le dos. Épuisement général. Hypothermie. Batterie : 34 %.

Les bourrasques de neige se sont encore intensifiées. Bientôt viendra le hurl'Hiver, son cri strident et ses vagues de froid qui écrasent toute sans distinction. La visibilité est nulle. Souvent, Aya dévie du cap et je dois la rappeler à l'ordre. Souvent, son équilibre précaire est rompu et je la motive à se relever. Elle faut qu'on arrive vite si on veut survivre. Je continue à lui raconter les exploits d'Elsa Hunger, son évasion de la prison pour femmes d'Hollow Leeds, ce triste jour où elle est retournée se cacher chez Yasen Relenka, son traître de mari. Elle croyait pouvoir lui faire confiance. Il l'a massacrée dans son sommeil. Je lui raconte encore l'histoire d'Imane Abdelaoui et de son « garde du corps » qui l'a assassinée, un homme avec qui pourtant elle s'entendait bien. On ne peut jamais se fier aux hommes, c'est la morale de toutes nos histoires. Je lui décris à nouveau les héroïques Amazones, celles qui ont initié la révolution dans les mornes plaines de Russie. Je lui parle des premiers phares venus des confins russes pour nous envahir. Je lui parle d'Harjeera Harder, qui a unifié le sud de l'Afrique en créant une Confédération d'Afrique Australe libre et indépendante. Et je reviens toujours à Azumi « Fells » Hatsumata, à l'embuscade du fleuve de glace et à sa fuite en Polynésie, alors que tout le monde la pensait morte.

Ça fonctionne, Aya avance. Son skim unique progresse à vive allure sur la poudreuse. Le décor d'un blanc monotone défile sous ses yeux. Le camp se rapproche, mon cap est bon, j'y crois.

Mais après des heures de route, alors que l'obscurité arrive, Aya s'effondre, terrassée par la fatigue. Elle installe son cocon et s'y endort de nouveau, malgré sa nervosité.

Le réveil est violent, il survient avant même les premières lueurs de l'aube. Huitième jour d'expédition. Date : 6e jour de l'Hiver 95. 6 h 02. Froid majeur. Intempéries. Température externe : -31 °C, interne : 35,6 °C. Santé : 31 %. Blessure par balle à la jambe. Plaies profondes sur le dos. Épuisement général. Hypothermie. Batterie : 28 %.

Aya mange la moitié d'un bloc de nutriments et avale un peu de neige à peine fondue, puis on repart dans le petit matin glacé de l'Hiver. Le souffle d'Aya jaillit de sa poitrine comme une langue de brume. Le sang dans son dos a gelé.

Les premiers efforts paraissent impossibles. Aya est meurtrie de toute part, ses muscles sont rouillés par le froid, même le moteur du skim est en souffrance. Je doute plus que jamais, je nous vois nous allonger là, dans la poudreuse, et dormir pour l'éternité du Grand Hiver.

Heureusement, à la mi-journée, un point noir apparaît à l'horizon et se met à grossir. C'est l'ombre du Mémorial qui s'approche à toute vitesse. En trois minutes, il est sur nous. Je préviens Aya pour qu'elle ne fasse pas la bêtise de sa vie :

– *Attention à ton couple laser. Ce serait stupide d'être prise à ton propre piège.*

Aya esquisse un sourire et se baisse pour être bien sûre de passer sous le rayon invisible qui relie l'émetteur au récepteur. Ce qui me donne soudain une idée.

– *Laisse le manteau là ! Et le bandage ! S'ils y ont caché des traceurs, ils se précipiteront dans notre piège !*

Aya enlève d'abord le manteau bariolé qu'elle a trouvé sur le cadavre de Lesna. Elle repense au corps de lae trouble, à son torse plat et immobile. Un frisson remonte dans son dos. Elle essaye ensuite de retirer le manteau que l'homme lui a donné. Comme prévu, le sang a séché contre le cuir, ses plaies se rouvrent quand elle tire dessus d'un coup sec. La douleur est terrible. Aya palpe le vêtement. À travers la doublure, elle croit sentir une poussière de métal. Difficile de le confirmer, les puces de traçage sont si petites. Malgré leur retard technologique, les mascus se sont surpassés dans l'art de suivre les femmes.

Dans le bandage graisseux qu'elle arrache à son mollet en miettes, elle ne distingue rien. Peut-être que la puce a été intégrée directement aux fibres du tissu ? Ou peut-être la vieille femme était-elle honnête, finalement ? Elle faut faire confiance à nos sœurs, mais au camp, on nous a toujours mises en garde contre celles qui survivent trop longtemps chez les mascus : elles peuvent être corrompues.

On ne peut pas prendre de risque. Aya jette le bandage et le manteau dans la neige épaisse, à deux pas du Mémorial.

Les flocons blancs finiront par recouvrir ces deux petites taches sombres. Et nous avec si rien ne se passe.

Aya s'est laissée tomber par terre, abattue. Après une journée de stagnation de son état de santé, ce qui en ces circonstances est une victoire, je la sens défaillir de nouveau. Elle a atteint le Mémorial, mais elle sait qu'elle est encore loin de son campement. Elle prie pour qu'on ne nous oublie pas dans la neige, à deux pas de cette statue en mémoire des martyrs d'autrefois, érigée à une époque où les martyrs avaient encore droit à des statues.

— 7 —

Ansel

Enfant, il venait souvent dans le cockpit. Sur les genoux de son père, il aimait admirer le paysage, tendre le doigt vers les boutons multicolores et tous ces engins dont les noms finissent en « mètre ». À l'époque, on lui répétait de ne pas toucher, de regarder avec les yeux. Aujourd'hui, il est légitime. Il peut toucher.

Assis au poste de commande, c'est comme s'il avait, pour quelques minutes, l'entière responsabilité de la Phalange. Ce n'est encore qu'un entraînement, mais il est sérieux comme si c'était vrai.

Il a suffi de lui donner une seule fois les consignes pour qu'il comprenne, il baigne dans l'univers du pilotage depuis l'enfance. Tout lui est familier : le gros levier rouge pour accélérer, les voyants de chaleur-moteur à surveiller constamment, l'éclairage du feu de toit, les deux poignées orange qui permettent d'ouvrir la trappe de l'Oisauvteur. Même les petites imperfections du véhicule, il les connaît et les contrôle ; la rigidité du volant, le décalage de quelques secondes entre la vitesse estimée sur les écrans et la vitesse réelle, les angles morts de la baie vitrée.

Il devrait être heureux. Mais l'air perdu et soucieux de son père l'en empêche. Strøm est trop distrait pour lui exprimer sa fierté, et Ansel n'est pas encore assez confiant pour être fier seul, par lui-même. Comme l'enfant qu'il était il y a peu, il cherche à attirer l'attention de Strøm qui est assis derrière lui, au poste de second. Ansel en vient même à lui poser des questions dont il connaît les réponses, dans le seul but de le sortir de ses pensées.

– Et pourquoi les deux poignées à enclencher pour libérer le module de secours sont aussi loin l'une de l'autre ? Ça fait perdre du temps en cas d'urgence, non ?

Strøm répond distraitement :

– Ça oblige à être deux pour quitter la Phalange. Un déserteur solitaire ne peut ainsi pas libérer l'Oisauvteur, qui ne doit être utilisé que de façon concertée et en dernier recours. Moi, en tant que pilote, je n'ai même pas le droit de m'en servir, et ce sera pareil pour toi plus tard. Un pilote doit rester avec son véhicule, jusqu'au bout.

– Et les éclaireurs devant, là, en bas, c'est quoi leur travail ? Je pensais qu'on avait déjà repéré la zone ?

– Ça, c'est les éclaireurs courte distance, ils font du déminage et me préviennent lorsqu'il y a des gros cailloux ou des bosses sur notre trajectoire. C'pas le même travail que les longues distances, qui surveillent surtout les mouvements des troupes ennemies. Nous, quand on est partis combattre sur zone, on a fait un peu d'longue distance parce que je voulais un aperçu rapide et direct de la situation et qu'il fallait t'initier, mais certains éclaireurs font ça sur des semaines entières. Les courtes distances, c'est juste sur une journée.

Strøm est toujours ailleurs, alors Ansel insiste :

– Et comment on communique avec eux ?

– Par la radio. Tu vois la grosse boîte cuivrée à ta gauche ? Les cadrans sur le haut, ce sont les canaux de communication. Il y en a quatre différents, un avec les éclaireurs qui emmènent un talkie, un, le plus important à mon avis, avec Lakam pour la Machine, un avec le Patriarche et un avec les pilotes des autres Phalanges, car il faut qu'on reste groupés. Avant, on avait des technologies très longue distance appelées Internet, mais les femelles détournaient sans cesse nos transmissions. Alors aujourd'hui, on n'a plus qu'ça. C'est pas très pratique, on n'peut plus communiquer avec nos alliés très éloignés, il faut des messagers et... Attention, tu perds ton cap, idiot !

Ansel redresse le volant. Voilà dix minutes qu'il attend un compliment et Strøm ne réagit qu'au moment où il fait une erreur. Typique. Agaçant. Il baisse la tête, prêt à se faire engueuler. Ça ne vient pas. La voix de son père, quand elle résonne enfin, est éteinte :

– J'aurais pas dû dire « idiot », c'est faux, désolé, c'est d'ma faute. J't'encadre pas assez. J'suis pas concentré, là.

Ansel, surpris, se tourne vers son père. Strøm est devenu pâle. Ses yeux sont confus. Il s'apprête à dire quelque chose, ouvre la bouche, la referme, regarde au loin avant de se décider :

– Ça fait un moment que j'dois t'dire quelque chose dont tu ne parleras pas. Jamais. Je devrais pas faire ça, c'est une faiblesse, mais t'es mon fils et t'as l'droit de savoir.

Son visage est grave ; son visage est toujours grave mais Ansel ne l'avait jamais vu crispé à ce point-là. Sa voix est contrite, comme s'il était encore en train de s'excuser.

– Dans le groupe qu'nous avons combattu, il y avait des neutres, comme tu le sais. Au moment de fouiller leurs cadavres... j'ai cru reconnaître quelqu'un. J'étais pas sûr, ça n'avait aucun sens, alors j'ai rien dit, mais j'ai d'mandé leurs noms à la coincée que tu as... tuée. L'un de ces noms était Lesna.

Il se redresse d'un coup, prenant une grande inspiration.

– J'suis certain que c'était Mort-Ansel.

Ansel le fixe sans comprendre.

– Lesna. C'est Ansel à l'envers.

Strøm secoue la tête, ses mains sont agitées de tics nerveux. Pendant quelques instants, il ressemble plus à son fils qu'à lui-même.

– Je n'sais pas ce qu'il faisait là. Je n'sais vraiment pas. Il a disparu un mois après la terrible défaite de Von Bach, alors que nous fuyions par les plaines, lors d'une expédition suicidaire organisée par Mort-Patriarche Sven. Ce jour-là, Mort-Ansel s'était porté volontaire, mais je ne voulais pas qu'il parte... il n'est pas revenu... J'ai toujours cru qu'il était mort, comme tu sais... P'tête que les neutres l'ont enlevé et obligé à vivre comme eux ? Peut-être qu'il s'est enfui ? Mais alors, je n'comprends pas pourquoi il n'est jamais revenu. C'est difficile de retrouver une Phalange après toutes ces années, mais pourquoi il n'a rien tenté quand il nous a vus arriver ? Il devait savoir que c'était moi, pourtant... Nous nous aimions...

C'est la première fois qu'Ansel entend la voix de son père se briser comme ça. Pendant quelques instants, le regard bleu de Strøm se met à briller. L'Homme se reprend très vite, essuie ses yeux, toussote :

– Tu n'en parles à personne, hein ?

– Promis ! acquiesce Ansel avec empressement.

Il a compris que ce n'était pas le moment de le contrarier.

– Voilà, c'est bien. Comme ça, tu sais. Mais ça n'change rien. Mon Ansel, c'est toi maintenant.

Le garçon se met à rougir, voilà la parole réconfortante qu'il attendait. Son cœur palpite à toute vitesse. Strøm lui tape sur l'épaule, sa confession est terminée et il semble vouloir clore la discussion.

– Allez, laisse-moi r'prendre le volant ! commande-t-il en parlant plus fort. On arrive près du Mémorial, faut faire gaffe, y a des ruines partout.

Ansel quitte le siège du pilote et jette un regard surpris vers l'extérieur. À travers la vitre, il ne distingue pour le moment que de la neige à perte de vue. Strøm esquisse son premier sourire de la journée.

– Non, tu n'peux rien voir encore. C'est sur le sonar que j'ai repéré l'Mémorial, il nous renvoie l'écho de bâtiments au loin. Eh oui ! Nous aussi, dans la cabine, on a notre éclaireur secret !

– Alors on contourne les glaciers ? Ça veut dire qu'on se fie aux infos que j'ai tirées de la femelle ?

– C'est plus compliqué qu'ça, grimace Strøm. Avec les traceurs placés dans son manteau, son bandage et le skim laissé sur le lieu de l'embuscade, on...

Ansel ouvre de grands yeux. Son père lui sourit de nouveau.

– Oui, Osman m'a mis au courant. Je suis fier de toi... Grâce aux traceurs, je disais donc, on sait que la femelle est passée par le Mémorial. Elle a même déposé le manteau sur place. Ainsi qu'un bandage.

– Alors les éclaireurs vont le voir et tout comprendre ?

– C'est bien surestimer Irik et ses Hommes. Ils sont dressés pour ne pas poser de questions et ne pas trop réfléchir. Personne ne s'imagine que tu as laissé la femelle s'échapper, tu es un tueur pour tout le monde.

Le squelette d'une tour en acier leur barre la route. Strøm se concentre, vire de toutes ses forces à gauche puis reprend, une fois le danger écarté :

– J'disais donc, Osman pense que la femelle rentre à son camp en passant par un chemin sans danger, c'est logique qu'elle veuille éviter de sauter à cause de ses propres bombes. En même temps, moi ça n'm'étonnerait pas, dans l'état où elle est, qu'elle ait simplement repris la route empruntée à l'aller. Alors, même si les éclaireurs n'ont rien trouvé, il y a peut-être bien des pièges ici.

Cette fois, c'est un monticule de ruines qui se dresse devant la Phalange. Le pilote le contourne par l'ouest avant de terminer son explication, imperturbable :

– Dans le doute, j'me suis arrangé pour que le roulement nous soit favorable. La Phalange qui remonte sur notre gauche va prendre la première position dans la file, c'est ce qui a été décidé lors de la concertation radio de ce matin. S'il y a un piège, c'est pas pour nous.

– Mais si jamais, on laisse faire ?

– Bien sûr, à chaque Phalange ses éclaireurs et ses problèmes.

Une des Phalanges de Sidorov obscurcit progressivement l'horizon de la baie vitrée. Malgré les impacts et les rafistolages de la carcasse, on peut lire « *Le Napoléon* », écrit à l'encre jaune sur son flanc. Elle les dépasse, avançant comme un géant placide. Ansel regarde avec fascination l'immense bête de métal rouillé ramper sur la neige. Chaque millième d'étalon parcouru est une victoire sur la gravité. C'est à se demander comment quelque chose d'aussi massif peut se mouvoir. Strøm ralentit pour maintenir la Relenka à distance raisonnable. Le Mémorial est maintenant visible à l'horizon, même si sa gigantesque statue paraît encore petite.

Un long silence flotte dans la cabine de pilotage. Strøm s'est replongé dans ses pensées et Ansel est absorbé par le spectacle. Le panorama qui lui fait face est un privilège réservé à l'élite de la Phalange. La plupart de ses camarades ne montent jamais au quinzième et dernier étage. À part pour les enciellements, certains ne quittent même jamais les profondeurs obscures de la Machinerie.

Ansel sourit. Le ciel est d'un parfait bleu-vert aujourd'hui. Alors que la Saison Tiède est terminée depuis un moment déjà, il n'y a pas l'ombre d'un nuage, un événement assez rare pour être souligné.

Ansel prend soudain conscience du silence. La pulsation de la Machine n'est ici qu'un vague écho. Comme ce doit être déroutant de dormir sans vrombissement, sans être étouffé par la chaleur… Est-ce que son père aime ça ?

Il y a si peu de bruit à l'intérieur de la Phalange qu'il entend le grondement des roues du Napoléon, pas très loin devant ; le vent glisse sur les vitres du cockpit à la recherche d'une ouverture par laquelle s'infiltrer. C'est tranquille. Trop pour Strøm qui s'agace :

– Le Napoléon se traîne, c'est insupportable, on perd un jour de route par semaine.

Ansel s'apprête à répondre alors que la Phalange devant eux s'engage dans un couloir étroit entre l'imposante statue du Mémorial et une autre ruine plus petite, un tiers d'étalon plus loin. Là, tout va très vite. Un flash de lumière, venu de nulle part, foudroie les rétines de tous ceux qui observent la scène. Un bruit atroce déchire le ciel, c'est comme une colonne vertébrale qu'on briserait en deux. L'avant du Napoléon explose. Le choc est si violent que même à plusieurs étalons de l'impact, le cockpit de la Relenka reçoit des débris de neige, de tôle et des éclaboussures de vidange. La vitre implose en plusieurs centaines d'endroits, le vent furieux s'engouffre dans la cabine. Strøm hurle à son fils de se mettre à l'abri.

— 8 —

Aya

Douzième jour d'expédition. Date : 10e jour de l'Hiver 95. 13 heures. Froid exceptionnel. Température externe : -46 °C, interne : 35,1 °C. Santé : 31 %. Blessure par balle à la jambe. Plaies profondes sur le dos. Épuisement général. Hypothermie. Délires confusionnels. Fièvres épisodiques. Batterie : 28 %.

Les trois derniers jours ont été un vrai calvaire. Depuis le Mémorial, Aya perd la mémoire. Elle raconte n'importe quoi, retourne souvent en enfance, parle de jouer avec Voline, de Christa avec qui elle se dispute, d'Ash et Cordel qui la protègent. Elle marmonne en marchant puis s'arrête longtemps, le regard dans le vide, sans raison précise. J'occupe le corps d'une zombie. J'essaye de la maintenir en vie, connectée au réel. Je continue de lui répéter mes histoires, Azumi, Serene, Harjeera Harder, Elsa Hunger, Von Bach, encore et encore. Je grille ma batterie pour lui apporter un peu de chaleur. Ça ne suffit plus. Moi aussi, je suis à bout, comme le skim qui fonctionne de moins en moins bien. Les chutes sont de plus en plus fréquentes. On n'avance pas, je ne sais plus où on en est. Le froid est chaque jour plus cruel. L'Hiver a fermement planté ses griffes sur nos terres, il n'a pas l'intention de repartir avant longtemps. Combien de fois, ces derniers jours, ai-je cru que c'était terminé ? Le désert blanc a failli nous avaler à d'innombrables reprises, surtout depuis qu'Aya a épuisé son stock de nutriments et qu'elle n'a plus rien pour reprendre des forces. Est-ce que c'est du manque de nourriture que viendra finalement notre fin ?

Heureusement, au milieu du douzième jour d'expédition, on aperçoit au loin le sommet d'une grappe d'immeubles. Tous les immeubles se ressemblent, mais ceux-là sont ceux qui entourent le Camp Rome, j'en suis certaine. On est presque arrivées. Je sens qu'Aya veut accélérer : en vain. Ses jambes ont atteint leurs limites. La chute est inévitable, la centième chute, la millième, je ne sais plus.

À nouveau, Aya se relève et on repart. On fait un kilomètre en direction des grandes tours muettes, de leurs ombres paisibles. Cette fois, c'est le skim qui s'arrête subitement, sans prévenir. Aya l'observe, le retourne, le secoue rageusement. Rien. Ce n'est plus qu'une planche inanimée entre ses mains désormais. Avec leur capteur solaire, les skims sont censés avoir des années d'autonomie, mais peut-être que celui-ci n'a pas apprécié de supporter seul le poids d'une personne.

Après le froid, la faim, les blessures, mon manque de batterie, la fièvre, la menace des hommes qui peuvent surgir à chaque instant, ça y est, tous les voyants sont au rouge maintenant. Sauf qu'on approche, on est tout près, si près...

On laisse le skim là et on reprend notre route. Elle aurait fallu l'enterrer par souci de discrétion mais je n'ai pas la force d'imposer ça à ma protégée épuisée. Ce sera déjà un miracle si elle arrive à marcher une heure.

Les jambes d'Aya s'enfoncent profondément dans la neige. Quelle chance qu'on ait récupéré des bottes sur la zone de l'embuscade ! On arrive au pied de la première tour. Aya lève la tête vers son sommet. Le ciel est dégagé. Bleu ou vert, selon le regard qu'on lui porte. Dans un des buildings qui se cache derrière la première tour, elle y a toujours une veilleuse qui monte la garde. Elle va forcément nous repérer. On a bien fait de laisser le manteau de l'homme au Mémorial ; avec ses habits de trouble, Aya a moins de chances d'être prise pour cible.

Elle avance, le pas tremblant. Elle nous reste moins de cinq minutes de marche. Le soleil se reflète sur les vitres brisées des immeubles. On n'entend rien d'autre que la neige qui craque sous les semelles de ses bottes. Le silence est encore plus intimidant devant l'alignement des tours. De quoi vous faire sentir petite, toute petite. Aya s'arrête net, saisie par une intuition soudaine. Son regard vagabonde parmi les reflets lumineux, et je crois distinguer une ombre en périphérie de son champ de vision. Ma protégée se retourne. Rien. Elle se remet à marcher, trois ou quatre pas maximum avant qu'une voix, derrière nous, n'interrompe sa progression :

– Décline ton identité.

Cette voix, c'est Odessa. Une des adultes du campement, la plus zélée des veilleuses, celle qui monte la garde pendant que tout le monde dort. Aya fait volte-face avec un sourire crispé, peinant à articuler :

– C'est... moi !

Odessa ne dévie pas du protocole d'urgence :

– Décline ton identité.

Dans ses délires, j'ai peur qu'Aya se trompe. Le protocole d'identification n'est pas intuitif. Il exige qu'elle donne le nom de son interlocutrice si toute va bien et son propre nom en cas de danger. Ça permet de savoir si une femme parle librement ou sous la contrainte des hommes. Si Odessa applique le protocole d'urgence, c'est que le camp est sous tension. Ma protégée, elle, est dépassée par la situation. Dans un mouvement d'inconscience, elle se rue vers Odessa comme pour l'enlacer. La veilleuse, qui tient fermement son cercle à la main, commence à paniquer :

– Ton identité !

Nous ne pouvons pas échouer si près du but. Inquiète, je répète à l'oreille d'Aya :

– *Dis « Odessa », c'est le protocole d'identification.*

Elle ne m'écoute pas. Elle n'écoute plus rien. Elle continue d'avancer. C'est terriblement frustrant, on ne va pas mourir là, quand même. Je voudrais répondre à sa place mais c'est impossible, la veilleuse en face n'est pas encore à la portée de mon émetteur. Elle perd son calme, grimaçant sous sa capuche épaisse :

– J'ai besoin de savoir si les hommes sont derrière toi ou si tu es seule ! Mec ! Pour la dernière fois, décline-moi ton identité ! Je vais être obligée de tirer !

Aya relève la tête et s'arrête, hésite, puis ouvre enfin la bouche. Elle était temps. « O », c'est tout ce que je l'entends dire. Odessa, sous tension, décide que c'est suffisant. Elle écarte les bras et s'approche de nous, son hostilité enfin mise de côté. Aya s'effondre dans ses bras, en pleurs.

Les heures qui suivent n'existent pour Aya qu'à travers un brouillard épais. Elle sent qu'on s'agite autour d'elle. On lui donne à boire et des barres de nutriments. Elle est placée sur une civière puis dans un cocon médical. On la dépose au milieu de la cuisine, la pièce la plus chaude du camp. Aya comprend qu'elle est à l'abri.

Elle dort deux jours durant.

Bien que son état soit stable et sa respiration régulière, je suis soulagée quand elle se réveille enfin. La nouvelle se répand comme du Pandore dans le campement, et toutes les femmes accourent au chevet de leur blessée avec un mélange de joie et d'angoisse.

Aya ouvre les yeux, ses paupières papillotent quelques instants. La lumière conjuguée de plusieurs globes l'agresse, elle ne voit rien.

– Je suis où ? demande-t-elle d'une voix cassée, tout juste un murmure.

– À la maison, répond Voline. Tu es revenue à la maison, toute va bien. Toute va bien.

Aya sourit maladroitement, ses joues sont encore couvertes d'engelures.

– Je... J'ai cru que c'était terminé...

– C'est ton calvaire qui est terminé, promis, la rassure Voline en hochant la tête.

Les yeux noirs d'Aya s'habituent peu à peu à la lumière, elle scrute les visages autour d'elle :

– Et Ash, elle est pas avec vous ?

Le visage de Voline se contracte, elle n'a jamais su cacher ses émotions.

– Non, désolée... Les autres ?

Neoma grimace à son tour, on a dû conseiller à Voline de ne pas poser cette question tout de suite, pour ne pas replonger aussitôt Aya dans ses mauvais souvenirs. Mais comment garder patience quand des vies sont en jeu ?

– Prisonnières. Les hommes nous ont eues par surprise.

Les femmes regroupées autour du cocon médical oscillent entre la tristesse et le soulagement. Prisonnières, c'est mieux que mortes, du moins quand elle ne s'agit pas de soi. C'est mieux que mortes, même si la mort n'est souvent que retardée. Aya poursuit :

– Et vous, comment ça va, j'ai loupé quoi ?

Les sœurs se regardent avec un air gêné. Voline finit par lâcher le morceau :

– Neoma est notre nouvelle Mère Supérieure. Sanandra a été envoyée à la Maison Mère par les Sages-Femmes pour une mission inconnue. On pense surtout qu'elles l'ont virée d'ici parce que la guerre approche et que Neoma est plus combative.

Neoma hoche la tête. Aya tombe des nues.

– ... D'accord. Et elles sont là, les Sages-Femmes ?

Voline sourit :

– Tu veux parler de Phidia, c'est ça ? Elles sont parties, mais elles reviennent très vite avec une guérissœur. On a demandé que tu sois parfaitement soignée.

Aya acquiesce sans répondre, elle est encore très faible. Neoma pose sa main sur l'épaule de Voline.

– Bon, c'est le moment de laisser notre héroïne récupérer. On aura tout le temps de lui parler après.

Pendant soixante-douze heures encore, Aya reste allongée en position fœtale, comme si elle s'agissait de naître une seconde fois. Le temps serait long si on n'avait pas été placée dans la cuisine, là où toute se passe. Ici, elle y a de l'activité à toute heure de la nuit et du jour, que ce soit la préparation des repas collectifs, l'apparition d'une éclaireuse qui rentre tard et affamée ou d'une veilleuse qui avale un déjeuner avant son tour de ronde. Voline nous divertit avec les potins du camp, Neoma nous fait un débriefing interminable de la situation et les plus petites comme Anka nous observent de loin, de l'admiration plein les yeux.

Le quatrième jour, c'est la récompense. Enfin, Phidia déboule dans la pièce, comme une tornade. Son regard se voile lorsqu'elle aperçoit Aya.

– Oh, ma pauvre ! Tu es toute pâle et couverte de plaies ! Tu as dû avoir si mal !

Les Sages-Femmes, soit elles prennent les choses à la légère, soit elles dramatisent.

– Oui, j'ai eu mal, sourit Aya chez qui la vue de son amie balaye les mauvais souvenirs et la douleur. Merci de me l'apprendre !

Phidia éclate de rire, soulagée que ma protégée n'ait pas perdu son sens de l'humour :

– Pardon, je voulais pas le dire comme ça !

La jeune Sage-Femme s'approche du cocon. À travers ses lunettes rondes, elle scrute le visage d'Aya. Sa voix se fait soudain très sérieuse :

– Je suis contente que tu sois là.

Ses lèvres chaudes se posent sur celles d'Aya, asséchées par tous ces jours de froid. Je sens le cœur de ma protégée qui se réchauffe un peu. On est vivante.

9

Ansel

Le Coffre. L'endroit dont on ne parle jamais. Ou plutôt tout le temps, mais à demi-mot, par allusions. C'est là que les Hommes se retrouvent pour assouvir leurs pulsions ; c'est le seul lieu où c'est toléré, le lieu où tout est toléré. À l'intérieur du Coffre, on ne choisit jamais son partenaire du jour, tout le monde peut s'y retrouver sans préférence et sans distinction. C'est là que naît l'esprit de la Phalange, que les disputes se résolvent et que les amitiés se soudent. Tout y est possible parce que rien ne quitte jamais le Coffre. Parler de ce qu'il s'y passe est interdit et la sexualité des mâles de la Relenka se cantonne à l'intérieur de ces quatre murs blindés. Il y a bien des relations qui se nouent à l'extérieur du Coffre, dans lesquelles les sentiments se mêlent aux pulsions, mais ceux qui les entretiennent restent discrets, en général. Sélectionner ses partenaires, c'est mettre en péril l'unité de la société. D'ailleurs, si son père ne se prive jamais d'évoquer le souvenir de Mort-Ansel, il ne s'étend pas en revanche sur la relation amoureuse qui les liait. Souvent Ansel se livre à l'exercice difficile d'imaginer son père tendre et aimant avec un autre Homme. En vain. Ces souvenirs-là sont tus, comme si son père s'était lui-même blindé comme la porte du Coffre.

Au fil des années, Ansel est passé des centaines de fois devant cette porte, conçue pour ne rien laisser filtrer de l'intérieur. Il s'est souvent arrêté quelques secondes, croisant le regard gêné de ceux qui en sortaient, ivres de vidange, les cheveux en bataille, luisants de sueur. Jamais il n'a réellement songé à y entrer. Enfant, il n'en avait simplement pas le droit, c'était presque plus simple comme ça.

Mais aujourd'hui, c'est différent. Loup lui a donné rendez-vous à l'intérieur. Non seulement Ansel a le droit d'entrer dans le Coffre, mais il considère que c'est son devoir. S'il ne vient pas, on finira par dire de lui qu'il est étro.

Les circonstances promettent une forte fréquentation du lieu. Après les trois derniers jours passés à récupérer des corps, à éteindre l'incendie et à soigner la cinquantaine de survivants du Napoléon, tout le monde est survolté, tout le monde veut faire la fête pour ne plus y penser.

Surtout Loup. Il a une chance d'être accepté dans le cercle très fermé de ceux qui se destinent à devenir snipers. Les tireurs d'élite du Napoléon sont morts, des places se sont libérées. Il y a donc quelque chose à célébrer, c'est l'occasion idéale. Il doit être si heureux à l'heure qu'il est, il rêve de ce poste depuis si longtemps.

Ansel devrait entrer. Il n'y arrive pas. Ça fait déjà plusieurs minutes qu'il surveille la porte à la dérobée, priant pour que personne ne le remarque. Les questions liées à la sexualité mettent Ansel très mal à l'aise – peut-être aussi parce que Strøm n'a jamais abordé le sujet avec lui. Il se sent gêné quand les gens en parlent autour de lui ou quand les grandes tablées se font l'écho de blagues lourdes. Il s'est toujours dit que ça ne le concernait pas vraiment.

Maintenant que c'est sur le point de changer, il n'ose pas franchir le pas. Pourtant, désormais, il est considéré comme un tueur de chiens et de femelles. Il devrait prouver qu'il mérite son statut, qu'il est fort, qu'il peut tout faire. Ses jambes pèsent des tonnes, sa poitrine est comprimée, les mêmes questions tournent en boucle dans son cerveau. Et si ça se passe mal ? Et si c'est désagréable ? Et s'il n'y arrive pas ? Il ne ressent aucune envie. Pourquoi faire ça avec n'importe qui, en plus ? Pourquoi on ne peut pas choisir ? Le principe du Coffre est terrible. Celui qui entre est dirigé de façon aléatoire vers une pièce où l'attend n'importe qui, parents exceptés.

Il y a de la peur, et autre chose aussi. Et s'il était vraiment étro ? Cette pensée l'obsède. Il revoit le corps de la femelle, difforme, étrange, mû par une forme de puissance, de détermination. Un instant, la pensée traverse Ansel qu'il est en train de glisser vers un terrain où il ne doit pas aller. Son esprit balaye aussitôt cette idée farfelue, il se rassure.

Tournant le dos au Coffre, il s'éloigne avant qu'on ne le remarque. Ses pas le conduisent vers le dortoir. Personne.

Ansel s'allonge sur son lit, remet en place les peaux qui lui servent de couvertures ; il pourrait dormir un peu, profiter d'un moment de tranquillité. Mais il est trop agité pour faire une sieste. Où sont les autres ? C'est rare que la Phalange soit vide à ce point. La plupart des mâles sont au Coffre, les mécaniciens sont en train de réparer le Napoléon... Ansel se relève et continue sa route en direction des cuisines. Les fours chauffent grâce à l'énergie de la Machine qui continue d'alimenter les fonctions vitales de la Phalange quand celle-ci est à l'arrêt, les bras en acier qui pétrissent le pain tournent en émettant un ronron régulier. Personne n'est de surveillance. Ansel grappille un morceau de protéines avant de se diriger vers l'escalier qui mène au cockpit. Puisqu'il n'y a personne nulle part, autant en profiter.

Au niveau du douzième étage, Ansel croise Rekat qui descend les marches à toute vitesse. Ils se saluent à peine. Cette amitié-là n'existe plus depuis si longtemps déjà. Ansel secoue la tête, qu'importe.

Il arrive enfin devant le poste de pilotage, au quinzième et dernier étage, juste à côté des bureaux d'Osman. Ici, les murs sont faits d'un sublime cuivre doré, et le sol est couvert de tapis épais. Il déverrouille la porte avec un code à quatre chiffres. *1-1-8-3*.

Le cockpit est inondé d'une pâle lumière naturelle ; c'est la seule pièce qui comporte une fenêtre, ça fait bizarre. Le jaune artificiel des vieilles ampoules lui paraît soudain à la fois agressif et rassurant au regard de la clarté extérieure.

Ansel s'avance. Normalement, son père est parti en exploration avec Osman et quelques autres, il n'y a pas de risque qu'il se fasse prendre. Normalement.

Il s'assoit au poste de pilotage. Les voyants sont noirs, le gros levier rouge d'accélération est à 0, les moteurs auxiliaires sont éteints. Les Phalanges sont à l'arrêt en attendant que le Napoléon soit réparé, et ça peut durer longtemps. Tout le monde s'ennuie.

Ansel joue avec les boutons comme si la Phalange était en marche. C'est comme à l'entraînement, sauf que cette fois il est seul. Il pourrait ordonner aux eunuques de redémarrer la table de poussée, de libérer les roues. Il pourrait partir loin de cette guerre qui l'angoisse de plus en plus, tracer jusqu'aux confins du désert neigeux, filer vers le sud, là où il y a encore, paraît-il, des plaines sans glace, ou loin vers l'ouest où la paix est la règle. Monter dans l'Oisauvteur et mettre le cap sur la Grande Amérique, là où les hommes vivent avec des femelles. Ils sont étros là-bas. Ansel se pose une nouvelle fois la question pour lui-même. C'est à son âge que ces choses se déclarent. L'angoisse enserre sa poitrine et sa gorge. Tout au fond de lui, il ne se sent pas corrompu. Mais comment savoir si c'est vraiment le cas ? Est-ce qu'il y a des tests ? Comment gérer ? Il paraît que ça arrive au hasard, qu'on ne peut rien y faire.

Ansel rapproche le fauteuil de la console de commandes. Son nom est gravé sous un levier régulant la pression des pneumatiques. Ou est-ce plutôt celui de Mort-Ansel ? Mort-Ansel qui n'était en réalité pas mort, mais qui l'est désormais.

Mort-Ansel qui est devenu neutre. Peut-être que c'est pour ça qu'il a peur d'être déviant, lui aussi ? Est-ce que la déviance peut se transmettre comme ça, à travers un prénom ?

Ansel se relève. Loin, très loin là-bas, le radar vient de détecter un groupe de personnes en approche. Ça ne peut être que les éclaireurs qui reviennent. Il n'a pas le droit d'être là. Il quitte la pièce et redescend les escaliers quatre à quatre, jusqu'au dortoir. On ne le prendra jamais en train d'errer au mauvais endroit, il est trop prudent pour ça.

— 10 —

Aya

Personne ne s'écoute, c'est le chaos.

On s'interrompt, on hausse le ton, on revient sur des sujets de conversation déjà épuisés. Elle y a presque autant de vacarme que dans les phares mascus. Depuis qu'Odessa a repéré des phares au loin, à l'occasion d'une patrouille de reconnaissance, c'est la panique. En tant que Mère Supérieure, Neoma devrait se préoccuper de rétablir le calme, mais c'est la première à se jeter dans la mêlée :

– J'ai toujours dit qu'on aurait dû frapper d'abord ! Maintenant c'est trop tard, mais elle faut qu'on soit offensives, qu'on sorte les harceler, qu'on ne leur laisse pas une seconde pour respirer. Je ne parle pas de les attaquer frontalement bien sûr, on n'en a pas les moyens, mais par petits groupes, furtifs, rapides ! Si on ne fait rien, on va juste se faire enfumer ! On a vaincu Von Bach en l'attaquant par surprise dans les montagnes, vous avez toutes oublié ou...

– On connaît ton point de vue !

C'est tellement confus qu'Odessa s'est permise d'interrompre sa cheffe :

– C'est clair que si on reste planquées, on va se faire tuer, mais elle y a une troisième option beaucoup plus simple et pas forcément honteuse : la fuite ! On a aucune chance de gagner contre eux, on le sait bien. Elle y a au moins quatre phares !

– Cinq, même, d'après ce que j'ai vu, précise Aya. Ils doivent être des centaines là-dedans.

Odessa montre l'assemblée du bras.

– Vous comprenez maintenant ? On est à peine soixante-dix ! Comment pourrait-on gagner ? On devrait aller à la Maison Mère et se battre là-bas avec vous ! ajoute-t-elle à l'intention des Sages-Femmes.

Evgenia, l'Obstétricienne de haut rang, désapprouve :

– Non, à la Maison Mère, nous avons déjà le soutien de la coalition internationale. Des renforts d'Afrique Australe sont en route, elle faut juste leur laisser le temps d'arriver.

Est-ce qu'elle invente ces renforts pour nous rassurer ? Sa collègue Leonie la regarde avec un air sceptique, tandis qu'Evgenia poursuit :

– Si vous vous repliez avec nous, on risque de toutes finir nassées. Restez ici, vous avez bien vu les armes que nous avons apportées : à la pointe de la technologie. Ce n'est pas le nombre qui compte ! Et si jamais vous êtes débordées, on viendra couvrir votre fuite.

Le brouhaha s'amplifie, des échos de voix fusent de partout, pas de quoi apaiser le mal de crâne d'Aya qui vient de quitter son cocon médical. Odessa est furieuse :

– Si vous attendez des renforts chez vous, c'est bien parce que vous savez qu'on n'a aucune chance ! Arrêtez de mentir ! C'est pour ça que vous avez rapatrié Sanandra pour une prétendue mission, c'est parce qu'elle non plus ne voulait pas se battre ! Vous allez nous sacrifier juste pour gagner quelques jours.

Elle se tourne vers Neoma, de la colère dans les yeux.

– Et toi ? Tu sais bien qu'on va leur servir de chair à canon ! Tu sais bien que c'est bizarre que Sanandra ait été écartée et qu'elle y ait toujours autant de Sages-Femmes chez nous ! On en a déjà parlé ! T'attends quoi pour te rebeller ?

– Tu crois qu'on va livrer cette bataille parce que ça nous amuse ? s'agace Neoma. Tu crois que je fais ça pour le plaisir ? Non, je veux juste me rendre utile. Je ne veux pas être lâche. J'obéis aux consignes, je remplis ma mission, c'est tout !

Le calme de Cordel et de Sanandra me manque. Notre ancienne Mère Supérieure serait catastrophée, elle qui voulait toujours que les sœurs parlent poliment, sans s'interrompre et en commençant chaque phrase par « Mon avis est » plutôt qu'en étant catégoriques. Même Odessa hausse encore le ton, elle dont ce n'est pas le genre :

– Parce que tu insinues que je suis lâche ? Les consignes, on n'est pas obligées de s'y plier. On forme un camp, on est indépendantes ! On t'a choisie comme Mère Supérieure pour ton expérience, et tu fais n'importe quoi ! C'est indigne de...

– Pas de divisions, si elle vous plaît ! s'interpose Evgenia. Je vous en supplie, c'est comme ça qu'on perd des batailles !

L'effort est vain, car Neoma devient virulente à son tour :

– Ce n'est pas à vous de régler nos différends internes ! Vous interférez déjà trop dans la vie de notre campement ! On est en train de déterminer la façon dont on va mourir pour vous, là. Le minimum, c'est de nous laisser faire.

Evgenia s'écarte en haussant les épaules.

– Elle ne nous reste qu'à voter de toute façon, poursuit Neoma. Tous les arguments ont été donnés, non ?

Odessa hésite. C'est mal engagé pour elle, mais si elle demande à prolonger la discussion, elle montrera à toutes les autres qu'elle doute du succès de sa proposition. Piégée, elle cède :

– Oui, les phares mascus que j'ai repérés pourraient être sur nous en cinq jours, le temps presse...

Neoma demande à celles qui sont pour la stratégie d'Odessa, autant dire la fuite, de lever le bras. Une vingtaine de mains jaillissent des rangées. Leonie et Evgenia se regardent avec un air entendu. C'est maintenant à celles qui sont pour le combat de se manifester. On dénombre au moins une quarantaine de voix, plus celle d'Aya qui s'y joint au dernier moment, sans grande conviction. Par respect pour le protocole, Neoma annonce l'issue du vote sans afficher aucune satisfaction d'avoir remporté le débat :

– Quarante-trois voix en faveur du combat. Préparez-vous à vous battre.

Un léger sourire finit par éclairer le visage de la nouvelle Mère Supérieure.

– Après la pause, nous enchaînerons sur les détails tactiques, mais avant, je tenais quand même à féliciter Aya, qui est de retour parmi nous aujourd'hui ! Grâce à sa détermination sans faille, elle reprend rapidement des forces !

Toutes les femmes dressent le poing en signe de fierté. Aya baisse la tête, peu habituée à être au centre de l'attention. Elle avait peur qu'on lui reproche l'arrivée imminente des hommes, qu'on l'accuse de les avoir laissés la suivre. Le timing joue plutôt en notre défaveur. Mais les femmes ne font ou ne veulent pas faire le rapprochement. Peut-être que finalement, la présence des mascus n'a rien à voir avec nous.

À la pause, Phidia vient enlacer Aya. Puis Voline déboule au milieu de l'embrassade, pour annoncer, surexcitée, qu'elle deviendra adulte au prochain conseil. Soledi la suit comme son ombre. Les deux amies sont aux anges, Soledi a l'air aussi comblée par la nomination de Voline que Voline l'est elle-même. Leurs éclats de rire attirent la petite Anka, Neoma, et puis bientôt les autres sœurs. Aya, debout sur ses béquilles, est au centre du cercle. On est de retour chez nous, pour de vrai. Pendant une minute, j'ai l'impression qu'Aya est heureuse. Dans les sourires des présentes, on oublie un instant les absentes : Ash, Cordel, Christa. Pendant une minute, on oublie la guerre à venir.

Hélas, la guerre, elle, ne nous oubliera pas.

— 11 —

Ansel

Ansel plante ses pieds dans le sol et prend une longue inspiration. Des appuis stables, un souffle bien maîtrisé. La carabine est froide entre ses mains brûlantes. Il la maintient droite et plonge son regard dans le viseur, concentré. La cible représentant une femelle doit être parfaitement centrée dans la lunette du télescope en métal. Il peut en discerner chaque détail : le visage en plastique grimaçant, les larges hanches, la poitrine rebondie. Il suspend un instant son geste, puis, tout doucement, il appuie sur la gâchette. Le coup part, le recul fait vibrer ses bras.

Pas loin, dommage... Sa cible est intacte, contrairement à sa voisine de droite, touchée au milieu du visage. Ansel tourne la tête vers Loup qui jubile :

– Troisième réussite de suite ! Je vais y arriver, je vais y arriver !

– Très bien, Loup. Ansel, l'mouvement d'ton coude dévie encore ton tir au dernier moment, du nerf, pitié !

Ça, c'est la voix de Leto, leur vieux professeur, qui semble avoir été sorti d'un placard pour l'occasion, avec son costume en cuir élimé, ses cheveux épars et son pauvre stack en bois. D'habitude, en dehors des heures de cours, il est cantonné à l'étage des impuissants, au douzième, pour s'occuper des serres. Mais en temps de guerre, on a besoin de tout le monde. Y compris de Leto, qui était un sniper reconnu du temps de Mort-Patriarche Sven. Très proche de celui-ci, il a payé pour cette proximité à l'arrivée d'Osman à la tête de la Phalange.

Chaque fois qu'on lui propose de quitter l'étage des impuissants pour donner un coup de main aux étages inférieurs, Leto est à la fois heureux et amer. Il en profite pour rabaisser les nouvelles générations, comme lorsqu'il était encore professeur. Il faut une concentration extrême pour décrypter ses grommellements, comme si la colère l'empêchait d'articuler :

– À part Loup, c'pas terrible, tout ça. On a fait qu'cinq coups et vous avez tous fait trois erreurs ou plus. D'nos jours, z'êtes trop occupés par les combats d'chiens, le Coffre ou vos p'tites guerres d'ego. À mon époque, on tirait tous à neuf sur dix au moins ! On restait sérieux ! Appliqués ! On n'était pas là pour faire les malins ! Alors, s'vous plaît, on se motive ! beugle-t-il en frappant dans ses mains. Dell, le fusil s'tient dans l'autre sens, c'n'est pas moi qu'il faut viser ! Allez, on se concentre !

La dizaine d'élèves de tout âge se remettent en position. Loup se tourne vers sa cible avec un sérieux extrême. Sayden vient d'entrer dans la pièce et s'est discrètement assis sur un banc du fond pour les observer. Ansel murmure un « bonne chance » à son ami. Dommage, pour une fois qu'ils avaient de nouveau un cours ensemble, ils auraient pu s'amuser. Mais l'enjeu est trop important pour Loup qui rêve de devenir sniper.

Ansel se reconcentre à son tour. Ce n'est pas parce qu'il est destiné à être pilote qu'il ne doit pas savoir tirer avec précision. S'il veut conserver sa nouvelle réputation de « tueur », il doit exceller. La guerre est imminente. Quand un sniper tombe au combat, le mâle le plus proche le remplace au pied levé.

La cible est dans sa ligne de mire. Jusqu'ici, il n'a réussi à loger qu'une petite balle dans le pied de la femelle en plastique, au quatrième essai. Un nouvel échec serait définitivement honteux. Ansel se ressaisit et applique scolairement les conseils de Leto : les appuis stables sur le sol, la respiration régulière.

Il tire. Le projectile traverse en un instant le vingtième d'étalon de distance qui le sépare de la cible. Il explose sur l'épaule du mannequin, Ansel serre le poing de joie. Visiblement, la réussite est générale car Leto semble atteindre le maximum de satisfaction qu'il accepte d'exprimer :

– Voilà ! Enfin ! C'pas mal, ça, pour des bras cassés comme vous.

Hélas, le septième tir est catastrophique. Ansel touche le plafond, Dell la femelle du tireur d'à côté. Même Loup fait une erreur et tombe à cinq sur sept de réussite. Sayden lève les yeux au ciel. Leto s'énerve :

– Y a quelqu'un qu'écoute mes conseils ou on parle pas la même langue ? Qu'est-ce qu'vous foutez, à la fin ? Vous êtes des chiennes, c'est ça ? Ça vous embête de shooter des animaux d'votre espèce ? Tant pis, vous m'obligez à employer les grands moyens. J'reviens !

Leto quitte la pièce en claquant la porte. Ansel et Loup se regardent. Loup presse sa langue contre sa lèvre inférieure pour imiter la moue bougonne du vieux professeur. Ansel sourit, la moquerie de son ami le détend :

– Ça me fait plaisir qu'on ait un cours ensemble, ça faisait longtemps. En plus, c'est enfin une discipline où tu t'en sors !

Loup grimace :

– Heureusement pour moi que j'suis meilleur au fusil qu'en géographie. Tu te souviens de la tête de Leto quand j'avais placé le Vietnam en Confédération d'Afrique Australe et l'empire Russe en Grande Amérique ?

– Oui, surtout que ça faisait des semaines qu'on étudiait Sidorov et la reconquête de l'empire russe. J'ai cru qu'il allait te rouer de coups jusqu'à la mort, lui qui aime tellement qu'on l'écoute parler.

Loup se lance dans une nouvelle imitation du professeur : ses grands gestes, ses borborygmes, sa passion pour les petits pays que personne ne connaît. Mais les sourires s'effacent rapidement, Leto est déjà de retour. Derrière lui, deux Hommes portent une femelle par les pieds et les épaules. Ils la déposent de l'autre côté de la salle, au milieu des cibles. Elle est assez âgée et a du mal à tenir debout.

Leto revient vers son groupe d'élèves :

– Alors, prêts à passer de la théorie à la pratique ? J'espère qu'ça va enfin vous débloquer. Le premier qui atteint une jambe aura toute mon attention et celle de Sayden ! Et on ne touche pas l'reste du corps, merci ! J'sais qu'c'est difficile à entendre, mais la vie d'une femelle a quand même d'la valeur ! Allez, trois, deux, un, c'est parti ! Soyez précis pour une fois !

Ansel et les autres élèves se regardent un instant, perplexes, puis chacun retourne à son viseur. L'attention de Leto n'intéresse plus grand monde, mais celle de Sayden a de l'importance, même pour ceux qui ne veulent pas devenir sniper. Ansel sait que pour être pilote un jour, il devra être validé par l'élite de la Phalange, et sa réputation est encore fragile. Ses mains tremblantes s'efforcent d'aligner la cible et la crosse de sa carabine. En vain ; c'est comme s'il s'agissait d'aimants contraires, ça ne colle pas. Ansel ne sait plus où il en est. C'est plus dur que face à la cible de plastique. Est-ce que c'est ça, avoir peur de tuer ? Il se souvient du craquement sinistre qui a résonné lorsque son stack a heurté la tête de sa future prisonnière. Est-ce parce qu'il est étro qu'il ne peut pas tuer une femelle ? Le doute s'ajoute au stress et renforce son imprécision. Il n'arrive pas à cadrer.

La silhouette s'agite dans son viseur. Ansel peine à suivre le mouvement. Il ne peut pas appuyer sur la gâchette, il a toujours un temps de retard sur son ennemie. Soudain, un cri strident retentit dans le hangar immense, tandis que la femelle s'effondre. Ansel relève la tête. À ses côtés, Loup lève le poing, victorieux.

Leto s'approche de la victime.

– Le genou droit, très beau tir. Heureus'ment qu'Loup est là pour relever le niveau du groupe. Les autres, les incapables, là, vous attendiez quoi ? À la guerre, les femelles ne vous laisseront pas cinq minutes pour ajuster vot'tir, vous savez ! C'est...

Il est interrompu par un vrombissement. Loin sous les pieds d'Ansel, la Machine se remet en branle. Le sol ronronne, la chaleur monte instantanément dans la pièce, associée à une forte odeur d'essence. Sayden se lève d'un bond. Leto reprend :

– Tiens, on dirait qu'on r'part enfin ! C'est bien, vous pourrez vous entraîner à tirer en mouvement.

Alors, ça veut dire que le Napoléon est réparé ? Ansel sent son cœur se serrer. Ça signifie surtout que la guerre se rapproche. Son regard revient à sa cible de plastique. Bientôt, il faudra tuer. Tuer sans trembler. Tuer ou être tué. Il tire. La cible vacille. Enfin.

12

Aya

La lumière blanche des globes lui agresse les yeux, elle est bien trop tôt. Le froid s'infiltre dans son cocon ouvert, elle voudrait replier ses couvertures et s'y cacher. Mais Phidia est en train de lui parler, Aya l'entend dire qu'elle s'en va, que ses sœurs de la Maison Mère l'attendent, qu'elle a des réunions internationales à préparer et plein d'autres idioties. Aya est réveillée par la colère :

– Comment ça, tu t'en vas ? On est prêtes à se faire tuer pour vous et vous vous barrez ?

– C'est pas moi qui décide, je suis désolée, s'excuse Phidia, tête baissée. On est venues vous apporter des armes, vous soutenir, mais on a aussi des choses importantes à gérer à la Maison Mère !

– Comme des réunions ? Tu m'abandonnes pour une réunion ? C'est ça qui est important ?

– Tu sais bien que ce n'est pas que ça, se défend Phidia. C'est grâce à ces réunions que la coalition fait respecter le no man's land qui nous protège, c'est grâce à ces réunions qu'on a conclu des alliances, avec la Confédération d'Afrique Australe, les troubles et plein d'autres que je ne peux pas citer.

– Des alliances, des alliances, on est toutes alliées, c'est génial ! s'énerve Aya, dressée sur son cocon. Au Camp Rome, on n'est pas seulement vos alliées, on est vos troupes, vos sœurs, on est votre famille ! Et vous nous abandonnez à la première difficulté ?

– Bien sûr que non, on vous a préparé des procédures d'évacuation ! Et puis je vous servirais à quoi, moi, si je restais ici ? Je ne suis pas formée au combat, je ne serais qu'un poids mort pour vous !

Cette fois, elle tient un argument. Aya ne sait pas quoi répondre. Elle fait si froid aujourd'hui, son souffle s'échappe en volutes de sa gorge sèche. Elle voudrait se rendormir et ne plus jamais entendre parler de cette histoire.

Seulement, sa déception est trop grande pour qu'elle se contente de ces explications.

– Et alors ? T'aurais pu rester pour, je sais pas, m'encourager, nous protéger, nous soigner !

– Je l'ai fait ! Je suis revenue pour ça ! Au départ, Evgenia et Leonie devaient revenir seules, mais quand j'ai appris ce que tu avais traversé, je me suis imposée dans leur groupe !

– Encore heureuse... grommelle Aya en secouant la tête.

Phidia s'assoit à côté du cocon.

– Je suis désolée. Mais on va se revoir, je le sais. Tu vas t'en sortir, je n'ai aucun doute là-dessus.

– Non, ne me mens pas, grimace Aya. Ne me paterne pas, tu n'en sais rien. Pars avant que je m'agace encore.

– Tu ne m'en veux pas ? demande Phidia en essayant de glisser ses doigts dans ceux d'Aya.

C'est mal connaître ma protégée qui esquive son geste et rentre la main à l'intérieur de son cocon.

– Bien sûr que si, je t'en veux. Bon retour. Et bonnes réunions surtout.

– Et puis elle s'est barrée, comme ça. Elle m'a laissée crever sans hésiter, peste Aya pour conclure son récit de la matinée.

Les heures ont défilé mais elle est toujours aussi furieuse. Voline, d'un étonnant sérieux, lui passe le bras autour des épaules.

– T'imaginais quoi, franchement ? Les Sages-Femmes sont fortes pour un tas de choses, mais elles ne vivent pas notre quotidien, nos problèmes. Parfois, elles me paraissent aussi distantes de nous que les hommes.

Aya se relève et boitille jusqu'à la fenêtre de l'immeuble. Le poste d'observation auquel elles ont été affectées pour l'après-midi est la tour la plus haute de la région, la vue y est imprenable. Loin sous leurs pieds et derrière le triple vitrage, le désert se prolonge sans fin. Même les autres buildings paraissent petits.

Toujours aucun phare à l'horizon.

– Phidia se barre alors qu'Ash, Christa et Cordel sont peut-être déjà mortes, sacrifiées pour la cause… marmonne Aya en scrutant le paysage.

Voline se lève elle aussi :

– Ça y est, tu nous ressors encore la Aya sombre et torturée, la poétesse maudite qui se complaît dans sa nostalgie en regardant le ciel d'un air éploré. Ça va aller, toute va bien se passer.

– Ça, t'en sais rien ! s'agace Aya en haussant les épaules.

– Bien sûr que si, sourit Voline, amusée par le mauvais caractère de sa sœur et la bêtise qu'elle-même s'apprête à dire. Je suis une adulte maintenant. Je vais régler tous les problèmes.

– J'étais certaine que t'allais répondre un truc idiot...

Aya ne peut s'empêcher de pouffer malgré son humeur maussade. Après l'horreur qu'elle a vécue, ça lui fait du bien de retrouver une amie de toujours, d'oublier un instant le fossé qui s'est creusé entre elle qui a connu l'enfer et sa petite sœur qui ne sait pas encore à quoi il ressemble.

Elle se dit qu'elle n'aurait jamais dû quitter le camp. Son enfance lui apparaît comme un eldorado disparu. Elle voudrait serrer Voline dans ses bras, la serrer si fort que toute redeviendrait comme avant. Christa, Ash et Cordel seraient là, de nouveau, par miracle. Elle aurait voulu que Phidia l'enlace au moins une fois avant son départ. Elle voudrait qu'on lui caresse les cheveux, elle voudrait que Cordel la borde dans son cocon comme quand elle était petite, retourner à l'époque où les adultes étaient invincibles. Elle voudrait serrer Voline dans ses bras mais elle n'y arrive pas.

Pour ne pas pleurer, elle s'approche du thermographe collé à la vitre. Elle est fascinée par cet outil qui enregistre les températures à plusieurs centaines de mètres à la ronde et les convertit en couleurs sur son écran. Aucune source de chaleur à l'horizon. Le monde est une vaste étendue glacée. Phidia qui s'en va, c'est de la froideur en plus. Ash aussi doit être totalement froide à l'heure qu'elle est. La chaleur, quand elle advient dans l'immensité de l'espace et de l'univers, est anecdotique, une bizarrerie, un accident de parcours.

Aya se frotte les yeux avant de reprendre son observation :

– Je crois qu'elle y a une lueur bleutée sur mon écran, comme si elle y avait de la fumée au loin. Viens voir !

Plus c'est bleu, plus c'est chaud. La tache est bleu pâle, tiède, mais bien visible sur le rouge du froid.

Voline s'approche du deuxième thermographe du poste des veilleuses.

– Je ne vois rien.

– À droite, entre les deux immeubles de même taille au fond.

– Derrière la tour penchée ?

– Oui, oui, bien derrière.

Voline recentre le viseur de son thermographe. Pendant une interminable minute, elle ne dit rien. Sa main gauche fait tourner dans un sens puis dans l'autre la molette de clarté. Après un dernier demi-tour, elle relève la tête et nous jette un regard glacé.

– Elle faut que j'aille prévenir Neoma, murmure-t-elle.

Elle a déjà disparu. Elle n'a peut-être pas connu l'enfer, mais elle aussi a bien grandi. Aya reste seule avec ses angoisses. Ses yeux noirs scrutent l'immensité neigeuse sans parvenir à se fixer nulle part. Elle repense à notre longue marche, au mascu qui nous a permis de nous échapper, aux traceurs qu'on a laissés derrière nous. Est-ce que c'est notre faute si les hommes arrivent si vite ? Le doute est terrible. Mécaniquement, elle retourne au thermographe :

– Mec ! La lumière a disparu !

– *Elle a dû passer derrière un immeuble*, suis-je obligée de la raisonner, même si je ne veux pas doucher son enthousiasme.

– J'espère que tu as tort, répond Aya, tout en sachant parfaitement que j'ai raison. Tu crois qu'on a la moindre chance de survivre ?

– *Non. Mais je ne pensais déjà pas qu'on survivrait à notre fuite...*

Aya soupire. Son regard ne quitte plus l'horizon. Je sens qu'elle est nerveuse, mais pas comme avant. Une partie d'elle est morte là-bas, loin dans la neige. Désormais, elle est plus tourmentée par l'incertitude de l'avenir et la perspective de ce qui peut arriver à ses proches que par celle de souffrir ou de mourir elle-même. Cette épreuve l'a rendue plus adulte que celle qui consiste à lire un texte au conseil. Aura-t-elle la chance et le temps de vivre sa vie et de faire ses preuves ? J'aimerais tellement qu'elle puisse connaître ce que la vie a de mieux à offrir. Qu'elle puisse devenir quelqu'une avant de n'être plus personne.

— 13 —

Ansel

— Avant une bataille, on attend toujours. On croit qu'c'est pour demain, on est stressé, on voudrait que ça soit passé. Puis il y a des imprévus, c'est repoussé encore et encore. C'est tout, c'est comme ça. S'tu savais à quel point on s'est ennuyés pendant l'assaut du foyer de prolifération, les consignes de Von Bach n'arrivaient jamais…

Malgré les explications de son père, Ansel, assis derrière le poste de commande de la Relenka, est perplexe :

– Mais ça fait trois semaines qu'on paticnte alors qu'on est certains que leur base est juste là, et que nos éclaireurs ont trouvé des entrées pour y accéder ! D'abord on nous a dit qu'on finissait de réparer le Napoléon, ensuite il fallait attendre d'établir un plan, et maintenant qu'on est à moins d'un étalon du foyer, c'est encore autre chose !

– T'es bien pressé pour quelqu'un qui voulait pas s'battre, s'agace son père.

– J'ai juste l'impression qu'on prend des risques inutiles. On pourrait se faire attaquer à force de rien faire. On a peut-être déjà perdu le bénéfice de l'effet de surprise. Peut-être qu'elles savent qu'on est là et que, à patienter comme ça, on leur donne tout le temps de préparer leur défense !

Strøm redresse le volant et, s'efforçant de rester calme, tente de justifier les choix de ses supérieurs :

– Quel effet d'surprise ? Tu crois qu'elles ne nous voient pas arriver depuis des jours ? Elles aussi ont des thermographes et des lunettes télescopiques. En fait, c'est en ne faisant rien qu'on peut recréer un effet de surprise. Elles sont sur le pied d'guerre, concentrées, prêtes à nous accueillir. Sauf que ça traîne. Comme nous, elles s'ennuient, elles baissent un peu la garde. Elles dorment mal, elles commencent à douter. Et c'est là qu'on va pouvoir frapper. C'est comme aux échecs. Faut jamais laisser l'adversaire savoir d'où et quand viendra l'danger.

Père et fils lèvent les yeux vers l'horizon qui s'étire derrière la baie vitrée du poste de pilotage. C'est un très beau jour, comme l'Hiver en offre parfois pour attirer ses proies dehors, juste avant une tempête. Les reflets bleu-vert du soleil sur la vitre leur font plisser les yeux. Impossible de distinguer ce qui se terre dans le silence des ruines. Ansel laisse son regard se promener sur les bouts d'immeubles disparates qui émergent de la neige.

– Dire qu'elles se cachent là-dessous, quelque part. Il faut le savoir, qu'il y a des femelles sous ces tonnes de neige. Comment elles font pour survivre ?

– Difficile à dire... Je ne suis allé que deux fois à l'intérieur d'un d'leurs foyers. Les deux fois, c'étaient avec les troupes de Von Bach, d'ailleurs. Ce sont des endroits sordides, froids et sombres, et dans lesquels on se perd très facilement. Je...

Une alarme ultra-prioritaire leur vrille les tympans. Strøm tourne une des grosses molettes noires du poste de transmission. La voix d'Osman résonne dans l'habitacle, entrecoupée de bruit blanc :

– *Sidorov est... sé à l'action... j'ai pas... le rete... La... son et la Bele... pandre... Pandore dans... neuf conduits... Ordre de... mettre... position treize pour les... éventu... fuyardes. Bien re... ?*

– Bien reçu, répond Strøm sans hésiter dans le micro de l'appareil.

– T'as tout compris ? s'étonne Ansel.

– Tu t'y habitueras.

– Alors, il a dit quoi ?

– On passe à l'offensive. Le Pandore va être libéré à l'intérieur des tunnels. On va essayer d'enfumer les femelles dans leur terrier. Enfin, la Parson et la Belenna vont s'en charger. Nous, on se place pas loin s'il y a des fuyardes à intercepter.

– Là, maintenant ?

– Oui. Tu vois, ça finit par arriver vite. Quand on utilise le Pandore, il faut des conditions atmosphériques particulières pour qu'le produit descende bien dans les tunnels et n'remonte pas nous asphyxier nous-mêmes. Ça doit être le bon moment. C'est peut-être ça qu'on attendait, j'suis pas dans la confidence des stratégies de Sidorov.

Strøm change encore de cap, il manipule tour à tour le volant et le levier d'accélération. Ansel le seconde en prenant le contrôle des freins auxiliaires. La Phalange se met à tourner sur elle-même, puis se remet en route en grinçant.

La Belenna et son blindage cuivré sont maintenant visibles depuis la grande vitre centrale. Au pied de la Phalange alliée, des dizaines de mâles, petits comme des fourmis, s'agitent autour de gros tuyaux qui sortent du véhicule.

Ansel se lève pour essayer de mieux voir.

– Il y a un gouffre qui conduit au campement des femelles, juste là ?

– Oui ! C'est jamais rien d'impressionnant hein, un simple trou fermé par une grille, avec une échelle à l'intérieur. Peut-être que ce passage est abandonné depuis longtemps et n'mène à rien d'ailleurs. Dans l'doute, on enfume tout.

La Belenna ressemble aux tanks-pieuvres de la Troisième Guerre mondiale, avec toutes ses canalisations qui, comme des tentacules, s'enfoncent dans la neige. Strøm est enthousiaste :

– Regarde, ça commence ! La neige fond autour des tuyaux, l'Pandore est encore chaud quand il passe à l'intérieur.

De fines volutes de fumée tourbillonnent autour de la grille à laquelle on a arrimé les tuyaux de Pandore.

– Tu vois, le Pandore ne r'monte pas. C'est un gaz très dense qui descend où il peut. Si les femelles sont là, elles vont sortir en étouffant dans moins d'une demi-heure.

Ansel a du mal à détacher son regard de ce terrible spectacle :

– On ne distingue rien, juste un peu de neige qui fond et de la fumée. Mais des centaines de mètres là-dessous, des femelles vont bientôt agoniser.

Strøm se tourne vers lui, surpris.

– Tu as d'la compassion ?

Ansel est repris par sa peur d'être étro.

– Non pas du tout, je...

– Eh bien, tu devrais, le coupe son père. C'est un supplice qu'on n'doit souhaiter à personne. Mais c'est elles ou nous. Si ça fonctionne, on évite d'interminables combats, alors il faut espérer qu'ça marche.

Ansel répète cette dernière phrase, pensif. Il se souvient des mains bleues des drogués au Pandore venus d'une des Phalanges de Sidorov. Ils ne respiraient même pas un pour cent des taux de produit injectés aujourd'hui dans l'air du foyer des femelles. Il y a quelque chose d'hypnotique et de glaçant à imaginer le Pandore descendre le long des tuyaux. Le massacre qui se déroule loin sous la surface est imperceptible depuis la Relenka. Ansel détourne quand même le regard, honteux.

— 14 —

Aya

Aya et ses sœurs sont assises sur le sol de la salle de concert, en cercle, autour des globes lumineux. Neoma raconte ses combats et embuscades, la longue bataille contre Von Bach, la victoire au bout. Deliel, une des femmes les plus âgées, ressasse ses souvenirs d'enfance, du temps où les avions existaient encore et déversaient leur déluge de flamme sur le monde, à l'époque où le feu était plus dangereux que la glace. Toutes écoutent sans dire un mot. Toutes connaissent déjà l'histoire de sa rencontre avec l'héroïque Harjeera Harder, la Sud-Africaine. Toutes connaissent aussi la bataille des montagnes contre Von Bach. Mais ça fait du bien d'être ensemble. C'est rassurant de savoir que ce n'est ni la première guerre ni la dernière, que chaque génération avant nous a vécu sa fin du monde.

De part et d'autre du cercle, les sœurs s'échangent des regards chaleureux. Elle n'y a rien de telle que l'imminence de la violence pour souder un groupe. Aya se sent à sa place.

Après le calvaire de son évasion, elle se sent vraiment adulte désormais, elle n'a plus le moindre sentiment d'imposture. Comme toutes les autres, c'est une guerrière.

Malgré l'apparente tranquillité de la scène, chacune a son arme à portée de main, son bagage de combat sur le dos. Les cocons sont là aussi au cas où elle faudrait s'abriter rapidement. Toutes les procédures d'urgence ont été déclenchées, on a assez de nutriments pour survivre des semaines, on est prêtes à encaisser l'assaut qui approche.

Deliel s'interrompt au moment où le plafond se met à trembler.

– Elle y a un phare juste au-dessus, gémit l'une des jumelles de souche Harjeera.

On entend la neige craquer, les poutrelles de soutien vibrer. Le risque d'avalanche est dans tous les esprits. Son rôle de Mère Supérieure bien en main, Neoma lance la procédure d'attente :

– Dans vos cocons, vite, masquilles à portée, pas de bruit et surveillez vos voisines.

Les cocons capturent la chaleur émise par les corps et compliquent le travail des thermo-sondes mascus. Quant au silence, il permet certes de ne pas se faire repérer, mais surtout de rester attentives à la progression d'un ennemi ou d'un gaz. Aya a la main serrée sur son masquille, il filtrera le gaz mascu en cas de besoin.

Les craquements s'intensifient, peut-être le signe d'un deuxième phare qui approche. Les tremblements du plafond se propagent dans chaque recoin de la pièce.

Puis, soudain, les bruits s'arrêtent. Un silence épais comme une congère s'étend sur la salle de concert. Aya voudrait savoir ce qu'elle se passe, mais cachée à l'intérieur du cocon, elle ne voit plus que Neoma qui fait les cent pas autour de nous. La Mère Supérieure sort de notre champ de vision avec un air inquiet. L'écho d'une radio nous parvient, probablement le bulletin d'une de nos deux veilleuses postées dans les immeubles voisins, deux femmes qu'on ne reverra peut-être jamais. Anxieuse, Aya demande à Soledi, qui est à sa gauche :

– Tu distingues quelque chose ?

– Rien du tout.

Plusieurs nouveaux craquements retentissent, comme si le monde pesait sur nous. Puis le calme revient, plus inquiétant encore. Aya relève la tête.

– C'est fini ? Ils sont partis ?

Pas de réponse. Le silence est écrasant, vraiment écrasant. Je comprends ce qu'il signifie en même temps que Neoma qui vient de recevoir le bulletin des veilleuses :

– Le Pandore !

Le Pandore, en plus d'anéantir toute vie, couvre les sons, comme un prédateur qui se fait discret pour fondre sur sa proie.

– Sortez des cocons avant qu'ils ne deviennent étouffants et mettez vos masquilles, vite ! Ceux des enfantes après, ça ne sert à rien de les protéger si vous n'êtes pas en sécurité vous-mêmes.

Tout le monde connaît déjà les consignes que Neoma répète pour se sentir utile, on obéit sans discuter. Aya et Voline, d'un bout à l'autre du cercle, échangent un regard anxieux derrière le filtre rosé de leurs masquilles. La fumée arrive quelques secondes plus tard, de nulle part et de partout à la fois. Blanche, épaisse, elle progresse en douceur, lèche le sol et se glisse avec facilité dans les interstices de nos cocons. Elle paraît inoffensive. On voudrait s'y lover langoureusement, comme dans un nuage ou une bonne couche de poudreuse. Elle s'élève avec une régularité immuable. Aya voit avec effroi ses bottes en peau de chienne, ses cuissardes rembourrées puis son manteau de combat disparaître. La fumée nous arrive rapidement à la gorge puis nous dépasse, le brouillard nous aveugle. Malgré la protection du masquille, une odeur d'amande atteint les narines d'Aya et mon filtre de perception posé à la base de son cou.

Odessa augmente la puissance des globes lumineux. On peut de nouveau distinguer Soledi à côté de nous. Neoma initie un tour de cercle afin de vérifier que tout le monde va bien. Chaque femme, en cas de problème, est responsable de sa voisine de gauche. Quand vient le tour d'Aya, comme ses sœurs avant elle, elle assure « toute est OK ». Le cercle doit tenir bon.

Mais un silence rompt la chaîne. Aya entend un râle étouffé, puis un cri d'angoisse. Ce doit être une des deux jumelles Harjeera, car l'autre se précipite vers la réserve de secours prévue pour ce genre de circonstance.

La petite connaît déjà le protocole. On la devine, à travers le brouillard, retirer le masquille de sa sœur et lui en donner un nouveau, en espérant que celui-ci soit fonctionnel.

Comme les jumelles, Aya retient son souffle. Cinq secondes. Dix. Vingt.

Le soulagement se propage de femme en femme. Aya n'a pas besoin de voir à travers le Pandore, elle le comprend à travers les soupirs de ses sœurs, l'enfante respire de nouveau.

Combien de temps encore ? Combien de temps faudra-t-elle tenir ainsi ?

Par petits groupes, des conversations inquiètes, trop aiguës à cause du filtre des masquilles, reprennent peu à peu :

– Tu crois qu'elles vont vraiment venir nous exfiltrer, les Sages-Femmes ?

– J'ai l'impression qu'elles ont juste dit ça pour qu'on s'accroche...

– Je le savais... C'est toujours les mêmes qui payent.

– Alors ça y est, le temps du Grand Hiver est venu pour le Camp Rome.

– On mourra à la maison, c'est ce qu'on pouvait espérer de mieux, non ?

– Mais pas si jeunes, regarde-nous, on n'a pas l'âge pour mourir. Elle paraît qu'elle y a des femmes de soixante-dix ans à la Maison Mère.

– Elle y a intérêt qu'au moins on ne nous oublie pas.

– Tu parles, on est peut-être déjà en train de nous rendre un vibrant femmage posthume à la Maison Mère. On sera dans toutes les mémoires pendant quelques semaines, puis on nous oubliera, fin de l'histoire.

15

Ansel

Déjà trois jours que le Pandore coule non-stop dans les tunnels de glace et les femelles n'ont toujours pas fait surface. La mission de reconnaissance envoyée sur place il y a six heures n'est pas revenue. Il est temps d'y aller. Osman entre dans l'Arsenal où tout le monde s'équipe dans une rare effervescence. Le Patriarche tend les bras pour calmer les ardeurs des Hommes prêts à livrer bataille. Il n'a pas encore prononcé son discours stratégique :

– Mes frères, quand je vous ai convoqués ici, vous avez compris que le moment était venu. Vous vous préparez à ce qui va suivre depuis des mois, vous vous y êtes préparés toute votre vie, en fait. Et pourtant, si vous n'êtes jamais descendus dans un foyer de femelles, vous ne pouvez pas imaginer une seconde ce que c'est. C'est l'enfer là-dessous. L'enfer. C'est sombre et froid, ça regorge de pièges et d'embuscades. Chaque femelle encore vivante représente un danger mortel. Alors, il est encore plus important que d'habitude de garder notre discipline et de maintenir notre formation coûte que coûte. Nous jouons sur leur terrain, nous devons imposer nos règles si nous ne voulons pas qu'elles nous dictent les leurs. Compris ?

Les mâles hochent la tête. Osman continue :

– Nous avons détecté onze tunnels qui, d'après nos gaz témoins, ne sont pas des impasses. Il est essentiel d'occuper ces onze sorties en même temps pour ne pas laisser une chance aux femelles de s'échapper. Est-ce que les plus jeunes d'entre vous ont entendu parler du piège horrible que des femelles nous ont tendu il y a une vingtaine d'années, dans la fosse hongroise ?

Dans la foule, on se regarde, on murmure, on blêmit. Les mâles les plus âgés baissent la tête au souvenir de cette nuit atroce qu'ils avaient essayé d'enfouir au plus profond de leurs mémoires. Ansel comprend qu'il vit peut-être ses dernières heures d'innocence. Il faudrait en profiter si la perspective de l'horreur ne gâchait pas déjà tout.

– Comme aujourd'hui, nous inspections un de leurs foyers, poursuit Osman. Nous étions confiants, sereins. Bien trop sereins... Nous avons loupé un tunnel. Elles se sont échappées. Elles nous ont pris à revers et enfermés dans le tunnel que nous étions en train d'explorer, puis elles ont tout fait sauter avec leurs explosifs. On s'est retrouvés piégés dans le noir complet, enterrés vivants. Seule une poignée d'entre nous ont survécu : Strøm, Sayden, Leto, moi et quelques autres. Vous vous souvenez de cet enfer ?

Strøm hoche la tête gravement.

– Alors pourquoi on les enferme pas à l'intérieur, nous aussi ? s'interroge Loup.

Osman sourit de la naïveté du jeune mâle :

– Elles sont chez elles sous terre. Elles ont des foreuses, qui peuvent creuser de nouveaux passages. Ça ne leur ferait rien du tout. C'est pour ça qu'il faut descendre vite, frapper fort et détruire ces machines.

– Du coup c'est quoi la strat', boss ? s'impatiente Sayden, agacé de ne pas avoir été consulté avant cette discussion.

Osman lève les yeux au ciel. Quelle est cette époque où les détails tactiques prennent le pas sur les grands discours ? Il ne peut pas admettre publiquement que le Patriarche Alpha a décidé de tout :

– Avec Sidorov, on s'est... *concertés*. Ses troupes vont bloquer deux tunnels en y déversant du métal brûlant, ça nous fera ça de moins à surveiller. Il enverra ensuite trois légions de Virls dans les trois plus grands tunnels et cinq autres unités à l'intérieur de cinq conduits périphériques. Ça nous en laissera un seul à maîtriser. Mais non des moindres, c'est un tunnel récent et très bien caché à l'intérieur d'une ruine. Soit elles comptent dessus pour s'évader, soit c'est un leurre avec des pièges particulièrement vicieux. Je penche plutôt pour la première option.

Osman fait une petite pause pour boire une gorgée d'eau dans sa gourde en fer. Les regards des cinquante soldats assis sur les boîtes en acier de la salle d'armes sont braqués sur lui. Personne n'ose intervenir, alors Osman reprend d'une voix plus forte :

– On va se diviser en trois groupes. D'abord les éclaireurs. Vous détectez les pièges et nous informez de la situation. Le gros des troupes se tiendra à une distance raisonnable pour venir vous secourir en cas de besoin. Enfin, en dernière ligne, les snipers se posteront en sécurité. Au milieu, on risque de leur boucher la vue, alors dès que Sayden crie « prêt », on se colle contre les murs. Pour le reste, on fait comme on a dit, et n'oubliez pas vos vieilles leçons sur l'exploration de foyers de femelles. Ne cédez pas à la panique. Jamais... Des questions ?

Ansel en aurait des milliers, sauf qu'il ne veut pas passer pour un idiot. Il trouvera ses réponses dans le feu de l'action. Osman se relève, il n'a plus sa canne de parade, c'est un stack qui lui sert d'appui. D'une voix ferme, il lance l'assaut :

– Bon, alors si vous êtes prêts, vous attendez quoi ? On rushe, c'est parti ! Les perdants se retrouveront devant le Père éternel. Les autres, à tout à l'heure.

Ansel et Loup s'équipent mutuellement, c'est leur premier combat ensemble. Pas le dernier, ils l'espèrent. Les armures sont lourdes et difficiles à endosser, il faut y passer un bras puis l'autre, ne pas oublier de refermer les boucles de métal. Dans la Phalange, avec tout ce poids sur le dos, il fait une chaleur atroce. L'armure est prévue pour les affrontements en extérieur. Ansel a presque hâte de sortir, son masc le gêne quand il respire. Il le protégera des résidus de Pandore mais pour l'instant, Ansel a juste l'impression que ce masc le fait suffoquer. Est-ce la peur de ce qui peut arriver ou juste son équipement ?

Effectuer les quelques pas qui séparent l'Arsenal de la zone d'embarquement est un calvaire.

Heureusement, en arrivant ils constatent que la trappe est déjà en train de s'ouvrir. La lumière blanche agresse les yeux de ceux qui n'ont pas encore réglé la visière de leurs mascs. La Phalange ralentit, puis s'arrête. Il est temps de descendre.

Ansel saute. Entraîné par le poids de son matériel, il s'enfonce profondément dans la neige compacte. Le froid l'attrape à la gorge, il fait quelques pas pour se réchauffer et admirer le spectacle autour de lui. Les cinq Phalanges se sont rassemblées en formation Château, dessinant une muraille circulaire quasi infranchissable. Ansel n'avait jamais vu ça ailleurs que dans les vieux livres de théorie de son père. Cette disposition permet de protéger les soldats positionnés au centre du cercle, notamment Sidorov qui est en train de hurler ses consignes.

C'est la cohue totale. Des guerriers se déversent des Phalanges, affichant fièrement les dessins d'animaux ou les symboles de leurs charges gravés sur leurs brassards et leurs plastrons d'acier. Leurs mascs, tous plus terrifiants les uns que les autres, sont bardés de fausses canines et de crêtes flamboyantes.

Ansel n'y prête pas attention. Son regard s'est arrêté sur la vingtaine de mâles, ou plutôt de créatures qui viennent de sortir de la Sidorov, la Phalange principale du général égocentrique. Ils sont tous hauts d'au moins deux mètres et presque aussi larges, leurs muscles débordent de leurs armures, comme s'ils étaient sur le point d'éclater. Leurs visages carrés, aux veines apparentes, ne se cachent derrière aucun masc. Les Virls. Nourris aux hormones et aux produits dopants depuis leur plus tendre enfance, ils sont élevés pour tuer. Ansel s'écarte du passage et revient à la porte de sa Phalange pour attendre les siens. Osman est là aussi. Avec un déplaisir évident, il observe celui qui lui a ravi la place de Patriarche Alpha. Sidorov est monté sur une caisse en acier pour entamer son discours.

– Soldats ! Les Patriarches de vos Phalanges respectives vous ont briefés sur la stratégie alors j'vais m'concentrer sur l'essentiel : la rage de vaincre. Et pour vous motiver, c'est très simple, sachez qu'ceux qui paniqueront ou feront demi-tour seront abattus sans hésitation.

– Ça, c'est dit... murmure Loup qui vient de rejoindre Ansel.

– Alors vous avez intérêt à me suivre en première ligne ! Parce que, oui, j'y s'rai, comme toujours. Les mâles d'autrefois donnaient leurs ordres depuis l'arrière, c'est pour ça qu'la civilisation s'est effondrée. J'en vois encore parmi vous, des mâles aussi fragiles qu'ceux d'avant, des beaux parleurs, qui soi-disant savent tout faire, qui ont des centaines d'exploits à raconter. C'est ici et maintenant qu'on va vous juger, c'est au fond du gouffre, dans l'enfer des femelles, que s'dévoilent les vrais Hommes.

« Encore une fois c'est pas la stratégie qui compte là-dedans, poursuit-il, toujours plus hargneux, alors qu'Osman secoue la tête. Lorsque l'combat commence, tout devient sauvage. Il n'y a plus ordre ni chef. Plus de règles, plus de plan. Y a plus que vous, votre stack et les femelles. Vous et votre courage, vous et vos tripes. Si vous n'tuez pas, vous s'rez tués, c'est aussi simple que ça, c'est le même jeu depuis l'aube des temps. Tuer ou être tué. Alors n'ayez aucune pitié, elles n'en auront pas. Et moi non plus si vous tremblez ! On a tous besoin de savoir que les mâles à côté d'nous vont tenir bon. Aucun maillon de la chaîne n'doit céder. Nous sommes des frères. Je vous avais dit dans mon précédent discours que nous serions là, qu'nous livrerions cette bataille. Je n'vous avais pas menti. Vous ne pourrez pas dire qu'vous n'étiez pas prêts. C'est l'avant-dernière étape avant la paix. Ne tremblez pas. Ceux qui périront sous la terre resteront dans nos mémoires. Ceux qui sortiront sur un brancard s'ront honorés. Les autres, on saura qu'vous n'avez pas tout donné...

Sidorov termine en criant :

– Je ne veux pas voir des mâles aujourd'hui, je veux voir des Hommes ! Soyez braves ! Adieu !

La foule applaudit et hurle à la gloire de son chef. En cadence, le bras droit levé, chaque Homme frappe trois fois le poing gauche sur son torse. Ansel aimerait n'avoir rien ressenti, il est du côté d'Osman, il n'aime pas ce chef qui s'arroge tous les pouvoirs et conduit tout le monde au désastre. Pourtant, il doit reconnaître que le Patriarche Alpha sait placer sa voix, y mettre ce qu'il faut d'émotion. Son statut de leader est incontestable. Des centaines de mâles vont se faire tuer sans hésiter pour ces quelques phrases.

Chaque Patriarche rassemble ses équipiers. C'est la dernière occasion pour Ansel de fuir, de se cacher dans la cohue, de rentrer au dortoir. Il a si peur, son ventre est noué, sa tête est lourde. Trop tard. Tout le monde se disperse. Avec un temps de retard, Ansel se précipite pour rejoindre ses camarades qui se dirigent déjà vers leur tunnel attitré.

Vues d'ici, les ruines des vieux immeubles sont immenses, il faut basculer la tête jusqu'à se faire mal pour en apercevoir le sommet. Loup trouve encore la force de rire, peut-être pour se donner du courage :

– C'est pas par ici, Ansel. On va en bas, pas en haut.

Ansel, lui, n'arrive même pas à sourire. Son regard anxieux redescend sur un trou recouvert par une grille, au pied d'un immeuble. Les Hommes forment un cercle autour du trou creusé à même la glace. Les éclaireurs soulèvent la grille et s'engouffrent les premiers avec un dernier coup d'œil inquiet pour leurs frères. Ils disparaissent en quelques secondes.

Au tour du deuxième groupe. Osman se place en tête pour montrer l'exemple, Strøm le suit, après avoir tapé sur l'épaule de son fils en lui souhaitant bonne chance. Ansel soupire, il aurait aimé en avoir plus, plus d'encouragement, d'empathie. Surtout que c'est à son tour d'y aller maintenant qu'Orlof et Rekat viennent de s'élancer.

Au bas d'une échelle haute de quelques barreaux, c'est un tunnel en pente raide qui se déroule devant lui. Il y a à peine de la place pour qu'une personne s'y tienne. L'étroitesse du conduit le terrifie. Le jeune soldat se retourne vers Loup qui lui adresse un sourire. Loup aura la chance de récupérer le fusil de Sayden si celui-ci est touché, il est dans le dernier groupe. Ansel n'a pas ce privilège. Dans la Phalange, il a le statut d'assistant pilote. Mais dans le foyer des femelles, il n'est qu'un combattant comme un autre.

Il fait des petits pas pour ne pas glisser. Il dérape sur le givre malgré ses crampons acérés, la lumière du jour disparaît. Même en allumant la frontale de sa visière, il ne distingue que le dos de l'armure pourpre de Rekat devant lui. Rekat qui aurait dû être devant avec les éclaireurs mais que la troupe a épargné, du fait de son jeune âge et de la mort encore récente de son père. Rekat n'en a ressenti aucun soulagement, il semble vexé au contraire. Il avance vite, sans se retourner. Ansel a du mal à suivre. La glace commence à fondre, il glisse encore plus, percute les parois du tunnel avec son stack ou son armure, contrevenant à toutes les recommandations. À agir de la sorte, il pourrait déclencher un piège non détecté par les éclaireurs. La règle est de mettre ses pas dans les traces de la personne devant soi. Heureusement, la pente du tunnel s'adoucit et s'élargit.

La visibilité s'améliore. Devant lui, les mâles se placent de manière à couvrir toute la largeur du passage. Avec leurs frontales brillantes, ils ressemblent à des cyclopes quand ils tournent la tête vers Ansel. Impossible de savoir qui est qui dans la pénombre. Personne ne parle, la discrétion est de mise. On n'entend aucun bruit venir des profondeurs, pas même un signal des éclaireurs. Qu'importe, le groupe poursuit son avancée furtive, à pas lents, stacks en avant.

Ansel commence à se sentir mal, il a chaud, il a froid, de la sueur coule dans son dos. Son armure est toujours plus lourde sur ses épaules. Les soldats ont fermé les robinets de Pandore pour l'assaut final, mais il flotte encore dans l'air une écœurante odeur d'amande. Si on ajoute la peur qui lui retourne le ventre, tout cela donne au mâle une terrible envie de vomir.

Il n'a pas le droit de ralentir, d'ailleurs il entend déjà la voix de Sayden derrière lui :

– Allez, on campe pas, on trace, vite, vite.

Il continue d'avancer. Sans vraiment savoir vers quoi. Il a beau avoir assisté à des dizaines de réunions pour préparer l'assaut, il n'a aucune idée de ce qui l'attend au fond. Il fait encore plus noir désormais, comme si l'obscurité avait une épaisseur tangible. Dans le halo de sa lampe, il ne distingue plus que les pics de glace qui pendent du plafond, probablement un piège des femelles pour embrocher les mâles. Soudain, les pics se mettent à tinter, comme si la terre tremblait au loin. Une explosion ? L'assaut aurait commencé ?

Il voudrait capter un regard rassurant, de la part de Strøm, de Loup, n'importe. Il n'y a que des ombres et des mascs autour de lui. À quelle profondeur est-il maintenant ? Va-t-il jamais ressortir ?

De nouveaux sons lui parviennent, des cris retentissent à l'autre bout du tunnel, puis ça se met à gueuler dans tous les sens. Ansel ne comprend rien. Tout explose, il n'y a rien à comprendre.

16

Aya

Trois jours à manger, boire et respirer Pandore. Certes, on a les masquilles. Certes, les packs d'eau sont étanches et stockés bien à l'abri. Certes, la nourriture elle-même a été conservée à l'écart du gaz. Qu'importe, l'odeur d'amande est partout. On tousse dans l'air mal recyclé des inhalateurs artificiels. Les mascus ont incendié des tunnels. Malgré les barrières antifeu auxquelles nous devons la vie, l'oxygène s'est raréfié. Avec les masquilles continuellement collés au visage, elle est devenue de plus en plus difficile de dormir et de reprendre des forces. Aya est réveillée toutes les demi-heures par le bruit de son propre respirateur, la bouche sèche, les muscles de la mâchoire endoloris, les douleurs liées à sa captivité et sa fuite revenant la hanter. S'ajoutent à ça l'angoisse permanente de l'attaque prochaine, les têtes qui se lèvent chaque fois que la neige craque un peu trop, les conversations murmurées, les cocons vides de Christa,

Cordel et Ash que toutes les femmes regardent du coin de l'œil.

Aya pleure de plus en plus souvent, de stress comme de fatigue. Pendant les deux derniers jours, j'ai beaucoup discuté avec elle, de sa peur de la bataille, des disparues, de celles à venir. Maintenant, plus personne ne parle. L'heure fatidique approche. Les veilleuses ont détecté plusieurs mouvements de phares à l'aube. En quelques heures, le Pandore s'est dissipé, on a retiré les masquilles. Chaque femme s'est équipée pour le combat et a rejoint sa position défensive. Elle y a douze tunnels à couvrir jusqu'à l'arrivée des Sages-Femmes, ou jusqu'à ce que les deux vieilles foreuses du camp parviennent à creuser une autre issue. Elles pourront entamer leur travail dès que la bataille sera amorcée. Avant, le bruit des foreuses serait trop vite repérable. Triste équation : elle faut qu'elle y ait des mortes pour qu'elle y ait des survivantes.

Avec Voline, la doyenne Deliel et Mezya, une grande battante un peu sèche, Aya a été affectée au neuvième couloir, le tunnel Azumi Hatsumata. Mourir dans un conduit qui porte le nom de sa propre souche génétique relèverait d'une cruelle ironie. Notre mission est simple : dès que les mascus arrivent, elle faut faire exploser les barres de fulmène placées dans le tunnel pour provoquer son éboulement et condamner le passage. Elle faut frapper au bon moment. Trop tôt, le piège ne toucherait pas assez d'hommes. Trop tard, les hommes auraient le temps de désamorcer les explosifs et de pénétrer dans notre base. Azumi doit s'effondrer dans un timing parfait.

Le deuxième défi sera de revenir aux foreuses sans être nassées par les mascus, car le tunnel Azumi est éloigné du centre de la base. S'ils parviennent à s'introduire par n'importe quel autre tunnel, on se retrouvera encerclées. Malheureusement, on ne peut pas faire sauter tous les tunnels comme celui-ci, le risque d'avalanche dans la base serait trop grand.

Dans le noir complet, thermographe en main, les quatre femmes s'impatientent à l'entrée du couloir. Toujours aucune lumière bleue sur l'écran. On entend à peine quelques bruits.

– J'ai l'impression que je passe ma vie à attendre un peu de chaleur en ce moment, ironise Voline qui parvient en toutes circonstances à maintenir sa bonne humeur de façade.

– La rencontre risque d'être plutôt froide, là, répond Mezya, imperméable au second degré.

L'écho d'une voix résonne au loin. Les sœurs se regardent.

– Quelle discrétion, s'amuse encore Voline.

Aya n'est pas d'humeur à plaisanter. Une partie d'elle aimerait déjà être en train de massacrer des hommes, pour en finir au plus vite. L'autre partie lui crie de s'enfuir à toutes jambes vers une issue qui n'existe pas. Pour la première fois, le camp lui paraît étroit et sombre. Elle se sent comme une chatte sauvage prise dans un piège. Elle voudrait hurler, mais sa voix n'est qu'un souffle :

– Vous croyez qu'on va s'en sortir ?

Deliel, qui en a vu d'autres, essaye de la rassurer :

– Je ne compte plus les fois où je m'en suis sortie alors que j'estimais que c'était foutu.

– En tout cas, si on se plante, j'aurai été ravie de vous connaître, répond Voline.

– Elle est encore tôt pour les adieux, ajoute Mezya.

Tout en murmurant, les quatre femmes ne décrochent pas leur regard du thermographe. Une lueur verdâtre vient d'apparaître sur l'écran. Aya redresse la tête et scrute l'obscurité sans l'aide de l'appareil. Ils approchent, ça y est. Voline, anxieuse, vérifie que l'interrupteur des explosifs est toujours à portée de main.

C'est certain, deux ou trois silhouettes se dessinent à l'issue du dernier virage.

– Des éclaireurs, devine Deliel.

Mezya grimace :

– Si le reste du groupe est trop loin, on va pas pouvoir faire beaucoup de victimes.

– J'appuie quand ? demande Voline d'une voix chevrotante.

Même sa bonne humeur a fini par s'effriter.

– Pas encore, répondent Deliel et Mezya en chœur.

On distingue bien désormais les trois ombres en mouvement sur l'appareil. Leurs extrémités semblent plus chaudes que leurs torses protégés par d'épais plastrons. Aya vacille. Est-ce qu'ils savent qu'ils sont sur le point de mourir ? Est-ce qu'ils ont un plan eux aussi ? Est-ce que l'homme de l'autre fois est parmi eux ? Son angoisse est telle que je devine facilement ses pensées. Même Deliel remarque son malaise malgré le noir complet.

– Ça va aller, Aya. Là, c'est eux qui vont passer un plus mauvais moment que nous.

– J'appuie maintenant ? redemande Voline, impatiente.

– Attends encore un tout petit peu.

Les trois hommes sont à une centaine de mètres, au bout du couloir de glace. Mezya dit tout doucement :

– Ces idiots ont des lampes torches plutôt que des thermographes, ça ne leur sert à rien à cette distance, ils ne peuvent toujours pas nous voir.

On les regarde arriver tranquillement, on sait bien qu'ils essayent de ne pas faire de bruit, de se faire les plus petits possible. Sauf qu'on les a dans le viseur, et qu'ils ne semblent pas avoir repéré le fulmène, bien tassé sous la neige. Toute devrait bien se passer. L'un d'eux fait un signe aux autres, une dizaine d'hommes arrivent à sa suite.

– Parfait, ils seront bientôt tous dans le périmètre de l'effondrement, murmure Deliel.

– Dans dix secondes, Voline, ajoute Mezya qui anticipe la question de la jeune adulte.

Voline se met à compter. Aya bat la mesure de ses mains tremblantes. Dix, neuf, huit, sept... On entend maintenant les pas des hommes qui font craquer la neige épaisse. Ils sont si près, comment peuvent-ils ne pas nous voir ? Voline continue son décompte : six, cinq, quatre, trois...

Soudain, un coup de feu retentit et Deliel est propulsée contre le mur. Voline, par un réflexe animal, active le détonateur. Le ciel s'effondre sur les hommes, des tonnes de neige compacte leur tombent dessus. Le thermographe est totalement bleu, saturé de chaleur. Aya, frappée par le souffle de l'explosion, retombe juste à côté de Deliel qui crache du sang en hoquetant, le regard vide. Ma protégée reste sonnée quelques secondes. J'essaye de la remobiliser très vite, on ne peut pas attendre que Deliel se relève :

– *Debout, dépêche-toi, elle faut fuir maintenant.*

Voline l'attrape par la main.

– Allez, viens !

Aya finit par obéir. La détonation a déclenché le chaos. Le Camp Rome tout entier est traversé de cris et de coups de feu. On n'a pas de temps à perdre, le point de rassemblement a été établi derrière la cuisine, bien loin encore. Avec Voline et Mezya, Aya se met à courir de toutes ses forces, sans un regard pour le tunnel effondré derrière nous. Sans un regard pour Deliel.

La jambe blessée d'Aya continue de la gêner, j'ai peur qu'elle ne la fasse trébucher. À peine arrivées à la salle de concert, Aya et ses sœurs sont stoppées dans leur élan. Une dizaine de colosses terrifiants leur barrent la route, et des cadavres de femmes gisent sur le sol. Le groupe bifurque à gauche pour se réfugier du côté des bassins de nutriments. Elle n'y aura personne là-bas, aucun tunnel ne débouche à cet endroit. Elle n'y a qu'à espérer que les hommes ne nous suivront pas. Ceux-là étaient immenses, je n'en avais jamais vu des comme ça...

Comme prévu, les piscines sont désertes. Ma protégée s'arrête dix secondes pour respirer. L'eau est tranquille à la surface des bassins, les éclairages de sécurité se reflètent sur l'onde paisible. Les mains sur les hanches, le souffle court, Aya peine à s'exprimer :

– Qu... qu'est-ce... qu'est-ce qu'on fait ?

– Peut-être qu'en remontant le vieil escalier, là, celui qu'on prend jamais, puis en passant par les chambres, on peut rejoindre le point d'évacuation ? hasarde Voline.

– Si elle y a un tireur dans le long couloir des chambres, on est mortes, rétorque Aya.

– T'as un meilleur plan ? s'agace Mezya.

– Non...

Les trois femmes sont épuisées mais Voline le sait, elles ne peuvent pas rester là.

– Alors on fait quoi ? On se baigne ? demande-t-elle hâtivement.

– D'accord, on bouge, tranche Mezya.

Trop tard. Une gerbe de flammes les surprend en pleine concertation. Aya a le réflexe de se jeter dans un bassin, le déluge de feu passe au-dessus d'elle. L'eau, réglée pour maintenir les nutriments à une température de quatre degrés, lui glace les os. Ses pieds butent sur les blocs au fond du bassin. Ma protégée n'a pas eu le temps d'inspirer avant de sauter, elle remonte aussitôt, crachant de l'écume. Deux hommes se tournent vers elle, bâtons en main. Elle replonge.

On a quelques secondes pour réfléchir ; au moins, je suis étanche et je peux parler sous l'eau :

– *Sors vite ton cercle et refais surface à l'écart du bord, sinon ils vont te massacrer.*

Aya cherche à défaire la sangle en bas de son dos pour libérer son arme. Elle n'a toujours pas eu le temps de respirer. Elle tremble de froid, ses veines se gonflent, elle est sur le point de suffoquer. Son corps remonte mécaniquement vers la surface. Elle ne s'est pas encore assez éloignée, les hommes peuvent la frapper à tout moment. Elle s'écarte d'un coup de pied sur la paroi, surgit hors de l'eau et lance un cercle que je dévie très légèrement grâce à mon contrôle à distance. La trajectoire est parfaite, le projectile transperce l'armure du premier homme au niveau du genou et rebondit sur le torse du deuxième. Aya se hisse hors du bassin. Voline et Mezya ont disparu. Les mascus utilisent un brouilleur qui nous empêche de communiquer par alarmes, aucun moyen de les chercher. Tant pis, Aya court jusqu'au vieil escalier, à l'autre bout de la pièce.

Je n'entends personne nous suivre. Aya, trempée jusqu'aux os, quitte son grand manteau de combat. La jambe de plus en plus douloureuse, elle arpente le couloir qui sépare le dortoir des adultes de celui des enfantes. Ce couloir lui rappelle ses discussions discrètes avec Christa à travers les murs, ses cabanes improbables avec Voline, Ash qui lui racontait des histoires... Elle peut encore se figurer parfaitement où étaient placés les cocons de ses trois amies, mais elle ne sait même pas si l'une d'entre elles au moins est encore en vie. Je sens qu'elle est au bord de la rupture, qu'elle voudrait aller s'allonger dans son cocon, attendre simplement que ça passe. Je l'encourage :

– *Allez, tu t'en es très bien sortie. Tu t'es très bien débarrassée des deux hommes. Elle faut tenir bon, encore un peu.*

– On est foutues, tu le sais, tu ne peux pas me mentir. T'en fais pas, je vais me battre jusqu'au bout.

– *Je sais. J'ai confiance.*

L'escalier qui mène aux cuisines est juste là. Une odeur de cendres et de sang a remplacé l'odeur des nutriments sur le feu. Aya descend les marches sur la pointe des pieds. On entend des bruits, rien de précis. L'arrière-cuisine est allumée, Aya plisse les yeux, elle s'était habituée à la pénombre.

Elle n'y a personne. Aya avance lentement, toute est en ordre, rangée, propre. Au bout de la pièce, une porte donne sur le hangar d'où sont censées être parties les foreuses pilotées par Neoma et Odessa, hangar où les Sages-Femmes sont censées nous rejoindre pour nous couvrir pendant l'évacuation. Cela fait beaucoup d'incertitudes.

Aya ouvre la porte. Les deux foreuses sont en miettes. Odessa gît dans une mare de sang, morte.

Qu'est-ce qu'elle s'est passée ? Qu'est-ce qu'elle s'est passée, mec ? Neoma surgit soudain de derrière la carcasse d'un des deux véhicules ; son regard est fou, sa voix nerveuse :

– Planque-toi, vite, ils sont juste là !

Aya accourt auprès de sa Mère Supérieure.

– Qu'est-ce qu'elle s'est passée ?

– Je ne sais pas, toute a explosé d'un coup.

– Qu'est-ce qu'on peut faire ? Les hommes sont partout dans le camp !

– Le tunnel Imane Abdelaoui n'a pas été découvert, c'est celui qui conduit à l'ancien point de rencontre avec le Camp Madrid ! Tu peux t'enfuir par là, vas-y !

– Et toi ?

– Moi je reste là, c'est de ma faute cette catastrophe. Sanandra avait raison, on n'avait aucune chance. Je fuirai quand la dernière femme sera évacuée !

– Mais tu vas...

– Non, toute ira bien pour moi, pars !

– Et Voline, tu l'as vue ?

– Oui, elle est déjà au tunnel, rejoins-la !

L'intonation de Neoma est de plus en plus sèche. Aya finit par obéir, ce n'est pas le moment de jouer les héroïnes. Comme je la sens perdue, je la dirige à l'aide de ma voix.

– *Pour le tunnel Abdelaoui, le plus simple est de retourner aux bassins puis de passer par l'ancien cinéma.*

– Le plus simple, oui... pour se faire tuer...

– *On n'a plus le choix de toute façon. Fonce.*

– Je fais ce que je peux... je n'ai plus de forces.

Aya se remet malgré toute à courir. Ses bottes rembourrées ne font aucun bruit en s'enfonçant dans le sol. Elle n'y a d'ailleurs plus aucun son dans toute la base, seulement le brouilleur des hommes qu'on entend grésiller, comme si la bataille était déjà terminée. Aya atteint les bassins. Le corps de Mezya flotte dans la deuxième piscine, les bras et les jambes en étoile, le visage plongé sous l'eau. Aucune trace de Voline.

– C'est un cauchemar, murmure Aya.

Elle avance doucement, plaquée contre un mur. On perçoit de nouveau un vacarme au loin, semblable à la clameur des soirs où les adultes faisaient la fête. Les sons s'intensifient et se précisent, plus agressifs. Des coups de feu retentissent. Aya longe les murs jusqu'au couloir suivant. Au bout, elle y a l'ancien cinéma. Plus que quelques pas avant d'y arriver. Les bruits sont de plus en plus proches, on entend même des aboiements. Aya craque :

– Des chiennes d'attaque, fils de pères !

Elle se précipite dans le cinéma sans prendre la peine d'effectuer aucune reconnaissance préalable. Elle jaillit au milieu d'un champ de corps d'enfantes. Contre le mur du fond, Soledi, le visage livide, caresse les cheveux d'une des jumelles étendue entre ses jambes, morte. L'amie de Voline paraît complètement indifférente à la bataille qui se joue encore autour d'elle. Au centre de la pièce, trois hommes en armure font face à trois femmes. La situation semblait figée. L'arrivée d'Aya relance les hostilités. Le rapport de forces a basculé en notre faveur.

— 17 —

Ansel

Après l'explosion dans le tunnel, plus rien n'a de sens. Ansel a les jambes en coton, la terreur imprimée au fond des entrailles. Ses oreilles sifflent, il n'entend pas les ordres qui fusent autour de lui. Il reste aveuglé plusieurs secondes, avant que la poussière alentour retombe et dévoile un spectacle apocalyptique. Osman est à terre, assommé ou mort, ses genoux écrasés sous un bloc de glace. Sayden est mort, lui c'est certain, sa tête fait un angle droit avec son corps.

Ansel cherche ses proches. Loup se relève doucement, Strøm a l'air indemne, Rekat se tient le bras mais sa blessure est sans gravité apparente. Un instant, Ansel songe que ça aurait pu être pire, avant de voir les autres cadavres autour de lui. Sonné, le garçon est incapable de prendre la moindre décision, comme l'ensemble du groupe, décapité, privé de ses figures d'autorité. Irik, opportuniste, s'en attribue aussitôt le leadership :

– Loup, ramasse le fusil de Sayden, on continue. On va faire payer ces chiennes !

La troupe se remet en route en se faufilant à travers les décombres. Deux femelles apparaissent au bout du tunnel. La haine reprend le dessus, l'envie de se venger, de faire mal. Les tirs pleuvent. Orlof se précipite sur elles, stack à la main. Loup vise sa première cible. La femelle tombe raide morte. Orlof matraque la deuxième jusqu'à ce qu'elle ne bouge plus. Ça y est, le groupe est entré dans le foyer des femelles et se disperse pour faire un maximum de dégâts. Strøm a disparu dans la cohue, Ansel reste avec Loup et Orlof, visiblement les plus efficaces.

Ils arrivent dans une pièce immense, où une centaine de gradins entourent une estrade. Chaque gradin compte une dizaine de sièges. Sont-elles vraiment autant ? Ansel commence à douter, mais ce n'est pas le moment pour ça.

Dans la salle, la guerre fait rage. Les Virls, qui eux aussi sont parvenus à forcer lc passage, sont en train de massacrer une dizaine de femelles. Loup grimpe dans les gradins pour avoir le meilleur angle de tir, Orlof et Ansel le suivent pour le couvrir. Dans la frénésie de l'affrontement, personne ne fait attention à eux. Loup descend les femelles comme de simples chiennes, avec une précision mécanique. Ansel se tient bien droit, aux aguets ; la situation lui apparaît irréelle, un mauvais rêve. Lui, le prétendu tueur de chiens et de femelles, a plus que jamais le sentiment d'avoir usurpé sa réputation. Il espère juste que la guerre se termine sans qu'il ait à intervenir.

Raté, deux femelles s'approchent. Loup, absorbé par son viseur, ne les a pas vues. Orlof aboie plus qu'il ne parle :

– J'attaque par la droite.

Ansel passe par la gauche. Les femelles se séparent aussi. Celle qui vient vers lui a un grand manteau gris, une capuche rabattue sur le visage, un cercle dans chaque main. Ansel n'a que son stack, mais il surplombe la femelle. Leto leur a toujours dit que c'était un avantage.

La femelle lance un premier cercle, son coup est manqué. Ansel en profite, il saute sur l'ennemie, son bâton heurte le deuxième cercle en métal. Son geste le déséquilibre, mais son bras tient bon. Il parvient à planter son stack dans le ventre de son adversaire. Elle dérape, il la repousse d'un coup de pied, son corps dévale les gradins comme un vulgaire paquet. Victoire.

Déjà, d'autres combattantes jaillissent en nombre, il faut évacuer. Ansel se retourne pour appeler Loup et Orlof. Et se fige. Leurs corps gisent, Orlof affalé sur un siège, Loup coincé entre deux marches, les bras désarticulés, comme ceux d'un pantin qu'on aurait laissé tomber.

Un gouffre vertigineux s'ouvre dans ses entrailles. Le froid et le chaud se disputent son âme épuisée, le désespoir lui coupe les jambes. Loup est mort. Ansel n'arrive pas à assimiler l'information. Loup est mort. Il ne veut pas l'intégrer. Il préférerait mourir. Il a envie de vomir. Il n'a plus envie de rien. Il voudrait juste crever là et qu'on n'en parle plus. Loup est mort. Ça n'est pas logique.

Il voudrait mourir, mais quand le danger revient sous la forme d'un disque lancé à pleine vitesse, son corps décide de vivre, son corps esquive. Ansel est forcé de s'extraire de sa sidération. Loup ne voudrait pas qu'il meure. Son poing est serré si fort sur son stack qu'il peut sentir ses ongles contre sa paume. Il a des envies de vengeance mais d'abord il faut fuir, il y a trop de femelles ici. Il se met à courir. Il y a une porte en haut de la pièce, c'est la seule sortie en vue. D'anciennes douleurs se réveillent, la morsure sur son mollet, des plaies que lui-même avait oubliées. La porte s'ouvre sur un couloir silencieux.

Il fait encore quelques mètres, tremblant, pour être sûr d'être à l'abri. Personne ne l'a suivi. Il s'arrête, à bout de souffle, son cœur tambourinant dans sa poitrine. Son armure est si lourde sur ses épaules. Il se laisse tomber à terre. Ses pensées tournent en boucle. Loup est mort, Loup est mort.

Tout lui paraît absurde et digne d'un cauchemar. Il voudrait sortir de ces souterrains sombres et lugubres. Il voudrait revenir à la surface, comme si là-haut, Loup l'attendait en pleine forme. Il ne réalise pas. Il n'en a toujours pas le temps.

Rekat surgit, escorté de deux mâles qu'Ansel ne reconnaît pas, sûrement des soldats d'une autre Phalange. Rekat lui adresse la parole pour la première fois depuis si longtemps :

– Ça va ?

– Je crois que Loup est mort.

– Trop tôt pour ce genre de pensées. Allez, debout. On est en train de gagner, il reste juste quelques fuyardes à faire payer. Venge-toi.

Ansel se lève, mécaniquement.

– Je retourne pas où j'étais.

– Non, de l'autre côté, elles sont plusieurs là-bas.

Ansel suit le groupe sans réfléchir. Son armure lui paraît peser le poids de toute une Phalange. Son stack tremble dans sa main moite. Son épaule saigne, il ne se souvient même pas pourquoi. Dire qu'il doit retourner se battre...

Il entre dans une salle étroite, vide, équipée d'une petite fenêtre donnant sur une autre pièce. En s'approchant, il distingue à travers la vitre une nouvelle salle en gradins ; Rekat et les deux mâles l'ont déjà rejointe et la descendent à toute vitesse, à la rencontre d'une meute de femelles. Leurs stacks frappent avec puissance, sans pitié, pour tuer. Ansel pénètre à son tour dans la pièce. Les femelles sont minuscules, elles se défendent en pleurant et en agitant les bras.

– Attendez, ce sont des enfants ! s'exclame Ansel sans réfléchir.

– Et alors ? s'étonne Rekat en se tournant vers lui. Ce sont des futures adultes qui ne nous épargneront pas !

Ansel ne trouve rien à répondre. Il s'approche et frappe, sans conviction. Elles sont déjà toutes mortes ou blessées, de toute façon.

Un disque, soudain, déchire l'air et la jugulaire d'un des mâles qui escortaient Rekat. L'Homme s'effondre comme un vulgaire sac. Le sang éclabousse le mur derrière lui.

Trois femelles adultes s'avancent. Les deux groupes se font face, trois contre trois. Enfin, Ansel sent la rage l'envahir. La rage bouillonne dans son ventre alors qu'il revoit le corps de Loup, au sol, ses bras désarticulés, ses yeux ouverts sur le vide. La rage lui donne soif de vengeance.

— 18 —

Aya & Ansel

•

Une quatrième femelle vient de rejoindre le groupe. L'équilibre numérique est rompu, il faut frapper maintenant.

Ansel se rue sur la chienne qui lui fait face. Dix pas les séparent ; elle a le temps de lancer son disque. Le projectile se plante au milieu du gouvernail représenté sur le plastron de son armure. Le choc lui coupe le souffle, la douleur est insupportable, mais Ansel continue d'avancer.

Colonne vertébrale : opérationnelle. Bras : contusions. Jambes : fatigue, douleurs résiduelles. Crâne : opérationnel. Thorax : hémorragie légère.

Aucun organe vital n'est touché, la rage d'Ansel est intacte.

À présent désarmée, la femelle veut fuir.

○

Dans le coin de la pièce où elle est affalée, Soledi se tient le ventre, pâle comme la mort. Ses gémissements d'animal blessé fendent le cœur. Elle peut encore être sauvée, elle doit être sauvée.

Aya se jette dans la mêlée sans faire l'erreur de lancer son cercle, qui lui sert de lame pour trancher ce qui vient. L'homme en face d'elle a du mal à tenir le rythme. Il est lent, pataud, alors qu'elle virevolte, danse, esquive les coups de bâton. Elle s'est entraînée toute sa vie pour ce moment. Chacun de ses gestes se traduit par une entaille, un accroc dans l'armure, une plaie béante de son adversaire. Et même lorsque le bâton de l'homme parvient à atteindre son épaule, Aya ne bronche pas.

Santé : 76 %, cicatrisations fragiles, contusion à l'omoplate, jambe encore faible. Batterie : 97 %.

●

La femelle désarmée n'a pas le temps de fuir. Ansel avance sur elle d'un pas décidé et frappe son dos de toutes ses forces. La colonne vertébrale de son adversaire émet un craquement terrible. Ce doit être douloureux. La chienne s'effondre au sol. Ansel frappe à nouveau, à la tête cette fois, il ne veut laisser aucune chance à sa proie. Le stack s'abat avec un bruit grinçant, comme quand la Phalange roule sur une grosse pierre.

Le tueur de chiennes détourne les yeux pour éviter de croiser le dernier regard de sa victime. Une partie de sa rage se dissipe, le dégoût et la peur prennent le relais.

○

L'homme devant Aya bombe le torse et lève bien haut son bâton. Quelle arrogance... Il essaye encore de nous impressionner alors qu'il est complètement dépassé. C'est le moment parfait pour placer une combinaison d'attaque étudiée à l'entraînement. Je murmure le chiffre « 4 » dans l'oreille d'Aya qui comprend et s'exécute.

Elle feint de battre en retraite, pour appâter l'homme, lui donner envie de foncer. Elle feint de reculer mais chacun de ses muscles est bandé, elle est prête à frapper. L'homme se précipite fièrement dans notre piège, son bâton dressé au-dessus de sa tête. Avec un timing parfait, Aya lance son cercle en visant les genoux de son adversaire, là où l'armure est le plus fragile. Le disque cisaille les ligaments à l'arrière des deux rotules. Aya n'a alors plus qu'à éviter un coup maladroit. L'homme s'effondre, impuissant.

Ma protégée s'approche pour récupérer son cercle et achever l'ennemi qui a tué ses sœurs.

●

Ansel relève la tête. Tout le monde est mort ou presque. Rekat est à l'agonie, la dernière femelle encore debout avance vers son ami pour l'achever.

Il est trop loin pour intervenir, que faire ? Ansel repère enfin la blessée qui gémit depuis de longues minutes, collée contre un mur. Il se précipite sur elle, la saisit par la gorge et crie à l'autre :

– Si tu achèves le mâle, je bute celle-là.

○

Surprise, Aya tourne la tête. Un homme menace Soledi, brandissant son bâton en l'air. Son armure verte est trouée en son milieu, tachée de sang. Elle le reconnaît aussitôt, c'est celui de la dernière fois.

●

Sa capuche est baissée, ses cheveux noirs tombent sur son visage. Il en est certain pourtant, c'est la femelle qu'il a libérée.

○

– Je fais quoi ? murmure Aya.

– *Je crois qu'il n'a pas encore vu que tu n'étais pas armée. Ne regarde pas à terre, il le remarquerait.*

Le cercle est juste là, aux pieds d'Aya. Si elle se baisse, elle y a une chance que le mâle en profite pour bondir sur nous.

– Ça répond pas à ma question, je fais quoi ?

– *Parle avec lui, négocie. On verra ensuite.*

Aya hausse la voix pour paraître confiante.

– Pas de problème, on peut s'arranger dans le calme.

●

Ansel s'approche très discrètement, la respiration saccadée. Il essaye de réfléchir. Son cerveau tourne à vide, comme la Machinerie certains jours de Saison Tiède. La seule pensée qui lui vient est un vieux dicton de son père : « C'est important de tisser un lien avec les gens. Surtout quand on veut les ligoter. » Ansel tente d'utiliser à son avantage sa rencontre avec la femelle :

– Je t'ai libérée la dernière fois, tu peux sauver mon... camarade.

Ansel a failli dire « ami » et se faire avoir à son propre piège. Rekat aurait eu plus de valeur dans l'échange en cours, la femelle aurait pu se servir de ce lien. Alors qu'il ne sait même pas au fond si Rekat est encore son ami.

○

C'est bien le mâle qui a assommé Aya et qui lui a permis de s'échapper. Trop de hasards. Un silence terrible flotte dans le vieux cinéma. Soledi a cessé de gémir.

La voix de ma protégée paraît bien faible dans cet océan sans écho :

– Oui, bien sûr. Pose ton arme et j'épargne ton... camarade.

●

Ansel hésite, doit-il obéir ? C'est forcément un piège.

Il s'apprête à dire à la femelle de poser son arme la première quand il remarque enfin qu'elle n'en a plus, pas même en réserve dans le dos. Son disque est aux pieds de Rekat, à quelques pas d'elle. Assez près pour qu'elle l'attrape avant qu'il l'atteigne. Trop loin pour qu'elle ait le temps de le frapper avec. Le timing est serré.

Ansel garde son stack en main.

○

Ça y est, il a compris qu'Aya était désarmée. Il n'a pas posé son bâton, et il est de plus en plus près de nous. Elle nous faudrait, d'après mes estimations, trois secondes pour récupérer le cercle et elle en faudrait quatre à l'homme pour être sur nous.

Dans le coin de mon champ de vision, je vois que Soledi ne bouge plus. Elle est temps de se rendre à l'évidence :

– *C'est trop tard pour Soledi. Même si on pouvait accéder maintenant à un kit de secours, on ne pourrait plus rien faire pour elle.*

Aya essaye de ne rien dévoiler de ses sentiments, mais à l'intérieur, elle se décompose.

– Pose ton arme, j'ai dit ! Si elle te plaît ! On n'a pas besoin de s'entretuer.

●

Ansel se rapproche encore, lentement. Le corps-à-corps est sa meilleure chance. À chaque pas, il y croit un peu plus :

– Je sais, je suis d'accord. Promis, je ne te ferai aucun mal.

○

– Je le sens moyen, me murmure Aya.

– *Moi aussi, il continue d'avancer.*

– Alors je fais quoi ?

– De toute façon, vous avez perdu, lance le mascu, c'est sûr maintenant. Si tu te rends, je jure de protéger ta vie.

Trop de promesses, trop de tutoiement, trop de fausses évidences, les outils de base de la manipulation. Aya recule doucement. Son regard s'arrête un instant sur Soledi.

●

Elle l'a quitté des yeux une seconde, et Ansel a failli bondir. Mais lui aussi a croisé un regard. Rekat. Il ne fait pas un bruit depuis qu'il a été blessé. Son visage est dénué d'expression, comme figé.

○

L'homme a été distrait l'espace d'un instant. Aya saisit aussitôt sa chance. Elle n'a pas le temps de récupérer le cercle, mais puisque c'est trop tard pour Soledi, elle peut encore fuir.

●

Elle dévale les gradins. Plutôt que de se lancer à sa poursuite, Ansel se précipite sur Rekat :

– Ça va ?

Ansel ne reçoit pour toute réponse qu'un hochement de tête laborieux. Il s'en contentera. Il reprend sa course, la femelle doit être rattrapée, les autres la croient morte.

○

– *Il nous suit.*

Aya ne détourne même pas la tête, elle sait que j'entends parfaitement ses pas lourds derrière nous. Elle fonce vers le bas de la salle, sans savoir où aller après. Elle faut rejoindre le tunnel Imane Abdelaoui, notre seul espoir, en évitant les hommes qui sont partout.

J'essaye de calculer l'itinéraire le plus simple. Mes circuits grésillent horriblement, sans explication valable. Aya n'a plus de forces dans les jambes, un choc a de nouveau fragilisé son genou. Santé : 64 %, cicatrisations fragiles, jambe encore faible, contusion à l'omoplate et au genou gauche. Batterie : 97 %.

Va-t-on pouvoir tenir le coup ?

●

La femelle est plus légère que lui, elle n'a pas d'armure, elle devrait courir plus vite. Pourtant, ses pas sont hésitants. Ansel se dit qu'il a une chance. Son ventre saigne, il a un trou au milieu de son armure, mais la plaie est superficielle et il tient bon.

Colonne vertébrale : opérationnelle. Bras : contusions. Jambes : fatigue, douleurs résiduelles. Crâne : opérationnel. Thorax : hémorragie.

○

Aya progresse comme elle peut. Elle n'a plus la force de courir. Trop de temps passé dans le cocon médical, à se rétablir lentement. Des semaines à récupérer de l'énergie, qu'elle dilapide en une seule course. Pourtant, elle faut s'accrocher ; tout en bas des gradins se trouve l'ancien restaurant où sont reçues les Sages-Femmes lors de leurs visites, et de là une porte mène à un couloir qui va jusqu'au tunnel Abdelaoui. Ça peut encore le faire.

– *Tout droit, fonce, tu vas y arriver !*

●

La femelle est à bout, c'est sûr. Ansel gagne du terrain. Le stack dans sa main frôle la combinaison blanche de celle qu'il poursuit. Qu'il se rapproche encore un peu et il pourra frapper.

○

L'homme est juste derrière nous. Aya se jette dans le restaurant, ou plutôt glisse à l'intérieur en ratant la dernière marche. Elle roule sur le sol et passe sous la grande table en bois avant de prendre appui sur une chaise pour tenter de se relever.

On y est.

– *La porte à droite !*

●

Stack en avant, Ansel bondit dans la pièce, sans faire attention à la table épaisse qui se trouve en son milieu. La femelle s'est glissée dessous ; il aurait du mal à faire pareil avec son armure imposante, alors il la joue moins subtil. L'épaule gauche en avant, bien protégée par son brassard, il se jette contre le meuble.

○

Aya se rue sur sa droite mais un obstacle imprévu nous barre la route : la table renversée par l'homme bloque l'ouverture de la porte.

●

La femelle est coincée, elle ne peut aller nulle part.

C'est dans ce genre de situations qu'elles sont les plus dangereuses.

– Résiste pas, laisse-toi faire, l'implore Ansel en reprenant péniblement sa respiration. Je ne te tuerai pas, j'ai promis.

○

La tête baissée, le souffle coupé, Aya ne répond pas. Ses yeux cherchent à terre, parmi les objets qui étaient sur la table, quelque chose pour l'aider. Entre un vieux jeu d'échecs et un paquet de cartes menteuses, souvenirs d'un passé tranquille, pas si lointain, elle finit par repérer un couteau qu'elle saisit avant que l'homme ait le temps de réagir. Aya ne lui répond pas, ses gestes parlent pour elle. Elle ne se rendra pas.

•

Ansel grimace, la femelle a récupéré un couteau de cuisine.

– Sois raisonnable, je t'en prie ! Le combat est terminé.

Il désigne la pile de cadavres au fond de la pièce.

– Tu ne veux pas finir comme elles, quand même ? Je t'aiderai, je te le promets, je t'ai déjà aidée.

La femelle pointe sa lame sur lui, pleine de rage et de désespoir :

– Tu m'as libérée pour me faire suivre, ne me prends pas pour une idiote ! Peut-être que ça a marché d'ailleurs, peut-être que c'est ma faute si toutes mes sœurs sont mortes !

Ansel est démuni. Il sait qu'il devrait attaquer tout de suite, tant que personne n'a repéré la femelle. S'il veut sauver sa réputation, il devrait même lui broyer le crâne pour qu'elle ne soit pas reconnue.

Impossible. Il a peur, il a honte, son dos le démange tant il est nerveux. Ce n'est plus la frénésie de la guerre mais un face-à-face avec un visage connu. Il est obligé de s'accrocher à son mensonge :

– Non, je ne t'ai pas fait suivre ! Tu l'aurais vu si c'était le cas !

○

Je grésille de plus en plus, comme si on tentait de pirater mon système. Aya secoue la tête :

– Suivre avec des traceurs ! Me prends pas pour une idiote.

– Ah bon ? Où ça, des traceurs ? T'es partie sans rien...

L'homme a vraiment l'air étonné. Aya lâche, excédée :

– Sur le manteau que tu m'as donné !

●

Ansel hausse les sourcils derrière son masc :

– Alors c'est moi qui étais surveillé !

○

Le débat stérile se clôt de lui-même. Le face-à-face se poursuit silencieusement pendant de longues secondes. Impossible de connaître les intentions du mascu. Son regard est caché derrière son masque grimaçant. Aya tient son couteau bien en avant, mais elle sait qu'elle n'ira pas loin contre une armure et un bâton en fer. Qu'est-ce qu'on peut faire ? Bondir ? Tenter un geste désespéré ?

Aya hésite. Je n'interfère pas, c'est à elle de décider, d'évaluer si elle est possible de gagner ce combat-là, si elle veut prendre ce risque.

C'est trop tard, un autre homme vient d'entrer dans la pièce, d'une démarche nonchalante, l'air serein. La bataille est perdue.

●

La femelle a levé les yeux. Est-ce qu'elle a vraiment vu quelque chose, ou elle tente de détourner son attention au moyen d’une ruse vieille comme le monde ? Les femelles sont sournoises en général. Prudent, Ansel ne se retourne pas. Mais cette fois, ce n’était pas une feinte. La voix amusée d’Irik résonne dans toute la pièce :

– Alors ? On a du mal à maîtriser une femelle solitaire ?

— 19 —

Aya & Ansel

○

L'homme qui vient d'entrer est grand et massif. Le ton agressif qu'il emploie pour s'adresser à l'autre mascu nous fait comprendre qu'elle n'y aura pas de négociations possibles avec lui :

– On t'cherchait, c'est fini, on a gagné ! Massacre-la, allez, vas-y !

La partie est perdue.

●

Irik. La rencontre à ne pas faire à ce moment précis. Il a vu la femelle, il l'a interrogée, c'est sûr qu'il va la reconnaître. Peut-être même qu'il sait déjà qui elle est et qu'il s'amuse à jouer avec les nerfs d'Ansel.

– Je m'en sortais très bien seul, t'en fais pas.

○

– Évidemment, j'n'en doutais pas, ta légende de tueur te précède ! répond le grand avec un air suffisant.

Les deux hommes ne s'entendent pas, c'est peut-être une chance à saisir.

●

Dans un autre contexte, à une autre époque, Ansel se serait laissé faire, mais aujourd'hui la rage prend le dessus :

– Pourquoi tu t'acharnes ? T'as besoin de prouver ta supériorité, c'est ça ? C'est quoi le problème ? Si je veux la tuer, je la tue, c'est pas difficile !

Il en faut bien plus pour effrayer Irik.

– Justement, j'ai l'impression qu't'as eu du mal à la tuer, la dernière fois !

Ansel pâlit. Irik enfonce le clou :

– Oui, j'ai la mémoire des visages, j'ai compris ton p'tit jeu. T'as eu un coup de foudre pour elle, c'est ça ?

○

Personne ne fait attention à nous. Aya pourrait bondir, tuer le premier homme peut-être, mais les deux, ce serait un miracle. Le risque est trop grand. La seule « bonne nouvelle », c'est que l'homme qui a libéré Aya pourrait finalement être sincère. L'autre soldat semble ne pas avoir été informé de son évasion, et il n'a pas l'air content de la trouver en vie. Elle faut jouer là-dessus, tirer profit de leur désaccord.

Aya prend sa voix la plus innocente – les femmes sont bêtes, tous les hommes le savent :

– Oui, il a promis que j'aurais la vie sauve. Je crois qu'il m'aime bien.

●

De quoi elle se mêle ? La confrontation a pris une tournure inattendue, Ansel ne contrôle plus rien. Il a mal, froid, ses muscles sont ankylosés sous son énorme armure. Loup est mort, Rekat peut-être aussi, Orlof c'est sûr. Tous ses repères se sont effondrés.

Il s'avance vers Irik, déterminé.

○

Que fabrique le premier homme ? C'est extrêmement confus, on dirait qu'ils vont en venir aux mains. Aya resserre sa prise sur son couteau. Et si c'était notre moment ?

– *Attends de voir ce qu'ils vont faire. S'ils se battent, c'est encore mieux pour nous.*

– Je sais. Je fais que ça, attendre, pendant que Soledi se vide de son sang.

– *Encore trente secondes, juste trente secondes.*

Hélas, le moment d'agir s'éloigne lorsqu'un troisième homme entre à son tour.

●

L'entrée de Strøm sauve Ansel de la catastrophe. Sa voix calme et froide fait fondre en un instant sa colère :

– Ah, vous êtes là, parfait. J'vous cherche depuis dix minutes. La dernière poche de résistance a été écrasée, on a gagné, on rentre.

– Et cette femelle, là, on en fait quoi ? demande Ansel en levant le doigt vers le visage d'Aya pour que son père comprenne vite de quelle femelle il est question.

Strøm ne met pas longtemps à prendre la mesure de la situation :

– Hmm, faisons-la prisonnière, elle peut encore nous être utile.

Irik se dirige vers la femelle en passant dans le dos d'Ansel pour chuchoter :

– Ça ira pour cette fois, mais j'n'oublie pas ton petit secret.

Ansel feint de n'avoir rien entendu.

○

– Au moins, le ciel est beau aujourd'hui.

La voix d'Aya n'est plus qu'un murmure. Ses yeux sont rivés sur l'horizon flamboyant où le soleil se lève, nuances de bleus, de verts et de rouges. J'ai rarement vu plus bel Hiver.

– *Avant, elle y avait des machines volantes là-haut.*

Les mains liées, les jambes en poudreuse, ma protégée avance en pleurant vers les phares. Quand les trois hommes l'ont assaillie, elle n'a rien pu faire. Aya croyait dur comme fer qu'elle allait mourir là, ne jamais revoir le ciel...

●

Comme sa prisonnière, Ansel lève les yeux. Les premiers rayons du soleil brillent sur l'horizon. Dire qu'ils ont passé toute une nuit dans cet enfer souterrain... Une nuit de cris, de peur, de confusion, de bruit et de silence. Dire que cette nouvelle journée commence avec tant d'absents... Ansel retient ses larmes. Il n'aura le droit de pleurer qu'une seule fois, pour l'enciellement de Loup.

○

En baissant les yeux, Aya reconnaît Neoma. Elle aussi est encadrée par deux hommes. Les deux femmes échangent un regard indéfinissable, mélange de tristesse, de satisfaction d'apercevoir l'autre vivante, de désespoir, de honte de faire partie des survivantes, d'angoisse pour la suite... Elles ne savent pas si elles doivent se dire « bonjour » ou « adieu ».

●

C'est à ce moment-là seulement qu'Ansel remarque le Napoléon pulvérisé, juste en face de lui. Il n'en reste qu'une carcasse calcinée, semblable à la cage thoracique d'un grand mammifère disparu. Comment les femelles ont-elles pu faire ça ? Avec quelle arme ? Il devait y avoir encore des Hommes à l'intérieur, des eunuques, des impuissants, et même des prisonnières.

○

À travers ses larmes, Aya esquisse un léger sourire quand elle réalise qu'un des phares a été totalement ravagé par le feu. De la lourde épave renversée sur le sol, des survivants émergent en courant. Est-ce le travail des veilleuses avec les lance-roquettes de la Maison Mère, ou bien celui des Sages-Femmes qui se seraient finalement décidées à venir ?

– *En tout cas, elle y aura toujours de l'espoir.*

Ma voix n'est qu'un souffle dans l'oreille de ma protégée, mais je sens que mes paroles résonnent dans son esprit ; si les plaies ouvertes par cette bataille seront longues à cicatriser, sa force n'est pas brisée. Si elle est enchaînée, isolée, battue, elle n'est pas encore vaincue. Ses poings liés sont fermés, aussi durs que des pierres, prêts à se battre. À l'intérieur brille l'éclat tranchant d'un petit morceau de verre qu'elle a réussi à dissimuler.

PARTIE III

— 1 —

Ansel

Ils sont tous là, en cercle : on en compte soixante-sept et non plus cent six. Même les impuissants, même les eunuques en tuniques beiges ont fait le déplacement jusqu'au toit de la Phalange. Personne ne parle tant que le soixante-huitième n'est pas arrivé. Ansel n'a plus l'habitude des enciellements. À part le vent glacé qui siffle dans ses oreilles, il n'entend rien. Il ne peut sentir sous ses pieds que le ronronnement rassurant des chauffages de veille. Le reste s'est tu. La Machine se repose.

Le silence implacable souligne le grincement triste des roues du fauteuil d'Osman sur l'acier du toit. Les mâles tournent la tête pour le voir s'approcher. À l'exception de son masc, il porte l'intégralité de son armure noire de guerre, une armure désormais plus décorative qu'utile. L'explosion du tunnel a réduit à néant ses chances de remarcher un jour. Le Patriarche avance péniblement, mais personne n'aurait l'idée de lui venir en aide.

Les rangs clairsemés fourmillent de murmures. Osman doit réclamer le silence. Son regard est sombre derrière ses lunettes, sa barbe est trouée de cicatrices, et sa voix est plus fragile que d'habitude :

– Mes frères, il y a des victoires qui ressemblent étrangement à des défaites.

Il laisse passer quelques secondes puis reprend, énumérant un par un les noms de toutes les victimes. C'est long et pénible. Loup arrive dans les derniers, entre Karn et Porloc. Puis le silence se fait de nouveau.

Osman est pensif, il paraît ailleurs au moment de remercier les défunts, entonnant un refrain qu'il n'a déjà que trop souvent prononcé :

– Ils portaient fièrement leur armure au combat, à table, ils buvaient et riaient avec nous, leurs frères. Jamais nous ne les avons entendus douter de notre cause, jamais nous ne les avons vus se plaindre des risques qu'ils encouraient. Sur leur masc de mort, il n'y a ni peine ni détresse. Il n'y a que la sérénité. La sérénité d'avoir exprimé leurs émotions les plus nobles pour nous grandir. La sérénité d'avoir enfoui leurs émotions avilissantes pour nous protéger. Ils ont donné leurs années de vie pour nous. Ils ont donné les années qu'il leur restait à vivre pour nous. Pour cela je n'ai qu'un mot : merci. À leurs corps qui bientôt s'en iront, je lègue mon amour.

Le Patriarche relève la tête, son regard est glacial.

– Aux chiennes qui les ont abattus, je lègue ma haine. Leurs corps déchiquetés refroidissent pour toujours sous la poudreuse. Un foyer entier de femelles a été rayé de la carte, ces chiennes n'auront personne pour les pleurer.

Osman se tourne vers l'extrémité arrière du toit de la Phalange, où vingt-deux corps reposent – tous ceux qu'on a pu retrouver –, enveloppés dans des peaux de chien.

– Nos Hommes, eux, ont des frères pour les pleurer. C'est le dernier honneur que nous pouvons leur faire. Tant que nous sommes tristes, nous sommes vivants. Tant que nous sommes vivants, nous gagnons. Mais il faut pour cela que la tristesse ne soit qu'une étape. Qu'on l'enfouisse au plus profond de nous après l'avoir laissée respirer. Rien ne doit altérer la virilité qui nous maintient aussi droits qu'un stack. Nous vivons parce que nous virilons, parce que nous gardons la tête haute, le regard fixé sur l'horizon, toujours. J'invite donc les plus proches parents de nos héros à venir vers la balustrade.

Ansel s'avance. Comme la moitié des survivants de la Phalange, il a un cadavre à honorer, le deuil d'un ami à porter. Alors que si souvent c'est Loup qui l'a soutenu, tiré vers l'avant, aujourd'hui Ansel doit pousser ce qu'il reste de son ami, le faire basculer dans le monde des morts et de l'oubli. Ça aurait dû être à Ark, le discret père de Loup, d'accomplir cette tâche ; mais lui aussi est parti, quelques minutes avant son fils, dans un autre souterrain, décor d'un autre cauchemar.

Ansel fixe le sol. Chaque pas le rapproche du dernier adieu. Chaque pas est douloureux, mentalement et physiquement. Ses blessures de guerre sont nombreuses. Elles s'effaceront pourtant plus vite que les plaies de son âme dont il ne pourra jamais parler avec ses frères. Il est tenu de ne pleurer qu'une fois, puis d'effacer aussitôt sa tristesse, alors que sa convalescence physique durera, elle, le temps qu'il faudra. Endurer la violence est une forme de courage, la laisser s'insinuer en vous est une forme de lâcheté. Avoir souffert est une preuve d'héroïsme, souffrir est une preuve de faiblesse.

Ansel sait bien qu'il n'a pas le droit de défaillir. Pas le droit de montrer sa détresse à ceux qui pourtant ressentent la même chose en montant les marches qui mènent à la balustrade. Même si tout le monde sait ce qu'il faut faire, Osman délivre les dernières consignes :

– Maintenant, je vais tirer quatre coups de feu. Il vous faudra alors pousser vos proches défunts dans le vide. Vous n'aurez le droit de vous retourner que lorsque vos larmes auront cessé de couler. On viendra vous chercher et vous aurez le devoir de vous débattre.

Les quatre détonations semblent jaillir de très loin et sortent Ansel d'une profonde torpeur. Des deux mains, il bascule le corps emmailloté par-dessus la balustrade.

La chute de son ami n'est ni spectaculaire ni effroyable. Elle ne dure que quelques instants. Il n'y a plus rien à voir.

Ansel voudrait le suivre. Il est perdu. Il n'arrive pas à faire le lien entre le corps qu'il vient de toucher et l'ami qu'il avait. Il n'arrive pas à réaliser qu'il va devoir faire demi-tour, là, tout de suite, pour affronter ses proches et les épreuves à venir. Il n'arrive pas à envisager que tout ça est réel.

Il est comme pétrifié. Loup. Loup était si jeune. Loup *avait la vie devant lui*, comme le répètent les vieux impuissants. Loup touchait du doigt son rêve de devenir sniper. Loup était drôle, joyeux. Pourquoi le sacrifier ?

La poitrine d'Ansel se serre, il n'arrive même plus à pleurer. Il hoquette, se mord les doigts, les poings crispés par le désespoir. Il se répète les mêmes phrases en boucle. C'est pas vrai, c'est pas vrai, c'est pas vrai. Le cauchemar ne veut pas prendre fin. Loup est toujours aussi mort. Paraît qu'il a rejoint le paradis ? C'est pas vrai, c'est pas vrai, Ansel pense qu'il devient fou. Qu'il n'arrivera plus jamais à faire semblant de vivre. Les autres à côté ont commencé à rejoindre leurs proches, il devrait les imiter. Et pour quoi faire ? À quoi bon ? Loup a disparu de toute façon.

Pourtant, son corps se met à suivre le protocole. Ses larmes sont sèches, on lui signifie d'un geste que c'est son tour, il peut se retourner. Rekat et Strøm l'attendent pour le ramener vers le cercle.

À l'enterrement de Deschka, le père de Rekat, Ansel n'avait pas pensé une seconde que les places puissent être inversées un jour. Ou plutôt si, il y avait pensé. Mais il n'y croyait pas vraiment. Ce n'était qu'un exercice intellectuel.

Cette fois, c'est à lui de se débattre. À lui de se jeter vers le vide sans arrière-pensée, sans douter, sans réfléchir à ceux qui sont morts bêtement de cette façon. Ou, au contraire, en se disant qu'il pourrait mourir maintenant, rejoindre Loup, et que ce serait parfait ainsi.

À deux pas de la balustrade, la poigne de Strøm se referme sur sa jambe. Il l'a accompagné toute sa vie, il ne le laissera pas mourir.

Ansel se débat, il veut tout casser, tout détruire. Il voudrait foutre des coups, hurler sa rage, parce que après il faudra être calme, serein, fort, impassible. Il cherche à se défaire de l'emprise de son père mais Strøm tient bon et Rekat, à son tour, enserre son autre mollet.

Ansel, impuissant, est tiré sur le sol comme un vulgaire bac de vidange. C'est terminé pour lui.

Il y a tellement d'autres confrontations à venir que tout le monde passe vite à autre chose. Ansel se relève dans l'indifférence générale, secoue son dos plein de poussière et, soulagé de ne pas être regardé, il essuie la dernière larme qu'il ne parvient pas à retenir. Chacun est trop préoccupé par ses propres morts. Ansel lui-même ne fait pas attention aux affrontements qui se déroulent après le sien. C'est la voix grave du Géniteur qui le ramène à la réalité :

– Un peu de silence pour conclure ! Il est l'heure de réciter la prière de Notre Père éternel, pour qu'il accueille nos frères défunts dans son royaume de gloire.

Les mâles entonnent alors en chœur :

« Notre Père,
Donne-nous la force de ne pas faiblir,
Donne-nous la foi de ne pas mourir,
Fais de nous des rocs,

Fais de nous des Hommes,
Libère-nous des femelles,
Et garde-nous, toujours,
Virils. »

Ansel lève les yeux au ciel. Faites que ce soit vrai, cette histoire de Père éternel.

L'enciellement est terminé.

Le cercle des mâles a déjà commencé à se disperser quand Irik prend la parole :

– Au fait, pendant qu'tout l'monde est encore là ! J'voudrais vous avertir qu'suite à la destruction du Napoléon, Sidorov nous a proposé d'accueillir quelques membres d'son équipage chez nous pour la suite ! On sera presque autant qu'avant comme ça.

– Des Hommes de Sidorov chez nous, et on apprend ça par la voix d'Irik plutôt que par Osman..., murmure Strøm à l'oreille de son fils. Il va pas tarder à y avoir du changement.

Il pose sa main sur son épaule, comme si ça pouvait le consoler.

2

Aya

Neoma attrape de nouvelles miettes de pain qu'elle jette à travers le grillage sous ses pieds.

– Repose en paix... Deliel, ma sœur, toi sur qui nous nous sommes tant reposées.

À l'unisson, les autres prisonnières baissent la tête. Encore accablée par les horreurs de l'affrontement, Aya retient ses larmes. Neoma reprend l'émiettement de notre repas du jour – hélas, c'est ce qu'elle a trouvé de mieux pour remplacer la neige – et recommence le cérémonial, au moins pour la soixantième fois. De sa voix éteinte, elle peine à prononcer les bons mots, les bons noms :

– Repose... repose en paix, Del... Voline, ma sœur, toi sur qui nous nous sommes tant reposées.

Le cœur d'Aya tressaute. Elle quitte sa torpeur et s'extrait des souvenirs du combat qui la torturent.

– Voline est vivante ! Elle a fui par le tunnel Abdelaoui !

– On n'en sait rien, rétorque Neoma en secouant la tête, et à défaut d'un signe de vie, on doit l'enterrer. On a toujours fait comme ça.

– Bien sûr que si, on sait. Tu m'as dit toi-même qu'elle était partie !

– Quand ça ?

– Là-bas, quand on était près des foreuses...

Neoma ne répond rien. Elle se souvient maintenant.

– J'ai dû dire ça pour que tu te sauves, avoue-t-elle en grimaçant. T'aurais jamais bougé sinon...

– Quoi ?!

L'indignation déforme la voix de ma protégée. Sa colère est si vive qu'elle accentue le tressautement du grillage, déjà secoué par le vrombissement des machines.

– Comment t'as osé ?!

On a abandonné Voline. Si elle est morte, c'est toute seule. Sans qu'on lève le petit doigt pour elle. Sûrement qu'elle a cherché Aya. Peut-être même qu'elle est morte en nous cherchant. Ma protégée fronce les sourcils, dégoûtée.

– Sanandra n'aurait jamais menti comme ça... On pouvait lui faire confiance, à elle.

Christa s'approche de nous et, d'un geste maternaliste, pose la main sur l'épaule d'Aya. Christa a toujours détesté les conflits. Et elle est plus lucide qu'Aya, elle sait à quel point elle est importante de rester soudées en cet instant. Une crise entre les prisonnières serait terrible.

– Aya, tu es en colère contre l'idée de perdre Voline, pas contre Neoma. Ne dis rien que tu pourrais regretter.

Aya s'apprête à répondre quelque chose de cinglant mais sa détresse l'en empêche. La fatigue, qui si souvent décuple sa colère, agit cette fois comme un frein. Elle n'a plus l'énergie d'assumer sa rancœur.

– Je sais... t'as raison, capitule-t-elle en haussant les épaules, yeux baissés. Tu parles comme ma Lya...

Hélas, Neoma, vexée, lâche une pique au moment même où la tension redescendait :

– Ne me fais plus de reproches, Aya, surtout que j'essayais de te sauver la vie. Est-ce que je te reproche, moi, d'avoir amené les hommes chez nous ?

Jamais le vacarme des machines et le silence n'ont si bien coexisté. Aya se referme comme un campement assiégé. Je tente vainement de la rassurer :

– *Ce n'est pas vrai. On a pris toutes les précautions. Je suis sûre qu'ils avaient déjà les coordonnées du camp.*

Trop tard, ses yeux s'embuent de larmes. Elle ne m'écoute plus. Elle se tourne vers sa Mère Supérieure. Sa voix est pleine d'une rage éteinte :

– Qu'est-ce que tu insinues, au juste ?

– Je me demande simplement pourquoi tu as été épargnée et faite prisonnière alors que les autres sont mortes... répond Neoma, le regard fuyant.

– Mec ! Et toi, pourquoi on t'a épargnée, alors ?

– Parce que je suis la Mère Supérieure, c'est tout. Les mascus ont un grand respect pour l'autorité !

– Pour ton autorité, vraiment ? Quelle autorité ?

Aya secoue la tête et retourne en boitant s'asseoir à l'autre bout de la Marmite.

Personne ne réagit. Personne n'a d'énergie à perdre dans une dispute. Ma protégée se calme et observe passivement les petites scènes qui se jouent autour d'elle. Christa nettoie sa paillasse pour dormir comme si c'était chez elle. Les retrouver vivantes, elle et Cordel, c'est sa seule consolation aujourd'hui. Cordel a affiché un sourire rassurant en la serrant dans ses bras, tout à l'heure, mais elle grimace dès qu'elle pense que personne ne la regarde. Les hommes lui ont tiré dans les jambes pour la punir d'une prétendue insolence, et elle ne peut plus marcher. Ses cheveux n'ont jamais été si gris. Liv et Neoma sont en grande discussion. Liv est lae seul·e qui semble en meilleure forme que la dernière fois. Ses blessures ont guéri, ça tient du miracle. Et puis elle y a toujours le groupe des trois anciennes prisonnières avec la vieille femme à leur tête, celle qui nous a donné le bandage avec un potentiel traceur. Peut-on vraiment lui faire confiance ? Elle est là depuis si longtemps, elle doit travailler pour les hommes. Elle jette un regard noir à Aya, comme si elle devinait les hypothèses que je suis en train de formuler.

Aya détourne les yeux. J'essaye de la convaincre de partager nos doutes avec ses sœurs :

– *Tu devrais dire aux autres qu'elle faut se méfier d'elle…*

– Pour admettre que j'envisageais le risque d'avoir un traceur et que, malgré cette possibilité, je suis retournée au camp ? que j'ai délibérément mis en danger toutes mes sœurs pour ma simple survie ? que j'ai mené ces monstres jusqu'à nos portes comme une bonne chienne pisteuse ? Non merci, conclut-elle en secouant la tête. Personne ne me croira de toute façon. Tout le monde est convaincu que c'est moi la traîtresse. Même Cordel et Christa, qui me supposaient morte, doivent penser que je n'ai pas pu m'échapper sans l'assentiment des hommes. Je vais leur prouver qu'elles ont tort.

Du sang perle à l'extrémité de ses ongles. Aya serre dans sa main l'éclat de verre qu'elle a ramassé par terre juste avant sa capture. Elle s'en est déjà servie pour découper une première maille du grillage. Plus qu'une dizaine, quelques chiennes à éviter et on pourra s'évader par la trappe de la dernière fois. Ses sœurs scrutent son manège avec un mélange d'espoir et de pitié. Si elle échoue, elles lui diront qu'elle n'avait aucune chance depuis le début. Si elle réussit, elles diront qu'elles ont toujours cru en elle.

Aya scie le grillage avec acharnement. Elle n'y a rien d'autre à faire. À part dormir, avoir trop chaud, se laisser envahir par le bruit et l'ennui. Rien. Encore un motif, si elle en fallait d'autres, pour se sauver.

Ma protégée investit toutes ses forces dans les mouvements rageurs de son poignet. Le verre entame sa peau autant que le grillage ; d'ailleurs, l'odeur du sang excite les chiennes en dessous d'elle. Malgré le vacarme, on les entend aboyer et se battre.

Aya feint l'indifférence lorsque Christa s'approche à nouveau d'elle et saisit sa main pour stopper son mouvement frénétique.

– Reviens avec nous. Fais une pause, tu t'épuises pour rien, là...

– Non, je te promets, ça va payer. Je connais le chemin en dessous.

– Je te crois ! Mais on a tout notre temps et on peut se relayer.

Christa a toujours été d'une grande patience, mais la captivité semble l'avoir apaisée plus encore. Apaisée ou résignée ? Peut-être se dit-elle que toute est terminée quoi qu'elle arrive. Elle poursuit :

– Sengrif a un autre plan pour s'évader.

– Qui ça ?

– Elle, précise Christa en pointant la vieille prisonnière. Depuis le temps qu'elle est là, elle connaît plein de choses.

Évidemment, Christa et ses sœurs ne pouvaient pas rester aussi longtemps enfermées avec les autres femmes sans créer de liens avec elles. Ça doit faire partie de la manœuvre de cette Sengrif, profiter de la faiblesse de ses sœurs pour les manipuler. Qu'est-ce que les mascus lui offrent en échange ? Une poignée de pain ? La vie sauve ? Aya secoue la tête.

– Non, j'ai pas confiance. Je crois que le bandage qu'elle m'a fait cachait un traceur. Si j'ai été pistée, ça ne peut être qu'avec ça. C'est pour ça que je m'en suis débarrassée avant d'arriver au camp.

– T'es sûre de toi ?

– Non, peut-être qu'elle ne savait même pas que le bandage contenait un traceur. Et peut-être même que je délire, peut-être que le bandage n'était pas piégé. Mais en tout cas, je la sens pas.

Christa grimace. Ce n'est pas le moment de vexer son amie. Elle choisit soigneusement ses mots :

– C'est normal que tu sois méfiante. Avec tout ce qu'inventent les hommes, on finit par devenir paranoïaques. Mais elle faut aussi que tu fasses confiance au groupe. On est obligées d'être solidaires ici, on a perdu tout le reste. Viens l'écouter, au moins. Et, si ça peut te rassurer, sache que je ne te suspecte pas d'avoir amené les mascus jusqu'au camp...

Si Aya garde les sourcils froncés et les bras croisés, elle fait un pas, puis deux vers la vieille prisonnière. Soulagée que Christa lui ait témoigné sa confiance, elle s'autorise à suivre de loin ce que Sengrif a à dire :

– Je sais que votre arrivée dans la Marmite est synonyme d'échec pour vous, commence celle-ci en s'adressant aux sœurs du Camp Rome et à lae trouble. Mais pour nous, c'est une opportunité rare. Ça fait longtemps qu'on en attend une de ce genre. J'ai vécu plus de temps ici que dehors. Quand je suis arrivée, on murmurait qu'Elsa Hunger était encore en vie. Et Ladvia, poursuit-elle en désignant l'une des silhouettes décharnées derrière elle, Ladvia se trouvait à l'embuscade du fleuve de glace. Elle était dos à dos avec Azumi « Fells » Hatsumata quand toute a explosé.

Ladvia regarde Aya en souriant, ma protégée est de souche Azumi après toute. On marche dans les pas d'une héroïne, elle ne faut pas l'oublier.

Sengrif reprend :

– Mais depuis, plus rien. On attend, on cuit, on compte nos mortes parfois. On observe aussi, les tours de garde, l'ouverture et la fermeture de la porte, la routine de ceux qui nous surveillent. Les hommes ne sont pas bêtes et ne rentrent jamais dans la pièce. Quand on a droit à de l'eau, ils nous la balancent à travers les grilles du plafond et on doit courir pour placer la bassine en dessous. Mais les eunuques, ces sortes de sous-hommes, viennent nous nourrir de temps en temps. Elle y en a toujours un qui s'avance pour nous jeter leur bouffe immonde et deux autres qui restent derrière la porte pour contrôler que toute est calme. Ils sont costauds mais ils n'ont pas d'arme. Et puis c'est une visite de routine pour eux, ils ne font pas vraiment attention à nous.

Ladvia complète le raisonnement de sa sœur :

– Avant, on était trop peu nombreuses, on ne pouvait rien faire. Mais depuis votre arrivée, on est en supériorité numérique. Et ce n'est pas tout. On a réussi à subtiliser ce couteau de cuisine qu'un eunuque avait dans une de ses poches.

Leur troisième sœur, qui était restée muette jusque-là, extrait d'entre deux grilles une petite lame grise.

– On l'a aiguisé comme on a pu.

Sengrif termine, d'une voix plus assurée :

– Une fois hors de la Marmite, nous connaissons le chemin jusqu'à la première trappe qui donne sur l'extérieur. Vous êtes partantes ?

Neoma, Cordel, Christa et Liv hochent la tête. Mais pas Aya. Quelque chose l'interpelle dans ces explications. Elle regarde Christa qui est prête à se jeter dans le piège. Pour protéger ses sœurs, mon hôte se sent obligée de partager sa méfiance :

– Comment vous connaissez la route si vous êtes jamais sorties ? Et on fera comment dehors ?

Sengrif, contrariée par son intervention, lui lance un regard mauvais. Est-ce que c'est le signe qu'Aya a percé à jour ses mensonges ? Ou la vieille femme a-t-elle seulement peur qu'on compromette un plan élaboré au fil des années ? Elle ne lâche pas Aya des yeux tandis que Ladvia lui répond avec diplomatie :

– Elle nous est arrivé de quitter la Marmite, pour des punitions notamment. En recoupant ce qu'on avait observé lors de nos sorties, on a fini par reconstituer un plan des lieux assez fiable.

– Mais si vous me laissiez ce couteau pour agrandir mon ouverture dans le grillage, on pourrait tout aussi bien sortir par en dessous, et sans confrontation.

Sengrif secoue la tête.

– On a déjà essayé de s'échapper par là, c'est trop dangereux. Tu as dû avoir beaucoup de *chance* la dernière fois.

Aya ne relève pas le sous-entendu. Elle ne faut pas qu'elle se braque à nouveau. Je joue l'apaisement :

– *Suivons le mouvement et, au pire, si ça ne marche pas, quelle importance ? Nous avions déjà toute perdu en arrivant.*

– Oui… peut-être…

– *Et puis ça peut fonctionner, tu sais. Ce serait notre deuxième évasion ! Bientôt, tu pourrais être la nouvelle Elsa Hunger !*

Aya finit par hocher légèrement la tête. Les autres s'empressent d'interpréter ce signe comme un franc ralliement à l'opération, pressées de clore l'incident. Cordel lui adresse un regard débordant de fierté.

– Comme tu as grandi, Aya… Bravo. Tu t'affirmes. Je sais que tu doutes du plan, mais ça va bien se passer. On va les avoir.

Sa voix n'est pas aussi assurée qu'elle le voudrait. Cordel paraît vieillie, la fatigue a creusé son visage. Espérons qu'elle ait raison.

— 3 —

Ansel

Osman n'a pas droit au fauteuil roulant dans la cage. Les jambes brisées, il est assis par terre, impuissant avant l'heure. Il paraît vieux et fragile. L'air perdu, il interroge du regard ses frères qui se tiennent debout de l'autre côté du grillage. Ansel baisse la tête. Strøm l'avait pourtant prévenu, toutes les conditions sont réunies – la faiblesse du chef, l'outsider qui monte en puissance, l'arrivée des sbires de Sidorov pour déstabiliser la Phalange. Malgré tout, il ne peut pas croire à ce qui est en train de se produire sous ses yeux.

Irik, le fils de Mort-Patriarche Sven, surplombe Osman qu'il a défié en duel. Il est en pleine possession de ses moyens. L'assaut du foyer ne lui a pas laissé une égratignure. Il ne peut pas perdre. Il n'a même pas besoin de stack.

Ansel secoue la tête. Il déteste Irik. Dire qu'il va devenir Patriarche, lui, la brute épaisse. C'est impossible. Il voudrait tant pouvoir en parler à Loup.

Le pire, c'est qu'Irik semble prendre plaisir à la situation. Il caresse sa longue barbe noire qu'il a laissée pousser pour viriler encore plus. Il roule des mécaniques, arpentant la cage d'un air décontracté. Peut-être qu'il va commettre une faute, c'est tout ce qu'Ansel peut espérer. Qu'Irik fasse un faux pas et trébuche à l'extérieur de la cage. Qu'il s'étouffe dans son arrogance.

Hélas, pas de miracle. Soudain décidé, Irik se retourne vers son vieux Patriarche, l'attrape et le jette en dehors de l'arène. Osman, résigné, ne se débat même pas. Son corps retombe sur le sol comme un cadavre sans volonté. Sa déchéance fait peine à voir.

Irik contemple avec mépris son ennemi vaincu :

– J'ai eu beaucoup de respect pour toi. Tu as été pendant longtemps un bon Patriarche. Mais il fallait s'rendre à l'évidence, t'es trop vieux, trop tendre maintenant. Notre dernière bataille a été chaotique, tu n'avais plus d'plan, plus d'stratégie. On n'a plus besoin de toi.

Osman prend appui sur ses mains pour réussir à s'asseoir. Son visage las est traversé par un sourire. Il pointe du doigt les survivants du Napoléon, parmi lesquels quelques Virls, venus remplacer les défunts de la Relenka.

– Si tu oses t'en prendre à moi, c'est seulement grâce aux gros bras de Sidorov qui te soutiennent et parce que Sayden n'est plus là. Tu n'as aucun courage, tu n'es pas un Patriarche et tu ne le seras jamais. Tu n'es qu'un pantin pour Sidorov. C'est parce que j'ai refusé de jouer ce rôle qu'on t'a placé ici, ne sois pas dupe. Tu es un...

Irik se rue hors de la cage et lui balance un coup de pied dans le ventre.

– Silence ! J'voulais être sympa, te laisser faire tes adieux. Mais tu n'veux pas de ma pitié, tant pis pour toi. J'allais t'envoyer chez les impuissants, mais j'ai encore mieux : tu seras affecté à la surveillance des femelles, ça t'fera du bien.

Sur un geste d'Irik, Fors et Rekat viennent attraper Osman par les épaules. Rekat a donc rallié le camp d'Irik, quelle déception... Dire que pendant l'enciellement de Loup, c'est lui, avec Strøm, qui l'a retenu de se jeter dans le vide... Ansel ne s'est jamais senti aussi seul et démuni.

Le Géniteur s'approche d'Irik pour le féliciter ; lui aussi a choisi son camp sans hésiter. D'après les confidences de Strøm, qui se tient debout derrière Ansel, il aurait même tout manigancé. Difficile à croire pour Ansel qui a toujours vu le Géniteur comme un personnage neutre, à l'écart des petites magouilles de la Phalange. Mais force est de constater qu'il y a une certaine joie dans la voix grave du Géniteur lorsqu'il intronise le nouveau Patriarche :

– Irik, jures-tu de servir comme un père la Phalange, placée sous la seule autorité du Père éternel ?

– Je le jure.

– Jures-tu de te comporter toujours comme un Homme, sans jamais bafouer nos valeurs ?

– Je le jure.

– Enfin, jures-tu d'honorer les anciens et de laisser la place au sang neuf quand il le faudra ?

– Je le jure.

Le Géniteur lève le bras d'Irik.

– Le Patriarche est mort, vive le Patriarche !

Irik peut maintenant s'adresser à la foule en tant que chef. C'est un cauchemar qui se réalise pour Ansel.

– Mes frères, bientôt nous s'rons au foyer de prolifération. Bientôt viendront la victoire, le triomphe et la paix. J'suis l'Homme qui va vous apporter tout ça sur un plateau. Vous et moi, ensemble, l'Histoire se souviendra de nous comme des derniers grands Hommes, ceux qui ont sauvé notre civilisation. Et ça, c'n'est qu'une question d'temps, plus que quelques jours avant d'arriver dans l'no man's land international. Ensuite nous serons rejoints par Von Bach, Raïzer et leurs six Phalanges. Les femelles n'auront aucune chance. Vous voyez ? La victoire est proche, vous faites bien de me faire confiance.

Ansel lève les yeux au ciel. Le Général Von Bach serait lui aussi en route vers la Maison Mère ? Pour la deuxième fois ? Ça fait des années que, terré dans le Nord avec ses dernières troupes, il n'a pas donné signe de vie. Si cette information est vraie, elle méritait mieux qu'une annonce aussi rapide, au détour d'une phrase. Quelle maladresse. Ce discours est sans queue ni tête. On dirait qu'Irik cherche à imiter l'éloquence de Sidorov ou d'Osman sans jamais y parvenir, comme un acteur qui buterait sur son texte.

Ansel voudrait sortir, mais son père le retient par le col. Les yeux bleus de Strøm le fusillent, et le murmure de sa voix dans son oreille résonne comme un ordre :

– Écoute-moi bien, fais très attention. Tu ne t'en rends pas encore compte, mais les prochaines heures vont être décisives pour la suite de ta carrière, et même de ta vie. Moi j'suis foutu, trop proche d'Osman, mais toi tu peux t'sauver. Quand Irik va proclamer la Bascule, tu vas me défier, tu...

Ansel recule, il ne veut pas entendre ce que Strøm a à lui dire. Mais son père le tient fermement et ne lui laisse pas le choix.

– Écoute-moi bien j't'ai dit, on n'a pas beaucoup d'temps. Irik va avoir besoin d'Hommes de confiance, et surtout d'un pilote ! S'il veut se passer de moi et de toi, il devra demander d'l'aide à Sidorov, c'est pas à son avantage. Si tu montres maintenant qu'tu veux bien collaborer avec lui, qu't'es fiable, il saura l'apprécier. Pour ça, tu dois m'remplacer et du même coup te dissocier de moi. T'es trop jeune, je n'veux pas qu'tu coules avec moi.

– Si j'fais ça, tu seras relégué chez les impuissants, les vieillards !

– Évidemment. Ça aurait bien fini par arriver un jour, de toute façon.

– Tu... t'as toujours dit que ce serait comme mourir pour toi, bafouille Ansel, décontenancé.

Strøm esquisse un sourire sans joie :

– Je suis mort le jour où Mort-Ansel a disparu, tu sais. Et quand j'ai vu son cadavre, parmi ceux des neutres, je suis mort une deuxième fois. Depuis, j'ai interrogé lae neutre qui est enfermé·e dans notre prison. J'ai eu quelques réponses.

Si je n'suis plus pilote, j'aurai aussi plus de temps pour éclaircir tout ça. Ne t'en fais pas pour moi.

Strøm regarde son fils dans les yeux. Ansel lit en lui une immense détermination. Son père ne ment pas. Il ne peut pas lui désobéir. Même quand il s'agit de lui nuire, c'est avec son approbation que cela se fait.

Irik, sur l'estrade, a presque fini son discours absurde :

– Je vous remercie d'avance d'la confiance que vous m'apporterez. Et pour tous les jeunes qui s'sont reconnus dans l'ambition que j'veux porter, il est déjà l'heure d'la Bascule, l'heure de renverser la table, d'changer les règles et d'renouveler notre belle Phalange ! C'est une occasion qui n'se présente souvent qu'une fois dans une vie, c'est la chance d'votre existence. Qui est partant ? Qui saura saisir la main que le destin lui tend ?

Toujours ce ton qui se veut héroïque, mais qui en devient ridicule. Ansel espère qu'un bras va se lever pour lui donner le temps de réfléchir. Mais rien, personne. À voix basse, Strøm l'exhorte à se manifester. Si Loup avait été là, il aurait sûrement défié le fils de Sayden.

Soudain, une petite main se dresse au fond de la salle. Vance. Il y a dix jours, c'était encore un enfant, mais on a accéléré le passage à l'âge adulte du maximum de jeunes pour pouvoir les envoyer combattre. La guerre l'a changé si vite, Ansel ne reconnaît plus le gamin avec lequel il jouait il n'y a pas si longtemps. Vance s'approche en essayant de viriler, la démarche fière, le visage fermé, comme les grands.

Personne n'ose rire ou se moquer. Vance est adulte maintenant, un point c'est tout. Irik lui pose la question rituelle :

– Qui veux-tu remplacer ?

– Orlof.

Les postes des morts sont évidemment les plus faciles à prendre. Mais ça aurait dû être à Dell, le fils d'Orlof et ami de Vance, de devenir le commentateur attitré de la Phalange. C'est l'heure des trahisons, semble-t-il.

Irik sourit :

– Dell, souhaites-tu défendre ta place ?

L'enfant, qui est plus jeune encore que Vance, acquiesce gravement. Les deux mâles se regardent avec colère. On les pousse dans la cage. Dell n'a même pas de stack à lui, on lui en prête un. Vance fait bien une tête de plus que le petit. Les premiers coups manquent de puissance, des deux côtés on n'ose pas encore frapper pour de vrai. Puis, comme s'il avait compris qu'ils ne pouvaient pas combattre ainsi indéfiniment, Vance finit par asséner un coup terrible à son adversaire. Dell titube. Il essaye de riposter en enchaînant les mouvements frénétiques mais n'atteint que le vide, Vance repousse facilement chacune de ses attaques. Dell recule vers la sortie, en larmes. Vance le frappe à nouveau avec son stack avant de le faire basculer d'un coup de pied. Dell tombe à terre, hors de la cage. C'est terminé.

Dell se relève et quitte la pièce en courant, humilié. Vance reprend son souffle sans triomphalisme. C'est dans un calme plat qu'Irik le proclame nouveau commentateur de la Phalange, un poste plus important qu'il n'y paraît.

C'est ensuite au tour de Rekat d'arracher le titre d'artilleur à Zelk, un autre gamin trop petit pour se défendre. Le combat ne dure que quelques secondes, le garçon fait presque la taille du stack qu'il tient entre ses mains tremblantes. Dans le public, Ansel bouillonne.

Son univers se délite et il ne peut rien y faire. Tous les repères qui lui paraissaient immuables s'effacent. Il regarde une nouvelle fois son père dans les yeux.

– C'est toi le prochain, lui répète Strøm.

Et soudain Ansel se décide. C'est son moment. Il a toujours rêvé d'être pilote. À l'heure où les mascs tombent, il faut que lui aussi saisisse sa chance. Strøm ne l'a jamais épargné, à son tour de lui rendre la pareille. Alors que le combat de Rekat se termine, Irik s'enquiert des autres volontaires éventuels. Ansel lève une main tremblante. Il va le faire. Il va enfin devenir quelqu'un, un Homme, un vrai. On va enfin l'estimer à sa juste valeur.

Irik sourit d'un air moqueur, un peu surpris :

– Qui veux-tu remplacer ?

Ansel bombe le torse, essayant de répondre d'une voix claire et sereine :

– Strøm.

Une vague de stupéfaction secoue l'assemblée. Les nouveaux arrivants sont les seuls à ne pas réagir. Même Irik a du mal à masquer son étonnement :

– Strøm, souhaites-tu défendre ta place ?

– Évidemment, murmure l'Homme, simulant la colère.

Avant de s'avancer pour la confrontation, il chuchote à l'intention de son fils :

– Bats-toi. Je vais pas me laisser faire. Pour te protéger.

Ansel hoche la tête. Bien sûr, si la bataille est trop timide, ça va se voir. Les deux Hommes feignent de se haïr en grimpant dans la cage. Strøm agite son stack, tape contre le grillage pour intimider son adversaire. Il fusille son fils du regard avec une sincérité troublante. Ansel lève son arme, prend une seconde pour respirer. Il a souvent imaginé ce moment, plus petit. Mais jamais comme ça. Dans son imagination, il était bien plus fort, plus habile, et Strøm plus vieux, résigné, fier de son fils. Et Loup applaudissait à la fin. Ansel essaye de contrôler les tremblements de ses bras. Ça y est, c'est maintenant, c'est bien réel. Mais comment peut-il frapper son père ?

Strøm attaque le premier, peut-être pour lui faciliter le travail. Le coup est violent, sans retenue. Ansel a beau avoir été prévenu, il est surpris par la puissance du geste. Seul un réflexe de dernière minute l'empêche d'avoir la jambe gauche brisée. Sans armure, chaque impact peut être létal. Strøm enchaîne, Ansel baisse la tête, le grillage encaisse à sa place. Mais le genou de son père, levé au dernier moment, le percute en pleine poitrine. Ansel roule au sol, à bout de souffle.

Il commence à douter des intentions de Strøm. Veut-il vraiment lui laisser son poste ? Est-ce qu'il n'essaierait pas au contraire de l'humilier, de montrer à Irik et aux autres qu'il est toujours en forme ?

Ansel se relève, plein de rage. Très bien, si ça doit se passer comme ça, lui aussi jouera le jeu à fond. Son père l'a assez méprisé durant toute son enfance, il est temps qu'il se défende. Son stack virevolte dans sa main et s'abat sur l'épaule de son père qui réagit trop tard. Ce premier coup est libérateur, Ansel se bat pour de vrai maintenant. Les stacks s'entrechoquent, s'esquivent, se bloquent. La grille tremble sous leurs pieds. Autour, les cris de la foule couvrent le vacarme des machines. Enfin un match excitant, plus serré que les autres, et la perspective d'une vraie révolution si Strøm venait à perdre.

Mais c'est plutôt l'inverse qui se profile, Ansel cède du terrain. Alors que Strøm le pousse à reculer vers la sortie, il essaye tant bien que mal de résister. Il n'a pas le droit de perdre. Il avait déjà échoué contre son premier chien, il ne se remettrait pas de cette nouvelle humiliation. Sa réputation dans la Phalange serait ternie à jamais.

La peur décuple sa force, il doit continuer à se battre. Profitant d'une bonne esquive, il parvient à faucher les jambes de Strøm qui s'écroule. Ansel attend que son père se relève pour frapper une nouvelle fois. Strøm titube. Son fils est exalté par l'espoir, il frappe plus fort encore. Et encore. Ça y est, son père recule, il n'a plus qu'à le pousser. Son stack fait un tour sur lui-même et achève sa route sur la joue de Strøm qui fait un vol plané jusqu'au sol. Un de ses bras dépasse déjà de la cage. Ansel n'a plus qu'à le repousser une dernière fois pour qu'il glisse en dehors. C'est terminé. Bien qu'il peine à le réaliser, les jambes encore tremblantes, Ansel a gagné.

Strøm, qui a été le pilote de la Phalange pendant plus de quinze ans, quitte la pièce en l'espace de dix secondes, sur la pointe des pieds, sans remerciements, sans moqueries non plus, comme si tout le monde était déjà passé à autre chose. L'ancien pilote est impuissant maintenant.

Ansel, lui, met du temps à abandonner la cage. Une fois sorti, il entre dans l'inconnu.

C'est la première Bascule qu'il vit. Certes, on lui a souvent raconté comment Osman avait détrôné Sven, devenu fou dangereux après l'échec de l'expédition où Mort-Ansel a disparu. Strøm lui a aussi détaillé des centaines de fois son combat contre Vassily, l'ancien pilote à moitié aveugle. Mais jamais son père ou d'autres ne lui ont parlé des minutes qui suivent, de la sensation de vide, du regard des autres qui change.

Ansel se cache au milieu de la foule. Pendant quelques instants, il voudrait juste qu'on l'oublie, redevenir un mâle comme un autre. Mais durant le dernier affrontement qui oppose Stanza – un nouvel arrivant aux dents longues – au jeune fils de Sayden, Ansel se laisse enfin aller à la fierté. Il est le pilote de la Phalange, ça y est.

Rien ne peut l'arrêter.

4

Aya

Les trois premiers jours de captivité n'ont été rythmés que par les mensonges et les non-dits.

Chaque fois qu'Aya questionnait les prisonnières sur leurs longs mois de détention, elles répondaient de façon évasive : « C'est dur, mais ça va, on tient bon. » Jamais de détails, personne pour lui faire part de ses doutes ou relater un événement qu'elle aurait manqué. Comme si elle ne s'était rien passée. Comme si Cordel, Christa et les autres nous avaient attendues en s'arrêtant de vivre. Pourtant, on apprend aux sœurs à se raconter, à être les plus transparentes possible, à échanger. Pourtant, dans l'atmosphère bouillante de la Marmite, ce n'est pas le temps qui manque pour discuter.

Hélas, pas grand-chose n'est venu interrompre les longs silences, pas même des conversations sur le temps qu'elle fait puisqu'on n'en a aucune idée. On s'est bien remémoré quelques vieux souvenirs sans intérêt. Mais on a éludé toute discussion qui pourrait susciter des ardeurs trop fortes. Même le projet d'évasion a complètement disparu des conversations. Comme si se taire était la seule façon de cacher notre plan aux mascus.

Alors, au début, Aya n'a pas insisté. On a ajouté du silence au silence. Après toute, elle non plus ne voulait pas parler du massacre du Camp Rome. Après toute, peut-être qu'elle ne voulait pas vraiment en savoir plus sur l'horreur de la détention. On a déjà eu un avant-goût de l'enfer et on a, hélas, largement le temps de découvrir le reste.

Mais dans un espace aussi confiné, chaque non-dit entretient la tension. La Marmite a augmenté en pression, heure après heure, jusqu'à se trouver près d'exploser. Et comme on ne pouvait pas sortir, comme notre petite révolution attendait patiemment pour éclater que les hommes viennent nous nourrir, elle a fallu trouver la solution entre nous. Elle fallait que quelqu'une craque. Ç'a été Cordel.

Elle a commencé par répéter à Aya qu'elle était très fière d'elle, que ma protégée avait bien grandi et qu'elle était triste de penser qu'elle ne la verrait pas grandir davantage. Quand Aya l'a interrompue pour lui dire de ne pas baisser les bras, qu'elle restait une chance qu'elles s'en sortent, Cordel s'est effondrée. Elle a bafouillé qu'elles n'avaient aucun avenir hors de la Marmite, qu'elles avaient été enlevées pour peser dans des négociations avec la Maison Mère qui ne les échangerait pas. Elle a fini par raconter ce jour où elle s'est plainte à un gardien du manque de nourriture et où, en réponse, elle a été traînée au stand de tir des mascus pour qu'ils l'utilisent comme cible. Toutes ces brutes en face d'elle, le bruit des détonations, sa peur de mourir. Et sa seule jambe valide qui avait été brisée à jamais.

Voir Cordel aussi défaite – elle sur qui on avait toujours pu se reposer – a beaucoup secoué ma protégée. Et ce n'était que le début. Les langues se sont déliées. Après Cordel, ça a été au tour de Liv. Lae trouble s'est mis·e à raconter ce géant au regard bleu vif qui est venu si souvent lae questionner, sur un seul et même curieux sujet : Lesna. Ses questions étaient toujours plus précises, sans que Liv ne sache y répondre. Puis il l'a emmené·e dans la salle de torture, sans que Liv ait d'autre choix que d'endurer sa peine. Pourquoi Lesna ? Était-ce un ancien mâle ?

Après Liv, elle y a eu les récits glaçants de Sengrif et de Ladvia. Elles n'ont rien caché : les nouvelles prisonnières qui, depuis des années, se sont succédé dans la Marmite et ont toutes fini par disparaître un jour, en silence ; les punitions, les brimades, les semaines entières sans nourriture ; les nouvelles de l'extérieur qui arrivent au compte-gouttes ; les tortures, les inséminations forcées, les grossesses... Le spectre complet de l'horreur, une vie comme des mortes.

Enfin, Christa, qui s'était tenue à l'écart jusque-là, s'est libérée en dernier du poids de son histoire. Le jour où ils sont venus à deux pour la chercher, les anciennes prisonnières ont compris tout de suite. On l'a conduite dans une salle toute blanche avec des étriers. Au fond de la pièce, le Géniteur a rassemblé tranquillement ses affaires et nettoyé la grosse seringue dévolue aux inséminations artificielles.

Et puis plus rien, Christa s'est arrêtée en plein récit. Elle n'y avait rien à ajouter de toute façon, on avait toutes très bien compris. Aya s'est contentée de demander :

– C'était quand ?

– Elle y a deux mois. Elle me reste donc cinq mois.

– T'es sûre que c'est une grossesse de sept mois ?

– C'est ce que Sengrif m'a confirmé. Ils ont des accélérateurs de croissance ici.

Christa est enceinte. Pourquoi seulement elle ? Peut-être qu'ils ont essayé d'inséminer toutes nos sœurs, et que ça n'a marché que sur elle ? La grossesse est un sujet qu'on n'aborde jamais avec Aya. Imaginer un enfant mâle parasiter Christa de l'intérieur me dégoûte... Cordel ne peut plus marcher, Liv est harcelé·e par un mascu et Christa est enceinte. Aya s'est tue, les autres aussi. Ça y est, toute a été dit. La pression est redescendue d'un cran. Chaque prisonnière est retournée dormir, quelques heures arrachées à l'ennui et à la chaleur extrême. Même si ce sera un sommeil agité, entrecoupé de réveils constants à cause d'un bruit strident, d'une lumière vive ou d'un cauchemar particulièrement réaliste.

Puis, ce matin, la tension est remontée légèrement. Elle n'y a plus rien à manger depuis hier, même pas de cet horrible pain noir et sec ; elle est temps que les hommes reviennent nous nourrir. Elle est temps de les faire payer.

Sengrif a deviné la première que les hommes arrivaient, sans qu'on sache vraiment comment, par quels bruits ou signes avant-coureurs. A-t-elle été prévenue ? À moins que ce ne soit son intuition, son métronome interne que des années de cadences répétitives ont fini par imposer comme une évidence.

En chuchotant – prudence excessive, car de toute façon le vacarme couvre toute –, Aya et les autres s'accordent une dernière fois sur le rôle de chacune. Sengrif s'installe à l'entrée, prête à accueillir les hommes, Aya se place juste derrière la porte. Neoma, près de Sengrif, tient le couteau de cuisine dans son dos. C'est à elle que revient le rôle le plus difficile. Elle a insisté, en tant que Mère Supérieure. C'est aussi la plus en forme des survivantes du Camp Rome. Christa, Cordel, Liv et les autres restent en retrait, assis·es comme à leur habitude, pour ne pas alerter nos geôliers.

On discerne de mieux en mieux le bruit des hommes qui approchent, les portes qui s'ouvrent, leurs pas empressés sur le grillage. Aya, Christa et Cordel échangent des regards pleins d'anxiété. C'est peut-être la dernière fois qu'on se regarde, personne ne sait comment les choses peuvent tourner. Mais Aya ne tremble pas, elle a surmonté sa peur, elle a juste hâte que ça se termine. Trois silhouettes apparaissent derrière la grille. La porte s'ouvre. Un eunuque, en tunique beige, entre dans la pièce et jette une poignée de pain noir sur le sol pendant que ses deux comparses à l'entrée nous scrutent de la tête aux pieds. Ils semblent tous les trois nerveux. Aya échange un nouveau regard avec Christa. Personne ne parle, on entend seulement le vacarme habituel des machines. Neoma s'approche, la main dans le dos. L'un des eunuques glapit :

– Recule !

Ils se méfient, elle faut agir maintenant. Neoma se précipite sur l'un d'eux, couteau en avant. Aya surgit de derrière la porte, ses mains se referment autour du cou du premier adversaire venu. Elle le tire au sol, il se défend très mal, sa tête heurte le grillage, ses muscles se relâchent, il a perdu connaissance. Ça, c'est fait. Aya relève les yeux. Neoma s'est débarrassée de son adversaire. Elle ne reste plus qu'un ennemi. Cerné par Christa et les autres, il est rapidement maîtrisé puis assommé.

Elle n'y a plus qu'à sortir maintenant, la porte est ouverte et les chiennes à l'étage inférieur aboient à tout rompre. Elle faut partir vite, très vite. Neoma prend Cordel sur son dos et tout le monde se rue vers l'extérieur.

On arrive dans un long couloir grillagé. Ça sent à la fois la vidange et le pain chaud. De grosses ampoules incandescentes sont fixées au plafond. À première vue, elle n'y a personne. À première vue… Le vacarme est si intense qu'une horde de chiennes pourrait nous charger sans qu'on le remarque. Aya esquisse un pas prudent vers l'avant. La vue n'est pas parfaitement dégagée, le couloir oblique sur la gauche. C'est par là que se trouve la sortie, d'après Sengrif. Aya s'avance sur la pointe des pieds. L'adrénaline se déverse dans ses veines, le sentiment de liberté qui l'étreint est aussi fort que le danger est grand. Elle n'y a toujours personne pour nous arrêter, pour siffler la fin de la récréation.

Plus qu'une porte à passer puis ce sera la trappe qui nous conduira à l'extérieur. Ça paraît presque facile. Aya est presque surprise que le plan fonctionne. Sengrif était-elle honnête, finalement ? Aya ne parvient pas à y croire.

Elle a raison.

Jaillissant du renfoncement, trois hommes nous barrent la route, trois hommes armés. S'ils n'ont pas donné l'alerte, on a encore une chance. Sinon, c'est qu'on était perdues depuis le début.

— 5 —

Ansel

Parmi les étapes du deuil, le plus dur, ce n'est pas l'enciellement. Non, c'est encore après, c'est la solitude, l'ennui. Ansel ne s'est jamais senti aussi seul. Il erre comme un fantôme dans les couloirs de la Phalange. Pour passer le temps, il vide sa cage dans le dortoir, range les affaires de son père et s'installe dans la cabine de pilotage. Mais il ne tire aucune satisfaction de son nouveau poste. Pendant des jours, il s'enferme au quinzième et dernier étage, assis sur son nouveau lit, entouré de silence, avec pour unique perspective la baie vitrée qui donne sur le froid dehors. Parfois, il s'approche du poste de commande. La Phalange est arrêtée, en attente des renforts de Von Bach et Raïzer qui n'ont que Sidorov pour interlocuteur. On ne demande rien au jeune Ansel. Qu'importe, le nouveau pilote inspecte tout méticuleusement, pour être prêt au moment où il faudra repartir : chaque voyant, chaque levier, chaque cadran. Il s'entraîne, se répète les règles de base, les conseils de son père : ne jamais allumer les trois moteurs d'appoint en même temps sous peine d'explosion, faire confiance à Lakam sur la technique, ne jamais quitter les éclaireurs des yeux, vérifier l'indicateur de pression des pneumatiques chaque jour, ne jamais changer de cap dans la précipitation, même en cas de danger.

Ansel passe aussi des heures à regarder l'hiver et l'horizon qui s'éternisent, les orages qui s'éloignent en grondant, les grêlons qu'ils projettent certains matins sur le toit, les tourbillons cotonneux du brouillard, les grands nuages verdâtres qui ressemblent à des glaciers et les lacs gelés dans lesquels ils se reflètent. Le soir en particulier, Ansel peut rester des heures à contempler ce spectacle. Les autres Phalanges brillent de mille feux, on distingue leurs éclaireurs qui s'agitent autour comme des lucioles incertaines. Et si la plupart du temps, l'obscurité du ciel et de la terre se confondent, parfois, en de rares occasions, Ansel peut apercevoir tout là-haut ces lueurs que les ancêtres appelaient étoiles. Sur son siège incliné, le jeune Homme s'émerveille devant ce spectacle légendaire, projetant ses pensées vers cet espace infini, remettant tout en question, la vie, la mort, ce Père Éternel qui ne se montre pas, l'univers. Dans ces moments-là, malgré l'angoisse qui lui serre les entrailles, il a, pendant quelques instants, l'impression que les battements de son cœur s'accordent avec le rythme de l'univers et que tout ira bien, que rien ne peut être grave à côté du spectacle des étoiles.

Enfin, à l'aube, quand le ciel est clair, le pilote aperçoit l'éclat de drones ennemis. Ils tournoient comme des abeilles autour du foyer de prolifération qui doit se cacher quelque part derrière les cimes neigeuses.

Quatre jours passent ainsi, fondus en une seule longue routine. Quatre jours passent jusqu'à ce qu'enfin, Ansel se décide à redescendre dans les étages centraux. Au réfectoire, il retourne manger avec les autres, sans Strøm, sans Loup, sans Osman. Il s'assoit à la première table à côté d'Irik, de Rekat, de Vance et de tous les meneurs de cette nouvelle Phalange, sans un regard pour ces derniers. On lui adresse à peine la parole, juste des banalités. Il répond poliment par de courtes phrases, pour qu'on ne le relance pas.

Les Hommes sont obsédés par la guerre à venir, les consignes de Sidorov qui tardent, les rumeurs qui disent Von Bach déjà sur place – lui qui pourtant devait venir du Nord –, les drones meurtriers, le matériel dernier cri de l'adversaire, les alliées de la Confédération d'Afrique Australe, les pièges, la coalition internationale qui pourrait débarquer pour faire respecter le no man's land parce qu'on « n'a pas le droit d'être ici ». Ansel écoute ces bavardages d'une oreille distraite. Il n'intervient pas dans les débats, il n'a pas d'opinion tranchée sur les chances de victoire ou le sort qu'il faudra réserver aux prisonnières s'ils l'emportent. Ansel finit simplement son assiette, des protéines et quelques carottes, avant de s'éclipser sans un bruit vers les profondeurs du niveau 0.

Il veut solliciter les avis des anciens, de son père et d'Osman qui, bien qu'impuissants, ont été affectés à la garde des coincées. Il les trouve au fond du couloir, juste à côté de la Machinerie, là où la chaleur et le bruit sont les plus insupportables. Strøm, qui n'était jamais descendu si bas, transpire à grosses gouttes ; son visage est rouge et sa peau le démange. Il met pourtant un point d'honneur à accueillir son fils avec un sourire rassurant :

– Qu'est-ce qui t'amène vers des impuissants comme nous ?

Ansel prend un air détaché, malgré son cœur qui se serre ; avant, c'était à Loup qu'il réservait ses répliques mordantes :

– J'vérifie que vous êtes bien hydratés. Les vieux eunuques aux machines savent bien qu'il faut pas rigoler avec ça.

– Je fais attention à ce que je bois, répond Osman, qui a plus de mal à faire bonne figure. Irik serait capable de verser du Pandore dans notre eau.

Ansel baisse la tête, gêné pour son ancien maître. Trois eunuques préposés à l'alimentation des femelles passent dans le couloir, et avec eux s'étirent quelques secondes de silence. Strøm relance la conversation :

– En tout cas, si tu viens nous voir parce que tu es inquiet, ne t'en fais pas pour nous, surveiller les femelles est un travail bien tranquille. On ne les côtoie même pas, on doit juste rester dans les parages au cas où quelque chose tournerait mal.

– Des fois, je me dis qu'on devrait justement les côtoyer plus souvent, ajoute Osman. Irik nous fait un cadeau en nous envoyant ici. Nous allons avoir le temps de mieux comprendre notre adversaire.

Ansel sourit, il voit bien qu'Osman se donne du mal pour faire croire qu'il est satisfait de son sort. Mais Strøm enchaîne, sur la même ligne :

– Toi aussi, tu devrais les rencontrer un jour. Leur vision du monde est tellement différente qu'il faut les entendre pour le croire.

Est-ce une tentative de son père pour s'assurer que son fils revienne le voir de temps en temps ? C'en est presque touchant. Ansel s'apprête à répondre quand un bruissement lui fait tourner la tête. Ce n'est pas l'orage habituel de la Machine, ça vient d'ailleurs. Le fauteuil d'Osman grince, l'ex-Patriarche se rue vers la Marmite. Les eunuques devraient déjà être revenus, nourrir les femelles ne prend normalement que quelques secondes. Strøm et Ansel suivent, attrapant trois vieux stacks rouillés qu'on a entreposés là pour ce genre d'occasions.

Les trois Hommes ont agi par réflexe, avant même de vraiment s'inquiéter. C'est seulement après que le danger leur saute aux yeux. Huit prisonnières leur font face. L'une tient un couteau à la main. Pendant quinze secondes, les deux groupes se regardent, sans savoir qui va attaquer le premier.

— 6 —

Aya & Ansel

○

Elle faut bondir vite, ne pas leur laisser le temps de comprendre ce qui leur arrive. La moindre hésitation serait une opportunité pour eux. Aya s'élance. Ils ne portent pas d'armure, chaque coup sera décisif.

●

Les premières secondes sont cruciales. Ansel, Strøm et Osman doivent rétablir l'égalité numérique avec leurs adversaires s'ils ne veulent pas se laisser déborder. Ils se mettent en garde, leurs stacks brandis devant eux, prêts à cueillir les femelles qui s'engouffrent par la porte séparant les deux groupes. Le passage est trop étroit pour qu'elles le franchissent toutes en même temps ; ils ont l'avantage du terrain.

○

Sengrif s'avance. Qu'est-ce qu'elle cherche à faire ? Aya est surprise, les hommes aussi ; ils assomment la vieille femme sans se poser de questions. Son corps maigre et fatigué glisse comme un drap sur le sol.

Nullement intimidée, Neoma propulse Cordel sur l'homme en fauteuil roulant. Si celle-ci arrive à prendre le dessus, elle pourra utiliser son fauteuil pour se déplacer. Aya, elle, bondit sur le géant qui l'avait interrogée au sujet de Lesna, tandis que Ladvia s'élance vers le troisième mascu.

●

Une femelle s'est ruée sur eux, dépourvue d'équipement et de stratégie, Ansel l'a balayée d'un revers de stack. Le geste était aussi instinctif que puissant. La femelle s'est écroulée. Mais Ansel n'a pas le temps de souffler ; une deuxième la remplace et se jette sur le manche de son arme. Elle parvient à l'agripper. Ansel raffermit sa poigne et crible son adversaire de coups de pied jusqu'à ce qu'elle lâche le stack.

○

Aya est déconcentrée par un hurlement de douleur. À quelques pas de nous, Ladvia est à terre, malmenée par le plus jeune des mascus.

Toujours le même. Aya se fige.

Je l'implore de se ressaisir. Elle n'esquive qu'au dernier moment une attaque de l'homme au regard bleu. Il est surpris, on a quelques secondes pour lui envoyer un coup dans la gorge. Il est contraint de reculer, la respiration coupée. Sans la voir, il marche sur Christa qui essayait de récupérer une arme à ses pieds.

●

Une autre femelle a frappé Ansel au poignet. Saisi par la douleur, il a lâché le stack, puis il s'est jeté au sol pour le récupérer avant qu'il ne soit trop tard. Désarmé, il n'a aucune chance face aux femelles en surnombre.

Le chaos de la mêlée a déjà avalé l'objet. Les coups fusent dans tous les sens, sans la moindre dignité. C'est bien une bagarre de chiennes.

○

Le géant nous fait face. Christa est à ses pieds. Le cœur de ma protégée s'emballe. Elle sait que le mascu pourrait défigurer son amie en quelques coups de talon rageurs, mais il n'a pas encore retrouvé son souffle ; c'est à nous d'agir.

Alors qu'Aya s'élance, notre ennemi porte une main à sa gorge et se met à cracher du sang. Ses grands yeux bleus se voilent d'incompréhension et de rage. Neoma nous a devancée, son couteau est enfoncé dans le thorax du géant. Elle récupère la lame et lui assène deux autres coups avant de s'en détourner. Sans décélérer, Aya rafle le bâton dans la main du cadavre encore debout. Cordel a pris le contrôle du fauteuil et le plus jeune mascu est désarmé. La situation est provisoirement sous contrôle.

●

Ansel réalise qu'il est le dernier de son groupe à combattre. Il garde la tête bien droite. Il ne veut pas voir comment va son père. Pas maintenant. Ses mains se lèvent par réflexe pour esquisser un signe de reddition qu'il espère universel. Les femelles le regardent avec agressivité.

– Je le tue ? demande l'une d'entre elles, en brandissant son couteau ensanglanté.

– Pas la peine.

C'est la femelle, toujours la même, celle qu'il a libérée puis retrouvée au fin fond de leur foyer. Elle s'approche en faisant tournoyer un stack, déterminée. Elle a dit qu'elle ne le tuerait pas. Ansel tremble, son exosquelette grésille, il a chaud, il a froid, il a peur. Elle lève le bras, il recule et...

o

Je suis assaillie par des interférences. Le dernier mascu en vie est celui qui a sauvé Aya et l'a recapturée ensuite. Aya l'assomme plutôt que de le tuer. Par facilité, par compassion ? Difficile de trancher. Elle faut passer à autre chose et partir le plus vite possible. Aya suit Ladvia dans les couloirs étroits et brûlants. Cordel fait rouler son fauteuil, Neoma a emporté Sengrif sur son dos, les autres suivent comme elles peuvent.

À gauche, à droite, puis à gauche. Le groupe avance à l'aveugle. Elle n'y a personne et je prie pour que ça continue comme ça. Le cœur d'Aya s'emballe au moment de longer la salle de torture. Ladvia jure qu'elle y a une sortie, pas loin devant. On avance encore, sans faire de bruit, en se faufilant dans la pénombre.

– On y est presque, promet Ladvia. Plus que quelques pas...

L'adrénaline afflue dans le crâne de ma protégée, elle oublie la douleur à sa jambe. La délivrance est à portée de main, au détour de ce dernier couloir...

Ça y est, nous avons passé le dernier virage. Mais en lieu et place de la sortie, c'est aux gueules béantes de cinq fusils et aux hommes qui les tiennent que nous faisons face. Elle n'y a plus rien à faire. Neoma lâche son couteau, Aya son bâton. C'est terminé, notre petite révolution est avortée.

Un des mascus s'avance, plein d'arrogance.

– Toutes des salpes, c'est bien connu. Vous pensiez vraiment pouvoir vous échapper ?

Ses yeux passent de l'une à l'autre. Il nous dissèque du regard, savourant déjà sa victoire. C'est sur Aya qu'il finit par s'attarder.

– Et toi… t'espérais nous avoir une deuxième fois ? C'est toi qu'es à l'origine de ce coup, hein ? Les femelles sont comme les chiens, chien qui mord recommencera. Va falloir éliminer le mal à la racine, conclut-il en se tournant vers ses frères. On fait quoi, on bute qui ?

Les mascus ne répondent pas, Neoma ne leur en laisse pas le temps. Elle s'avance d'un pas. Tous les canons se pointent sur elle, prêts à cracher leurs projectiles assassins.

– C'est moi, la cheffe. J'ai tout organisé. Tuez-moi, je suis seule responsable.

Leur leader hoche la tête avec une moue d'approbation, impressionné.

– Comme quoi, les femelles peuvent aussi montrer des signes de bravoure. Mais jamais aucune chienne ne s'ra sincère, j'sais qu'tu mens, c'est évident.

Neoma ne se défile pas. Malgré sa nudité, elle carre les épaules, relève le menton et répète :

– Non, c'est moi. Les autres sont inoffensives.

Je sens Aya bouillonner. Elle voudrait y aller, se dénoncer. Je l'en dissuade, ça ne ferait que saper les efforts de Neoma pour nous sauver.

L'homme hésite. Il consulte silencieusement ses frères qui détournent le regard.

Agrippée au grillage sur notre gauche, Cordel peine à tenir debout. Elle a quitté le fauteuil volé au mascu pour ne pas montrer sa faiblesse. Elle fait encore plus chaud que dans la Marmite. La sueur glisse dans les dos, s'infiltre dans les oreilles, coule sur les fronts, imprègne les pieds nus. Je perçois le poids du regard de l'homme qui reluque Aya de haut en bas, avec un mélange de dégoût et de curiosité malsaine.

Après une éternité, il se décide. La respiration d'Aya se cale sur le rythme de sa voix saccadée :

– Bon, d'toute façon y a que quatre places à l'isol'ment, faut en buter. Et puisqu'on peut pas faire confiance, on va laisser ça au hasard. Quatre places et vous êtes huit. Le calcul est simple : on en descend une sur deux.

Aya croise le regard de Cordel. Statistiquement, l'une d'entre elles deux va y passer.

●

Ansel a le crâne lourd comme l'armoire en fer du dortoir. L'écho de la Machine vient racler ses tympans, comme si on était en train de traîner l'armoire en question sur le sol. Il titube, rassemble ses pensées éparpillées autour de lui. Les derniers événements lui reviennent par flashs : l'évasion des femelles, l'affrontement, le coup de stack qui l'a assommé. Le corps d'Osman est inerte, c'est fini pour lui. Pas de trace de son père. Les femelles ont disparu, il faut les retrouver au plus vite.

Il se précipite sans même savoir s'il part dans le bon sens. Au détour du couloir, il tombe sur Strøm. Son père est raide mort, les bras en croix. Sous son corps, le grillage est maculé de sang.

Ansel se fige. Ses poumons se remplissent d'un air glacial, il enfonce ses ongles dans ses paumes. Sa tête bourdonne à la recherche d'une solution à un problème qui n'en a pas. Il se penche sur son père, il n'y a plus rien à faire. La rage balaye la tristesse, ce n'est pas le moment de faire son deuil. Il a envie de buter Irik, les femelles, la terre entière.

○

Le mascu continue de nous dévisager. Son regard est si vicieux qu'on pourrait presque l'entendre dire : « Bon, toi, j'te garde ou j'te bute ? »

Personne ne parle, que faire d'autre qu'attendre la sentence ?

L'homme semble avoir pris une décision, mais ses yeux se fixent sur un point derrière nous. Aya retient son souffle lorsqu'il se met à crier :

– Tiens, Ansel, tu tombes bien ! On tue qui ? Il faut en tuer quatre. J'te laisse faire le bon choix, tout l'monde sait qu'tu es *tellement* intelligent !

●

Ansel s'arrête net. Irik lui tend un piège. Les mains sur les genoux, il essaye de rester lucide. Son père lui hurlerait de ne pas penser avec sa colère. C'est le dernier hommage qu'il peut lui rendre. S'il sauve la femelle de la dernière fois, on le suspectera encore d'être étro, il faut qu'il s'en désolidarise vite. En même temps, s'il la sacrifie avec trop d'empressement, il paraîtra louche. Il vaut mieux feindre l'indifférence et commencer par les autres.

– Hmm, on a intérêt à sauver celle qui est enceinte, sinon le Géniteur va devenir fou. Gardez aussi leur cheffe, c'est celle qui est susceptible de nous livrer le plus d'informations… Ensuite, je ne sais pas trop…

– Le reste tu t'en fous ? sourit Irik, provocateur.

○

La gorge d'Aya s'est serrée, serrée au point qu'elle étouffe. Les sentiments s'entremêlent et se nouent dans sa poitrine. Christa et Neoma sont épargnées, mais ça ne laisse plus que deux places. Tout ce qu'on a enduré, fui, combattu… Tout ça pour qu'Aya meure ici, dans ce couloir triste et bruyant ? Non, c'est pas possible. Notre destin, aussi insupportable soit-il, dépend à nouveau du bon vouloir de cet homme chétif qui ne cesse de croiser notre route.

●

Ansel hésite. Et là, que dirait son père ? Il voudrait sauver lae neutre, il l'a souvent interrogé·e. Dans ses dernières paroles, il lui demandait aussi de chercher à mieux connaître les femelles. Ne pas rester sur sa colère. Être le plus calme, toujours le plus malin. Ansel prend une voix dénuée de toute émotion, il ne veut pas laisser Irik tirer profit de ses faiblesses :

– Gardez lae neutre, ce sera utile pour les négociations avec Argos Matze et ses gens. Pour que leur non-violence penche de notre côté plutôt que de celui des femelles au moment de la bataille finale. Et, en dernier, épargnez celle-là, les autres sont en plus mauvais état.

Irik sourit encore :

– Très bien, débarrassez-vous du reste.

○

– Quoi... mais on avait dit que... balbutie Sengrif qui a repris connaissance.

Elle travaillait bien, d'une manière ou d'une autre, pour les mascus. J'aurais préféré avoir tort... Aya panique :

– C'est moi qu'il a pointé du doigt ?

– *Je crois, oui.*

– Et Cordel ?

Aya s'est tournée vers sa grande sœur pour échanger une dernière phrase avec elle, un sourire, quelque chose. Trop tard. Quatre tirs pour quatre victimes. Les détonations se fondent en un seul et même claquement, aussitôt suivi par le bruit lourd des corps qui s'effondrent. Cordel n'est déjà plus qu'un cadavre, sa tête roule sur le côté. J'ordonne à Aya de détourner les yeux, elle n'y a rien de pire qu'un regard vide.

– *Relève-toi, tu ne peux rien faire.*

Christa et Neoma s'approchent pour lui répéter la même chose. Ma protégée n'écoute rien ni personne. Mes interférences recommencent et nous sommes coupées un instant l'une de l'autre, comme si Aya était happée par sa détresse.

•

Irik surgit dans son dos comme un prédateur. Il ne vient pas le consoler pour son père. Il ne vient pas le féliciter pour sa prise de décision, non : il est là pour le menacer, encore et toujours.

– J'ai bien vu que t'avais sauvé ta petite amie. T'en fais pas, j'en parlerai pas, c'est notre p'tit secret. Tu conduis, tu m'obéis, et j'te laisse tranquille.

Autant intimider un mur. Loup est mort, son père est mort, Ansel n'a plus rien à perdre. Strøm lui a conseillé d'apprendre à connaître les femelles, Ansel a épargné le seul visage qu'il pouvait reconnaître. Il y a eu ces grésillements, cette chaleur le long de sa colonne vertébrale et dans la paume de ses mains au moment de prendre la décision. Ils se sont tellement croisés tous les deux, comme si le destin les réunissait. Que pouvait-il faire ?

Ansel reste longtemps debout, sonné, dans ce couloir empli de cadavres.

— 7 —

Ansel

Seule l'immensité glacée de la steppe peut représenter la solitude d'Ansel dans les semaines qui suivent le décès de son père. Après la mort de Loup, c'est beaucoup trop à encaisser pour un seul Homme. Comme un mort-vivant, il flotte à travers sa vie, vidé de toute passion, de tout enthousiasme. Juste après avoir enlevé les dernières affaires paternelles de sa cabine de pilote, il culpabilise et en remet une partie. Il les observe, manipule pendant des heures une réplique de la Phalange qui servait de repère pour les cartes stratégiques du bureau d'Osman, un jeu d'échecs plein de poussière, un vieux levier d'accélération scié en son milieu. L'un des rares avantages de sa solitude est qu'il peut pleurer, dans son nouveau lit froid, sans que personne ne soit là pour le juger. Il a même de vrais draps en coton où noyer sa détresse et étouffer sa rage.

Ce passage à vide dure deux semaines, jusqu'à ce qu'Irik vienne enfin lui donner des consignes. Raïzer est devant eux, à deux jours de route, Von Bach a un peu plus d'avance. La Phalange reprend sa route. Désormais, Ansel peut conduire. Alors qu'il pose ses mains sur le volant, la fierté revient brièvement dans ses yeux. Son père aurait aimé voir ça ; il lui a dit d'ailleurs, au moment de la Bascule, qu'il était heureux de confier son véhicule aux mains de son fils.

Ansel met un point d'honneur à piloter comme Strøm voudrait qu'il le fasse : en restant à l'écoute du bruit des moteurs et des conseils de Lakam, en douceur, sans forcer pour ne pas abîmer la Machine. La route est simple, il faut aller tout droit jusqu'aux montagnes derrière lesquelles se cache le foyer. Il y a bien quelques pièges mais Ansel ne s'en soucie pas, c'est le travail des éclaireurs. Et s'il explose, tant pis, il rejoindra tous ceux qui sont déjà morts.

Quand le cap est stable et le pilote automatique enclenché, Ansel se glisse contre la baie vitrée. Là, il s'imagine sur le point de tomber dans le vide. Cet exercice, étrangement, le soulage ; il lui rappelle qu'il est toujours vivant.

La nuit, lors de ses longues veillées – difficile de faire confiance au pilote automatique quand on débute –, Ansel regarde les étoiles pour se tranquilliser. Du moins les premiers soirs, car en approchant du foyer de prolifération, il commence à remarquer des astres suspects. Certaines étoiles se déplacent dès qu'il a le dos tourné. D'autres vibrent ou émettent des sons. Les drones. Ansel se met à redouter le ciel nocturne.

Trois semaines s'écoulent encore. Trois semaines à faire le deuil du passé et à redouter l'avenir. L'horizon montagneux semble ne jamais se rapprocher. Les plaines se succèdent et se ressemblent. De la neige, toujours de la neige. Au poste de pilotage, Ansel s'agace de la lenteur de la vieille Phalange, sortie il y a si longtemps des rouages rouillés d'une usine russe pour arriver jusque-là, à deux doigts de son objectif, comme un missile d'une extrême patience. Puis, un jour comme les autres, les deux Phalanges de Raïzer apparaissent à l'horizon. Les Sœurs Souffrance sont fidèles à leur réputation, rapides, géantes, d'un pourpre éclatant et surmontées d'immenses lames tranchantes. De vrais rhinocéros d'acier. Il va falloir déterminer qui de Raïzer ou de Sidorov sera le Patriarche Alpha.

Via le conduit de communication, Ansel ordonne à Lakam d'enclencher la procédure d'arrêt. La Phalange est si lourde qu'il faut la ralentir tout en douceur. Le pilote lève le levier de vitesse en même temps que son autre main abaisse celui des freins, les roues glissent sur le sol glacé. L'immense bâtiment métallique fait encore au moins un quart d'étalon avant de s'immobiliser dans un dernier hoquet.

Ansel retourne s'asseoir sur son lit, sa mission est terminée pour le moment. Il observe d'un air songeur les objets de son père qu'il a alignés sur les étagères du cockpit, bien en évidence. Un carnet qu'il n'a pas encore eu le temps de consulter attire son regard. Il l'attrape et l'ouvre à la première page. L'écriture nerveuse et ampoulée capture définitivement son attention. C'est l'écriture de Mort-Ansel :

Cher Strøm,

Les lettres qu'on se passait sont lues, je pense qu'il est plus sûr d'écrire dans ce carnet et de le laisser dans le conduit sous la Grande Salle du Conseil. C'est notre meilleure cachette. C'est évident qu'ils m'ont affecté à la surveillance des prisonnières pour me tenir loin de toi, mais ne t'en fais pas, je vais bien. Les femelles sont plus intéressantes qu'il n'y paraît et bien moins dangereuses que le Patriarche Sven. Lakam aussi est très gentil, il m'a aménagé un coin où dormir pas trop près de sa Machine.

Tu me manques, mais je te promets que je ne vais pas au Coffre en ton absence. Je ne veux plus que toi. Ils pensent qu'être à deux, c'est rétrograde, faible et égoïste, mais ils se trompent tellement. Au contraire, c'est ma force.

Tu me manques, je t'aime.

Ansel, à toi, toujours.

Ansel, l'autre, tourne la page du carnet, impatient de découvrir la suite, stupéfait par ce qu'il est en train de lire. Il a toujours su que les relations privilégiées entre deux personnes étaient mal vues. Il a toujours su que son père avait eu une relation privilégiée avec Mort-Ansel. Mais il n'avait jamais vraiment fait le lien entre ces deux idées. La relation entre son père et Mort-Ansel a cessé d'être polémique à la mort de ce dernier. Personne n'aurait osé la reprocher à Strøm tant qu'il n'en parlait plus vraiment. Ansel n'a connaissance que des bribes de rumeurs qu'on a bien voulu lui donner. Dire que ce carnet était sous la Grande Salle du Conseil, à l'endroit même où il s'est si souvent caché pour espionner les conseils de la Phalange ! Peut-être que Strøm l'avait repéré depuis le début. Dire que son père a été comme lui, si jeune...

Cher Ansel,

Je ne sais pas si nos petites planques sont bien sûres, il paraît que nos exosquelettes fournissent des rapports au Patriarche à notre insu. Mais tant mieux, je ne veux pas me cacher de toute façon. Je t'aime, je ne laisserai rien nous entraver.

Tout seul, je ne peux rien faire, mais Osman est fort, on va renverser le Patriarche et tu pourras remonter dans les étages. Je deviendrai pilote et toi chef des éclaireurs, comme tu l'as toujours voulu. Mais il faut d'abord qu'on écrase ce foyer de prolifération avec Von Bach, ça ira vite. Après, je te promets, nous serons à nouveau réunis.

Je t'aime.

Strøm, à toi, toujours.

Ansel a les larmes aux yeux. Avoir le même nom que le destinataire de la lettre est troublant, il a l'impression que c'est à lui que son père s'adresse. Il voudrait tout lire, mais les pages suivantes sont déchirées ou illisibles. Il ne reste qu'un dernier mot, lapidaire, à la toute fin du carnet :

Mon cher Ansel,

Si seulement tu pouvais me lire. Je sais que tu ne reviendras probablement pas. Mais j'attends. J'attendrai, au fond de moi j'y crois encore. Nous n'avons pas survécu à la débâcle de Von Bach pour que tu meures dans cette nouvelle expédition stupide et insensée, massacré par ces femelles que tu t'acharnais tant à défendre. Ici, sans toi, c'est sombre et triste. Pourtant, Osman s'est débarrassé de Sven. Il l'a vaincu en combat singulier, puis nous l'avons fait tuer par les prisonnières en simulant une évasion. Le vieux fou ne te harcèlerait plus si tu revenais. Je suis devenu pilote, comme on l'a toujours voulu. Et surtout, j'ai depuis ce matin un enfant. Il est petit, fragile, mais il a quelque chose de toi dans le regard. Il s'appelle Ansel. Je l'aime déjà, mais je ne peux pas, je ne peux simplement pas me résoudre à t'appeler Mort-Ansel, tu es irremplaçable.

Strøm, à toi, toujours.

Ansel, sonné, referme le carnet et le range sur l'étagère, entre la figurine de la Phalange et le jeu d'échecs. Il sèche ses larmes, respire mieux, c'est le calme après la tempête.

Beaucoup de choses viennent de s'éclairer dans son esprit. Il n'avait pas vraiment conscience du passé de son père avec Mort-Ansel. Tout cela n'était pas tangible pour lui jusque-là. Il n'avait pas conscience non plus de l'alliance d'Osman et son père contre Sven. Est-ce que Strøm a su, après la Bascule, qu'Irik les envoyait au niveau 0 pour les faire assassiner ? Il les a fait tuer exactement comme ils ont fait tuer son père, Sven. Strøm se doutait-il qu'il voyait son fils pour la dernière fois quand ils ont discuté près de la Machinerie ? Mais pourquoi aurait-il consacré ses derniers mots à lui parler des femelles ?

Le regard d'Ansel se pose sur le jeu d'échecs pendant de longues secondes.

— 8 —

Aya

Le plafond est trop bas pour qu'Aya se tienne debout, la pièce trop étroite pour qu'elle s'allonge. Elle est obligée de garder la même position accroupie pendant des heures. Seuls les rougeoiements incertains qu'on entrevoit sous les mailles du grillage trahissent l'obscurité. Et puis elle y a la chaleur et le vacarme, ces deux amis qui ne nous lâchent plus. Ce sera notre seule compagnie désormais, car cette fois Aya n'est pas enfermée avec ses sœurs. Cordel surtout n'est plus là. Elle ne sera plus jamais là. Son nom s'est ajouté à la longue liste de nos sœurs disparues. En grandissant, on s'habitue à l'idée de perdre nos aînées un jour. Après toute, c'est le cours normal de la vie. Conditionnée à la guerre, Aya savait même qu'elle y aurait des morts brutales, horribles. Mais pas ça. Pas ce simulacre d'exécution au fin fond d'un couloir. Aya n'arrive pas à s'enlever de la tête les images de la mort de Cordel. Elle aurait besoin de Cordel pour qu'elle la console de sa propre mort.

Les deuils se suivent et se ressemblent. Je ne trouve plus que des platitudes pour essayer d'adoucir la peine d'Aya. « Cordel voudrait qu'on continue à se battre. » « Elle n'a pas souffert. » « Elle a eu une belle vie. » Qui suis-je pour décréter tout cela ?

Mes mots sont peu de chose face à la solitude de ma protégée. Face à la chaleur et au vacarme. On doit être au-dessus de la salle des machines car des colonnes de vapeur remontent jusqu'à nous, charriant avec elles des vagues de consignes hurlées, les pétarades de soupapes ouvertes brutalement, les vrombissements de turbines en pleine action. Ça ne s'arrête jamais. Elle n'y a ni jour ni nuit. Comme Aya a perdu la notion du temps, je compte les heures pour elle.

Chaque fois qu'Aya peine à dormir, je libère de la Léophrine pour chasser ses cauchemars fiévreux. Elle faut bien lui offrir de quoi échapper quelques instants à cet enfer ou bien elle deviendra folle, « hystérique » disent les hommes. Mais mon stock d'hormones de synthèse descend rapidement et je dois garder des réserves en cas de torture, ou pire : d'insémination artificielle et d'accouchement.

Heureusement, aucun homme ne vient nous voir. L'eau tombe à travers les grilles du plafond, la nourriture aussi – des miettes de pain rassis –, et Aya fait ses besoins à même le grillage. Tant pis pour ce qui se trouve dessous. Les mascus semblent l'avoir oubliée pour le moment ; avec la bataille qui se prépare, leurs prisonnières sont loin d'être une priorité. Après des semaines, qui se souvient encore qu'on est là ? Qui se rappelle le nom d'Aya ?

Son visage ? Et si l'on meurt maintenant, qui sera là pour nous regretter ?

Aya gémit en ressassant sa propre solitude :

– Elles sont toutes mortes, toutes. Je suis seule, Lya, je suis seule. Elle n'y a plus que toi, mais tu vas voir qu'ils trouveront le moyen de t'arracher de mon crâne.

– *Tu sais bien que ce n'est pas possible, et tu n'es pas seule, Christa, Neoma et Liv ont été épargné·e·s aussi. Elle faut tenir pour iels. Et puis Phidia t'attend à la Maison Mère, tu la retrouveras, j'en suis sûre. Et peut-être même Voline, elle est débrouillarde, elle a pu s'échapper.*

– Phidia m'a abandonnée... et le corps de Voline doit geler quelque part...

La rage et la fatigue déforment sa voix. Elle se ronge les ongles jusqu'au sang, comme si ça pouvait l'aider à avoir moins chaud, comme un vêtement qu'elle enlèverait.

– J'en peux plus, Lya. C'est pire que la mort, ça, c'est de la torture ce bruit. Elle n'y a même plus la voix des autres pour compenser. J'ai l'impression que les turbines sont en train de creuser ma tête comme des foreuses, dès qu'un moteur recommence à vrombir, la foreuse me charcute un peu plus. Et la chaleur, mec ! Je hais cette chaleur, j'ai passé ma foutue vie à crever de froid et maintenant je vais mourir de chaud. Je transpire plus que ce que je peux boire, j'ai soif, qu'est-ce que j'ai soif...

Je l'ai déjà réconfortée dans les situations les plus extrêmes, mais cette fois je suis démunie. Statistiquement, nos chances d'en sortir sont nulles. À nouveau, je ne peux que convoquer les exceptions, les légendes qu'on se raconte pour tenir bon :

– *Toutes les grandes héroïnes ont été prisonnières à un moment, tu sais. Elsa Hunger, bien sûr, avec la révolte d'Hollow Leeds. Harjeera Harder, elle, a passé six mois enfermée dans un « centre de rééducation pour pathologies hystériques » dans le désert du Kalahari. Tous les jours, les hommes ont cherché à la mutiler, à corriger son homosexualité... Oui, je sais, c'est étrange, les hommes nous préféraient encore hétérosexuelles à l'époque. L'un d'eux, raconte-t-on, l'a forcée à manger des textes sacrés mascus comme la Bible des Modernes ou les discours de Georgio Belenna en pensant que ça allait la convertir à leur sexualité. Et pourtant, Harjeera a tenu bon, jusqu'à l'arrivée des rebelles venues la sauver. Et elle y en a encore plein d'autres. Azumi...*

– Je sais. Azumi est restée coincée des mois sur une île avec le cadavre de son épouse pour seule compagnie. Quel réconfort, merci.

Aya a toujours adoré les légendes et récits. Pas cette fois. La situation est trop grave, ça ne marche plus. Ma protégée ne l'est pas, protégée. J'ai failli à ma mission. La vision d'Aya nue et vulnérable me renvoie à l'enfante qu'on m'a confiée elle y a plus de quinze ans. Elle était une bébé souriante et vive, facile à vivre. Ce temps-là est terminé, Aya n'est plus que l'ombre d'elle-même, une ombre dans le noir, invisible.

– J'en peux plus, je voudrais juste que ça s'arrête.

Et soudain, son vœu s'exauce, toute s'arrête. Le bruit d'abord décroît, comme si les moteurs tournaient à vide, l'insupportable chaleur aussi s'en va doucement, sur la pointe des pieds. Elle reste encore des dizaines de machines en activité, mais, après tout ce vacarme, on se sent à la lisière du silence. Les muscles d'Aya se détendent, son corps se relâche, sa respiration s'apaise.

Vingt minutes passent, qui, après un pareil calvaire, doivent s'approcher de ce qu'on appelle le bonheur. C'est calme. Serein. Paisible. Si calme qu'on perçoit les bruits de pas de quelqu'une qui approche. Ou plutôt quelqu'un. La porte s'ouvre, un visage apparaît. Cet homme, toujours le même, nous demande de le suivre. Aya obéit sans broncher. Elle suivrait n'importe qui n'importe où pour le simple plaisir de se dégourdir les jambes, pour le plaisir de pouvoir bouger, déplier les genoux, s'étirer, relever la tête. Et qu'importe si elle faut se faire torturer.

Vingt minutes passent, qui, après un pareil calvaire, devraient s'apparenter à des [illegible] la tonnerie. C'est calme. Serein. Paisible. Si calme qu'on perçoit les bruits de pas de quelqu'un qui approche. Ou plutôt quelqu'un. La porte s'ouvre, un visage apparaît. Cet homme, le chef le même, nous demande de le suivre. Anne obéit sans broncher. Elle est cette fois prise qu'on demanderait pour Anton de l'endroit, celui où se trouvent. [illegible] le regard de l'homme [illegible] leurs [illegible] travail. Il a trop qu'il lui a donné [illegible] [illegible] [illegible]

[illegible]

9

Aya & Ansel

○

La pièce est cinq fois plus grande que notre cellule : de quoi y tenir tout juste à deux. Les genoux d'Aya frôlent le jeu d'échecs posé à terre entre le mascu et elle. Le drap qu'il lui a donné pour se couvrir glisse en permanence. Aya le remonte mécaniquement. Ses yeux sont rivés sur le mascu, à la recherche d'un piège. Elle ouvrirait sa boîte crânienne pour voir ce qui s'y cache si elle en avait les moyens. Elle ne lit pas sur le visage des hommes comme sur celui des femmes, elle n'a pas l'habitude de cet exercice. De son malaise cependant, il ne nous cache pas grand-chose. La chaleur fait perler des gouttes de sueur sur ses tempes. Comme pour masquer sa gêne, il se lance :

– J'ai vu un jeu d'échecs dans votre foyer. Ça peut te paraître bizarre, mais j'aimerais mieux te connaître, toi et ton clan. Tu sais y jouer ?

Aya lève les yeux sur les murs autour d'elle, comme si ce qu'elle devait répondre y était écrit en lettres capitales.

– Je sais jouer. Mais pourquoi le ferais-je avec un de mes bourreaux ? Qu'est-ce que j'y gagne ?

●

La femelle est prête à négocier, c'est déjà ça. Ansel avait anticipé la question. Cette entrevue, il l'a tournée et retournée dans sa tête des jours durant. Les femelles sont dangereuses mais prévisibles. Il ne se laissera ni surprendre ni devancer. Tout doit rester sous son contrôle. Il obtiendra ce qu'il attend d'elle.

Tel un chasseur, il traque le point sensible de son adversaire :

– Je pourrais t'informer de l'état de tes sœurs.

– Où sont-elles ?

Parfait. L'empressement de la femelle trahit son intérêt pour le sort de ses alliées. Le chantage peut commencer.

– Ça, je ne peux pas te le dire tout de suite, tu penses bien.

○

Mes circuits grésillent. Dès qu'il est là, des interférences affectent mon logiciel. Le mascu nous fait miroiter des promesses, à quoi joue-t-il ? Que souhaite-t-il obtenir de nous qu'il n'a pas déjà ?

– *Il essaye de nous piéger encore. Méfie-toi.*

Aya hoche la tête, elle ne se laisse pas duper.

– D'habitude, quand tes semblables cherchent à nous connaître, c'est matraque à la main ou autour d'une table de dissection. Qu'est-ce qu'on fait là, en vrai ?

•

La femelle est plus farouche que prévu, sa voix est sèche et tranchante. C'est comme si la partie d'échecs avait déjà commencé à se jouer.

Ansel perd un peu de son assurance. C'est toujours pareil. Il se prépare durant des siècles, et au moment fatidique, il panique. Il décide de miser sur la sincérité :

– Celui qui portait mon nom avant moi voulait qu'on arrête de faire la guerre aux femelles... Je crois même qu'il a rejoint les neutres parce qu'il ne voulait plus se battre contre vous. Son nom là-bas était Lesna. J'ai essayé de parler à Liv mais iel ne m'a presque rien dit, visiblement, mon père l'a déjà interrogé·e trop durement et iel a trop peur pour parler. Alors voilà, j'essaye avec toi, je veux savoir ce... Je veux comprendre pourquoi celui qui portait mon nom a décidé qu'il ne fallait plus vous combattre. Je veux comprendre vos motivations, comprendre pourquoi vous nous faites la guerre, pourquoi vous voulez tous nous massacrer. Peut-être que c'est une erreur, mais je suis mon instinct.

Ansel garde sous silence toutes les autres raisons : le destin qui les réunit, sa solitude, son dos qui le démange, sa nuque qui le brûle, l'envie de prouver à Irik et à lui-même qu'il n'est pas une menace pour ses frères. Car venir ici, c'est se confronter une fois pour toutes à sa peur d'être étro. Il a besoin d'éradiquer ce doute au fond de sa poitrine.

○

Aya ne sait pas quoi répondre. Il a déballé ça autant pour nous que pour lui-même. Ça doit être vrai, c'est trop tordu pour être un mensonge. On n'a rien à perdre à essayer d'en savoir plus.

– Alors, on n'a qu'à jouer… dit-elle en haussant les épaules. Moi, c'est Aya.

– Moi, Ansel.

Il nous avait déjà donné son nom la première fois. C'est un nom étrangement doux pour un mascu. Habituellement, ils privilégient les noms à consonance agressive. J'aurais été moins surprise qu'il s'appelle Rupt ou Grig.

●

Enfin, les choses avancent. Ansel essuie la sueur sur son front et place les pièces sur l'échiquier.

– Tu préfères quelle couleur ?

– Je te laisse les noirs.

La femelle tourne le plateau pour avoir les blancs face à elle. Elle s'arrange pour commencer. C'est malpoli mais Ansel décide de ne pas y prêter attention.

– Très bien, le premier qui met le roi en échec a gagné ! s'exclame Ansel.

– La reine, tu veux dire, le corrige Aya.

Ansel fait la moue. Dommage, la partie était à deux doigts de débuter.

○

Après d'interminables débats sur les règles et le nom des pionnes, après avoir décidé que, même si parler de roi est absurde, chacun·e nommerait ses pièces comme iel l'entend, on peut enfin s'y mettre. Aya, trop impulsive comme à son habitude, se précipite dans tous les pièges tendus par le mascu et perd en quelques coups. Mais là n'est pas l'important, la partie est ailleurs, dans ses quelques échanges polis mais froids avec l'homme, dans leurs longs silences partagés. Qui aurait pu prédire cela un jour ? Qui aurait pu prédire qu'on jouerait aux échecs avec un mascu ? Et même qu'on recommencerait ?

●

Au cours de la deuxième partie, la femelle élève son niveau de jeu. Ansel soupçonne qu'elle s'aide de son intelligence artificielle, car les femelles ont du mal à réfléchir seules. Son adversaire enchaîne des tactiques remarquables, feinte de Belenna, Phalange inversée. Ansel perd peu à peu du terrain et chacun de ses pions finit par rejoindre les autres, à côté du plateau. L'échec et mat est inévitable.

Une manche partout.

Il va falloir en faire une troisième pour se départager.

○

Pour la dernière manche, Aya me demande de ne pas l'assister. Au-delà du jeu, c'est le bras de fer psychologique qu'elle veut gagner. Je ne l'ai jamais sentie si concentrée. Ses yeux ne quittent pas les pionnes noires adverses. Dès le début de la partie, elle jette une folle dans la mêlée et tente le coup de la bergère. Audacieux. Hélas, le mascu lève un regard amusé sur nous. Il ne se laissera pas piéger, il connaît la technique, ça se sent. Il n'est pas si bête que ça.

L'homme s'est redressé contre le grillage. Lui aussi est concentré, ses jambes ne tremblent plus. Même les machines autour de nous semblent s'être tues par respect pour les deux adversaires. Un long silence accompagne chacune des prises de pièce d'Aya. Ses folles font des ravages, les skimeuses protègent bien notre reine, on entraperçoit la victoire. Je rappelle tout de même à ma protégée que son adversaire a un pouvoir de vie et de mort sur elle et que le vexer n'est peut-être pas une bonne idée. Les mascus ont tous les défauts, ils doivent aussi être mauvais perdants.

●

Alors que la femelle pouvait le massacrer en deux tours, elle semble tergiverser et s'acharne sur un de ses pions plutôt que sur son roi. Ansel respire. Il entrevoit même une ouverture. Il peut provoquer un échec et mat en décalant son maître-chien, alors que trois coups plus tôt, il n'avait plus du tout la maîtrise du jeu. Il n'ose y croire ; il analyse le jeu, cherche le piège. Les femelles ont toujours une idée derrière la tête, il faut se méfier.

○

Pourquoi hésite-t-il ? On lui a offert la victoire sur un plateau ! Aya a ravalé sa fierté, pour une fois, elle sait qu'elle aurait dû gagner, c'est tout ce qui lui importe.

Qu'est-ce qu'il attend ? Il veut l'humilier davantage alors qu'elle n'a déjà plus rien ? Aya relève les yeux. Non, il s'est remis à trembler. Il hésite. Il a peur d'un piège. Il a terriblement peur de nous. Après toute, c'est vrai, peut-être qu'on pourrait le piéger ? Aya commence à envisager ce mascu non plus comme une menace mais comme une opportunité.

•

Il n'y avait pas de piège. Ansel avance son maître-chien. Échec et mat. Une fierté futile fait battre ses tempes. Son père, avec qui il jouait si souvent, aurait aimé cette partie. Pour la première fois depuis tant de jours, il n'est plus seul, et il se sent presque bien. Trop peut-être. Et si c'était ça, l'arnaque ? Qu'est-ce qu'il est en train de faire ? Soudain, tout ça lui paraît absurde et dangereux. Il regrette de bout en bout. Et s'il se faisait griller par un de ses frères ?

Précipitamment, il range les pièces du jeu et reprend le drap qui couvrait la femelle. Il la presse d'avancer. En marchant derrière elle pour la raccompagner jusqu'à sa cellule, il évite soigneusement de regarder son corps nu. Est-ce que c'était vraiment une bonne idée ? La femelle se laisse escorter sans broncher, et c'est bien ça le pire, elle n'a rien à faire pour le déstabiliser. Il referme la porte puis le verrou de sa cellule étroite. Il aimerait pouvoir verrouiller aussi efficacement son cœur et son âme.

— 10 —

Aya

Le retour en cellule est difficile. Elle a suffi de peu de temps pour que les jambes d'Aya retrouvent le goût de la marche et son corps celui de l'espace et du confort. La trêve, dans notre guerre contre le bruit et la chaleur, est terminée. Le calvaire reprend exactement là où il s'était arrêté. Ainsi qu'Aya me l'a fait remarquer, finalement, c'est comme si nous endurions le supplice du puceau de fer, les lames en moins – dommage, elles nous auraient permis de mettre un terme à la souffrance.

Les parties d'échecs deviennent peu à peu notre seule échappatoire. Ansel revient chercher Aya chaque jour à la même heure. On joue chaque fois davantage de parties, quatre, cinq, six, dix, et plus encore. Nos discussions, sans être amicales, sont cordiales. Le mascu est intéressant, cultivé, toujours poli, il ne recourt pas à la violence et paraît bien plus intelligent que ses congénères. On le laisse gagner en général, après avoir fait durer la partie pour profiter le plus longtemps possible de ces moments d'accalmie où Aya reste enfermée, certes, mais dans un espace bien plus grand que celui de sa cellule.

Au bout d'une semaine, les échecs ne sont plus qu'un prétexte qu'utilisent Aya et Ansel pour se retrouver et débattre. Les mascus ont une conception du monde tellement exotique, étrange, surréaliste que chaque conversation est inédite, chaque sujet prend un éclairage nouveau.

Mon seul trouble provient des interférences qui m'assaillent régulièrement en présence d'Ansel, comme si j'avais des absences soudaines, des amnésies courtes et passagères. Comme si on tentait de pirater mon système.

J'en parle à Aya mais elle ne réagit pas. Peut-être parce qu'elle-même est victime d'un autre genre de manipulation. Le mascu a réussi peu à peu à l'amadouer ; il lui apporte à boire, de la vraie nourriture consistante, des protéines, des légumes, il lui a même offert une pomme un jour. Surtout, il lui donne des nouvelles de Neoma, de Liv et de Christa. Cette dernière a aussi eu l'autorisation de lui adresser un mot manuscrit. C'est la mieux traitée des quatre – si l'on peut dire – puisqu'elle est enceinte. Aya n'a pas d'autre horizon, d'autre distraction que ces quelques parties d'échecs, elle ne veut donc pas entendre que ça puisse être un piège. Elle répète à longueur de temps qu'Ansel n'a pas besoin de la manipuler puisqu'elle ne sait rien d'utile pour la suite et qu'elle n'est plus maîtresse de son destin.

Alors les jours passent, et les relations d'Aya avec le mascu s'améliorent. Je sens bien qu'elle attend chaque jour l'heure fatidique pour d'autres raisons que la seule opportunité de quitter son horrible cellule. Chaque jour, elle reste plus longtemps avec lui, chaque jour l'une et l'autre se livrent davantage. Pourtant, à la fin de chaque journée, elle faut bien regagner notre cellule, et chaque nuit se répète le même calvaire. La chaleur, l'ennui, le bruit, la peur de ce qui viendra ou ne viendra pas. Les heures sont longues dans notre cachot. Pour tuer le temps, Aya prévoit ses coups pour la partie suivante, elle échafaude des stratégies entières dans sa tête. Ce n'est qu'un jeu, mais c'est la seule bataille qu'elle peut gagner.

11

Ansel

Aya est étonnante. Elle pense vraiment que l'Hiver permanent a été déclenché par les Hommes et leurs armes nucléaires, que les femelles étaient opprimées par les mâles et non l'inverse, qu'on les faisait même saigner une fois par mois pour les affaiblir. Elle ne parle qu'avec des « elle faut que », dit « chiennes » à la place de « chiens » et « phare » pour « Phalange », ses rois sont des reines, ses éclaireurs des éclaireuses, le Père éternel n'existe pas, « elle n'y a que la Mère Matrie », toute sa conception du monde est à l'envers.

Ansel, en revanche, s'habitue rapidement au corps de son interlocutrice, il lui paraît presque banal désormais. Son visage a les mêmes expressions que celui d'un Homme, ses muscles la même forme, ses réflexes sont identiques. Les seules différences sont les deux renflements à la poitrine, la largeur des hanches et l'entrejambe. Ansel s'habitue à côtoyer l'ennemie. Il sait bien que de son côté,

Aya n'a pas le choix – dans sa captivité, elle dépend entièrement de lui –, mais lui non plus n'a pas d'alternative à sa présence. Au milieu de la solitude lunaire dans laquelle il vit, c'est la seule personne qu'il fréquente.

Ses « alliés », ceux qui devraient l'épauler, sont morts, absents ou blessés. Loup est mort. Strøm est mort. Osman est mort. Lakam, à travers leurs communications, ne fait preuve d'aucune connivence particulière avec lui ; ce n'est qu'un eunuque, après tout. Rekat ne parle jamais à son ancien ami, car il faudrait parler de Loup, ce que personne n'est prêt à faire. Et Irik lui gueule ses consignes de pilotage comme si Ansel était un chien. Si ça prouve bien qu'Irik ne voit plus Ansel comme une menace, ça reste difficile à vivre. Ansel aimerait ne pas avoir à se méfier de ses « frères ». Malheureusement, le vent n'est pas près de tourner. Sidorov, lors d'un combat acharné, a vaincu Raïzer en duel. La tension est palpable parmi les mâles, chacun veut en découdre. Des rixes éclatent pour un oui ou pour un non, un verre de vidange renversé, un pari sur un chien qui n'a pas été honoré. Le Pandore se répand comme un poison dans la Phalange, ça sent l'amande dans tous les couloirs. La solitude d'Ansel est chaque jour de plus en plus grande.

En dehors de ses parties d'échecs, il reste enfermé dans sa cabine, avec l'immensité du paysage pour seule compagnie. Les heures les plus froides de l'Hiver sont passées, la Saison Tiède commence à se manifester à travers la rosée du matin, les longs couchers de soleil, le silence assoupi du vent. Tout est si calme.

Pourtant, les montagnes se rapprochent inexorablement. Ansel doit éviter des pièges toujours plus complexes laissés sur leur route par les femelles ingénieuses. Des dents d'acier qui se referment sur leur proie, des aimants qui sabotent le matériel de navigation, des gaz toxiques… Un soir, deux éclaireurs sont tués par des chiens sauvages farcis d'explosifs. Le lendemain, le convoi est freiné par des clous. Ansel fait de moins en moins confiance au pilote automatique, il doit rester concentré sur chaque alerte.

Au fond de lui, il se réjouit de ces détours qui ralentissent la Phalange. Il gagne du temps avant la bataille finale, ce massacre qui l'attend au foyer de prolifération. Tout le monde dit que les femelles n'ont aucune chance, qu'avec Von Bach qui attaquera côté sud, leur supériorité numérique sera écrasante. Mais Ansel se méfie, la dernière fois aussi, on pensait que Von Bach l'emporterait, le carnet de son père en atteste. Et puis, les femelles aussi savent jouer aux échecs.

12

Aya & Ansel

○

– N'importe quoi ! Ce sont des hommes qui ont tué Lizzy Parson ! Pourquoi on aurait fait ça, nous ?

– Parce qu'elle était pacifiste. Elle voulait une Grande Amérique où les femmes et les hommes vivent ensemble, et ça vous a déplu à vous, les extrémistes ! Comme quoi, tu vois, je ne mets pas toutes les femmes dans la même Phalange.

– T'as des preuves de ça ?

– Tout le monde le sait, enfin ! C'est comme Imane Abdelaoui qui a été assassinée par sa prétendue « garde sororienne ». Quelle lâcheté, tu parles de sororité !

– Elle a été tuée par un garde du corps, oui, mais c'était un homme !

– Pourquoi elle aurait eu un Homme comme garde du corps ? Ça n'a aucun sens !

– Les femmes étaient naïves à l'époque ! Elles vous faisaient confiance et vous les avez trahies, comme quand Yasen Relenka s'est débarrassé d'Elsa Hunger alors qu'elle partageait sa vie avec lui !

– Ça, ça n'a rien à voir, c'était un acte de libération, pour mettre fin à la terreur féministe !

– « La terreur féministe », tu plaisantes ? Quelle terreur féministe ?

– Comment ça, « quelle terreur féministe » ? Je crois que les millions de morts que vous avez sur la conscience savent de quoi je parle ! Peut-être qu'il y en a même des milliards si on compte votre guerre de Sécession en Grande Amérique !

– Tu fais bien de prendre cet exemple, tiens ! La guerre de Sécession, c'est votre responsabilité, c'est Evan Parson, votre général, qui voulait la guerre à tout prix ! À La Paz, elles voulaient la paix !

Ansel est surpris, sa voix redescend d'un ton :

– Attends, ça veut dire que tu défends le modèle pacifiste américain ?

Aya hausse les épaules :

– Ben, je préfère la Confédération d'Afrique Australe, le Vietnam ou même l'Australie, mais oui, l'exemple américain est intéressant… Si ce système de double armée et de double capitale avec Dallas et La Paz permet de maintenir la paix entre le Nord et le Sud… pourquoi pas. Ça t'étonne ?

– Un peu, oui, pour nous aussi, la Grande Amérique est un modèle, voire une alliée. Il paraît même que son gouvernement conjoint a financé la campagne de Von Bach, la dernière fois, quand il a failli vous écraser !

On répète souvent que les amies de nos ennemies sont nos ennemies, mais ça n'a pas l'air si simple, on dirait. Le cogouvernement américain, composé des dignitaires de Dallas et La Paz, doit parfois prendre des décisions qui vont à l'encontre de l'un ou l'autre des deux camps. Difficile d'avoir un aperçu clair de la situation politique mondiale depuis les profondeurs du Camp Rome. Phidia nous a pourtant bien expliqué qu'on était alliées avec la Grande Amérique. Bizarre. Aya, mal à l'aise à l'idée d'être parvenue à un consensus avec un mascu, relance le débat en le déplaçant sur un autre sujet :

– Von Bach, failli nous vaincre ? Tu parles du général dont les troupes ont été décimées par seulement trois de nos divisions ?

•

Ansel profite de la situation. Aux yeux des siens, il est un mâle fragile, soupçonné d'être étro, et devant eux il n'ose plus faire le fier. Mais pour Aya, il est le représentant de son camp, alors il peut se comporter comme n'importe quel Homme, surjouer la virilité :

– J'étais pas né à l'époque, c'est pour ça.

– Moi non plus et heureusement pour vous, sinon deux divisions auraient suffi.

Ansel sourit :

– Tu ferais un bon mâle, tu sais. T'as tout à fait l'état d'esprit.

Aya a du mal à accepter le compliment :

– Si tu penses ça, c'est peut-être que c'est toi qui commences à avoir une mentalité de « femelle » !

– Une mentalité de femelle, et puis quoi encore !

Les deux adversaires échangent un rire qu'ils interrompent aussitôt, surpris et gênés. Un bruit résonne derrière le grillage, une silhouette sombre apparaît. Irik. Ansel le reconnaît tout de suite. Au moins c'est clair désormais, le nouveau Patriarche sait qu'il s'entend bien avec une femelle. C'était son plan après tout. Mais il y a un problème. Aya devait servir de fusible à sacrifier en cas de danger. Et Ansel ne peut plus tuer froidement la femme. Elle vaut plus à ses yeux que la moitié des Hommes de la Phalange.

o

Le visage de l'homme se pare d'ombre. Il a vu quelqu'un qu'il ne voulait pas voir. C'est vertigineux, la vitesse à laquelle les hommes se referment.

– Ça va ?

– Oui, mais je vais devoir y aller, régler deux trois choses.

Ansel range la partie d'échecs qu'il s'apprêtait à gagner et invite Aya à le suivre, comme si on ne connaissait pas déjà la route jusqu'à la cellule. Aya traîne des pieds, elle n'a aucune envie de se hâter vers sa prison. Elle est frustrée qu'Ansel ait écourté son seul moment de répit. Pendant un instant, elle s'imagine lui fracasser la tête pour s'échapper. L'idée lui passe rapidement. Elle ne ferait pas dix mètres sans être interceptée. Aya réalise surtout qu'elle ne se sent plus capable de faire du mal à Ansel.

●

– Désolé de te remettre là-dedans. C'est indécent, je sais. Même si j'ai déjà dit ça, je vais essayer de te changer d'endroit.

Ansel se surprend à être sincèrement désolé. Il referme la porte de la cellule et s'y adosse, épuisé. Qu'est-ce qu'il fabrique ? Maintenant qu'Irik a surpris son manège, il ne peut plus continuer à rencontrer Aya en faisant comme si c'était parfaitement normal. Il se représente l'image qu'il a renvoyée à Irik, alors qu'il était en pleine partie d'échecs avec une femelle. Il se rend compte de ce qu'il vient de faire, comme s'il émergeait de plusieurs jours de fièvre. Comment a-t-il pu en arriver là ? Qu'est-ce qu'il fait de sa vie ?

○

Deux mois s'écoulent encore. Le phare a avancé une semaine durant, s'est arrêté dix jours, puis est reparti péniblement. Ansel a transféré Aya dans une cellule plus grande, plus éloignée des machines et donc de la chaleur et du bruit. L'homme a aussi donné à Aya un matelas pour dormir, un bol où stocker de l'eau, deux blocs de pain noir et un jeu d'échecs sur lequel on passe des heures à s'affronter, elle et moi. Notre cachot est assez tiède pour qu'on s'y habitue. Ansel continue à nous apporter des nouvelles des autres, et surtout de Christa. Elle est bien traitée, mais l'heure de son accouchement approche. Ce qu'elle s'apprête à vivre, on ne le souhaite à personne, pas même à un mascu.

Deux mois s'écoulent donc jusqu'au jour où le phare est ciblé par les premiers bombardements. Une pluie de métal s'abat sur son toit, les hurlements se mêlant au fracas de l'acier qui ricoche contre l'acier. Elle y avait bien eu quelques alertes avant cette attaque, le ronronnement d'un drone, l'écho d'un piège, mais rien de comparable à ce déluge de feu. Jusque-là, Aya s'était réjouie de chaque preuve de la résistance des femmes. Mais depuis le premier bombardement, elle craint d'être la victime collatérale de nos défenses furieuses. Chaque impact, même à des kilomètres du phare, fait bondir le cœur de ma protégée. Ça ne s'arrête jamais, ni le jour ni la nuit. Finalement, c'est peut-être de la main de nos sœurs que viendra notre fin.

Puis c'est au tour du phare de répondre aux attaques. On entend les tambours de l'apocalypse remonter du ventre du véhicule quand les canons s'enclenchent. La Relenka crache toute sa colère sous la forme de boules de feu plus bruyantes encore que celles des Sages-Femmes. Dans ces moments-là, notre angoisse change de bord ; c'est pour nos sœurs de la Maison Mère qu'on s'inquiète. Aya s'imagine Evgenia écrasée sous une poutrelle en acier, elle visualise le corps brûlant de Leonie sur la neige froide et le rictus de stupeur qui s'affiche sur le visage de Phidia qui s'effondre, un trou béant dans la poitrine. À chaque salve alliée, on tremble pour notre vie, à chaque salve ennemie, on craint pour nos amies. Dans les deux cas, nous sommes perdantes.

Le pire, c'est qu'Ansel ne vient plus depuis la première bombe. Peut-être qu'il est mort, là-haut, dans son poste de pilotage, transpercé par des milliers de débris de verre.

Aya n'a rien d'autre à faire que d'attendre, seule, à espérer que Liv, Neoma et Christa n'aient pas été emporté·e·s par un projectile, une maladie ou la colère d'un homme. Qu'iels n'aient pas perdu la vie la fois où le phare a failli se renverser, ou celle où le tonnerre de la guerre a duré toute la nuit. Étant donné le peu d'informations qui nous parviennent, toute est facteur d'angoisses.

Les cheveux d'Aya sont de plus en plus longs ; au camp on lui aurait déjà rasé le crâne, les cheveux longs ce n'est pas pratique pour combattre, mais ici de toute façon on ne combat plus. Ses cheveux longs et sales lui donnent encore plus chaud. Aya fait peur à voir mais ça tombe bien, on ne vient pas la voir. Les hommes s'en foutent bien, des femelles prisonnières, à ce stade. Nos réserves s'amenuisent, alors on se rationne ; Aya s'hydrate de moins en moins, elle n'a pas mangé depuis deux jours. L'affrontement final se prépare sans nous et ma protégée se voit mourir, oubliée dans un recoin du phare. Aya pleure souvent le peu d'eau que son corps contient encore, et la fatigue accroît encore son désespoir. Santé : 57 %, température interne : 31 °C. Atmosphère polluée, muscles endoloris, douleurs résiduelles.

Notre seule chance dans ce malheur, c'est ma batterie thermique qui se recharge grâce à la chaleur ambiante. Je peux continuer à soutenir Aya. Sans moi, elle deviendrait folle. Je l'aime tellement, j'ai si peur de la perdre. Même dans l'horreur, elle reste drôle, obstinée, courageuse. On a déjà survécu au pire et je sais qu'on peut encore accomplir de grandes choses. Pourvu qu'on nous en laisse la chance...

Soudain, mes capteurs se mettent à grésiller, déclenchant ma panique. Je songe que ça y est, mes circuits déraillent, que l'autorecharge a atteint sa limite. Et puis je me souviens. Les interférences. Ansel.

La porte se déverrouille, Aya relève la tête comme une chatte errante. Son cœur se remet à battre. Elle se prend à rêver de pain noir, d'un verre d'eau, d'étirer ses jambes, d'une conversation, ou juste d'un regard ; n'importe quoi, elle prendra toute.

13

Ansel

Irik sort du Coffre, le front luisant de sueur. Ansel se fige, il n'y a pas de lieu plus gênant pour croiser quelqu'un. Il n'aurait pas dû passer par là, il aurait dû faire le tour par les serres, comme d'habitude. Ici, le couloir est trop étroit pour que deux mâles se croisent sans rien se dire. Un sourire mauvais sur le visage, Irik fait en sorte de lui barrer le passage :

– Alors ? Qu'est-ce que tu fous là, loin de ta copine ? Elle n'te plaît plus, tu viens trouver un vrai bon coup ?

Ansel reste bien droit. Il ne veut pas offrir au Patriarche la satisfaction de le voir s'écraser, il s'est déjà trop courbé devant lui.

– Laisse-moi tranquille. Je pensais qu'on avait un accord, je t'embête pas, tu m'embêtes pas. Je sais bien que t'as pas d'autre pilote que moi.

– Bien sûr. J'm'intéresse à mes camarades, c'est tout, c'est important que tout le monde soit en forme.

– Alors tout va bien, laisse-moi passer. Lakam m'attend.

– Et puis, comme la transparence, c'est la clé du succès, j't'informe qu'on va attaquer bientôt. J'ai prévu d'harnacher les femelles sur l'blindage avant d'la Phalange, en première ligne, pour plomber un peu l'moral des chiennes d'en face quand il faudra tirer. Ça n'te dérange pas, j'espère ?

Ansel abandonne déjà la droiture qu'il voulait maintenir. Sous l'effet de la surprise, il bafouille :

– P... pas du tout. Sauf pour celle qui est enceinte. Que va dire l'Géniteur si tu gâches ses efforts ?

– Elle accouche bientôt, on attaqu'ra le lend'main.

Ansel est livide, autant à cause de sa peur du combat imminent qu'en raison du sort réservé à Aya. Irik lui tape sur l'épaule :

– Pauvre gamin, je...

Le Patriarche semble se délecter de la situation, mais il s'interrompt au moment où Rekat sort à son tour du Coffre. Le nouvel artilleur s'approche de son vieil ami avec un grand sourire :

– Tiens, Ansel, ça tombe bien, je voulais te parler.

Irik recule. Il préfère humilier Ansel à l'abri des regards. Il n'a plus rien à faire ici, mais pour ne pas avoir l'air de fuir, il se permet une dernière pique :

– Bon, j'vous laisse, j'me sens dé trop.

Il a volontairement prononcé « dé » à la place du « de » : *dé trop, d'étro*. Ansel comprend le message. Si c'est plutôt subtil pour du Irik, la menace reste bien claire. Le pilote est parcouru par un frisson glacé.

– Désolé qu'taies toujours cet idiot sur le dos... Je suis arrivé au plus vite, s'excuse Rekat.

Ansel est si stupéfait qu'il peine à répondre.

– Quoi... toi aussi, tu le trouves idiot ? Je... je pensais que tu le soutenais ?

– Ça n'empêche pas. Je voulais devenir artilleur, c'est tout.

Ansel retrouve le sourire. Après toutes ces années, Rekat fait un pas vers lui. C'est la première éclaircie dans sa solitude depuis une éternité.

– Si tu savais le bien que ça me fait d'entendre ça, j'avais vraiment l'impression d'être le dernier soldat d'Osman.

– Ah, mais j'n'aimais pas plus Osman, mon père l'trouvait trop prétentieux. J'suis désolé, il pensait pareil d'ton père, d'ailleurs.

– Pas de problème... encaisse Ansel en baissant la tête.

Rekat, qui s'apprêtait à repartir, se fige, puis fait volte-face. Il ouvre la bouche, la referme, puis se lance enfin :

– Tu comprends, à la mort du mien, de père, j'avais l'impression qu'on me laissait tomber, qu'on me trahissait. J'étais aigri, en colère. J'ai fini par rej'ter tout le monde.

Après un très court silence lourd de sens, Rekat ajoute à voix basse :

– Toi y compris.

Ansel ne sait pas quoi répondre, de même qu'il n'a pas su quoi dire à son ami, à l'époque où son père est mort.

– Je suis désolé... J'étais petit à ce moment-là. C'est seulement maintenant que je réalise ce que t'as vécu.

– Je sais, je sais, je disais pas ça pour t'accuser, j't'en veux pas. J'm'en veux plutôt à moi. Vous étiez deux avec Loup, et moi j'me sentais si seul, j'étais l'seul garçon de ma génération. Alors, n'refais pas mon erreur, n'sois pas aussi stupide que moi !

Ansel hoche la tête. Le souvenir de Loup, chaque fois qu'il se manifeste, lui fait comme une pointe en plein cœur, mais il n'en montre rien. Rekat poursuit, ému :

– Oui, j'aurais dû venir te voir bien avant... Mais avec Loup... Et puis Strøm... quand tu m'as sauvé la vie l'autre fois dans... dans le vieux cinéma... j'étais si faible. Je... je voulais te dire merci.

Ansel sourit, étonné par cette déclaration inattendue.

– Pourquoi maintenant, au détour d'un couloir ?

– J'sais pas... P't'être parce qu'on va tous bientôt mourir.

Rekat lève un verre invisible en direction du ciel :

– Et que j'ai bu deux ou trois pintes de vidange...

Les deux Hommes se séparent après une longue discussion stratégique. En tant que pilote, Ansel a l'honneur d'être responsable de l'envoi des Bourses du Diable, les deux plus gros missiles de la Phalange. Ansel oublie pourquoi il était sorti et rentre dans sa cabine, pensif. Que faire ? La bataille finale est imminente, Aya va être sacrifiée. Lui aussi peut-être.

Le silence de la cabine l'aide à réfléchir. La Phalange avance lentement, en pilote automatique. Appuyé contre le triple vitrage de la baie vitrée, il contemple le vide. Entre les montagnes, on devine l'immense dôme du foyer de prolifération, enfoui aux trois quarts sous la neige. Tout autour, une série d'explosions provoquent des panaches de fumée qui s'élèvent vers le ciel. Vu de loin, c'est sublime. N'importe laquelle de ces détonations pourrait emporter la Phalange, mais la base ennemie est encore indemne : chacun des missiles des mâles est pulvérisé en l'air par les défenses anti-missiles des femelles. Les Hommes ne peuvent qu'espérer qu'elles arrivent à court de munitions les premières.

Ansel frissonne. Il se sent idiot. Pourquoi s'est-il rapproché d'Aya ? Il savait bien que cette relation finirait par lui nuire. À l'évidence, il s'est perdu en route. Ce qui n'était pas prévu, mais qui était pourtant si prévisible, est arrivé : Aya est devenue une amie. Une femelle avec de l'empathie, de l'humour, des valeurs, de l'intelligence... Comment aurait-il pu l'imaginer ? Que faire ? Ansel soupire. C'est maintenant qu'il doit assumer son erreur.

14

Aya & Ansel

○

Ansel entre en trombe dans la cellule, il n'a ni jeu d'échecs, ni nourriture, ni gourde. D'un geste vif, il referme la porte derrière lui. Il parle tout seul, visiblement nerveux. Qu'est-ce qu'il fait ? Aya attend qu'il s'apaise. Ça ne vient pas. Elle se décide à l'interrompre :

– Qu'est-ce qu'elle y a, qu'est-ce qu'elle se passe ?

– L'attaque, c'est maintenant, Christa a accouché, il faut partir, tout de suite ! s'écrie Ansel dans un complet désordre.

Aya, confuse, le dévisage sans réagir. Il s'empresse de reformuler :

– Irik va proclamer le début des combats d'un instant à l'autre, recommence-t-il plus calmement. Il veut que vous, les femelles, soyez accrochées à l'avant de la Phalange pour dissuader le foyer de prolifération de riposter. Je peux te sauver, mais faut faire vite. Au-dessus du cockpit, il y a l'Oisauvteur, notre seul module de secours. C'est notre dernière chance.

●

Aya ne répond toujours pas. Ansel s'impatiente et la relance :

– Alors ? Qu'est-ce que tu fous ? Je prends des risques pour toi.

– J'peux pas abandonner les autres, finit par lâcher la jeune femme, livide. J'me sauve avec elles ou je meurs ici.

– Je ne sais même pas où elles se trouvent maintenant...

– Alors on les cherche et on les tr...

La femelle s'interrompt, elle aussi a entendu les bruits de pas. Ansel tourne la tête. Quatre mâles de l'ancien équipage du Napoléon arrivent dans le couloir accompagnés de deux Virls. Leur taille immense et leurs muscles saillants font toujours leur effet, Ansel a les mains moites. C'est foutu, les six mascus vont le voir discuter avec une femelle. Pourquoi rien ne se passe jamais selon ses plans ? Ils ne vont pas faire dans la dentelle, il faut réagir.

○

– Vite, enfile ça, panique Ansel en jetant à Aya une pièce de tissu. Je le serrerai sans le verrouiller, tu feras comme si t'es bloquée.

Le corset est une horrible invention des hommes. Il s'ouvre et se ferme dans le dos, comprime le ventre, contraint les jambes de sorte qu'elle est impossible de faire autre chose que de petits pas ridicules et, comme si ça ne suffisait pas, lie les mains entre elles, les rendant inutilisables. Même lorsqu'il est délacé, c'est un enfer à endosser. On perd un temps fou, Ansel est obligé d'aider Aya à passer son bassin dans l'ouverture du vêtement. Ses doigts frôlent sa peau nue, Aya frissonne.

– Alors, tu l'emportes, ta femelle, ou tu la sautes ? rugit un mascu immense. Irik attend les derniers retardataires !

Les jambes sont plus faciles à passer. Aya se laisse guider dans le couloir sans broncher. Le corset a au moins le mérite de masquer sa nervosité, ses mains se tordent à l'abri du vêtement. Ansel a plus de mal à cacher sa détresse. Son visage passe du blanc au rouge, il est couvert de sueur.

•

Ansel est piégé. Il est encadré par deux mâles idiots, deux Virls – l'un devant lui, l'autre derrière –, torse nu pour exposer leurs muscles massifs. Tous ces Hommes travaillent pour Stanza, la brute épaisse que Sidorov a envoyée pour protéger ses intérêts au sein de la Relenka. À côté d'Ansel, Aya garde la tête haute et une expression impassible ; difficile de deviner lequel des deux est prisonnier de l'autre. Le couloir du niveau 0 semble interminable et les escaliers infinis. L'ascenseur est en panne depuis des mois. Du temps d'Osman, Lakam n'aurait jamais fait preuve d'un tel laxisme dans la maintenance des équipements, mais la guerre à venir accapare toute l'attention.

Ansel et la troupe ne croisent personne, tout l'équipage de la Phalange est déjà rassemblé dans le hall cérémoniel du quatorzième étage pour le discours d'Irik. Sa voix résonne au loin, tellement tonitruante qu'elle couvre les pulsations de la Machine :

– Raïzer nous ouvre la route, Von Bach attaque le foyer par l'flanc sud, les femelles n'ont aucune chance. Nous sommes plus d'un millier, elles n'ont pas de défense. Elles le savent bien d'ailleurs, elles ont ram'né leurs renforts d'Afrique Australe et plusieurs divisions d'la coalition internationale, et c'est tant mieux, nous allons pouvoir massacrer toute la vermine d'un coup ! La Grande Amérique s'ra bien obligée de dévoiler son soutien à notre cause !

Ansel secoue la tête. Il n'y comprend plus rien, Von Bach qui venait du Grand Nord et se trouve maintenant au sud, les renforts soudain des femelles… Irik qui fait un discours sur la situation géopolitique internationale… Si seulement Osman et son père étaient là pour voir ça…

o

Autant de mascus réunis dans une même pièce, c'est un cauchemar. Ils braillent, se bousculent, poussent Aya et lui écrasent les pieds. Leurs corps sont poisseux, difformes, effrayants, certains ont les veines saillantes, d'un bleu électrique. Aya tente de rester digne, de ne pas réagir aux insultes : « chienne », « sorcière », « ordure », « salpe », « marâtre », des mots dont elle ne connaît même pas la signification.

Elle est traînée jusqu'au fond de la pièce. Ansel ne contrôle plus rien, ça s'annonce mal. La bonne et la mauvaise nouvelle, c'est que les autres sont là aussi : Christa, Neoma et Liv. Iels sont corseté·e·s et visiblement épuisé·e·s mais vivant·e·s. On va pouvoir se serrer les coudes et périr ensemble.

●

Irik poursuit son petit discours triomphant :

– J'vous sens impatients d'en découdre, vous avez d'la chance, plus qu'une demi-heure avant que Von Bach n'soit en position et que Sidorov nous envoie l'signal d'attaque ! J'espère qu'nos deux missiles géants, les Bourses du Diable, qu'on garde au chaud pour cette occasion depuis si longtemps, n'détruiront pas tout d'un coup, et qu'il nous restera des femelles à massacrer. Si jamais, malheureusement, c'pas l'cas, on en a quand même quelques-unes sous la main pour s'échauffer.

○

Tous les regards se sont tournés vers nous, les prisonnières. Ce n'est pas bon signe. J'entends les mots « tuer », « enceinte », « mâle », « exemple », et comprends que la foule déverse sa colère sur Christa. Est-ce qu'ils vont commencer par elle ? Aya jette un regard désespéré à son amie. Son corps est couvert de griffures, elle se balance de droite à gauche comme pour apaiser une douleur indicible. L'accouchement a dû être un supplice. Un homme encore plus grand et terrifiant que les autres porte un bébé fripé jusqu'à l'estrade sur laquelle se tient Irik. Christa détourne les yeux.

•

Le Géniteur s'avance, un bébé chétif à la main, et scande :

– C'est un mâle ! Il s'appellera Strøm. Notre Strøm est mort, vive Strøm. Notre combat est éternel, les noms de nos Pères survivront à travers nous.

Pour Ansel, le choc est brutal. Son père est le dernier mort de la Phalange avec Osman, c'est parfaitement logique que son nom soit donné au bébé ; il aurait pu le deviner, l'anticiper, mais non. Comment concevoir que son père soit aussitôt remplacé ? C'est impossible. Ansel n'a pas le temps de se faire à l'idée, car déjà le Géniteur s'est tourné vers lui. Il ne comprend pas ce que le serviteur du Père éternel lui demande. Sa voix grave arrive comme à retardement jusqu'à l'esprit du jeune pilote :

– Tu ne veux pas de Strøm comme fils ? Ce serait un bel hommage à Mort-Strøm.

○

Les mascus ont enfin arrêté de nous scruter de haut en bas, c'est Ansel désormais qui est soumis au scanner. Le pauvre semble liquéfié, il a le visage cramoisi. Je ne sais pas ce qu'elle se passe, mais ça a l'air difficile pour lui. Est-il en train de décider de notre sort ? Va-t-il nous laisser crever sans rien dire après toutes nos discussions ? Quoi qu'il en soit, on n'a pas de temps à perdre, ce n'est pas le moment pour Aya de rester passive. Elle se tourne vers Christa et murmure :

– Mon corset n'est pas serré, je peux vous libérer. Ensuite, dès qu'on a l'opportunité de courir, on fonce. Si on monte tout en haut, on devrait arriver au cockpit où elle y a une capsule d'évacuation. Passe le message aux autres !

Christa trouve la force de sourire pour signifier qu'elle a compris. Elle est impressionnante. Malgré ses jambes en coton parcourues de tremblements, elle se rapproche à petits pas de Neoma pour lui expliquer notre plan. C'est un projet désespéré plutôt qu'une réelle stratégie, mais si on a la moindre opportunité, elle faut la saisir.

●

– Oui, je veux le prendre comme fils.

Ansel s'entend répondre de très loin. Ses yeux évitent soigneusement le bébé rose qui s'agite en braillant dans le flou de son champ de vision. Normalement, on ne propose jamais à personne de devenir père. Ce sont les futurs pères qui se portent eux-mêmes volontaires. Pourquoi lui fait-on ça ? Pour le forcer à rentrer dans le droit chemin ? Les hypothèses fusent dans sa tête. Irik lui sourit. C'est son idée, forcément. Le Patriarche s'avance vers son pilote et lui pose la main sur l'épaule, comme pour mieux refermer l'étau de son piège. Il n'en finit pas de se pavaner, et récite même la dernière phrase protocolaire à la place du Géniteur :

– En tant que Patriarche, je déclare donc Ansel père de Strøm. Longue vie à la Phalange !

Ansel n'écoute plus. Il a enfin planté ses yeux dans ceux de l'enfant. De grands yeux bleus, comme ceux de son défunt père. Ansel et Strøm se dévisagent avec curiosité. Comment peut-on propulser une si petite chose dans un monde aussi cruel ? Ansel ne sait plus quoi faire de ses bras. Quel est le comportement adéquat ? Il doit prendre l'enfant contre lui, non ? Tout à ces questions, il ne prête pas attention à Irik qui lui plante un dernier coup de poignard dans le dos :

– Maintenant, je te laisse le privilège de tuer la chienne qui a enfanté ton fils ! C'est une vieille tradition qui se perd, mais je crois qu'il est important aujourd'hui d'faire honneur à nos ancêtres en nous rapp'lant que sans eux, nous ne serions pas là, si proches de la victoire. On exhibera son cadavre sur la proue de notre belle Phalange, parmi les autres encore vivantes !

o

La foule des visages haineux reporte son attention sur Christa. Cette fois, le propos est clair, elle est bien question de la tuer pour l'exemple. Aya essaye d'attraper son amie, mais un homme la repousse aussitôt. Je me sens totalement inutile. Christa va mourir là et on ne peut rien pour elle. Pire, c'est Ansel qui s'avance, bâton à la main. Son regard croise celui d'Aya. Il hésite, son choix n'est pas fait encore. Après tout ce qu'il a échangé avec ma protégée, il pourrait suspendre son geste. Aya lui a longuement parlé de Christa, de son sérieux et de la bravoure dont elle a si souvent fait preuve, comme lorsqu'elle s'était portée volontaire pour leur première expédition ensemble. Elle lui a raconté leurs parties d'échecs, leurs discussions nocturnes, et même la fois où Christa a passé cinq heures d'affilée à essayer de toucher une bouteille avec un cercle parce qu'elle n'y arrivait pas. Comment Ansel pourrait-il l'achever de sang-froid ?

●

Irik, Rekat, tous ont le regard braqué sur lui. Lui, le tueur de chiens, le tueur de femelles, lui, le pilote qui a remplacé le grand Mort-Strøm. Lui qui secrètement se réveille la nuit en tremblant parce qu'il pense aux guerres passées et futures, aux os qui se brisent sous son stack, aux corps qui s'affaissent. Ansel jette un coup d'œil à Aya. Elle tient à la femelle dont l'arrêt de mort vient d'être prononcé, il le sait. S'il la tue, Aya ne lui fera plus jamais confiance. Mais à quoi bon vouloir gagner sa confiance ? Elle aussi va mourir là de toute façon. Sauf qu'Ansel ne veut pas y croire. Comment faire pour empêcher l'inéluctable ? Il perd pied et son hésitation commence à se voir. Ses mains sont moites, son dos est brûlant, sa colonne vertébrale est secouée de violents spasmes. Il fait un dernier pas vers Christa qui l'implore tant qu'elle peut. La foule s'énerve :

– Bute-la !

○

Mes interférences s'intensifient au point de couvrir toutes les voix. Déséquilibrée, Aya tombe à terre :

– Ça brûle !

Je perçois un long sifflement, mais je n'arrive pas à distinguer s'il vient de mon propre système ou de l'extérieur. Aya voudrait plaquer ses mains sur ses oreilles, mais celles-ci sont toujours prisonnières du corset.

Soudain, mascus et sœurs lèvent la tête. De discrets tapotements se font entendre, comme si des gravillons tombaient sur le toit du quinzième étage, juste au-dessus. Le bruit résonne comme un avertissement sinistre : les Sages-Femmes frappent avant d'entrer. Les mascus paniquent, se dispersent sans savoir où fuir. La tôle se déforme aussi facilement que du papier. La lumière du ciel apparaît, le quinzième étage a été transpercé par un projectile. Au milieu de la pièce, un cadavre tombe d'on ne sait où. Une lame en acier traverse le plafond et s'abat au milieu d'un groupe de mascus. Le silence de sidération qui suit est le dernier. Après, c'est le déluge.

— 15 —

Aya & Ansel

○

Une poutre incandescente se décroche au-dessus d'Aya qui l'évite de justesse. Elle a enfin réussi à se dégager de son corset, elle cherche où fuir, qui aider. Partout où son regard se pose, des flammes émergent du sol. Aya se brûle la rétine rien qu'à garder les yeux ouverts. C'est le chaos général. Le vacarme est assourdissant, dû pour moitié aux détonations, pour moitié aux cris. Chaleur, bruit : nos compagnons de captivité sont de retour. Le phare entier semble près d'exploser. C'est un miracle qu'Aya soit encore vivante, elle faut en profiter, ne pas traîner. Si les autres aussi ont réussi à éviter les bombardements, on va pouvoir s'échapper. Mais rien n'est moins sûr, Aya n'avait pas eu le temps de les défaire de leur corset.

●

Ansel suffoque. Il ne voit rien, tout est rouge ou noir, ça brûle et ça fume. À quatre pattes dans la cendre et les braises, il tâtonne à la recherche d'une aide providentielle. Il finit par tomber sur un bras, mais c'est un bras mou, inerte. Puis il recouvre peu à peu la vue, le flou s'estompe, les couleurs se précisent. Face à lui, la femelle qu'il devait tuer est étendue, le regard vitreux. Au moins, il n'aura pas eu à l'abattre lui-même. Il enjambe le corps et poursuit sa route avec une seule obsession : le bébé, le bébé, où est le bébé ? C'est le sien maintenant, il doit le trouver.

Il relève la tête, cligne des yeux. Là-bas, il distingue le Géniteur, droit comme un piquet, un air furieux sur le visage. L'enfant doit être à côté. Cette pensée le motive à se frayer un chemin à travers les débris et les corps mutilés pour le rejoindre. Le Géniteur est fou, fou de rage. Il repousse Ansel d'un geste violent puis lui envoie un uppercut dans le thorax et un autre en pleine mâchoire. Ansel titube sans comprendre pourquoi son allié l'attaque. Il ne réagit qu'au moment où l'autre lui attrape les cheveux. Il tente de rendre les coups mais la fumée écrasant tout, il boxe dans le vide. Ses tentatives manquées s'enchaînent jusqu'à ce que ses mains se referment par miracle sur le cou de son adversaire. Ansel serre de toutes ses forces, il ne laissera pas passer sa chance. Pour se sortir de là, le Géniteur essaye de se hisser en agrippant une poutre. Mauvaise idée. Un flot de métal en fusion s'écoule sur lui. Avec horreur, Ansel regarde la mort fondre sur celui qui donnait la vie.

○

– Christa !

Le hurlement d'Aya se mêle aux râles de douleur, aux pleurs, aux cris de détresse qui fusent de toute part. Son amie gît sur le sol, la poitrine transpercée par un pic en acier. Elle est morte, ça ne fait aucun doute. Encore une victime de plus, encore une victime de trop. En larmes, Aya se jette sur Christa. Elle semble avoir perdu toute lucidité :

– Relève-toi, relève-toi !

●

– Il faut qu'on bouge de là, elle ne se relèvera pas !

Ansel, le bébé sous un bras, secoue Aya pour la faire réagir. Elle finit par se détacher du spectacle de son amie morte et par se laisser entraîner. Autour d'elle et lui, des poutrelles en flammes, des trous dans le sol larges comme dix personnes, des amas de cadavres et de survivants entremêlés. Le pilote ne reconnaît plus l'endroit où il a grandi. Il se dirige à l'aveugle, sans repères ; l'explosion a dessiné de nouveaux contours à la pièce et fait émerger des obstacles inédits. L'escalier reste hors de vue.

○

Aya, sonnée, suit Ansel sans chercher à comprendre où il l'emmène. Je lui répète en boucle de revenir au présent, de ne pas perdre espoir. Cette explosion est une aubaine pour nous, elle nous offre une porte de sortie, mais la mort de Christa a obscurci l'horizon de ma protégée. Elle avance en titubant comme une morte-vivante.

•

Une alarme prioritaire finit par jaillir des rares haut-parleurs encore fonctionnels : « *Évacuation immédiate ordonnée, évacuation immédiate ordonnée. Nous sommes attaqués. Évacuation immédiate ordonnée.* »

Ansel s'immobilise à l'entrée du hall. Le corps de Dell repose juste là, entre deux caisses de matériel. C'était un enfant. Ansel serre encore plus fort dans ses bras le bébé en pleurs, dont le visage est rouge de frustration. On ne sait plus qui console qui.

○

Ansel s'est figé en apercevant un cadavre. On doit avancer vite, le feu continue de progresser derrière nous.

– Laisse-le, il est mort, dit Aya.

Elle parle du cadavre mais c'est le bébé qu'elle regarde, ce bébé qu'elle associe à la souffrance et à la mort de son amie.

Ansel détourne les yeux du corps en affichant un visage furieux. Il semble prêt à repartir malgré toute.

Trop tard, un mascu nous barre la route. Tous les hommes se ressemblent mais on dirait bien qu'elle s'agit de leur chef, celui qui haranguait la foule elle y a cinq minutes – autant dire une éternité.

•

Irik a surgi de nulle part, le front brûlant et le regard fou. Une jambe mangée par les flammes, il crache sa rage :

– C'est toi ? C'est toi qu'as trahi notre position ? Le Géniteur avait raison, ça peut être que toi ! Tu bossais pour qui ? Les femelles ? Von Bach ?

Pourquoi serait-il suspect de travailler pour Von Bach ? Comme le Géniteur, le Patriarche délire. Ansel est stupéfait, il ne sait pas comment se défendre :

– Quoi ? Mais bien sûr que non...

○

Le mascu jette à Aya un regard ardent, sans daigner lui adresser directement la parole :

– Et t'allais où, avec cette femelle ? Vous ébattre dehors ? Évidemment qu't'es un traître ! J'ai été trop laxiste, j'pensais qu'te surveiller suffirait. C'est ma faute...

L'homme s'approche d'elle, stack en main. Aya est désarmée, vulnérable, cernée par les flammes et le vide ouvert sur les étages inférieurs.

●

Irik va tuer Aya. Ansel a un bébé dans les bras. Que doit-il faire ? Est-ce qu'il doit lâcher le bébé pour défendre celle qui est censée être son ennemie ?

○

L'homme s'approche encore. Aya recule, dos au mur. Le mascu lève son bâton, il veut frapper, mais il peine à trouver son équilibre à cause de sa jambe attaquée par le feu. Aya esquive le coup facilement. Elle esquive, mais elle ne peut pas se défendre. L'homme avance encore, le visage défiguré par un rictus de douleur. Il ne nous quitte pas du regard.

●

Ansel pose le nourrisson sur les marches avec un soupçon de culpabilité. Il cherche un objet qui pourrait lui servir d'arme. La sueur coule sur ses tempes, dans ses oreilles. Il ne trouve pas d'arme au premier regard.

○

Le mascu continue de nous fixer, il abat son bâton sur Aya une fois, deux fois, trois fois. Elle ne parvient plus à esquiver. Les bras devant son visage pour se protéger, elle ne peut qu'encaisser les coups. La douleur est terrible. Il est dans une telle rage qu'on comprend très vite qu'il ne s'arrêtera pas tant qu'Aya sera en vie.

Heureusement, sa mort survient avant celle de ma porteuse. Son regard se voile, les braises dans ses yeux s'éteignent. Un piquet en métal a traversé sa poitrine. Derrière lui, Ansel a le regard aussi vide que sa victime.

Les explosions toutes proches, mêlées aux hurlements du bébé, nous rappellent qu'elle ne faut pas traîner.

– Tu connais le chemin ? bégaye Aya.

Après ce qu'elle vient d'encaisser, elle s'en remet totalement à Ansel, elle n'a plus l'énergie de penser par elle-même.

Toujours en état de choc, le mascu hoche la tête, récupère l'enfant et reprend sa route.

●

Le dernier étage est éventré. Le plafond tombe en miettes sur le sol. À la place du bureau du Patriarche, il n'y a que le vide et l'haleine glacée du vent. Talonné par Aya, Ansel se fraye un chemin parmi les gravats, espérant sans y croire que le cockpit et l'Oisauvteur seront encore là.

○

On arrive enfin devant une porte en bois d'ébène ornée d'un volant rougeoyant. La quiétude des lieux contraste avec le chaos ambiant. Ansel, tremblant, peine à taper le code tandis que de son autre main, il tient le bébé qui hurle toujours de colère et de peur.

●

Le code. Il l'a déjà tapé des dizaines de fois, mais Ansel ne parvient pas à le faire revenir au bout de ses doigts. Les chiffres tournoient dans sa tête et se bousculent sur le clavier. C'est idiot, plus il s'en veut, plus il perd du temps. Il se concentre, il y a des 1, c'est sûr, ça commence par des 1. Il tapote au hasard avec l'espoir que ses doigts retrouvent d'eux-mêmes la bonne combinaison. Il calme sa respiration. C'est un problème de stress. Pas de mémoire. C'est en fermant les yeux que ça lui revient. 1-1-8-3. Quatre-vingt-trois, c'est l'année de la disparition de Mort-Ansel. Onze, ça doit être pour novembre.

○

Après trois essais, enfin, le cockpit nous ouvre ses bras. Aya se jette à l'intérieur. Ici, elle ne fait ni trop chaud ni trop froid. Le blindage plus épais qu'ailleurs a résisté aux bombardements, la moquette rouge au sol est intacte, les boiseries n'ont pas tremblé. Toute est calme à l'exception des voyants rouge vif sur le tableau de bord. Les niveaux d'alerte sont au maximum.

●

Le cockpit est encore en état mais tout indique que la Machinerie est en lambeaux. Si son père voyait ça... Ansel secoue la tête. Le joyau qu'on lui a confié, ce miracle de technologie qui a parcouru le monde pendant des décennies, a été dévasté en quelques secondes. Derrière la baie vitrée fendillée, émergeant de la tempête de neige, apparaissent les carcasses de deux Phalanges de Sidorov. Elles sont entièrement explosées, dispersées en pièces détachées sur le sol. Écrasant sans scrupule les cadavres encore chauds, les Phalanges de Von Bach, reconnaissables à leurs figures de proue en forme de poing serré, se dirigent droit vers la Relenka, droit vers Ansel. Dans son délire, Irik avait raison : Von Bach attaque les siens. Ansel se rue sur le combiné de liaison :

– Lakam ! Lakam ! La Machine respire encore ? Il faut fuir au plus vite.

Le silence au bout du fil paraît interminable. Ansel tapote nerveusement le combiné. La réponse de l'eunuque arrive enfin, saccadée comme toujours :

– *Non... a Machine est... morte. Et... bientôt... moi... Désolé... échoué...*

– Non ! Tiens bon, j'ai besoin de toi ! se décompose Ansel. Sauve-toi !

– *Je suis gravement blessé, je préfère mourir avec ma Machine. Adieu.*

Ansel n'en revient pas. Il n'a jamais entendu l'eunuque aussi distinctement qu'à l'instant. Mais maintenant, il n'entend plus rien. Pas même l'habituel bruit blanc en arrière-plan de la conversation. Signe que son interlocuteur a raccroché définitivement. C'était le dernier pilier de son enfance.

o

Que fabrique Ansel ? Le regard perdu vers l'horizon, il berce l'enfant au rythme des grésillements de l'émetteur radio. Aya sort enfin de sa léthargie :

– Allez, elle faut partir ! Ton module d'évacuation fonctionne, oui ou non ?

Ansel désigne l'unique voyant encore vert.

– Oui, si la météo le permet. Il est juste au-dessus de nous, là, dans la trappe du plafond. Il faut être deux pour actionner en même temps les deux poignées orange, ici et là-bas. Ça permet d'éviter qu'un lâche se sauve tout seul...

Il rumine ces derniers mots, se fermant de nouveau.

– T'es pas lâche ! On n'a pas le choix !

– C'est facile pour toi ! T'es pas en train d'abandonner les tiens !

Aya sort de ses gonds :

– Quoi ? Tu crois que j'ai abandonné personne ? Et Ash ? Voline ? Cordel ? Christa ? Et maintenant Neoma, que je laisse mourir dans cet enfer !

– Ash est morte, nos maîtres-chiens ont enterré son cadavre près de la Frontière ! Voline aussi, tu imagines vraiment qu'on n'avait pas verrouillé les onze tunnels ? Quant à Christa et Neoma, t'as bien vu le carnage en bas, non ? Tu n'abandonnes que des cadavres, c'est tout ce qu'il va rester de vous, des cadavres...

●

Aya a les yeux plus noirs que l'obscurité. Son visage est rouge, déformé par la rage. Ansel ne l'avait jamais vue comme ça.

– Douze tunnels ! Elle y avait douze tunnels ! Vous ne contrôlez pas tout, Voline est vivante et je la retrouverai !

Ansel s'apprête à répondre quand un missile passe juste à côté d'eux. Son souffle balaye toutes les vitres du cockpit, avant que le missile n'explose dans un tonnerre assourdissant.

Aya se couvre les oreilles, Ansel protège celles du bébé. Des débris de verre les éclaboussent comme l'écume d'une cascade. Des vagues de chaleur et de froid s'engouffrent en tournoyant dans la pièce.

Puis les sifflements s'espacent, indiquant une accalmie. Le signal est clair, il faut partir. Ansel prend une grande inspiration. Il se sent totalement vidé, il n'y a plus en lui la moindre trace d'énervement. Sur le visage d'Aya aussi, la peur semble avoir remplacé la colère. La tension entre eux disparaît comme elle était apparue, et leur dialogue reprend :

– Alors, on y va ? demande Ansel.

○

Aya regarde derrière elle, comme si elle s'attendait à voir apparaître ses allié·e·s.

– Elles ne viendront pas... commente Ansel.

Aucun signe de Neoma, ni de Liv. La porte du cockpit reste close. Si on attend davantage, on augmente surtout nos chances de recevoir la visite d'un mascu ou que le phare soit touché par un nouveau missile plus précis. Ansel a raison, elle faut partir.

– D'accord, on part, mais où ?

– En Grande Amérique. C'est le seul endroit où on nous acceptera tous les deux…

●

Aya hésite encore, mais une nouvelle explosion à moins d'un étalon de là achève de la convaincre :

– OK, on y va.

Elle abaisse sa poignée en même temps qu'Ansel actionne la sienne. Au plafond, la trappe s'ouvre, laissant une lumière aveuglante pénétrer dans la pièce. Le cockpit entier vibre des ronronnements de l'Oisauvteur prêt à démarrer.

Alors qu'Aya se dirige vers le véhicule, l'attention d'Ansel est attirée par un flash, au loin dans les montagnes.

○

– Qu'est-ce que tu fais ?

Ansel ne répond pas. Il nous tourne le dos, le visage penché sur son poste de commande. Aya s'était enfin décidée à fuir, pourquoi il ne se dépêche pas ? Elle s'approche de lui.

– Tu ne viens pas ?

– Non. Vas-y, toi.

●

C'est depuis une toute petite anfractuosité dans les défenses du foyer que fusent les missiles qui pilonnent la Phalange et anéantissent les tirs des artilleurs. Ansel a repéré la lumière à l'occasion d'une série de tirs ennemis. C'est là qu'il faudrait loger les deux Bourses du Diable, c'est la seule brèche qui permettrait d'atteindre le foyer de prolifération. Ansel peut stopper cette guerre, il peut encore sauver ses frères, il en est convaincu.

Sur l'écran du viseur, le trou dans le dôme ennemi est bien visible. Ansel s'apprête à tirer.

o

Il a posé le bébé sur un siège et répond à Aya par des grommellements quand elle lui demande ce qu'il fabrique sur la console. Aya finit par l'attraper par l'épaule pour le tirer vers elle. Le pas de côté d'Ansel lui permet d'apercevoir ce qui se trouve au centre de l'écran : la Maison Mère.

Aya comprend.

– Tu veux leur tirer dessus ?

– Avant de partir, je dois au moins détruire leur canon, pour mettre fin à cette guerre et nous protéger tous ! C'est même indispensable à notre fuite, l'Oisauvteur ferait une cible de choix pour elles.

La colère d'Aya revient aussi vite qu'elle avait disparu :

– Elle y a mes sœurs là-dedans, comment oses-tu ?

– Tu m'as dit toi-même que tu ne connaissais personne là-bas ! Que tu trouvais les femmes qui y vivent prétentieuses !

Il utilise ce qu'Aya lui a raconté pour l'associer à sa logique mascu. Aya est prise d'une rage sourde :

– Et Phidia ? Et Voline ?

– Voline est morte, je te l'ai déjà confirmé !

Un nouveau missile jaillit de la Maison Mère, son ombre nous frôle et va heurter la montagne derrière nous. Le sol de la cabine est parcouru de secousses.

●

Ansel hausse encore le ton :

– Je dois défendre Rekat ! Il est là-haut, elles visent le poste d'artillerie !

Ses doigts pianotent sur le panneau de commandes, la première torpille est prête. Aya le pousse de toutes ses forces :

– Arrête je t'ai dit, on s'en va !

Ansel n'obéit pas. Au contraire, sa main se referme sur un grand levier noir.

○

Aya a bloqué juste à temps le mouvement du poignet d'Ansel. Le missile part, mais sa trajectoire est compromise. Après avoir parcouru plusieurs kilomètres en sifflant, il va s'écraser au pied de la Maison Mère. Ça n'est pas passé loin. Ansel veut déjà recommencer, elle faut le stopper. Aya crie et le pousse une nouvelle fois.

Alors qu'il cherche à esquiver, la jambe d'Ansel heurte le gros levier rouge d'accélération. Le phare se cabre et bondit. Le jeune pilote est propulsé vers l'avant.

À travers la baie vitrée brisée. Droit dans le vide.

Il est happé par le brouillard.

Aya n'a pas le temps de réagir, toute va si vite. Il était là.

Il n'est plus là.

16

Aya

– *Allez, sauve-toi. C'est terminé pour lui, elle n'y a rien que tu puisses faire. Tu as agi pour tes sœurs, il savait que tu ferais toute pour les défendre.*

Aya hoche la tête, sous le choc. Des cris nous parviennent de loin, signes que des mascus peuvent entrer à tout moment. Je cherche en urgence un moyen d'accéder à la trappe au plafond.

– *Monte sur l'étagère à droite !*

Aya m'obéit comme un robot, son cerveau est hors d'état de marche. C'est vide de toute émotion qu'elle grimpe sur le meuble. Mais soudain, un hurlement plaintif la rappelle à son humanité.

Elle fronce les sourcils, elle n'a pas le temps d'hésiter. Tout à l'heure, elle aurait voulu qu'Ansel abandonne ce bébé, symbole de la mort de son amie. Pourtant, cette fois, elle n'hésite pas, elle redescend et cale l'enfant sous son bras gauche. Elle se trouve dans une situation de danger extrême et elle se complique la tâche pour un bébé mascu, comment comprendre ? Je ne discute pas, c'est ce qu'Ansel aurait voulu, le bébé est tout ce qu'elle reste de lui. Et bien qu'Aya se refuse à le reconnaître, c'est tout ce qu'elle reste de Christa.

Elle remonte sur le meuble et parvient enfin à attraper l'extrémité de la trappe. Le phare est instable, il tangue de gauche à droite. Blessée et encombrée par l'enfant, Aya n'a plus aucune force dans les bras. Mais la rage et la peur lui donnent du courage, et ma protégée se hisse héroïquement à travers l'ouverture. Elle roule sur le toit. Le ciel est rouge-vert, zébré de nuages de soufre, de tempêtes massives et d'ouragans colériques. La neige, tout en bas, est couverte de sang et de débris. Ansel a fait une chute vertigineuse, on ne survit pas à ça. Des missiles fusent de partout, mais avec le brouillard, impossible de savoir qui tire dans quelle direction, qui prend l'avantage. Le dôme de la Maison Mère, autrefois parfaitement blanc, est maculé de cendres et criblé d'impacts. C'est l'apocalypse. Ça devait ressembler à ça, l'Hiver nucléaire.

Aya avance un pied sur la carlingue de l'immense véhicule ; le vide est juste là, elle suffirait d'un faux pas pour glisser. L'Oisauvteur nous attend sagement à une vingtaine de mètres, accroché comme un parasite sur le dos du phare, ses ailes encore repliées.

Le monde tremble sous les talons d'Aya qui continue d'évoluer doucement. Des missiles brûlent sur notre droite, des ogives explosent sur notre gauche, et le vent claque en soufflant son haleine glacée, chargée de vapeurs d'essence et de poudre de fulmène.

Aya manque de tomber, déséquilibrée par la force du vent et l'agitation du bébé. Pour couronner le tout, le sommet du phare est recouvert d'une pellicule de givre. Aya ne regarde pas vers le bas. L'Oisauvteur est juste là, notre cauchemar est presque terminé.

Soudain, un mascu apparaît, surgissant de la trappe du cockpit. Il se dirige en titubant vers le module de sauvetage. Il est armé, elle faut y arriver avant lui ! Aya court, malgré la fatigue et les risques de chute. Le mascu l'a aperçue à travers le brouillard, il se met à courir lui aussi. Par chance, il est brièvement déstabilisé par le bruit d'une explosion lointaine. Aya atteint la première la porte de l'avion.

À l'intérieur, toute est blanche, molletonnée. Pour toute commande, elle y a un écran sur lequel une boîte de dialogue nous invite à saisir une destination. Aya n'a pas le temps de réfléchir. Je le fais pour elle. La Grande Amérique ? C'était idiot. Qui veut vraiment vivre avec des mascus ? C'était une solution pour intégrer Ansel au plan, mais ce n'est plus utile désormais. J'indique à Aya des coordonnées derrière la Maison Mère, pas trop près pour éviter les bombardements, pas trop loin pour pouvoir être rapatriée en cas de victoire. La manœuvre est enclenchée.

Le mascu tambourine à la porte. Heureusement qu'Aya s'est empressée d'en activer le verrouillage. Son bâton cogne contre le blindage puis se déplace vers le pare-brise. Les ronronnements de l'Oisauvteur s'intensifient, le vaisseau gronde et finit par se soulever comme par magie. Le mascu est balayé par le souffle du réacteur. Lui aussi terminera sa course dans la neige.

Un pâle sourire se dessine sur le visage d'Aya, comme pour narguer le destin. Voler, elle en a toujours rêvé. Le module se hisse au-dessus des nuages. Un dernier missile nous manque de justesse, puis c'est le calme, quasi stellaire. Vue du ciel, la bataille est une perturbation anecdotique dans un océan de neige. Peu à peu, la Maison Mère, qui n'était qu'un point gris, se met à grossir.

Les muscles de ma protégée se relâchent. Elle s'affale contre le revêtement molletonné, le bébé soudain silencieux serré contre elle, alors que déjà l'Oisauvteur redescend en vue de son ultime atterrissage.

PARTIE IV

— 1 —

Aya

Alors qu'il est engoncé dans la neige depuis seize heures, l'Oisauvteur est retrouvé par une équipe de guérissœurs. La carlingue est découpée au chalumeau, et Aya est extraite dans un cocon médical, placée sous respirateur artificiel et perfusée de Léophrine. Le bébé, par miracle en simple hypothermie, est conduit directement aux Couveuses.

Une heure plus tard, nous entrons dans la Maison Mère, et le vent et le froid disparaissent aussitôt. Une lumière blanche aveuglante remplace les ombres verdâtres du ciel.

La Maison Mère tout entière est comme un cocon médical : chaude, cotonneuse, rassurante. Les murs n'ont pas d'angle droit, les couloirs sont circulaires. On nous installe au centre de l'immense complexe, dans l'infirmerie. Je suis branchée aux outils d'analyse des constantes vitales.

Mise à jour terminée. Date : 17e jour du Contr'Hiver 96. 11 h 25 (si mes données ne sont pas compromises).

Atmosphère aseptisée. Température externe : 22 °C, interne : 37,2 °C. Santé : 29 %. Épuisement généralisé. Contusions multiples. Déshydratation. Malnutrition. Jambe dans un état critique. État d'inconscience. Batterie en charge.

Vingt-trois heures après la chute de l'Oisauvteur, Evgenia se présente à notre chevet, escortée par les guérissœurs. On me connecte à une caméra annexe, au sommet du lit d'Aya, pour que je puisse voir quelque chose en attendant que ma protégée sorte du coma. Toutes les autres infos me sont transmises automatiquement : dans l'enceinte de la Maison Mère, les Lya s'échangent directement toute information qui n'est pas cryptée. Hélas, le dossier « Aya », chez l'intelligence artificielle d'Evgenia, semble avoir été passé en accès confidentiel. Y a-t-elle un secret qu'on ne veut pas nous révéler ?

Une demi-heure plus tard, c'est Phidia, coiffée d'une couronne de tresses, qui entre dans la pièce. Elle se renseigne sur l'état d'Aya, lui caresse les cheveux avec tendresse, partagée entre le soulagement et l'inquiétude. Sur ses lèvres se prépare ce qu'elle pourra nous dire au réveil. La Sage-Femme chuchote des encouragements qui sont autant adressés à Aya qu'à elle-même.

Vient ensuite tout un cortège d'officielles. Des personnalités importantes pour une simple rescapée de guerre ; elle se trame quelque chose.

Parmi elles, la fille d'Harjeera Harder, Stalia Harder, médiatrice de la Confédération d'Afrique Australe, ainsi que la coprésidente de la Grande Amérique Lisa de Susa. Et surtout, Azumi « Fells » Hatsumata. J'aurais tellement voulu qu'Aya soit éveillée pour voir son modèle de clonage, son héroïne penchée au-dessus d'elle. On n'était même pas sûres qu'elle soit encore en vie. La ressemblance d'Azumi avec ma protégée est frappante, j'ai l'impression de contempler Aya avec trente ans de plus. J'espère bien la voir vivre au moins trente ans encore.

Autour de nous, les informations que s'échangent les Lya sont quasiment toutes cryptées. Je peine à en intercepter. Tout ce dont je suis sûre, c'est que nous avons gagné la guerre, que Sidorov est mort et que le Général Von Bach, qui a trahi les siens, va signer un traité de paix avec nous.

J'ai tellement de questions à poser, mais elle serait mal vue d'initier une communication avec d'autres Lya tant qu'Aya est inconsciente. On est censées être en fusion avec nos protégées, et non pas vivre en dehors de leur champ de conscience. Sauf urgence, nous ne communiquons pas non plus quand elles dorment. Je voudrais hurler à Aya de se réveiller. Je me résigne pour son bien, elle est sous Léophrine et doit reprendre des forces.

Liv nous rend visite à son tour, le bébé mascu dans les bras. Comme Liv n'a pas de Lya, ses pensées me sont hermétiques, vides, comme celles du bébé. J'ai appris qu'iel s'en était sorti·e en se cachant dans un placard jusqu'à la fin de la bataille. Dans l'obscurité de la chambre médicalisée, j'observe les trois ombres silencieuses réunies sous ma caméra, rescapées de mondes qui ne se comprennent pas.

Neoma ne vient pas. J'imagine qu'elle est morte. Ou gravement blessée. Probablement morte, car personne n'en parle. Elle se serait sacrifiée pour chacune d'entre nous et c'est sans doute ce qu'elle a fait.

Leonie est la dernière Sage-Femme à nous rendre visite. Sa Lya travaille sur un discours pour la conférence de paix programmée dans trois semaines, qui doit répondre aux exigences de Von Bach. Son système comporte le même dossier confidentiel qu'Evgenia, intitulé « Aya ». Mais c'est un grand fichier compilant les demandes loufoques des ambassadeurs fantômes qui l'obsède. Ces représentants d'États ou d'entités qui n'existent plus arpentent les halls des grandes réunions diplomatiques depuis de longues années. Se fondant sur des promesses que plus personne n'est là pour tenir, ils pensent encore mériter quelque chose. Pourquoi devrait-on prendre en compte leur avis ? Pourquoi Leonie pense-t-elle à eux plus qu'à Aya ?

Puis les visites officielles se font plus rares. Les guérissœurs prennent le relais autour d'Aya et les discussions, très techniques, se concentrent sur la réanimation de ma protégée. J'entends l'écho de conversations angoissées en provenance du couloir, puis plus rien.

J'attends encore sept heures, soit plus de trente heures depuis le crash de la navette. Sept heures pour qu'Aya se réveille enfin au son d'une voix, une voix surgie du silence imposé par la nuit. Voline ! Voline est vivante ! Aya ouvre un œil mais son état de santé se rappelle vite à elle, sabotant les retrouvailles. Elle tousse, elle crache, les sondes lui tordent la bouche, comme à l'époque où les toutes premières féministes engagées dans de longues grèves de la faim étaient nourries de force. Les grèves de la faim... vraiment une idée de peuples qui ont à manger.

Aya perd connaissance à nouveau. Les voyants d'I-Care, la robote médicale, virent au rouge les uns après les autres. Voline court appeler à l'aide.

Suivant les conseils d'I-Care, je réalise les gestes de premiers secours : je crée un choc électrique au niveau du cœur, donne une impulsion à tout l'organisme, libère les bonnes hormones, de l'adrénaline puis de l'ocytocine.

Une guérissœur vient me relayer. Aya se réveille enfin, de longues minutes plus tard. Ses yeux papillotent quelques secondes sous la lumière froide des néons. Elle regarde autour d'elle, j'entends presque le rouage de ses pensées se remettre en place. Ça y est, sa vision se précise, elle a compris qui était la silhouette floue qui se tenait tout près d'elle. Aya veut crier « t'es vivante », mais sa voix reste bloquée dans sa gorge, trop de sons différents cherchent à en sortir en même temps.

Qu'importe, Voline comprend tout ce qu'Aya n'arrive pas à lui dire. Elle non plus n'en menait pas large tout à l'heure, elle a juste eu plus de temps pour se faire à l'idée de ces retrouvailles. Les deux amies s'étreignent, s'enlacent, s'embrassent, la guérissœur détourne les yeux.

Aya retrouve enfin ses mots :

– Je me réveille et t'es là, c'est incroyable.

Voline, elle, n'a pas perdu son sens de l'humour :

– Oui, ben moi, ça fait des plombes que j'attends que la belle au bois dormant daigne s'éveiller…

– La belle au quoi ?

– Laisse tomber, c'est une légende de l'ère sexiste. Les Sages-Femmes en ont des milliers dans leur bibliothèque.

La voix d'Aya est radieuse, bien qu'encore enrouée :

– J'ai… hâte de lire ça !

– Non, vraiment pas. De toute façon, même si je t'apportais des livres, t'aurais pas la patience pour ça, je te connais.

Les deux amies éclatent de rire, même si c'est douloureux pour Aya.

En apprenant le réveil d'Aya, toustes celleux qui étaient parti·e·s au compte-gouttes la veille reviennent une par une dans la chambre médicale. Leonie la première, puis Liv, puis Phidia et Evgenia. Phidia et Aya échangent un pâle sourire, elles ont beaucoup de choses à dénouer, de malaises à éclaircir. Mais ce n'est ni le lieu ni le moment pour ça. L'instant est solennel, c'est Evgenia qui prend la parole :

– Aya, je suis heureuse de te revoir. De la part de toutes les sœurs présentes ou absentes, vivantes ou mortes, je te remercie. Tu as joué un grand rôle dans cette victoire finale. Lors de la conférence de paix qui doit rassembler nos alliées, tu auras droit au femmage le plus glorieux qui soit, qui te conférera immédiatement le titre de Sage-Femme.

Aya bégaye, toujours engourdie :

– Qu'est-ce que... qu'est-ce que j'ai fait pour ça ?

– Elle y aurait beaucoup de choses à dire. D'abord, tout comme Voline, tu fais partie grâce à ta Lya d'une nouvelle génération de femmes équipées d'un émetteur-récepteur radio et GPS longue distance. Ainsi, en venant dans votre camp de temps en temps, nous pouvions récupérer les données de ton récepteur. C'était très utile pour nos rapports de guerre quotidiens et notre cartographie en direct du no man's land. Mais on ne savait pas encore que tu deviendrais prisonnière, et c'est là que l'émetteur a joué un rôle crucial.

Evgenia fait une courte pause. Aya bouillonne intérieurement. Je sens qu'elle s'apprête à diriger sa colère contre moi alors je lui chuchote : « *Je n'étais pas au courant, et je suis aussi agacée que toi d'avoir joué à un rôle à mon insu.* » Elle hoche la tête. Je sens que le sujet n'est pas clos, mais Evgenia reprend la parole :

– Surtout, on ne savait pas que tu serais prisonnière du phare du Patriarche Osman qui, depuis le début, était acquis aux idées de Von Bach. Tous deux œuvraient pour la paix. Cette chance incroyable, bien que provoquée, nous a permis d'établir une communication avec Osman. Il nous a tenues informées des mouvements et tactiques de Sidorov.

Un jeune homme que tu dois connaître, Ansel, servait aussi d'émetteur grâce à une puce insérée à la base de son exosquelette. Quand vous étiez ensemble, vous avez dû ressentir la chaleur et les grésillements de nos communications, et ce même après la mort d'Osman. Nous avons continué à exploiter toutes les informations contenues dans la balise, notamment vos données de localisation. Cela nous a permis de lancer l'attaque finale sans nous tromper, avec une précision inespérée. Sans le savoir, tu as donc épargné à la coalition internationale des milliers de vies et tu nous as offert la victoire. Alors bravo, et désolée de ne te prévenir que maintenant. Pour que tu sois une espionne parfaite, elle fallait que tu ignores ta mission.

Aya voudrait poser des centaines de questions, mais toutes les femmes rassemblées autour du lit se mettent à applaudir. Elle y a trop de monde pour débattre de toute façon, alors Aya se concentre sur une seule demande :

– Ansel est vivant ?

Evgenia hoche la tête, agitant la corolle ciselée de ses cheveux.

2

Aya

— T'as toujours pas bougé ?

Aya sursaute. Impossible de savoir quand Voline va entrer dans une pièce. Elle ne prend jamais la peine de s'annoncer. Et si Aya ne lui répond pas dans la seconde, son amie s'inquiète de son état.

– Non, elle fait vingt-deux degrés ici, c'est parfait. Bien mieux que les treize degrés de la pièce où on a installé mon cocon, dans un coin de la Maison Mère...

– Ça y est, tu t'habitues au confort ! Si on t'avait dit elle y a un an que tu te plaindrais d'une température à treize degrés !

– Elle y a beaucoup de choses que je n'aurais pas crues si on m'en avait parlé elle y a un an... Comment j'aurais pu deviner que je serais là, avec toi... assise au chevet d'un mascu, après avoir été écoutée et analysée toute ma vie par les Sages-Femmes ? grimace Aya.

Le regard de Voline se pose un instant sur Ansel, étendu dans son lit, avant de revenir sur Aya.

– Tu es encore en colère à cause des révélations d'Evgenia ?

– Bien sûr. Je comprends pas comment ça peut t'indifférer. T'as vu comment elles nous ont traitées ? On est de la chair à canon pour elles : elles nous envoient au front, elles exploitent nos données… T'as vu comment elles présentent le Camp Rome comme un morceau du no man's land ? On n'a jamais fait partie de leur matrie. Alors oui, ça m'énerve. Phidia vient me reparler comme si de rien n'était et on veut me remettre des distinctions honorifiques, mais j'oublie pas ce qu'on nous a fait subir. Nous, on fait la guerre, on se prive, on a froid, pendant qu'elles, t'as vu dans quoi elles vivent ?

Aya désigne l'étendue de la pièce circulaire, semblable à un cocon géant, le sol à l'aspect moelleux et les chauffages qui ronronnent de façon rassurante.

– Elle fait chaud, la nourriture est trop bonne, elles ont des films, des livres, des écrans, des technologies médicales de pointe, et même les murs sont mous pour qu'elles ne se blessent pas pendant qu'on se crève au combat. Ça te rend pas dingue, toi ?

Voline secoue la tête. Les révélations d'Evgenia l'ont énervée, c'est sûr, mais elle a eu le temps de les digérer.

– Qu'est-ce que tu veux qu'on y fasse ? Autant profiter de ce confort, maintenant qu'on est là.

– T'as toujours été conciliante de toute façon, s'agace Aya.

Elle aimerait que sa sœur partage sa colère.

– Peut-être, mais c'est pas moi qui montre de la compassion pour un mascu.

Les deux femmes balayent du regard la rangée de lits qui s'étire jusqu'au fond de la pièce. Elle y a là tous les survivants mascus de la bataille ; Von Bach a fait promettre aux Sages-Femmes qu'elles soigneraient avec la même rigueur chaque blessé·e, homme ou femme, en signe de paix. Une aubaine pour Ansel. Trois semaines qu'il est là, maintenu en hibernation dans un caisson de cryosecours et perfusé de Léophrine. L'équipe médicale le répare comme on réparerait une machine, étape par étape, en commençant par les pièces les plus abîmées. Chaque jour, après un passage aux Couveuses pour vérifier l'état de santé de Strøm, le bébé, Aya se rend à son chevet. La guérissœur pense qu'il a une chance sur deux de s'en sortir. C'est beaucoup. C'est peu.

Quand les éclaireuses l'ont trouvé dans la neige, il respirait à peine à cause de ses côtes fêlées et de son nez éclaté. Un bilan miraculeux si l'on pense à la hauteur de la chute et à la plaque de glace à quelques centimètres de lui. Ansel a eu la chance de tomber dans une congère.

Après le départ de Voline, Aya reste seule au chevet du mascu. Elle songe aux parties d'échecs avec Ansel, à son sourire, moitié sincère, moitié grimaçant. Elle se souvient de sa gentillesse surprenante, de sa voix calme et articulée. Des larmes dans ses yeux dès qu'il parlait de Loup, les mêmes larmes qu'Aya a versées pour Christa, Ash ou Cordel.

Aya repense en boucle au moment où il a glissé dans le vide. Non : où elle l'a poussé dans le vide, alors qu'il l'avait sauvée quelques minutes plus tôt face au chef mascu. Elle s'en veut horriblement, pourquoi ça s'est passé comme ça ? Pourquoi a-t-il voulu se battre ? Parfois, sa captivité dans le phare lui apparaît comme un long cauchemar et son attachement à Ansel comme une illusion qu'elle s'est créée pour s'accrocher à la vie. Elle aimerait qu'il l'aide à remettre de l'ordre dans ses souvenirs.

Heureusement qu'Aya a Voline. Son cœur explose de joie dès qu'elle songe à son amie retrouvée. Peut-être qu'Ansel sera un miraculé, lui aussi ? Voline a réussi à s'enfuir du Camp Rome par le seul tunnel qui avait été laissé sans surveillance. Elle a erré des jours et des jours et combattu deux éclaireurs de Raïzer avant d'arriver à la Maison Mère, exténuée et affamée. Cela lui donne aussi de l'espoir pour Neoma qui a disparu dans la dernière bataille et dont personne n'a retrouvé le cadavre. Peut-être qu'elle est là, quelque part, en train de vagabonder dans les montagnes enneigées à la recherche d'un abri.

Aya se remémore sa propre errance, sa marche forcée dans la neige, et pense à tous ces calvaires endurés par les femmes depuis des générations. Elle paraît que c'est fini. Espérons.

Dans le silence, seul subsiste le bruit apaisant du chauffage. Aya ressent un mélange de soulagement et d'angoisse. Un éclair de nostalgie la foudroie en plein cœur. Elle voudrait revenir au Camp Rome, à l'époque où ça sentait le pain chaud le matin, où elle n'avait à se soucier de rien. Son enfance lui manque.

Un fragment de ses désirs est exaucé quand celle qui a veillé sur ses premières années surgit dans la pièce : Sanandra. Ses cheveux sont presque entièrement blancs, ses rides marquées, mais elle est souriante :

– Aya ! Enfin, je te trouve !

– Ça doit faire presque un mois que je suis là !

– Je sais, mais je suis Pausée, on ne me dit plus rien maintenant. C'est Voline qui m'a informée. Et ce labyrinthe est un cauchemar. Elle paraît qu'elle faut se repérer à la température : plus elle fait chaud, plus on se rapproche du centre, plus elle fait froid, plus on va vers l'extérieur. Mais moi, je trouve juste qu'elle fait toujours chaud ici, et...

Sanandra s'interrompt, émue tandis qu'Aya se jette dans ses bras pour une longue et chaleureuse étreinte. Elle n'a jamais eu de contact aussi intime avec son ancienne Mère Supérieure, mais elle la serre de toutes ses forces, se retenant de pleurer, comme si les deuils et les épreuves l'avaient fragilisée plutôt qu'endurcie.

Les deux femmes parlent des heures durant. Sanandra fait le récit exhaustif de ses ennuis, depuis la prétendue « mission » de négociation internationale qu'on lui a confiée. C'était bien une excuse pour la mettre à l'écart à cause de ses réticences à combattre. Sa cérémonie de Pause – retraite anticipée pour les Sages-Femmes en fin de carrière – a été célébrée peu de temps après son arrivée à la

Maison Mère. Sanandra paraît plus détendue qu'à l'époque où elle dirigeait le Camp Rome. Elle agrémente son récit de petites anecdotes sur les bizarreries des Sages-Femmes – leurs coiffures sophistiquées, leur diction particulière et leurs expressions alambiquées –, se permettant une liberté de ton qu'elle n'avait pas auparavant.

Rattrapant le temps perdu, les deux femmes évoquent tous les sujets. Tous les sujets, sauf Ansel ; c'est comme si personne ne voulait comprendre l'empathie d'Aya pour lui. Nos sœurs doivent penser qu'elle est atteinte du syndrome du Camp Stockholm, qu'elle s'est prise de compassion pour ses tortionnaires. Ce n'est pas ça, pas du tout. En regardant Ansel derrière la vitre gelée du caisson de cryosecours, Aya reconnaît son reflet, comme un double qui l'aurait attendue de l'autre côté du champ de bataille, chez les gens d'en face. Comment ne pas percevoir l'humanité de certains mascus ?

Hélas, en temps de guerre, éprouver de la sympathie pour ses adversaires n'est pas une stratégie gagnante. Aya s'est toujours affichée comme une combattante radicale, endurcie. Sa nouvelle position est compliquée à assumer.

Elle se reproche de compatir avec Ansel à cause de toutes celles qui sont mortes : Christa, Ash, Soledi, Odessa, Mezya, Deliel, Cordel et toutes les autres. Elle pense à la petite Najet qui a perdu sa jumelle. Najet. Jamais on n'avait utilisé son nom avant, elle suffisait de dire « les jumelles ». Maintenant elle n'y en a plus qu'une.

Aya vagabonde avant de regagner sa chambre. Direction les Couveuses, d'abord. Elle se penche sur Strøm et se perd dans son regard interrogateur, dans ses grands yeux ébahis, avides de comprendre. Pourquoi s'en vouloir de penser que les hommes nous ressemblent ? Difficile de ne pas voir que ce bébé pourrait réellement être le fruit d'une Couveuse, au même titre que les enfantes alignées à côté de lui.

Elle y a du temps à tuer dans ce labyrinthe circulaire qui paraît sans fin. Aya passe devant la bibliothèque où elle aime relire les rapports de bataille de Serene, traverse des amphithéâtres géants, des salles remplies de bocaux et de cuves en ébullition. Elle atteint une pièce splendide, dont le sol représente une carte du monde. Dessus, des hologrammes s'animent, figurant les déplacements de troupes, les tempêtes de hurl'Hiver, les ouragans marins. Aya marche d'un bout à l'autre de l'immense Confédération d'Afrique Australe, jusqu'à la pointe du continent. Elle prend le temps d'explorer les steppes de l'empire russe disloqué, au milieu duquel subsiste le Peuple des Femmes Libres. Elle laisse son regard courir sur les tornades qui traversent la Grande Amérique. Ensemble, on apprend un par un les noms d'îles du Pacifique dont on ne nous avait jamais parlé.

La voix de Phidia nous interrompt en plein cours de géographie :

– Décidément, ça se mérite de te trouver.

Aya relève la tête, gênée. Elle n'a plus de rancœur envers la Sage-Femme. Elles ont assez discuté pour dissiper leur malaise, mais bien trop peu pour ranimer leur complicité éteinte. Aya regarde ses pieds et le nom de l'océan sur lequel elle marche :

– Je suis en plein Pacifique en ce moment.

– Ça ne m'étonnerait pas que tu finisses là-bas un jour ! C'est là qu'au début du conflit, les hommes envoyaient les femmes les plus radicales, au bagne. Sur Moorea, l'île sœur de Tahiti, les femmes prisonnières ont réussi à rejeter leurs gardiens à la mer. Depuis, elles vivent libres, en autonomie, dans ce qu'on décrit comme un paradis. Même si à mon avis, elles ne doivent pas manger grand-chose.

Aya sourit. Phidia sait toujours toute, c'est aussi passionnant qu'agaçant :

– Tu me cherchais pour parler de la Polynésie ?

– Non... Je voulais te donner ça, pour que tu sois prévenue avant qu'Evgenia ne vienne te trouver.

Elle nous tend un texte. On lit sans comprendre, puis Phidia s'explique :

– Elle va te demander de lire ce discours lors de la conférence de paix, même s'il est mensonger. Je suis désolée. Si on veut continuer à être soutenues et financées par la coalition internationale, elle nous faut un happy end, une histoire pour enrober la réalité de la guerre. Et un happy end hétérosexuel sera encore plus puissant, à la Roméo et Juliette. Evgenia a dû avoir cette idée en te voyant au chevet d'Ansel. Et puis ça nous aidera à faire passer l'autre grande révélation de la conférence de paix.

Phidia ne s'arrête plus de parler pour combler le vide laissé par Aya, qui écoute bouche bée :

– Tu vas voir, ça va être énorme. Ça peut tout changer, c'est ça qui a fini par convaincre Von Bach et surtout les troubles de faire la paix et de collaborer avec nous. C'est de ça qu'avait très peur Sidorov. Et tu peux y contribuer.

Aya n'écoute plus. Elle ne pense qu'à fuir très loin, en Polynésie pourquoi pas.

3

Aya

Si Aya est sortie de son coma depuis plus de trois semaines maintenant, elle se sent encore comme dans un rêve. Sa bouche est pâteuse, ses muscles engourdis, la lumière blanche lui agresse toujours autant les yeux. Pas étonnant qu'Ansel y reste, lui, dans le coma ; elle a l'impression de mettre des siècles à soigner des plaies beaucoup plus superficielles que les siennes.

Cela fait deux jours que la conférence de paix a commencé, mais Aya n'arrive pas à se concentrer sur les discours qui s'enchaînent. Les ambassadeurs fantômes, les émissaires de la coalition internationale, le luxe et les politesses de la Maison Mère, toute lui paraît superficielle depuis son retour. Superficielle ou factice. Elle n'entend que des mensonges depuis le début de la conférence. Stalia Harder, la médiatrice de la Confédération d'Afrique Australe, ne fait pas exception. Depuis la scène où elle est grimpée, elle est en train de réciter un texte plein de faux espoirs et de fausses certitudes :

– Ma mère s'est battue toute sa vie pour que sa fille vive des jours meilleurs. Si ça a pris plus longtemps qu'elle ne l'aurait voulu, aujourd'hui, je peux dire que son rêve s'est réalisé. Les canons se sont tus, les phares se sont arrêtés, un vent nouveau siffle sur les champs de bataille. Le dernier général belliqueux, Sidorov pour ne pas le nommer, est mort avec son acolyte Raïzer ; l'Europe est enfin apaisée. La Russie et l'Asie sont pacifiées, la Grande Amérique est un modèle de collaboration et l'Afrique est unie derrière moi, je peux vous l'assurer. Après une douloureuse transition, c'est une ère post-sexisme qui s'ouvre. Un monde nouveau nous tend les bras. Et cela c'est grâce à vous toustes, qui êtes rassemblé·e·s autour de moi. Vous êtes les artisanes et les artisans de la paix. Vous serez honoré·e·s dans les mémoires, comme les personnages principaux de la grande Histoire. En particulier Aya qui est mise à l'honneur en ce dernier jour de notre conférence, car elle a sauvé des milliers de vies grâce à son esprit ouvert et pacifique. Aya, je te laisse la parole, elle me semble que tu as une belle histoire à raconter au monde.

Les yeux doux et souriants de Stalia Harder se sont posés sur ma protégée. C'est une icône, Aya l'admire. Mais pourquoi raconte-t-elle tous ces mensonges ? Aya ne s'est jamais battue pour la paix. Comment aurait-elle pu, elle qu'on a dressée pour la guerre ? Comble de l'hypocrisie, les Sages-Femmes elles-mêmes ont tout fait pour que le Camp Rome combatte jusqu'au bout, après avoir viré Sanandra et sacrifié Neoma en la nommant Mère Supérieure. Aya ne veut pas mentir, elle a horreur de ça. Pourtant, elle le faut. Les expressions sur les visages de Voline, Phidia et Evgenia lui disent de monter sur l'estrade. Aya non plus ne souhaite pas que la guerre reprenne. Elle ne peut plus se défiler. Lui revient le souvenir de son conseil, celui qui l'a fait accéder à l'âge adulte. C'était elle y a une éternité.

Aya se sent hors d'elle-même, les bruits de la foule lui parviennent comme à distance, en décalage. Comme dans un rêve, elle finit par se lever. Comme dans un rêve, elle passe devant ces femmes héroïques dont on lui a si souvent parlé : Lisa de Susa, la coprésidente américaine en costume cravate, puis Azumi « Fells » Hatsumata, qui lui renvoie son reflet vieilli, assagi – étrange sensation. Comme dans un rêve, elle passe devant les mascus, à commencer par Von Bach, avec ses épaules couvertes de décorations militaires et son visage carré. Il lui tend une main ferme et virile et la salue d'un ton paternaliste :

– Alors c'est toi, la nouvelle Elsa Hunger ?

Alors qu'Aya hoche la tête, le sourire arrogant du général s'élargit :

– C'était une espionne. Elle travaillait pour nous, les mâles, tu le savais ?

Aya lâche sa main et continue d'avancer, on n'a pas de temps à perdre avec ces mensonges. On est dans un rêve de toute façon. On dépasse Roy Sterling, le coprésident américain, et Argos Matze, l'énigmatique trouble entouré·e de ses gardes. On finit par les ambassadeurs fantômes aux sourires hypocrites, derniers vestiges administratifs de pays qui n'existent plus. Comme dans un rêve, Aya monte sur l'estrade du grand amphithéâtre de la Maison Mère. Des caméras sont braquées sur elle, retransmettant la cérémonie dans le monde entier. Des Américaines, des Polynésiennes, des Vietnamiennes et des Russes retiennent leur souffle à l'heure qu'elle est. Des centaines d'autres femmes sont là, face à nous : des Sages-Femmes, des survivantes des Camps Budapest, Belgrade, Moscou, Paris, et les quelques rescapées du Camp Rome – Voline, la petite Anka et Najet. Aya réalise avec effroi qu'elle est la plus vieille à avoir survécu, si on exclut Sanandra et Neoma. Et puis elle y a des mascus, soutiens de Von Bach ou rescapés des troupes de Sidorov. Certains ont peut-être connu Ansel ; le mensonge va être encore plus difficile à faire passer.

Aya baisse les yeux sur la feuille qu'elle a entre les mains. Comme lors de son conseil de passage à l'âge adulte, le texte qu'elle doit lire n'est pas le sien. Elle faut faire semblant pour devenir adulte, elle faut faire semblant pour devenir un modèle. Pourquoi gâcher la fête, pourquoi gâcher la paix ? Aya se montre vaillante – ou lâche selon les points de vue – et lit docilement les mots qu'on lui a confiés :

– Bonjour, bonjour le monde entier. Je n'étais pas prête à raconter cette histoire, mais heureusement, on m'y a encouragée.

Forcée plutôt.

– On m'y a encouragée, car cette histoire peut vous convaincre, nous convaincre, qu'une paix est possible entre les femmes et les... hommes.

Aya se retient de dire *mascus*, ce n'est plus politiquement correct.

– Cette histoire commence dans les geôles de la Relenka, l'une des Phalanges de Sidorov. Après une expédition de reconnaissance qui avait mal tourné, nous avons été faites prisonnières par les soldats du Patriarche Osman. Pour me forcer à parler, quelques-uns parmi eux, dont le futur Patriarche Irik, ont entrepris de me torturer. Je m'apprêtais à faire mes dernières prières quand je l'ai vu entrer.

Sa voix hésitante prend davantage d'assurance, jusqu'ici elle ne ment pas vraiment. Les souvenirs remontent en elle en même temps que les larmes au creux de ses yeux. C'est bon pour sa crédibilité :

– Il était plus chétif que les autres, son débit de paroles plus apaisé. Son nom était Ansel. Je ne sais pas pourquoi, ce jour-là, par compassion peut-être, il m'a libérée, sans rien dire, sans poser de questions. Et même quand j'ai été reprise, il a fait tout ce qui était en son pouvoir pour m'épargner ; il m'a apporté à manger, à boire, des distractions même, un plateau d'échecs pour jouer avec moi. Les distractions et la compagnie, c'était le plus important à ce moment-là. Il n'avait rien à gagner, toute à perdre : il m'a aidée quand même. On a fini par parler, de rien, de toute. On a fini par se connaître, par s'apprécier. Par s'aimer.

Les indications sur la feuille lui recommandent de faire une pause ici, pour l'effet dramatique je suppose. Aya obéit, une pause lui fait du bien. Toute était vraie, toute était absolument vraie avant cette dernière phrase qui pollue l'ensemble du discours d'un arrière-goût de mensonge Aya se retient de pleurer. Tous les visages sont tournés vers elle, avides d'émotions, impatients de connaître la fin de la belle histoire qu'elle est en train de raconter. Elle faut continuer même si l'idée d'aimer un homme, au sens le plus fort du terme, lui paraît absurde et la révulse. Toutes les femmes au Camp Rome savent ça. Mais ce genre d'amour est normal pour Lisa de Susa, normal pour la Grande Amérique, normal pour les ambassadeurs aux regards torves. Et ce sont elleux les garant·e·s de cette paix, elle faut continuer pour eux. Continuer à faire le spectacle. Evgenia l'a assez répété, la coalition veut une belle histoire d'amour, un happy end à l'ancienne, un couple heureux, amoureux, beaucoup d'enfants tant qu'on y est. Alors Aya en rajoute :

– Ansel, en plus de me sauver la vie, m'a donné l'envie de vivre au moment où je n'avais plus rien. Alors, quand l'heure de la bataille finale est venue, elle nous paraissait impensable de nous organiser l'un sans l'autre, de nous échapper l'un sans l'autre. Main dans la main, nous avons cherché une issue de secours. En arrivant au cockpit du ph... de la Phalange, nous avons vu Sidorov installé au poste de pilotage. Il s'apprêtait à lancer un missile nucléaire sur la Maison Mère. Ansel s'est jeté héroïquement sur lui pour l'en empêcher, et dans le chaos qui a suivi, j'ai vu les deux hommes plonger dans le vide, à travers la baie vitrée. Désespérée, privée de l'homme de ma vie, j'ai quand même réussi à sécuriser l'obus avant de m'échapper par la capsule de sauvetage.

Aya baisse la tête, émue, non pas d'évoquer « l'homme de sa vie », mais justement de ne pas pouvoir raconter Ansel honnêtement, sans tricher. Il méritait – mérite – tellement mieux que ce faux éloge. Je perçois les mouvements que la colère d'Aya imprime à la feuille entre ses mains, je lui murmure que c'est terminé, elle n'a plus qu'à saluer et à descendre de l'estrade. Elle ne bouge pas. Elle voudrait dire un dernier mot pour Ash, happée par la neige, pour Soledi, assassinée dans leur vieux cinéma, pour Cordel, abattue sans scrupule, pour Christa, écrasée par une poutrelle dans un assaut lancé par les Sages-Femmes, pour Neoma disparue, pour toutes les autres aussi, et pour Ansel enfin, qu'elle a elle-même poussé dans l'abîme. Elle n'arrive pas à cracher ces mots. La foule applaudit. Au fond de la pièce, le buffet est bien garni, les dignitaires sont bien habillés, la vérité ferait de sales taches sur ce joli voile de mensonges. Aya s'en va en balbutiant un « au revoir ».

Evgenia se presse de remonter sur l'estrade, soulagée qu'Aya n'ait pas commis d'impair. Quand celle-ci s'assoit à sa place, Voline attrape ses doigts tremblants. Son amie lui sourit et lui murmure :

– C'était très bien. Moi je sais bien la vérité, ne t'en fais pas, cette comédie sera vite oubliée.

Aya commence à reprendre ses esprits, son cœur bat moins vite, ses mains s'apaisent. Elle n'écoute pas la suite des interventions, persuadée que le reste ne la concerne plus. Quand son nom est prononcé à nouveau, Aya sursaute – ce n'est pas bon signe :

– Pour rendre hommage à Aya et Ansel, nous leur avons réservé une place particulière dans notre grand projet qu'il est temps, je crois, de révéler au public, déclare Von Bach qui vient de monter sur scène, d'une voix puissante.

La foule se tait, un silence de plomb s'empare des lieux. Les plus initiées d'entre nous avaient compris qu'un secret serait dévoilé, mais celui-ci a l'air d'être d'une ampleur que je n'avais pas soupçonnée. Et Aya découvre à son insu qu'elle y a joué un rôle, là aussi. Comme le reste de l'assemblée, mais pour d'autres raisons, elle reste suspendue aux lèvres d'Evgenia qui reprend la parole :

– Vous vous en doutez, pour conclure cette paix, elle nous fallait l'espoir d'un avenir commun. Bien sûr, nous avons délimité une nouvelle frontière entre les terres des hommes au Nord et les terres des femmes au Sud, ce dont nous avons parlé ensemble, mais la paix ne se construit pas sur de petits arrangements mathématiques. Elle nous fallait un rêve commun. Alors nous avons cherché. En fait, nous cherchons depuis des années. Nous en sommes arrivé·e·s à cette conclusion, avec le Général Von Bach et la Confédération d'Afrique Australe qui participera à l'expérience : si elle y a un moyen d'arrêter la guerre entre les hommes et les femmes, c'est celui de faire disparaître les hommes et les femmes.

Leonie s'approche de l'estrade, poussant devant elle un chariot recouvert d'un voile. Le mystère s'épaissit encore.

Des murmures nerveux secouent l'assemblée. Puis Evgenia reprend, la main posée sur le drap :

– J'ai l'honneur de vous présenter l'avenir de notre civilisation, l'avenir de notre monde, le visage de la paix.

Elle jette le voile à terre. Tout le monde se penche pour observer, celles qui ne voient pas demandent à leur voisine ce qu'elle y a à voir. Pour Aya, qui est au pied de l'estrade, le spectacle se révèle sans plus tarder : son visage est tout près de lae bébé qui lui sourit, ce·tte bébé aux yeux bridés et à l'air familier.

– Ce n'est ni un homme ni une femme, ni un ou une trouble. C'est Niel, le premier agenre artificiel de l'histoire de l'humanité, dépourvu d'appareil reproducteur mâle ou femelle. Iel a reçu un tiers du patrimoine génétique d'Aya et un tiers du patrimoine génétique d'Ansel, en l'honneur de ce couple héroïque, symbole des temps nouveaux. Les trente-trois pour cent restants sont de notre fabrication. À partir d'aujourd'hui, nos Maternités fabriqueront cent, puis cinq cents, puis mille de ces enfants chaque jour, selon quatre mille trente combinaisons génétiques différentes. Dans moins de cinq ans, en l'an 100 de notre ère, nous aurons déjà produit plus d'agenres que nous n'avons produit de femmes dans nos Couveuses. Et la technologie de nos Couveuses sera diffusée à travers le monde. L'Europe et l'Afrique seront repeuplées, pacifiées et radieuses. Camarades, je le proclame aujourd'hui, l'ère du sexisme est terminée ! Nos souffrances ne seront bientôt plus qu'un lointain souvenir, et quand nous raconterons à nos enfants agenres, assis sur nos genoux, ce que c'était que d'être un homme, ce que c'était que d'être une femme, ce que c'était que la guerre, iels nous regarderont sans comprendre, en mettant ces idioties sur le compte de la sénilité. Nous avons la Paix ! Nous pouvons nous congratuler ! La Paix, imaginez ce que ça signifie, nous qui avons toujours connu la guerre. La Paix !

Elle répète « la Paix » plusieurs fois encore, enthousiaste. La foule applaudit à tout rompre et Aya se décompose. Quelle hypocrisie... « Nous qui avons toujours connu la guerre. » De qui parle-t-elle ? Les Sages-Femmes n'ont jamais pris part aux combats.

Aya regarde lae bébé, qui la dévisage en retour. Elle ne sait que penser de ce·tte bébé qui détient trente-trois pour cent de ses gènes. Elle pense à Strøm, l'autre bébé, qu'on a laissé pleurer tout seul dans sa Couveuse. Lui sera l'un des derniers représentants de son espèce, une espèce faite pour la guerre dans un monde désormais « en paix »... Quelle sera sa vie ? Comment pourra-t-elle le protéger ?

Elle aperçoit le sourire de Von Bach, il a l'air content de lui dans son costume impeccable. Qu'est-ce qu'il manigance ? Elle a l'impression qu'il est entré dans la Maison Mère comme un loup dans la bergerie. Elle observe Phidia, croise ses yeux rieurs derrière ses lunettes. Elle dévisage Voline qui la dévisage en retour. Voline murmure à l'oreille d'Aya qu'elle ne doit pas s'inquiéter, qu'elle restera la seule faite à cent pour cent d'Aya. La vraie, celle qui compte à ses yeux. Dans la main que Voline nous tend, elle y a une bague. La bague que nous avions trouvée elle y a si longtemps, lors de notre première sortie à l'extérieur. Cette bague-là n'a pas la symbolique que les anciennes lui prêtaient, mais elle n'en est pas moins lourde de sens. Que Voline l'ait gardée tout ce temps en dit bien assez. Le cœur d'Aya se réchauffe de joie. Alors que tant de leurs sœurs ont disparu, c'est un miracle que Voline soit encore là, qu'elle puisse serrer Aya dans ses bras. Elle qui, même après avoir perdu Soledi, continue de s'efforcer d'être enjouée, optimiste. Elles ont traversé la guerre ensemble et s'en sont sorties toutes les deux. Elles peuvent encore compter l'une sur l'autre, quand toutes les autres sont parties. Elle faut qu'elles restent ensemble. Forcément. Cela apparaît à Aya comme une évidence. Une évidence rassurante et douce. C'est à cela que ressemblent les grandes histoires, à des évidences, pas à cette fiction tirée par les cheveux qu'on a voulu écrire sur Ansel et elle. Aya, pendant une minute, profite du bonheur simple de savoir Voline près d'elle.

Les pleurs de lae bébé, probablement agacé·e par les applaudissements, interrompent ses pensées. Aya tourne la tête vers l'enfant·e. Vers l'avenir. C'est un·e bébé agenre, d'accord, mais ça ne règle rien. Qui va l'élever ? Comment ? Deviendra-t-iel adulte à l'issue d'un discours cérémoniel ou d'un combat ? Vivra-t-iel dans un camp ou dans un phare ? Dormira-t-iel dans un cocon ou dans une cage ? Je sens ma protégée pleine de doutes, projetant chacune de ses questions sur le petit miracle de biologie qui lui est présenté. Elle a été beaucoup manipulée, comment faire confiance aux Sages-Femmes à nouveau ? Comment avaler sans broncher cette solution factice ? Comment accepter de serrer la main de nos bourreaux en affichant un sourire poli ?

Mais comment faire autrement, malgré toute ? Aya n'a plus l'énergie de se battre. Elle n'a plus envie d'avoir mal, plus envie d'avoir peur. Elle a déjà trop perdu. Comme les autres, elle veut y croire, elle veut croire que cette fois, vraiment, c'est fini.

Aya et Ansel

Trois ans ont passé cette fois. La guerre est un cauchemar auquel on essaye de ne plus penser. Un cauchemar qu'on a laissé loin derrière nous, sur un autre continent. Voline et Aya vivent en Grande Amérique, comme Ansel en rêvait. Depuis la maison qu'elles partagent, elles ont vue sur la mer. Les Américains diraient qu'elles sont un couple ; pour elles, la notion n'est pas encore claire, mais plus Aya y pense, plus ça lui plaît, l'idée d'être un couple. Elles sont restées ensemble. Elles sont heureuses. Voline enseigne l'histoire de l'Europe et Aya occupe de hautes fonctions diplomatiques. Les Sages-Femmes lui ont d'abord demandé de faire la promotion des agenres en Amérique. Aya n'était pas vraiment sûre de vouloir défendre ce modèle, mais elle a saisi l'opportunité de prendre le large. Elle étouffait à la Maison Mère, entre le petit Strøm qui lui rappelait Christa, Niel qui lui rappelait Ansel et Ansel, toujours dans le coma, qui la renvoyait à sa propre culpabilité. Les grandes étendues d'Amérique du Sud, où la neige est plus rare, lui ont fait le plus grand bien. Sa mission s'est terminée, sans succès, mais elle est restée. Elle travaille pour les Américaines désormais. Elle vit la nouvelle vie dont elle avait besoin.

Mais aujourd'hui, Aya doit se confronter à son cauchemar à nouveau. C'est elle que la présidente de Susa a choisie pour représenter toutes les femmes de la Grande Amérique à l'occasion des négociations annuelles avec la coalition internationale. Elle ne se sent pourtant pas encore vraiment américaine. Elle n'est plus européenne non plus. Elle aimerait que Voline soit à ses côtés pour l'épauler, mais la coprésidence américaine a trouvé que ça ferait mauvais genre. Son « idylle » avec Ansel est encore dans toutes les têtes, elle ne faudrait pas qu'on pense qu'elle est déjà passée à autre chose. Son avion se pose sur la piste verglacée de la Maison Mère. Le regard embué d'Aya embrasse ce dôme qu'elle n'avait pas revu depuis trois ans.

À l'intérieur, rien n'a changé. Les mêmes couloirs circulaires, le même blanc immaculé. Aya n'a que peu de souvenirs de l'endroit. Elle n'a vécu ici que l'espace de quelques semaines fiévreuses. Ce qu'elle voudrait revoir, c'est son Camp Rome, mais, hélas, c'est impossible. Les mascus ont tout détruit, elle n'en reste que des cendres sous lesquelles reposent les corps de ses sœurs. Des bruits d'enfant·e·s la tirent de ses tristes souvenirs. Ses pas la conduisent devant la salle où iels sont en train de jouer. Les agenres, première génération. Ces clones se ressemblent trop pour qu'elle s'en assure mais Niel doit être là, quelque part, en train d'empiler des briques ou de se rouler par terre. Dans cette mêlée de semblables, c'est un autre enfant qui détonne, il ressemble douloureusement à Christa : Strøm. Que fait-il là ? Elle le pensait adopté depuis quelques mois par un mascu du groupe de Von Bach. Le général a bâti une nouvelle ville à quelques kilomètres de la Maison Mère, pour que ses hommes puissent veiller sur les agenres – les femmes et les hommes n'étaient pas encore prêt·e·s à vivre ensemble ici.

Aya a un pincement au cœur. Tant de poids pèse sur les épaules de ces enfant·e·s.

– C'est par ici, madame, suivez-moi.

Aya se retourne, surprise, vers le diplomate mascu qui vient de s'adresser à elle. Elle n'a pas l'habitude qu'on l'appelle comme ça. Le mascu lui parle avec respect, mais sa posture est différente de celle des hommes de Grande Amérique. Elle n'est pas sûre d'apprécier.

– Vous aurez quelques minutes à attendre, iel faut encore que Von Bach arrive.

Aya sourit, elle avait oublié que le « iel » s'était imposé ici. Pourquoi pas. L'idée de revoir Von Bach nous ravit cependant beaucoup moins. L'homme, qui doit travailler pour le général, nous conduit dans la grande salle où s'est tenue la conférence pour la paix qui a marqué l'avènement des agenres. Trois grandes tables ont été installées en triangle pour accueillir les trois camps qui vont négocier aujourd'hui : hommes, femmes, troubles. On pense encore en grandes catégories, pourtant, ce n'est pas comme si toutes les femmes et tous les hommes étaient d'accord entre eux... Parvenir à un accord entre toutes et tous s'annonce encore plus compliqué. Si le repeuplement de l'Europe et de l'Afrique par les agenres a été acté, si les Maternités en produisent déjà à la chaîne, de nombreuses questions doivent encore être débattues : qui va les élever, que leur enseigner, comment gérer les naissances hors système ou les camps qui refusent de se plier aux nouvelles règles ? Comment éteindre les rumeurs selon lesquelles certaines Maternités fabriqueraient aussi des femmes, ou qui prétendent que les hommes ont simplement trouvé le moyen de piller nos technologies d'intelligence artificielle et de clonage ?

La conférence ne commencera que dans une demi-heure, mais quelqu'un se tient déjà à la table des troubles. Ansel. Aya sent l'émotion la submerger avant que son cerveau ne comprenne vraiment. Il lui adresse un pâle sourire :

– Surprise de me voir ici ?

Aya retrouve difficilement ses mots :

– Surprise... et soulagée... de te voir debout.

Comme pour appuyer la phrase de ma protégée, Ansel se lève d'un pas hésitant et s'approche de nous. Une balafre lui barre le visage, et son nez n'est pas aussi droit qu'avant.

Pourquoi est-ce que personne n'a daigné nous informer de sa sortie du coma ? Aya n'a jamais cessé de culpabiliser depuis qu'elle l'a poussé dans le vide. Depuis, chaque fois que son nom est mentionné, une bouffée de chaleur s'empare d'elle. Il porte les longues étoffes colorées caractéristiques des disciples d'Argos Matze, mais c'est bien lui. Vivant. Aya ne sait pas s'il s'est levé pour la saluer ou se confronter à elle ; il boite lourdement et elle est bien consciente que c'est sa faute. Les mots d'Ansel laissent planer le doute sur ses sentiments :

– C'est vrai qu'il m'a fallu du temps pour me remettre de notre affrontement.

– Je... désolée...

Consciente de la faiblesse de ses excuses, Aya enchaîne sur la question qui la taraude depuis qu'elle a aperçu Ansel :

– Qu'est-ce que tu faisais assis à la table des troubles ?

– Je les ai rejoints. Je ne voulais pas suivre Von Bach qui a envoyé les miens à la mort, et la Grande Amérique me paraissait trop lointaine.

Il, ou plutôt *iel*, marque une pause avant de poursuivre :

– Et puis, je pense que si les hommes se sentaient moins contraints de jouer aux hommes et les femmes moins contraintes de jouer aux femmes, nous n'aurions pas besoin d'une solution aussi artificielle que celle des agenres.

Iel n'est pas mort·e et iel a passé beaucoup de temps à réfléchir, semble-t-elle.

– Eh bien, on dirait que je ne suis pas la seule à avoir bien changé depuis nos parties d'échecs...

À nouveau, Ansel la surprend par le sérieux de sa réponse :

– J'ai fini par comprendre que si nous partons avec l'idée qu'iel y a des blancs et des noirs, des gagnants et des perdants, alors nous aurons toustes perdu.

Aya sourit, iel n'a pas tort sur le fond :

– Alors tu penses que nous arriverons à mettre nos trois camps d'accord ?

– Bien sûr, on veut la même chose, non ? Vivre dans un monde en paix.

D'une certaine manière ça y est, les négociations ont déjà commencé. Avant même un « bonjour » ou un « tu m'as manqué » – aucun·e des deux n'oserait prononcer ces mots de toute façon. Aya ne répond pas. Qui est ce « on » dont parle Ansel ? Est-ce que les trois camps veulent vraiment la même chose ? Aya, comme Lisa de Susa et les Sages-Femmes, n'est pas prête à croire que Von Bach, ce bourreau de milliers de femmes, est devenu le grand homme altruiste qu'il prétend être désormais. Les gens peuvent changer, mais ce n'est jamais l'hypothèse la plus probable. La guerre a fait de la paranoïa une vertu. Pourtant, Ansel semble avoir changé. À moins que... Est-ce qu'Ansel travaille bien pour les troubles ? Et s'iel marchait pour les hommes, comme agent double ? Est-ce qu'iel ne chercherait pas à tirer parti de notre culpabilité à son égard ? Aya décide de balayer ses pensées négatives :

– Vivre dans un monde en paix, ça me va très bien comme programme.

Un monde en paix, c'est une définition bien minimale. Ça ne dit rien du modèle qu'elle faut adopter, entre celui de la coexistence américaine ou des agenres afro-européens. Ça ne dit rien du sort qu'elle faut réserver aux communautés autonomes qui refusent ces modèles. Ça ne dit vraiment pas grand-chose, pendant des siècles les femmes ont été exploitées par des sociétés « en paix ». Mais c'est déjà beaucoup. Coexister sans s'entretuer. Envisager de nouvelles façons de vivre pour les hommes, les femmes et toustes celleux qui ne se reconnaissent pas dans ces deux grandes catégories.

Ansel tait sûrement les mêmes interrogations. Iel se contente d'acquiescer :

– Je veux juste que Strøm grandisse dans un monde meilleur que celui dans lequel j'ai grandi.

Alors c'est pour ça que Strøm était à la Nurserie ! C'est Ansel qui doit se charger de son éducation désormais, puisque c'est ellui qui s'était proclamé·e le père de cet enfant. Aya semble en ressentir un certain soulagement :

– Je suis sûre que tu sauras parfaitement l'éduquer. Ce monde est déjà devenu meilleur que celui dans lequel nous avons grandi.

– *Nous*, répète-t-iel simplement, amusé·e.

Ansel regarde enfin Aya dans les yeux, pour de vrai. Je prends conscience qu'iel avait évité de le faire jusque-là. Son visage est encore marqué par sa chute, mais ses yeux trahissent une détermination sans faille. Elle n'y a pas de colère au fond de ses pupilles. Aya lui rend son regard. Une émotion passe qu'aucun mot n'aurait pu véhiculer. Le lien qui les unit ne s'est pas rompu.

Aya se prend à espérer une phrase qui pourrait la soulager de l'immense culpabilité qu'elle ressent à l'idée de l'avoir poussé·e dans le vide. Mais alors qu'Ansel ouvre la bouche, Evgenia entre à son tour dans la pièce, suivie du Général Von Bach. Ce sont elleux qui représentent les femmes et les hommes d'Europe à la table des négociations :

– Ah, nos amoureux sont déjà là, ricane Von Bach. Parfait. Nous allons pouvoir commencer.

Il transpire l'ancien monde, avec son torse bombé et son sourire arrogant. Difficile d'espérer créer un nouveau monde avec les gens de l'ancien. Aya inspire profondément. Elle va falloir faire avec. Le premier sujet à évoquer est celui d'un calendrier sur lequel pourraient s'accorder les hommes, les femmes et les troubles d'Europe, pour vivre à la même heure.

Premier jour du Contr'Hiver de l'an 1 du Calendrier du nouveau monde. 15 h 42. Atmosphère viable. Température externe : 21 °C, interne : 37,3 °C. Santé : 93 %. Batterie : 100 %.

Du même auteur, aux éditions Syros

Pyramide, hors-série, 2023

L'auteur

Lauréat du prix du Jeune Écrivain de langue française en 2019 et en 2022, Gaëtan B. Maran a publié plusieurs nouvelles, chez Buchet-Chastel, le Grimoire et Plumes Ascendantes. Il est aussi le gagnant de la première édition des Murmures Littéraires (un concours né *via* Wattpad et Instagram). Originaire de Lille, il a vécu en Norvège et au Vietnam et réside actuellement dans le Lot-et-Garonne où il s'investit dans un projet de transition écologique. Il a travaillé auparavant dans l'associatif, dans le milieu carcéral ou dans le secteur du handicap. Son premier roman, *Pyramide*, est paru chez Syros en 2023.

Ce livre est imprimé sur du papier
issu de forêts gérées durablement.

N° d'éditeur : 387418/10296707
Achevé d'imprimer sur Roto-Page en septembre 2024
par l'Imprimerie Floch à Mayenne
N° d'impression : 105428
Dépôt légal : octobre 2024
Imprimé en France